FOLIO SCIENCE-FICTION

Stéphane Beauverger

LA TRILOGIE CHROMOZONE, I

Chromozone

Gallimard

Né en 1969 en Bretagne, Stéphane Beauverger commence à écrire pour la presse régionale, le cinéma (il scénarise un court-métrage) et l'industrie du jeu vidéo, avant de publier son premier roman, *Chromozone*, qui obtient d'excellentes critiques et fait de lui l'un des jeunes auteurs à suivre de la science-fiction française. Viennent ensuite *Les Noctivores* et *La Cité nymphale*, qui concluent *La trilogie Chromozone*. Il se consacre aujourd'hui exclusivement à l'écriture, y compris pour la bande dessinée (*Nécrolympia* et *Quartier M*). *Le déchronologue*, son quatrième roman, très attendu, a paru en 2008, toujours aux Éditions La Volte.

[illegible]

Pour Jeanne

Immense merci à Corinne pour son soutien et son formidable travail, à Constance pour les traductions en arabe et à Marie-Claire pour celles en breton. Merci, bien sûr, à toute la bande des Escogriffes, avec une mention spéciale à Karine et Louis-Antoine pour leurs précieux conseils et avis.

Certains dialogues entendus chez Karmax sont librement inspirés de Chief 1.0, le générateur aléatoire de discours de chef inventé par Philippe Porceillon. Qu'il soit ici remercié pour m'avoir permis d'exploiter son hilarante création.

S. B.

la planète s'appelle pire
j'ai toute la vie pour mourir

[THE YOUNG GODS]

Tracez un repère orthonormé
Constatez les pics de douleur

Un flot de lumière vague descendait du ciel par intermittence, jusqu'à toucher le fond obscur des ruelles. À travers une épaisse couverture de détritus, l'œil gauche d'Ogre observait les lasers découper les nuages en fines tranches de nuit poisseuse. Sa grande carcasse entièrement dissimulée au regard des rôdeurs, le visage recouvert aux trois quarts par des fragments d'emballage plastifié, il goûtait le plaisir pur d'observer les affrontements formatifs, au-dessus de lui. Les propagandes socio-religieuses tombaient en pluies scintillantes sur les façades des bâtiments.

Sans un bruit, lentement, Ogre se déplaça au milieu des ordures pour mieux apprécier les résidus de slogans projetés en lumière cohérente. Ce simple mouvement suffit à diffuser autour de lui une odeur de linge humide, exhalée soudain à travers l'épaisseur de son lit d'immondices. Dans d'autres quartiers de la cité, des gens se seraient battus pour ces quelques pièces de tissu abandonnées ; par ici, les résidents étaient encore assez prospères pour négliger ce genre de manne. Les narines palpitantes, Ogre poursuivit son observation en attendant l'orage qu'il sentait avancer.

Parfois, au hasard des rémanences antagonistes des phrases et des mots retombant du firmament, une poésie inédite flamboyait contre sa rétine gauche : « [blanc chrysanthème] Nous sommes... [pulsation vermillon] ton meilleur... [bouquet turquoise] ennemi... », « [soleil d'or] Allah nous délivrera de... [métal luisant] l'espoir à nos portes ». Depuis les années qu'il se livrait à ce qu'il appelait son « rituel des augures fugitifs », Ogre était parvenu à la conclusion que, de ses deux yeux, le gauche était celui qui percevait le mieux les messages cachés du monde. Un peu comme ces vieilles théories à propos des hémisphères cérébraux affectés à des fonctions séparées. Il était persuadé que cet œil lui assurait un déchiffrage intuitif des choses et des gens... Celui du chasseur cherchant les proies. Celui qui veille encore et toujours, quand le corps repose déjà à l'orée du sommeil. Ogre savait qu'il pouvait compter sur lui pour toujours rehausser ses rêveries de perceptions inédites.

L'orage se rapprocha soudain, remontant depuis les compartiments silencieux des quartiers sud. Ses crépitements bondissaient au ras du sol, filant de vitrine en vitrine vers les arcades des quartiers populaires. Un grondement de tonnerre roula au-dessus des toits.

Encore un peu, Ogre laissa errer ses idées sans but dans l'air de plus en plus électrique de la ruelle. Quelque chose était là, il le sentait... La promesse d'un drame à venir. Avec en prime, peut-être, un beau moment à vivre. Le bruissement de pas feutrés sur les papiers gras acheva de le réveiller. Il se fit plus discret parmi les déchets. Dans le ciel, la guerre ae ce soir était morte. Ogre cracha un sourire dans le noir… Deux silhouettes avançaient sur sa gauche.

— Ta tête en prime, mec, si on se fait coincer ! Ta tête en prime !

La première voix était jeune. Gorgée de frime inquiète, sirupeuse et brûlante à ses oreilles attentives. L'autre, plus jeune encore, crachouilla une défense crispée :

— Pas chier ! J'te dis que c'est danger zéro dans le coin…

Hum… D'après la pauvreté des propos, deux connards de mômes paumés dans un quartier interdit après le crépuscule. Deux pauvres blancars sans doute pas assez velus pour oser feinter le métro et ses vigiles chatouilleux ; forcés, pour rejoindre leur lointaine périphérie, de se risquer dans le no man's land vénéneux des conforteresses. Manque de bol : ici leur peau n'était plus depuis longtemps de la bonne couleur. Pour les gros bras du coin, les deux gamins étaient comme un ticket gagnant un jour de fête. Un Kleenex propre après la branlette du soir. Ogre décida qu'avec un petit coup de pouce, ils pourraient sauver leur cul de la galère qui les avait poussés jusqu'ici à cette heure. Il se glissa dans leur sillage.

Le duo filait au ras des murs, dans l'espoir de ne pas attirer l'attention. Lançait des regards prudents dans toutes les directions, histoire de se rassurer. Technique rodée, rien à dire. En moins d'une demi-heure, ils traversèrent sans complication une bonne moitié du quartier encore paisible : trop tard pour les badauds, trop tôt pour la racaille. Parfaitement invisible à quelques mètres derrière eux, Ogre appréciait la splendeur instinctive de leur progression. Ces deux-là avaient l'habitude des promenades en fraude, qui te shootent des mixes adrénaline/frousse, avec l'espoir de pas se faire trancher avant la ligne d'arrivée.

— Sales blancars, barrez-vous d'ici !

Trop tard… La voix assassine de la vieille tomba de son balcon comme un couperet. Ogre grimaça dans l'ombre ! Eh ouais, pauvres ploucs, fallait aussi penser à lever la tête avant de traverser. Maintenant, miss Insomnie allait donner l'alerte. Une deuxième salve suraiguë acheva de figer la scène :

— Oh, gueules de sucre, c'est à vous que j'vous cause ! Z'avez rien à foutre ici !

Au bas mot, trente ans de venin sous chaque sein flasque et de la haine plein le ventre. Même pas le modèle vieille rance nourrie au beurre de misère, non, juste le petit résidu de fondement culturel, la banale mesquinerie de quartier. L'esprit de clocher à la sauce résidence protégée.

Les deux ados s'immobilisèrent. Esprit de caste aussi aride que la haine de grand-mère perchée. La riposte fut pathétique :

— J't'encule, salope ! Ouvre-la encore et on reviendra te crever !

— Salauds ! hurla la vieille. Retournez chez vous, putain de Blancs !

Un volcan s'éveilla dans le ventre d'Ogre. Une douleur aiguë mêlée de rage contre la méchanceté sans âme. Tremblant, il encaissait cette violence à son compte. L'orage grondant jusque sous sa peau, Ogre serra avec amour la crosse de son arme. Le décor était planté, on allait pouvoir jouer un peu.

Sur la façade de la conforteresse, plusieurs fenêtres s'étaient allumées. Des silhouettes d'hommes se pointèrent derrière les rideaux. Les plus courageux devaient déjà se munir d'une chaîne ou d'une barre de fer. On allait voir ce qu'on allait voir ! Les deux gosses prirent la mesure du danger et détalèrent à fond de train. Là-haut, satisfaite de sa nuisance, la vieille se drapa dans sa probité bafouée et son peignoir en tissu éponge couleur vieille chair. Rentra dans sa grotte… et ferma la fenêtre. Pour mémoire, Ogre nota rapidement l'étage de son appartement, avant de se lancer à la poursuite des fuyards.

Heureusement, ceux-ci ne connaissaient pas bien l'agencement des rues et il put les rattraper sans effort. Cette fois, plus question d'être discret. De toute façon, ils avaient repéré le lourd bruit de ses bottes et redoublaient de vitesse, persuadés d'avoir une phalange de lyncheurs aux fesses. Si cette idée pouvait à l'avenir leur ôter l'envie de tenter le diable, Ogre était tout disposé à leur offrir un supplément de trouille. La première dose est toujours gratuite. À la lueur orange des rampes de néons, il vit le plus lent des mômes glisser et s'étaler violemment contre le trottoir plastifié. Cri étouffé de douleur. Ogre n'était plus qu'à une vingtaine de mètres derrière eux. L'autre revint illico sur ses pas. Un bon point : on ne laisse pas tomber son pote. Tirant le maladroit par la manche, le gosse vit alors pour la première fois la lourde silhouette harnachée de cuir noir fonçant vers eux.

Panique visible chez les glandeurs clandestins ! Redémarrage la merde au cul !

Un feulement impatient au fond de la gorge, Ogre maintint la cadence quelques secondes de plus, juste pour le plaisir de distinguer leur nuque raidie par la terreur. Ses bottes usées martelaient le sol avec insistance, grignotant à chaque foulée l'avance de ses proies. Au bout de la rue apparurent enfin les balises rutilantes marquant la frontière nord du quartier. Au-delà desquelles lui-même n'avait aucune envie d'aller s'aventurer. Les poumons en feu et les cuisses souillées, les deux blancars franchirent la ligne d'arrivée en vainqueurs, lapins fous filant dans l'ombre de leur terrier.

Ogre stoppa net sa course, manquant de se briser une cheville sous le choc. Finalement, les mômes étaient arrivés entiers à bon port. Sa fonction de berger d'un soir s'arrêtait là.

Il demeura un instant sur place, immobile, pour reprendre son souffle. Adressa un sourire à la lune invisible au-dessus de lui. Les rues semblaient furieusement calmes après la cavalcade. Les volutes de sa respiration épaisse montaient vers les néons silencieux. L'instant devint voluptueux, tout simplement voluptueux. Les premières gouttes de pluie brûlante dégringolèrent du ciel. Ogre les laissa couler sur son visage, marteler le cuir de ses épaules, puis partit d'un rire joyeux qui se hissa jusqu'aux étoiles, avant de retomber aussi rapidement : le souvenir douloureux de la scène du balcon revenait lui fouailler les entrailles, charriant sa cargaison de mépris et d'affliction.

Après un dernier regard vers le ciel grondant, Ogre fit demi-tour vers les crissements de l'orage, et se laissa guider jusque sous les fenêtres d'une vieille femme imbécile, seulement coupable de méchanceté banale. Maintenant, il était temps de punir la vilaine sorcière.

*

Dans l'obscurité du couloir, Ogre huma lentement les odeurs de l'étage. Parfum acide d'un lacrymogène civil suintant des buses automatiques du plafond. Reliquat de désinfectant industriel sur le sol. Colle polyléthale distillée par les plinthes antinuisibles. La conforteresse transpirait l'indigence sécuritaire et l'hygiène confinée.

Il y en avait des centaines, de ces immenses navires résidentiels échoués à travers la ville, hissant haut les couleurs de leur communauté, proposant un toit et un peu d'espoir, en échange d'un esprit de caste. Ici, c'était les AROF, les Auxiliaires Résolus d'Ogou Feray. Amour des pauvres et aide aux plus démunis. Des gens serviables et volontaires, déterminés à procurer du mieux-être aux sœurs et frères prêts à embrasser leur foi. À condition que le taux convenable de mélanine soit au rendez-vous.

C'est de bonne guerre, admit Ogre en progressant lentement. Les Blancs leur avaient-ils été d'un quelconque secours, durant les siècles passés ? Pour mémoire, tracez un repère orthonormé, d'abscisse chronologique et d'ordonnée colonisatrice. Constatez les pics de douleur et les maigres plaines de compassion. Sauvegardez le motif, déclinez sa couleur, insufflez-lui la vie et lâchez-le dans le monde. Vous obtenez les Auxiliaires Résolus d'Ogou Feray et leurs clones communautaires.

En clair : dans le coin, sale temps pour les blancars !

Mais, conclut-il, ce n'était pas une raison pour cautionner cette vengeance grossière, dût-elle receler un semblant de juste retour de bâton. Tout à ses pensées, Ogre avait atteint la bonne porte. Retenant son souffle, il saisit la crosse du Corbeau, puis le sortit délicatement de son fourreau soyeux… Il posa le bec délicatement contre la serrure. Instant de paix dans le cœur du géant. Il ferma les yeux. L'arme fit son office. Ronronnement des gâches caressées à contresens. Grésillement subtil des procédures violées avec amour. La porte s'ouvrit sans se souvenir qu'elle était supposée hurler en cas d'agression. Encore brûlant, le Corbeau retourna dans son étui. Ogre poussa la porte du pied et se glissa dans l'appartement.

À l'intérieur aussi, tout était noyé d'ombre. Il régnait la même odeur que dans le couloir, avec en plus une touche d'encens de synthèse. Ogre avait pénétré dans un petit vestibule, à peine assez large pour contenir sa grande silhouette harnachée. Sur sa gauche, à la lueur d'un éclair, apparut un petit autel vaudou garni de colliers, de flacons colorés et de cubes de nourriture lyophilisée. Bon appétit, les esprits ! Il avança prudemment dans le salon de poche, garni de deux chaises en carton et d'une table basse en mousse expansée. L'odeur d'encens se fit plus forte. Par la large fenêtre, Ogre aperçut le halo orange d'un néon haché par la pluie. Il ne put se retenir de jeter un coup d'œil dehors, d'observer le balcon étroit, les mégots de cigarillos éparpillés sur la dalle de béton, entre les pots de fleurs remplis d'eau. Tout était immobile dans la rue, cachée par les hallebardes chuintantes de l'orage. Personne le long des façades hautaines.

Ogre retraversa le salon. Renifla discrètement au ras des deux dernières portes de l'appartement. Savon et désinfectant insipides à gauche. Inimitable moiteur corporelle à droite. Gagné ! Il observa en souriant les décorations trompeuses du chambranle, qui cachait un verrou d'intérieur datant de la construction du bâtiment. Système de chez Seekurit, censé garantir l'inviolabilité de ce dernier bastion jusqu'à l'arrivée des renforts, en cas d'invasion de l'appartement. Technologie déjà obsolète. Le Corbeau reprit du service. Les capteurs sensibles dissimulés dans le plastique décédèrent en silence. Bloquant sa respiration, l'esprit serein comme la foudre, Ogre franchit la dernière porte.

Au centre de la chambre, le corps de la vieille femme disparaissait sous un amoncellement de couvertures colorées. Pas de lit. Pas de meubles. Sans doute consumée par sa précédente grande scène de l'outrage, elle s'était rendormie. La pièce baignait dans une odeur de chair fatiguée, aigre et chaude. Sur quelques fragiles étagères fixées aux murs, Ogre distingua une poignée de médiocres hologrammes. Fils et filles devenus grands, petits-enfants encore innocents. Réunis à l'occasion d'un repas ou d'une quelconque réjouissance familiale. Sourires sur les visages. Chaudes journées volées à la broyeuse du temps qui passe. Rappel d'heures plus douces.

Comme souvent lorsqu'il découvrait l'intimité d'une cible, Ogre se demanda comment elle pouvait ainsi se réchauffer au souvenir des seuls siens et contester en même temps aux inconnus le droit de seulement exister. À quel instant s'opérait ce blocage mental, qui transformait un être aimant et aimé en une boule de perfidie vis-à-vis de ses congénères ? Il voyait ça comme une sorte de verrou, logé quelque part dans le crâne de l'espèce, isolant de ce qui pourrait faire mal, de ce qui rendrait vulnérable. Une sorte de mécanisme de survie. En tout cas, lui ne faisait pas autrement…

Ogre inspira profondément. Le cuir de sa combinaison craqua. Il sentait confusément qu'il n'était pas meilleur que cette vieille femme endormie devant lui. Sans doute était-il même pire qu'elle, pour ce qu'il allait lui faire maintenant. Mais il ne saurait supporter que la scène du balcon restât impunie. Il s'accroupit tout doucement au bord de la couche. Murmura amicalement les paroles d'usage.

— Réveillez-vous, madame… Police !

La vieille réagit lentement. S'emmêla dans ses couvertures pendant qu'elle luttait pour regagner la conscience. La magie du dernier mot faisait déjà son œuvre le long de ses synapses. La voix gueularde de tout à l'heure n'était plus qu'un croassement rauque.

— La police ? Qu'est-ce qu'il y a ? Que... que faites-vous ici ? Comment êtes-vous entré ?

Les réflexes bien huilés de méfiance s'activaient. Il fallait gagner du temps. Profiter de la léthargie restante pour imposer le décor. Ogre extirpa son badge d'une poche de poitrine, le présenta en souriant. La marque distinctive des Auxiliaires Résolus d'Ogou Feray brilla en holo-impression sur la plaque officielle. Par la porte de la chambre restée ouverte, le grondement du tonnerre se fit entendre.

— Je suis policier, madame... Ne vous inquiétez pas... Il n'y a rien de grave. J'ai seulement besoin de votre témoignage.

Ça y est. La paix revenait derrière les paupières fatiguées. Les connexions nécessaires étaient établies. Témoigner ? Certainement à propos des rôdeurs de tout à l'heure. Vite, se souvenir des détails importants. Rapporter leurs insultes. Insister sur la certitude qu'ils étaient là pour un mauvais coup. L'ancêtre se redressa, ne prenant même plus le temps de constater l'obscurité inquiétante de la pièce, ni la présence incongrue d'un policier près de son lit, fût-il manifestement mandaté par sa communauté. Dans sa vie, elle n'avait plus que rarement l'occasion de jouer un rôle important ; elle entendait maintenant donner le meilleur d'elle-même.

Face à elle, l'homme sourit aimablement. Le noir luisant de son uniforme faisait ressortir la couleur cuivrée de sa peau. Un Asiatique ? Qu'importe, elle n'était pas raciste. Le grand policier la laissa prendre ses aises, fouilla dans sa poche pour se donner une contenance. Il avait l'air jeune. Finalement, il lui tendit un étrange objet métallique effilé, au museau éclairé par des diodes sanglantes rouge vif.

— Il n'y a plus de place en ce monde pour la bêtise, murmura Ogre en souriant, la gorge serrée.

Le Corbeau cracha une courte salve, qui la dévora tout entière jusqu'aux os.

Définir les motivations de l'humanité toute nue en deux principes

Le matin naissant offrit à Teitomo une copieuse rasade d'hémoglobine. Il s'était encore repeint la bouche du sol au plafond en dormant et le goût métallique du sang saturait ses papilles. L'inconvénient de posséder une dentition puissante et un peu trop entreprenante, sans doute. Un très rare cas de somnandibulisme, comme avait conclu en riant le connard de médecin attaché à la Division. Avant de préciser qu'il n'y avait pas grand-chose à faire contre ce genre de morsures nocturnes, sauf peut-être se ligoter solidement les mâchoires avant de se coucher, façon tête en œuf de Pâques sadomaso… Non merci !

Donc, ayant toujours eu une dent contre les miracles de la chimie sédative, Teitomo avait dû s'habituer à ce désagrément matinal.

De toute façon, le gobelet d'eau préparé la veille effacerait le problème… Ouais, sauf que la climatisation avait dû lâcher pendant la nuit pour livrer sournoisement la chambre à la température extérieure. La tiédeur saumâtre de la première gorgée le fit grimacer. Teitomo recracha un mélange rosé d'eau et de sang. Pas question d'avaler ça. Soupirant, il glissa ses jambes hors du lit pour entamer la seconde partie de sa liturgie matinale. Une fois debout, il déplia lentement son corps immense dans l'obscurité de la pièce, puis se mit en position : jambes tendues et légèrement écartées, les mains plaquées bien à plat contre la vieille peinture écaillée du plafond... Qu'il poussa alors de toutes ses forces, comme s'il espérait le soulever. Sous l'effort, un délicieux craquement traversa sa colonne engourdie, vertèbre après vertèbre.

Avant de trouver cet appartement, Teitomo se contentait d'exploiter n'importe quel encadrement de porte pour ses étirements... Mais la sensation de béatitude était alors loin d'égaler celle procurée par sa nouvelle méthode. Quand viendrait pour lui le jour de changer d'affectation, il abandonnerait certes sans chagrin cet exigu studio de fonction ; mais il regretterait longtemps la hauteur de ses murs. Tant mieux, pensa-t-il : il était important d'avoir quelque chose à regretter de chaque lieu qu'on savait quitter à jamais, ne fût-ce que pour relever d'un peu de tristesse la saveur des souvenirs.

Une fois les muscles et les os suffisamment maltraités, Teitomo entreprit de se rincer enfin la bouche du sang qui la souillait encore. Heureusement, sa glacière personnelle n'avait pas flanché, et elle regorgeait de bières. Deux goulées plus tard, la matinée devint enfin tolérable. Le reste d'alcool glacé acheva de le réveiller tout à fait. Du moins, assez pour autoriser un premier regard conscient vers ce qui composait son petit monde.

Il était tard. Ou, plus exactement, il était tard selon ses horaires habituels. Les « six heures du matin passées de trente minutes » timidement affichées par la vieille pendule murale relevaient du laxisme le plus outrageant ! Même les jours de repos, il détestait traîner au lit après l'aube. La nuit dernière avait dû être vraiment pénible pour qu'il dormît autant... Saisissant la télécommande, il menua rapidement un programme de circonstance. Les premières mesures d'un mélange de rythmes pop et de refrains religieux haïtiens entamèrent leurs pulsations sourdes à travers l'appartement. La radio flambant neuve trônant au milieu du salon était louée avec les murs, garantie sans infection virale. Et bridée en usine pour ne rien diffuser d'autre qu'un programme local de propagande vaudoue. C'était horripilant, mais en l'occurrence parfait pour hâter son départ.

L'eau glacée de la douche l'accueillit avec un chuintement complice, éliminant la mauvaise sueur de la nuit. Teitomo détestait être en retard ; Khaleel allait être de mauvais poil !

*

Dehors, le quartier se remettait à peine de l'orage nocturne. Des ruisseaux sombres roulaient le long des trottoirs, descendaient vers les bas quartiers d'où la tempête était montée. L'air était propre et déjà chaud. Sous le porche de sa conforteresse, Teitomo passa une main dans ses cheveux encore humides, puis traversa la rue déserte en se frottant les paumes.

C'était divin de sentir la tiédeur du jour sur un visage rasé de frais.

Il marcha d'un pas tranquille jusqu'à l'entrée de métro. Personne dehors à cette heure pour apprécier la beauté simple du monde. Le quartier baignait encore dans une clarté laiteuse et épaisse qui lui assurait un maquillage avantageux. Mais à la pleine lumière du jour, sa déchéance ne pourrait plus se cacher. Les Auxiliaires Résolus d'Ogou Feray avaient vécu. On murmurait à la Division que les fonds manquaient pour permettre les habituelles frivolités budgétaires prouvant l'efficacité d'un programme social.

Plus de quoi poursuivre la réfection des conforteresses. Plus de quoi financer ne serait-ce qu'une hygiène publique décente. Plus de quoi pavoiser.

D'ici quelques jours, le bureau directeur aux abois investirait frénétiquement le crédit restant dans la propagande formative pour maintenir l'illusion de son prestige. Dans l'espoir de susciter un second élan. Ça fonctionnait, parfois. Mais pas cette fois : en même temps que s'effondrerait le cours des actions, les candidatures cesseraient quand même, puis suivraient les premières tentatives de cannibalisation sociale. À chaque fois que Teitomo se remémorait ses efforts répétés pour obtenir enfin un boulot dans le coin, il devait se retenir de hurler en constatant la débâcle. Hélas, les Auxiliaires n'avaient pas développé assez de charisme boursier, pas assez d'assise populaire pour susciter un nouvel engouement sur la seule foi de leurs réalisations passées. Ils disparaîtraient bientôt. Teitomo connaissait le cycle par cœur. Ce n'était même pas du gâchis. Juste le simple cours des choses. Les programmes socio-religieux se succédaient ainsi depuis neuf longues années, se dévorant entre eux pour renaître sous des formes mutantes ailleurs et plus tard. Mort et renaissance perpétuelles. « La stabilité globale *via* le chaos local », répétaient les leaders. Et merci qui ? Merci Chromozone !

Après cinq minutes de marche, Teitomo atteignit la bouche de métro, dévala les marches menant à la zone de contrôle. Accroupie contre un mur, une gamine créole lui offrit un sourire fatigué. Ses doigts maigres serraient un éventail de tracts de propagande vaudoue. Teitomo fouilla dans la poche intérieure de son pardessus, déposa trois cigarettes au hachisch, baguées aux couleurs des Auxiliaires, dans le bonnet posé devant elle. Khaleel ne lui en voudrait pas d'avoir légèrement amputé sa ration pour une bonne cause. La gosse le regarda s'éloigner dans les couloirs sans rien dire.

À l'entrée de la station, il colla sa phéroclef sous les narines du nez automatique. Grouillement d'informations cryptées se propageant le long de quelque synapse. Cogitation invisible. Latence. Enfin, la réponse chimique alluma une ligne de diodes vertes sur le sol : passage autorisé. Les portillons bombés antichoc se séparèrent sans bruit. Teitomo rangea le gadget dans sa poche en frissonnant. Ces nouveaux systèmes de sécurité étaient apparus partout en ville depuis quelques mois, et il détestait devoir les utiliser. Nouvelle technologie Zentech®. Gros contrat local bien juteux. Avec des promesses d'embauches et de moelleuses subventions pour les communautés qui acceptaient de tester ce procédé inédit de codage par phéromones. En attendant, il ne pouvait s'empêcher d'imaginer l'air saturé par ces cochonneries de particules invisibles censées faire la nique au Chromozone et à ses très vilaines manières. Et les Zen-pétasses du Zen-marketing pouvaient toujours susurrer en souriant :

— que les messages chimiques étaient éminemment volatils et éphémères ;

— qu'ils ne pouvaient en aucun cas interférer avec un organisme humain ;

— qu'ils étaient élaborés sous strict contrôle pharmaceutique…

… rien à faire, Teitomo n'était pas prêt à hypothéquer l'avenir de son libre arbitre sur la parole de sexy débusqueuses de marchés. Parce que, hein, si leur invention était un succès (et elle semblait foutrement bien marcher, pour l'instant), qu'est-ce qui empêcherait Zentech d'ajouter bientôt un ingrédient secret, une merveilleuse phéromone taillée sur mesure qui lui donnerait envie de Zen-acheter toutes les Zen-saloperies qu'il leur prendrait l'envie de Zen-fabriquer ? Et si la phéromone en question flottait déjà autour de lui, là, à chaque fois qu'il envoyait une giclée dans les narines d'un de ces nez automatiques, hein ?

Seulement voilà : il était flic. Ses employeurs avaient souscrit au protocole de test. Et son supérieur direct lui avait refilé la phéroclef, frappée d'un très joli logo en relief, sur l'air de « t'as signé, c'est pour en chier ». Avec consigne de s'en servir.

Si au moins le pognon des subventions avait permis d'améliorer les conditions de gosses comme la petite créole de tout à l'heure… Mais non ! Ça irait juste soutenir l'effort de propagande des Auxiliaires en perte de vitesse. L'aide sociale, ça se porte bien si les caisses se portent bien. Quand les cours s'effondrent, on tente d'abord de maintenir l'image, le vernis. Le budget pub. Sous peine de crever encore plus vite. Allez, tenez, une p'tite giclée bonus de la part de tonton Teitomo, des fois qu'une fraction de tout ça arriverait quand même jusqu'à la poche d'un ou deux paumés…

Au bout du quai, un trio de flics faisait semblant d'inspecter en silence la propreté du sol. Ça sentait la fin de service. Crevés, le menton appuyé sur la poitrine et pas chauds pour assurer le zèle à cette heure. La nuit avait dû être difficile… Teitomo n'en reconnut aucun. De la piétaille fraîchement recrutée par la Division. Parfait : de toute façon, il était de repos aujourd'hui, et sans la moindre envie de causer boutique avec trois zombis armés et shootés au café froid. Il appuya son large dos contre le mur barbouillé de tracts, attendit que ça se passe. Le plus proche des policiers lui lança quand même un regard en coin, des fois que… Mais l'évidente respectabilité de ses vêtements suffit à lui faire passer l'examen, avec mention « pas bouger ».

Le crissement grandissant de la rame en approche vint cisailler ses rêveries. En montant dans un wagon, il crut apercevoir un des jeunes flics vomir sur les rangers de son voisin… Puis les portes se refermèrent et la station disparut en gémissant. Teitomo se laissa entraîner sans résistance vers l'enfer du voyage…

*

Quand il revint à la surface, le soleil était haut au-dessus de lui. Teitomo s'arrêta au sommet des marches désertes de la station, se figeant un instant dans sa lumière, avide de calme et de chaleur. Tout autour de lui s'étendait un monde paisible et rutilant. À perte de vue, les noms d'Allah brûlaient en lettres de néon rouge sur les façades et dans le ciel. Les voix des muezzins retentissaient au-dessus des places et des marchés. Les rues étaient décorées de mosaïques rapportant les paroles du prophète Muhammad et les façades brillaient des sourates peintes à la feuille d'or sur les murs blancs des maisons. Malgré la beauté du quartier, il ne put retenir un frisson au souvenir de son pénible trajet en métro. C'était l'épreuve nécessaire pour pouvoir rendre visite à Khaleel.

Comme d'habitude, ça avait été un long, triste et pénible cauchemar. Une traversée morbide, kaléidoscope de visages blancs hallucinés se pressant contre lui, se lovant sans cesse au rythme des arrêts, dans l'espoir d'éveiller sa tendresse. Des mains égoïstes de femmes et d'hommes avaient effleuré son corps massif, irrésistiblement attirées par ses yeux bridés et son allure impeccable. Venant en fraude des banlieues tampons et des bidonvilles blancars où le filtrage des accès au métro était moins strict, ils se pressaient ainsi chaque jour par dizaines, au hasard des lignes et des stations, nourris par l'espoir insensé d'être remarqués par un voyageur régulier comme Teitomo. Guettant l'instant de sa sortie, espérant que c'était bien à une station-clef qu'il comptait ressortir. Magnanime, le grand flic s'était efforcé d'attendre le dernier moment pour s'agiter, mais les zonards qui tapinaient ici avaient appris à parfaitement décoder chaque imperceptible signe de comportement indiquant une sortie imminente. À l'approche de sa destination, un murmure émerveillé traversa le wagon : le grand Asiatique rendait visite aux Sicaires ! Aussitôt, les voix indistinctes des papillons humains lui murmurèrent les plus méprisables promesses pour qu'il daignât en choisir un. Il lui suffisait de prendre la plus belle, le plus docile, la plus misérable ou le plus fier et de l'emmener avec lui pour changer le cours de son destin. Les plus téméraires s'accrochèrent à lui quand il posa un pied sur le quai. Impossible d'échapper à cette poignante braderie.

Le plus effrayant, ce n'était pas les dizaines de regards fiévreux le fixant durant tout le trajet. Ni le craquement mou des clavicules sous les matraques derrière lui au moment de sortir. Le pire, c'était le silence soumis face aux miliciens brutaux chargés de les contenir à l'intérieur de la rame. Le pire, c'était la certitude que tous ces misérables reprendraient leur ballet nauséeux dès demain, ou dans une heure si un autre voyageur devait se pointer, semblant comme lui digne de descendre à cette station.

Parce que ici était l'entrée des Sicaires de l'Hégire, la plus prometteuse des communautés locales. Et ce que les pauvres zonards ignoraient, c'est que même Teitomo n'y était admis que dans le cadre sévère d'une autorisation de visite temporaire.

Les fondateurs des Sicaires étaient des néo-Bâbis. En échange d'une obéissance absolue aux préceptes du noble Qur'ãn, ils accordaient une liberté plus grande aux femmes, prônaient une meilleure justice sociale. Sans être musulman, Teitomo appréciait cette approche progressiste. Depuis la naissance du mouvement, cinq ans auparavant, les néo-Bâbis s'étaient érigés en une valeur montante au sein des sociétés formatives. Leurs croissants d'or et de verre se hissaient au-dessus de plus en plus de cités. Des milliers de vies brisées par Chromozone se tournaient vers leur modèle social, espérant trouver enfin la stabilité et la quiétude. Seulement voilà : le nombre de places était strictement limité. Afin d'établir le bien-fondé de leurs postulats communautaires, les Sicaires de l'Hégire étaient dans la nécessité de maintenir le contrôle à leurs frontières. Il n'était pas question ici d'altruisme appliqué, mais d'expérience sociale *in vivo*.

Avant eux, il y avait eu d'autres joyeusetés du même genre. Teitomo se souvenait encore des Commis de Saint-Jean, du Diaconat Donatiste et des Soubiriens Révélés. Sans oublier, pour la bonne bouche, les éphémères et hallucinants Marxistes Apostoliques. De vieilles croyances, déclinées et façonnées en marques et labels pour susciter l'adhésion. De simples mots mariés contre nature pour générer un choc mental. À travers le monde, des centaines de collectivités avaient eu leur heure, leur mois ou leur trimestre de gloire. Au bout du parcours, aucune n'avait su proposer une réponse viable aux angoisses de l'humanité à court de solution. Parfois — souvent — les armes et le sang avaient achevé l'expérience, puis les survivants éberlués étaient retournés dans les rangs des autres lemmings bipèdes entassés dans les villes. Comment qu'ils disaient, déjà ? Ah oui : « La stabilité globale *via* le chaos local. » Et merci qui ? Merci Chromozone (ça commence à rentrer...).

Quinze ans plus tôt, pendant la période de la Petite Terreur, Teitomo s'était retrouvé en cheville avec d'autres musulmans, plus traditionnels. À l'époque, Justine vivait encore avec lui et ils fricotaient à Marseille avec des groupuscules activistes, décidés à réformer la société merdique qui les avait vus naître. Il y en avait alors plein à travers l'Europe, de ces bandes plus ou moins organisées, plus ou moins résolues à changer les choses. Il faut croire que, quelque part, une autre coterie que la leur avait eu la même idée, avec une plus grosse dose de moyens et d'ambitions... Le virus Chromozone frappa un mardi matin, c'est ce qu'avait retenu l'Histoire. En à peine plus de temps qu'il n'en fallait à la Terre pour tourner une fois sur elle-même, il renvoya ses habitants à l'âge du silex et de la démerde.

Comme le reste du monde, Marseille retourna au chaos. Dans ce contexte, tout volontaire prêt à limiter les dégâts était accueilli avec chaleur. La couleur de la peau ou l'intégrité du prépuce n'avaient pas encore repris autant d'importance. Ça avait été une putain de glorieuse période d'héroïsme. D'horreur, aussi. Pas le temps de s'interroger des heures sur le bien-fondé ou la légitimité de ses actes. Laisse ton bréviaire et tes théories au vestiaire, mec, y a un gosse affamé qui te regarde.

Voilà comment Teitomo avait rencontré Khaleel. Comment il était devenu flic à son tour (flic, bordel !)

au sein d'une milice musulmane autoproclamée. Le boulot ? À l'époque, ça consistait surtout à s'arc-bouter contre tout ce qui tenait encore à peu près debout, flingue en pogne, dans l'espoir que ça tiendrait un petit peu plus. Parce qu'il fallait bien que quelqu'un se charge du sale boulot. Comme dans ce vieux film, avec un jeune gars, Max, qui persiste à se battre pendant que le monde s'effondre autour de lui.

Enfin, après quelques mois de silence et d'obscurité, les moyens de communication et l'électricité furent lentement rétablis en France et ailleurs. De derrière leurs barricades, des groupes éparpillés se rencontrèrent à mi-chemin, histoire de voir s'il y avait un médecin dans la salle. On se souvint d'antiques méthodes pour pallier les pénuries les plus urgentes. En quelques semaines, le calme revint. De l'avis de Teitomo, s'ils avaient voulu changer les consciences, les géniteurs du Chromozone avaient raté leur coup : lorsque les premières communautés émergèrent du bordel ambiant, les choses se tassaient déjà. Signe d'accalmie, les publicitaires finirent par ressortir des chiottes, des idées plein les narines… et tout le monde décida de faire comme si rien ne s'était passé.

Mais pour lui, le retour à la normale conserva un goût de pourriture. Pendant trop de jours, il avait vu la bête se poser en souveraine au sommet des charniers, dominant les pensées et les gestes d'individus acharnés à enfoncer leurs bras dans les sanies, à la recherche d'un peu de… pouvoir ? sécurité ? monnaie d'échange ? Pourtant, ces gens n'étaient ni affamés ni malades. Rien ne les menaçait directement. Qu'est-ce qui les avait rendus si ignobles ? D'après Khaleel, Chromozone avait seulement pulvérisé leur mode de vie et leur confort, les confrontant à leur vraie nature. Car, comme le vieux flic aimait à le répéter les soirs de dérive, s'il fallait définir les motivations de l'humanité toute nue en deux principes, ça donnerait « mon voisin en a, donc j'en veux aussi ! » et « si j'en ai déjà, alors j'en veux davantage !!! ».

Dans sa chair hérissée, au mépris de toutes ses convictions passées, Teitomo ne put plus être autre chose qu'un putain de flic ! Ne fût-ce que pour faire se dissiper les clichés sanglants qui palpitaient désormais devant ses yeux. Parce qu'elle ne pouvait accepter ce changement, Justine le plaqua pour poursuivre la lutte, seule et ailleurs. Teitomo commença à perdre pied. Et ce fut encore Khaleel qui le sauva. Malgré la différence de foi, il put bénéficier d'un régime de faveur et rester parmi les miliciens islamistes des jours glorieux. Pour « services rendus ». Mine de rien, l'arrangement fonctionna plutôt pas mal pendant quelques années, jusqu'à l'émergence des sociétés formatives et des pogroms. Accusé d'hérésie, il dut fuir pour échapper à la mort. Khaleel lui-même n'échappa pas aux procès et paya lourdement le prix de la chair.

Depuis, à chaque fois que ses affectations le lui permettaient, Teitomo veillait à revenir se réchauffer auprès de son bienfaiteur et seul ami. Et récemment, il avait eu l'occasion de conclure un très avantageux contrat en ce sens…

Le grand flic traversa une large place pavée abritant un marché couvert. Sans y faire vraiment attention, il accepta une orange que lui tendait en souriant une Eurasienne voilée. Interprétant mal ses vêtements étrangers, peut-être avait-elle cru qu'il était un musulman nouvellement converti. Officiellement, les néo-Bâbis laissaient chacun se vêtir comme il l'entendait. « Le croyant est noble au regard d'Allah pour autre chose que le tissu qui le vêt. » Les femmes pouvaient se contenter de porter un léger voile, plus symbolique que vraiment couvrant. Dans la pratique, il était cependant de bon ton de porter une djellaba, surtout quand on était originaire d'une confession différente. Pour se fondre dans la masse autant que souligner la sincérité de sa foi nouvelle.

Le fruit était frais et juteux, probablement issu d'un complexe agronomique. Manquant de place pour pratiquer un paysannat traditionnel, les Sicaires s'étaient tournés vers des solutions modernes de production, quitte à devoir se commettre avec les détenteurs de la technologie nécessaire. En cela aussi, les néo-Bâbis soulignaient leur éloignement des voies islamistes traditionnelles, qui considéraient nombre de progrès scientifiques comme autant de déviances et de coupables hérésies.

Il soupira. Finalement, ce n'était pas pour beaucoup plus que pour le privilège simple de mordre dans une orange que les essaims de blancars se pressaient aux portes des Sicaires. Une fois encore ou une fois enfin, connaître l'abondance. Le reste — la sécurité, le confort, l'exaltation communautaire — n'était qu'un superflu vite digéré. Mais le jus sucré d'un fruit offert… Teitomo sentit monter des larmes de pure empathie.

Il marcha paisiblement sous le soleil jusqu'au perron d'un haut bâtiment situé au bout de la place. Immobiles à l'entrée, deux plantons observaient la foule en silence. Quand il franchit les grandes portes gravées, ils lui rendirent son salut en louant Allah. La paix au cœur, il disparut dans l'ombre bleutée du quartier général de la milice des Sicaires.

*

La tanière de Khaleel sentait les épices et le café chaud. De lourdes pales de cuivre tournaient au plafond, brassant l'air épaissi par l'encens et les fumées narcotiques. Il y faisait doux et chaud comme sur le ventre d'une danseuse — ou dans le rêve d'un junkie. Contre les murs courait un enchevêtrement de baffles en Bakélite noire, qui crachaient en permanence les pulsations cardiaques du locataire. Dissimulés dans le plancher en vrai bois verni, d'autres haut-parleurs y collaient la mélopée aléatoire d'un fifre synthétique. Très haute technicité. Au milieu de la pièce, baignant dans un cône de lumière dorée, une silhouette squelettique était suspendue au-dessus du sol, seulement vêtue d'un ample pagne. Les jambes essuyées sans répit par quatre servantes nues assises à ses pieds, Khaleel auscultait le monde sans même y penser.

Teitomo interrompit le calme de la scène par un murmure, à peine perceptible à cause de la musique :

— Salut, mon pote…

Le volume de la mélopée baissa soudain. Les paupières parcheminées du vieil homme s'ouvrirent sur deux gouttes d'encre diluées à la Javel. Les plis de sa bouche se contractèrent en un sourire radieux :

— *Bismillah*, Tei !

Contournant deux des adolescentes, extatiques, occupées à rincer dévotement la sueur des mollets de son ami, le jeune flic s'approcha jusqu'à faire mine d'embrasser rituellement son aîné. De près, Khaleel dégageait une odeur aigre de chair malade et de médication lourde. Le salut fut attentivement surveillé par les deux autres filles. Elles auraient bien été capables de le dépiauter de leurs ongles, s'il avait ne serait-ce qu'effleuré la peau de leur protégé. La plus proche bâilla longuement pour souligner sa méfiance. Teitomo fit mine de n'avoir rien remarqué et tira deux joints de sa poche. Il leva le bras pour en planter un entre les lèvres de Khaleel, l'alluma, hésita un instant, puis rangea le sien sans y toucher.

— Alors, vieille branche, comment c'est la vie, de ce côté du bonheur ?

Les yeux luisants se refermèrent pour mieux apprécier la première bouffée de drogue :

— C'est au petit poil, gamin, juste au petit poil.

— T'as bonne mine, je trouve... T'as trouvé à bouffer, récemment ?

La blague éculée datant de l'époque des pénuries provoqua un rire fatigué chez le vieux policier, en même temps qu'une accélération de son rythme cardiaque, aussitôt assimilée par la mélopée remplissant la pièce. Les notes s'égrenèrent quelques secondes dans l'air sans qu'un mot soit prononcé.

— Gamin...

— Ouais ?

— T'es en retard !

Une pointe d'angoisse avait percé dans la voix usée. Une servante releva la tête, inquiète à son tour. Les yeux ridés se rouvrirent à moitié pour fixer Teitomo méchamment. Qui effaça la question d'un geste vague de la main gauche :

— J'ai enchaîné plusieurs nuits de patrouille dégueulasses cette semaine. Avec ces rumeurs de fiasco, le commandement est sur les dents et on fait du zèle pour redorer le blason… Résultat, j'ai manqué le réveil.

— T'es intervenu sur le meurtre de cette nuit ?

— … ?

— Une vacherie dans une confort' de votre secteur. La carcasse d'une mémé vaudoue trouvée au petit matin par sa voisine… Cramée avec son lit, un truc dégueulasse ! Paraît que le bleu qui s'est pointé pour le constat a eu du mal à retrouver tout seul la sortie…

Teitomo eut une pensée fugitive pour le trio de flics croisé plus tôt sur le quai de métro et pour le plus jeune, encore occupé à vomir son café sur ses rangers. Pas remis de sa découverte, peut-être ? Fallait être le fils de personne pour dépêcher un bleu sur ce genre d'affaire ! Le commandement ne manquait pourtant pas de personnel…

— Merde, Khaleel, comment tu peux déjà savoir ça ?

L'intéressé baissa la tête vers ses cuisses décharnées et luisantes, sur lesquelles veillaient sans relâche ses quatre adoratrices. Puis il secoua sa tête pour faire tinter doucement les câbles de cuivre qui reliaient sa gorge, sa moelle et ses reins au reste de l'univers.

— Brevets standard, Tei. Un seul tuyau pour faire passer toute la merde. C'est aussi Zentech qui fournit aux Sicaires leurs protocoles de phérommunication. Seulement, eux, en prime, ils m'ont moi… Alors les petits secrets des Auxiliaires, avec ma quincaillerie de pointe, j'en fais mon petit déjeuner. Directement du producteur au consommateur, hé, hé, hé…

Teitomo hocha la tête en souriant. Ouais, désormais, y avait plus des masses de choix, dès qu'il s'agissait de coller au progrès. Depuis qu'une poignée de petits génies avaient clamé qu'ils avaient bricolé une passerelle assez solide pour résister aux ravages du Chromozone, tous ceux qui en avaient les moyens s'y pressaient, soucieux d'être de la fête.

Une servante se releva, les mains chargées de linges ayant longuement essuyé la peau du vieil homme. Teitomo observa sa marche gracieuse jusqu'à la sortie de l'alcôve, la nonchalance étudiée de ses pas. Un seul tuyau pour toute la merde, vraiment. Khaleel, les yeux clos, tirait passionnément sur son mégot de hachisch. *Via* les baffles, la musique avait retrouvé un tempo apaisé.

— Tiens, mec, j'ai un autre cadeau pour toi.

Teitomo sortit une minicassette magnétique de sa poche de pantalon, l'agita sous l'œil avide de son ami. La tendit à une des filles, qui la saisit avec répugnance pour la ranger avec les autres dans un compartiment du plancher.

— Tu vas te régaler, avec celle-là. Interpellation d'un clandestin avant-hier matin. Le blancar s'était peint des *vèvè* sur tout le corps et récitait ses prières mieux qu'un *oungan*. Courait vite, aussi, le gars. On a dû lui tirer dans les jambes pour le ralentir un peu T'en as bien pour une heure à te marrer !

— T'étais encore avec Isidore ? J'aime bien écou ter, quand tu bosses avec lui, il est toujours défoncé.

— Il est en congé jusqu'à la semaine prochaine J'étais avec des nouveaux du quartier Sud.

— Bordel, qu'est-ce qu'ils foutent dans ta Division ? Tout le monde sait que les Auxiliaires sont à la dérive et ça continue de recruter à tour de bras !

— Ouais, je sais, c'est bizarre... Y a une drôle d'ambiance, en ce moment. Ça sent mauvais, mais je sais pas d'où ça vient.

— Fais gaffe, Tei... Ici aussi, on a entendu des rumeurs. Des histoires de rachats. Ce genre de truc.

— T'inquiète pas !

La discussion se poursuivit ainsi pendant plusieurs minutes. Ils parlèrent de tout et de rien, de l'inquiétante implantation de Zentech dans toute la région, de cette rumeur de secte fondamentaliste cannibale qui ferait des émules jusque dans la Parispapauté... Puis une nouvelle adolescente dénudée entra dans la salle, salua en silence selon l'usage établi et vint prendre place aux pieds des deux hommes. Saisissant d'une main fine un tissu stérile dans le distributeur, elle entama à son tour la récolte des précieuses informations contenues dans la sueur du vieil homme.

— Tei ?

— Ouais ?

— Faut pas être en retard quand t'as promis de venir

Teitomo fixa longtemps le visage fatigué de son ami, converti en pipe-line vivant pour être encore utile à quelque chose. Une boule douloureuse grossit dans sa gorge.

— Je suis vraiment désolé. Je…

Les yeux délavés de Khaleel s'embuèrent. Deux servantes s'affolèrent et se relevèrent instinctivement pour lui essuyer les joues. Il recula la tête pour qu'on le laisse tranquille.

— J'ai besoin de toi, gamin ! Tous des crétins, ici… Prêts à tout pour me satisfaire, mais ils font même pas semblant de comprendre. Toi, tu sais pourquoi j'ai accepté de devenir… ça ! Me laisse pas tomber, Tei !

Malgré sa réaction de refus, une des filles s'acharna à recueillir les précieuses larmes. Teitomo sentit monter la colère. Il se retint de saisir la fille pour la balancer à travers la pièce. En quelques secondes, elle eut accompli sa mission et se rassit sagement, sans un mot. Sa victime secoua la tête en soupirant :

— Et je suppose que je devrais dire merci…

— Oh, t'es gonflé ! T'en connais d'autres, des croûtons de ton âge qui ont encore les faveurs d'aussi jolies minettes ?

Teitomo savait à l'avance que sa pauvre plaisanterie tomberait à plat, mais la supplique du vieux lui avait vidé la corbeille à idées. Lâchement, il préféra changer de sujet :

— T'as une préférence pour le prochain enregistrement ? Qu'est-ce que tu dirais d'une reconnaissance sur le périph ?

— Je préférerais… une promenade sur le port. Avec le bruit du vent, si tu en trouves.

— Y a qu'à demander…

Un court silence se fit dans la pièce. Le cœur de Khaleel imposait toujours son implacable rythmique à travers les baffles. Teitomo en profita pour allumer son joint. La puissante odeur d'herbe écrasa aussitôt celles de café et d'épices. Le vieil homme le laissa faire sans parler, puis soupira lentement.

— Tu sais, parfois, j'ai presque l'impression de le sentir en moi, mais morcelé, comme en bribes…

— De quoi tu parles ?

— Du vent, gamin, du vent… Lui aussi je le capte, tu sais. Des fois, j'ai même son goût dans ma gorge… Mais, j'ai pas de son. C'est juste une reconstruction synthétique, tu vois ? Des centaines de souffles captés au hasard et stockés, forcés de se recomposer dans mon corps. Pas le vrai truc… C'est pour ça que je voudrais que tu me l'enregistres !

Khaleel sourit suavement en fixant le jeune policier, qui sentit monter un sentiment de dégoût. Soudain, son meilleur ami ne fut plus qu'une imitation de Khaleel, une monstruosité accrochée au plafond, décharnée… maléfique. Il regretta d'avoir pu entendre ce fatras de paroles complètement débiles. L'odeur de médicament revint en force, acide et malsaine. Mal à l'aise, le jeune homme écrasa son mégot et se prépara à partir.

— Bon, c'est d'accord. J'irai faire un tour du côté du port avant ma prochaine visite.

— Tu t'en vas déjà ? Mais, tu viens juste d'arriver !

— Ouais, mais j'ai aussi promis de passer à l'hôpital voir un pote qui a reçu une vilaine blessure, mentit Teitomo. Et y a pas de visites l'après-midi. Je te laisse les autres tiges pour plus tard, O.K. ?

— Tu reviens quand ?

— Je sais pas encore… Ça dépendra du service.

Mais dès que j'ai une date sûre, je te la fais savoir, d'accord ?

— D'accord. Salut, gamin ! Reviens vite…

— Promis… Salut, Khaleel.

Le menton du vieux flic retomba sur sa poitrine, comme la tête d'une marionnette privée de vie. Dans la lueur cuivrée de l'alcôve, on aurait dit une putain d'icône chrétienne flottant au-dessus de ses pleureuses. Obéissant à la volonté du résident, le fifre électronique reprit sa mélodie envoûtante. Teitomo recula lentement vers la sortie, puis tourna les talons et franchit la porte sans se retourner. Il remonta un long couloir décoré de lambris acajou sur une quinzaine de mètres — c'est-à-dire aussi loin que pouvait porter le regard de Khaleel depuis sa tanière. Puis les murs retrouvèrent une teinte claire unie, plus en accord avec l'architecture traditionnelle des Sicaires. Blancheur et sobriété. À partir d'ici, les lois formatives reprenaient le dessus sur les exigences d'un vieil homme capricieux mais indispensable. Un escalier étroit aux marches régulières le ramena à la surface pour la suite de son parcours matinal.

*

La pièce suivante où le jeune policier était attendu tenait plus du four à pain que du bureau administratif. Un djinn malfaisant devait avoir tendu une loupe invisible entre cet endroit et le ciel pour y concentrer les rayons du soleil. Cette volonté d'exposer le personnel et les visiteurs à la chaleur devait avoir une justification, puisque d'autres ailes du quartier général des Sicaires proposaient une climatisation parfaite. Peut-être était-ce un moyen de lutter contre l'amollissement des responsables ? Ou de souligner leur force de caractère ? Teitomo penchait plutôt pour cette deuxième solution : la pièce dans laquelle il venait d'entrer était spacieuse et spartiate, vide de tout mobilier ou ornement à l'exception d'un petit haut-parleur fixé au mur et d'un bureau verni. Un dignitaire y était assis, qui l'attendait avec une mine d'oiseau de proie frustré. À peine vingt-cinq ans, les cheveux soigneusement coiffés et la moustache coupée court, il était vêtu de la robe mauve rehaussée d'or des officiels des Sicaires. Un galon brodé sur la poitrine précisait son statut de médecin. La musique de Khaleel résonnait au-dessus de lui, sortant du petit haut-parleur en bois précieux. Ses doigts maigres et luisant de sueur tapotaient ses dossiers en rythme. Teitomo ne l'avait jamais vu, mais décida qu'il ne l'aimerait pas. Il se planta devant le bureau et le salua poliment :

— *Allahou Akbar !*

Les doigts cessèrent de s'agiter sur les feuilles de papier. Leur propriétaire leva les yeux vers le colosse en arrêt devant lui. La formule de salut employée par Teitomo était la plus usitée chez les néo-Bâbis. La réponse fut tout aussi traditionnelle :

— *Allahou Aazham !* murmura-t-il. Dieu est le plus puissant.

Teitomo ne comptait plus le nombre des visites effectuées dans ce bureau, au retour de l'alcôve de Khaleel. Et presque à chaque fois, il avait eu affaire à un intermédiaire différent. Peut-être était-ce une façon de rappeler le fort taux d'adhésion et de recrutement dont pouvait s'enorgueillir le mouvement ? Ou bien pour souligner sa bonne santé propagandiste ? Peu importait, finalement ! Le plus fatigant, c'était la nécessité de devoir recommencer le même cérémonial convenu. De ne pouvoir établir aucune connivence, aucune créance au fil des rendez-vous. À la réflexion, tel était sans doute le but de la manœuvre.

Le nouveau ne dérogea pas à la règle :

— Je suis surpris par votre maîtrise de nos coutumes. Jusqu'à votre accent... C'est édifiant. Loué soit Allah !

— Docteur, comme vous l'aurez appris en consultant mon dossier, j'ai grandi à Marseille. Mais peut-être faudrait-il aussi que je vous rappelle pourquoi je connais l'arabe et pas le japonais ?

L'officiel sourit en mordillant sa moustache. Ses dents étaient colorées par le thé, qu'il devait boire par litres pour supporter la chaleur des bureaux.

— Inutile d'en arriver à une telle indignité, poursuivit-il en agitant la main. Vous êtes ici pour des motifs autrement plus nobles que la justification de la confiance que nous plaçons en vous.

Teitomo ne répondit pas. Malgré la chaleur, un frisson glacé lui parcourut l'échine. Juste dix secondes avec ce salaud hors de son bureau et il lui inculquerait volontiers quelques principes élémentaires de courtoisie. Mais il en va ainsi des petits chefs comme des roquets : ils aboient d'autant plus fort qu'ils se savent intouchables. L'officiel tapota un instant ses papiers en fixant son visiteur, puis poussa un profond soupir :

— Bon, nous n'allons pas y passer plus de temps que nécessaire. Nous savons tous les deux pourquoi vous êtes ici... alors, finissons-en.

— Je vous écoute.

L'homme prit un temps pour relire ses notes, se racla la gorge :

— Tout d'abord, il a mentionné un enregistrement du vent et d'une promenade sur le port… Vous n'accéderez pas à sa requête. Nous classons ce caprice sans suite.

— Pourquoi ?

— Je n'ai pas à justifier cette décision…

Teitomo soutint le regard du petit fumier jusqu'à ce que celui-ci cède en soupirant :

— Disons qu'il est jugé préférable que les thèmes de ces fameuses cassettes, auxquelles je suis personnellement opposé, demeurent inscrits dans un cadre strictement professionnel. Arrestations, poursuites, cris de voyous, violence policière, tout ce qui lui rappelle son métier reste bénéfique. Au contraire, toute digression, surtout touchant au domaine de la rêverie, bruit de la mer et chant des baleines, est à proscrire.

— C'est un vieil homme, malade et impotent… Pourquoi le priver d'une simple joie ?

— Vous ne croyez pas que nous avons déjà cédé à suffisamment de ses exigences ? Ces… ces filles qu'il a exigées nues auprès de lui, vous croyez qu'elles apprécient cette obscénité ? Et la drogue que vous lui fournissez à chaque visite ? *Yâa salâam !*

Ravi de l'avoir fait exploser, Teitomo lui accorda quelques secondes de silence pour se redonner une contenance. L'autre se mordilla à nouveau la moustache, marmonna une obscénité en tapotant ses dossiers. Le grand flic sourit en croisant les bras :

— N'empêche qu'il vous rend quelques inestimables services, pas vrai ? Du genre qui mérite que vous fermiez les yeux, côté morale ! Putain, elle pisse pas loin, votre probité !

Le médecin s'était refait tout protocolaire :

— Ce chapitre est clos... J'aimerais maintenant que nous abordions un autre point de votre discussion avec lui : les rumeurs de rachat des parts de vos actuels employeurs. Il serait préférable que, hum, que cela reste confidentiel.

Teitomo plissa les yeux. Était-on tranquillement en train de lui suggérer que les Sicaires pourraient bientôt phagocyter le territoire des Auxiliaires ? Si cette nouvelle devait se répandre, la Division n'aurait pas assez de toutes ses recrues pour maintenir le calme dans le secteur !

— Bien entendu, vous n'avez pas à vous inquiéter personnellement. Il va de soi que, le cas échéant, nous établirions un nouvel accord, semblable au précédent, vous garantissant un emploi géographiquement assez proche pour continuer à nous rendre régulièrement visite. Car plus que vos cassettes ou vos misérables joints, force est de constater combien votre présence lui fait du bien, *inchallah !*

Teitomo pointa du doigt le haut-parleur du mur d'où provenait la musique née du rythme cardiaque de son ami.

— Vous n'avez même pas prononcé son nom... ça vous gâche l'évangile, hein, de dépendre de Khaleel pour maintenir votre petite suprématie ?

— Gardez vos blasphèmes pour au-delà de ces murs... Cet entretien est terminé !

Teitomo salua convenablement l'officiel, et s'éloigna rapidement du bureau surchauffé. Malgré sa rancœur, il était obligé de supporter ce genre de mesquinerie zélée : disciples du réformateur Bâb, les Sicaires de l'Hégire étaient les seuls musulmans qui toléraient l'existence de Khaleel. Son pauvre corps avait subi tellement d'altérations qu'il était un crachat à la face de l'Islam et des préceptes traditionnels du Qur'ãn.

Remontant le long couloir qui le ramènerait dehors, Teitomo distingua sur sa gauche la silhouette d'une jeune fille se rhabillant silencieusement derrière un épais rideau de perles colorées. Il reconnut la servante qui avait quitté l'alcôve pendant sa visite. Leurs regards se croisèrent et elle lui sourit doucement. Sa corvée finie, elle pouvait tomber le masque de la soumission et rentrer chez elle. Teitomo la salua de la main, puis s'en voulut. Confusément, il sentait qu'il manquait d'honnêteté envers Khaleel s'il partageait en coulisse la connivence d'un sourire avec une de celles qui lui jouaient la comédie de l'adoration. Oui mais, lui-même ne participait-il pas à cette comédie à chaque visite ? Gêné, il ralentit son pas, fut tenté de revenir en arrière pour proposer à la jeune fille de la raccompagner. En guise de pardon. Abandonna finalement l'idée en secouant la tête et repartit vers la sortie.

De retour près des lourds vantaux extérieurs, il goûta encore un peu la fraîcheur presque bleue des couloirs, avant de replonger dans la chaleur du jour.

*

Tapi dans son antre, Khaleel somnolait en écoutant son cœur. Loin, là-bas, à l'extrémité d'un corps qui n'était plus le sien, les femmes poursuivaient leur rituel de l'adoration. Les mains délicates arpentaient sans relâche l'interminable territoire de ses précieuses jambes gorgées d'informations cryptées. Artefact vivant, Khaleel faisait la nique au virus fossoyeur de la communication mondiale.

Captées par les pièges à vent placés sur le toit, des milliards de phéromones émises par des sources compatibles glissaient jusqu'à la moelle-réceptrice de sa nuque, se répandaient *via* son sang jusqu'à ses reins collecteurs-traducteurs pour finalement diffuser leur secret par les pores de ses membres inférieurs. L'ancien flic était devenu un merveilleux outil de correspondance prêt à l'emploi pour quiconque voudrait bien s'en servir. Un miracle aux pieds duquel il était concevable de s'agenouiller. Une abomination dont le secret s'était perdu.

Oh, bien sûr, les Sicaires n'étaient pas les seuls à utiliser la phérommunication. Toutes les communautés un peu fortunées investissaient massivement dans les brevets de Zentech, Karmax et affiliés. Et c'est pourquoi Khaleel-le-standard-vivant leur était si précieux : à condition de se faire régulièrement injecter les procédures de nano-cryptage des concurrents, il suait aisément des kilomètres de communications secrètes clarifiées. De la plus triviale à la plus stratégique. Sans même y penser. Un seul tuyau pour faire passer toute la merde. Par contrat, il disposait d'un droit de regard sur l'ensemble des données fournies. Il aimait les associer, les confronter et les assembler pour se recomposer un tableau de ce monde qu'il ne pouvait plus arpenter.

Ce matin, les nouvelles qu'il avait piratées n'étaient

pas pour le rassurer. Quelque chose était en train de se passer chez les Auxiliaires Résolus d'Ogou Feray. Quelque chose d'encore latent, mais qu'avec l'expérience il avait appris à déceler dans ce fatras perpétuel. Ordres de mouvements de troupes ; frénésie des échanges entre les chefs de groupes ; excitations de blancars sur la frontière ; achats et stockage de munitions. Autant d'indices annonciateurs d'une catastrophe imminente.

Et puis, il y avait l'histoire de la femme calcinée dans sa chambre. Ça, c'était particulièrement préoccupant.

— Cigarette !

Immédiatement, une servante tendit la main vers un des joints offerts par Tei, l'alluma, puis se redressa pour lui visser l'épais cône de papier au coin des lèvres.

— *Choukran*, ma belle…

L'adolescente marmonna une humble réponse et reprit sa place à ses pieds. Khaleel fixa quelques secondes ses longs cheveux noirs nattés roulant sur son dos nu, ses épaules courbées cachant mal de jeunes seins aux aréoles soigneusement peintes en blanc. L'esprit déjà émoussé par le stick précédent, Khaleel tira une lente bouffée de drogue et referma les yeux.

D'après les premières constatations des flics arrivés sur les lieux, le tueur avait pénétré la conforteresse et franchi toutes les sécurités en habitué. Il n'avait ni crocheté ni forcé les serrures ; il les avait *pulvérisées*, les avait ramenées à leurs composants de base. Puis, il avait probablement discuté avec l'occupante de l'appartement, avant de la réduire à une pulpe sanglante.

Il n'existait qu'une seule arme capable de produire ce genre de dislocation : une horreur, née comme Khaleel dans le creuset des dérives technologiques des premières années formatives, quand des scientifiques mercenaires développaient des créations toujours plus impies. Un putain de *Corbeau* ! Le cœur du vieil homme s'affola.

— Par le Très-Haut, gémit-il.

Se méprenant sur son attitude, l'une des filles glissa une main hésitante sous son pagne et saisit délicatement son sexe. Furieux de la méprise, l'ex-flic poussa un grognement de colère entre ses dents serrées. Désorientée, l'adolescente leva vers lui un regard inquiet. D'un mur à l'autre, les amplis battaient la chamade. Ému par ses grands yeux noirs apeurés, Khaleel se ravisa :

— Pardonne-moi, dit-il. C'est très bien, continue… S'il te plaît.

Soucieuse et appliquée, la jeune fille amorça une languide étreinte autour de son pénis. Aspirant un peu plus de hachisch, Khaleel laissa se diluer ses pressentiments dans les prémices de l'unique plaisir physique qu'il pût encore apprécier…

Arracher la tête des bébés pour éduquer les mères

Luttant contre le sommeil, Gemini se mâchait régulièrement le poignet. Plusieurs heures qu'il guettait, allongé sur la roche usée par le vent du large. Son épais pantalon de toile ne l'isolait plus de la rosée gorgeant les mousses et lichens qui recouvraient le sol. Plus bas sur sa gauche, il entendait le fracas des vagues de novembre sur les récifs. La saison des tempêtes serait bientôt là. Dans cette partie de l'île, les habitants ne se risquaient pas si près du rivage quand venaient les bourrasques d'hiver. Mais lui se moquait bien d'être emporté par une lame ou une rafale traîtresse. Qu'importait la vie, quand ici on mourait chaque jour à petit feu. *Enez Eussa*, loin de la terre. Gemini montra les dents aux embruns et au ciel encore obscur.

Pressant un peu plus les coudes contre ses flancs, immobile dans l'ombre diffuse précédant l'aube, il fixa la charogne posée près de son visage. Pendant plusieurs jours il s'était retenu d'y goûter, attendant sa décomposition dans l'espoir d'un festin meilleur. Lequel se moquait bien de lui, planant à bonne distance et saturant la nuit moribonde de ses cris.

Gemini observa les premiers reflets rouges sur le ventre mou des nuages. Le jour serait bientôt là, qui emporterait son unique chance de faire une prise. En un demi-siècle, les cataclysmes infligés à l'écosystème local avaient eu raison d'à peu près tout ce qui vivait sur le littoral. Avec les crabes et les rongeurs, seules les mouettes avaient survécu. Malignes. Opiniâtres. Mauvaises. Elles vivaient ici par centaines, accrochées aux rochers, perpétuellement rabattues par le vent soufflant depuis la côte, dérobant aux hommes leur pitance et leur dignité. Qu'une seule fît l'erreur d'approcher, qu'une seule osât éprouver son appât et son casse-tête lui fracasserait les os ! Mais les oiseaux étaient méfiants. Leur clameur aiguë résonnait comme des commentaires moqueurs. Qu'est-ce que c'est que cette drôle de forme allongée dans l'ombre près d'un crabe, devaient-ils se dire. C'est posé dans l'herbe rase, ça a la couleur et l'odeur des lichens humides et ça ne bouge pas. Mais est-ce que c'est mort ? Nous sentons de la rouerie, dans cette chose. Une sourde volonté de survie, aussi tenace que la nôtre.

Perclus de crampes, Gemini s'efforçait de ne plus réfléchir, de ne faire qu'un avec la roche mouillée, d'être cette roche… Il voulait devenir invisible, de toutes ses forces. Soustraire son corps meurtri à ce monde débile. N'être plus inscrit qu'en creux dans le cours du temps. Imaginant sa signature thermique, qui devait le désigner comme être vivant à travers tout le cosmos, il lui ordonna de se taire. Dans sa tête abrutie de sommeil, péniblement, il devint tiède magma, jusqu'à presque sentir la chaleur qui l'abandonnait. Puis il ne fut plus qu'une agonisante boule d'énergie rougeâtre. En définitive, il ne resta parmi les mousses qu'une roche éteinte, attentive et muette dans l'aube née pendant sa métamorphose…

Une courte éternité s'écoula, avant qu'un des oiseaux ne reconnaisse l'effort de l'homme et cède à sa ruse — à moins qu'il eût simplement pitié de ce pathétique chasseur. Interminablement, la mouette tomba du ciel, tournoya en criant. C'était une vieille bête famélique, prête à tout pour se remplir l'estomac. Se ravisant cruellement, elle s'éloigna vers les vagues, avant de virer au ras de l'écume pour se poser près du crabe pourri. Gemini ne respirait plus. Il était la pierre de l'île et son herbe brûlée par le vent salé. Il était ce sel. Un autre oiseau vint se poser à son tour, à distance plus respectable, bientôt suivi d'un troisième. Hésitant, le premier s'approcha prudemment de l'appât, tendit le cou vers la chair infecte. Fixant de son œil méchant le drôle de rocher qui l'épiait entre ses paupières presque closes, il lui adressa un piaillement de défi, avant de commencer à dépiauter le crustacé abandonné. Incapable de bouger, le garçon l'observait se nourrir à grands coups de bec aiguisé. Autour d'eux, une dizaine de ses congénères s'étaient posés, avec l'intention de se disputer ce festin. Gemini eut l'intuition poignante qu'il n'avait pas plus que les mouettes le droit de survivre. Qu'ils étaient semblables, prisonniers de cette île dévastée par les éléments, condamnés à la violence pour ne pas disparaître. Son casse-tête s'écrasa sur sa proie, qui s'envola en criant sa colère ! Le coup mal assuré n'avait fait qu'effleurer son aile, déjà étendue pour la fuite. Alertée, toute la colonie fila vers les nuages salvateurs. Se redressant, il tendit les poings au ciel et poussa un hurlement de rage. C'était fini. Il ne mangerait pas non plus aujourd'hui. Debout face aux vagues, le garçon s'abandonna au froid et à la fatigue. Il savait qu'il n'aurait pas la force de supporter une autre nuit. Sa campagne de chasse était finie. Il allait falloir rentrer bredouille.

Saisissant son arme, il la lança de toutes ses forces vers l'océan. Dans sa gorge, une douloureuse boule de haine et de tristesse mêlées l'empêchait de respirer. Il dut s'asseoir près de la carcasse éparpillée du crabe. Enfouissant son visage entre ses genoux, il ferma les yeux et se força à sangloter.

*

Gemini pleura pendant plus d'une heure, étourdi par le craquement des vagues contre les récifs. Quand il releva la tête le maigre soleil d'automne était monté mollement depuis l'horizon et réchauffait sa tignasse hirsute. Venu du continent, un vent régulier semblait pousser vers lui les rouleaux translucides. Le garçon se releva en tordant sa mâchoire dans tous les sens, étira sa maigre carcasse en soupirant, enchaîna encore quelques grimaces pour assouplir son visage raidi par les embruns et les larmes séchées.

Au loin, sur la mer, un reflet métallique brilla brièvement. Peut-être le museau d'une mitrailleuse qu'on manœuvrait, ou les jumelles d'une sentinelle maladroite. Par défi, Gemini empoigna d'une main son sexe mutilé à travers son pantalon trempé et tendit l'autre, au majeur tendu, en direction de ses invisibles gardiens. Tournant les talons, il reprit en titubant le chemin du camp de réfugiés.

Il n'y avait que deux kilomètres entre sa cachette des nuits précédentes et le campement. À peine une petite demi-heure de marche à travers la lande déserte. Malgré la tension et la fatigue accumulées, Gemini trouva l'énergie nécessaire pour apprécier la balade. Il fila d'un pas rapide vers l'amas de baraquements installés à l'abri du vent, de l'autre côté de l'île. À cette heure, il n'y avait pas grand monde par ici. La plupart des déportés n'osaient pas désobéir, et restaient sagement dans les limites qui leur étaient imposées. Gemini, lui, n'en avait rien à foutre. Être prisonnier ici était une chose. Obéir au règlement en était une autre.

C'est à cet instant qu'il aperçut son premier être humain de la journée, nonchalamment appuyé contre un muret pour surveiller les cinq moutons dont il avait la charge. Trois des bêtes boitaient faiblement, les pattes trop serrées par la corde qui les liait entre elles. *Putain de connard*, pensa-t-il. *Même pas foutu de les entraver correctement !* Le jeune berger était un membre des Keltiks, pas encore un guerrier. Sans sa large ceinture de corde tressée, le large pantalon en toile bleue de son uniforme lui serait tombé sur les chevilles ; pour toute arme, il ne portait qu'un casse-tête, identique à celui que Gemini avait lancé à la mer. Ce dernier aurait pu choisir d'éviter la rencontre en faisant un large détour jusqu'à l'entrée du camp. Mais il était hors de question de se laisser emmerder par un branleur boutonneux, trop content d'avoir de l'autorité en plus d'un peu de poil au ventre. Gemini marcha donc droit vers le jeune Keltik qui l'observait à la dérobée. Surpris par sa manœuvre, celui-ci se redressa, saisit son gourdin pour se donner une contenance. Il ne devait pas avoir plus de douze ans, et ses dents étaient déjà plus pourries qu'un crabe mort :

— *Perak e maoût er maez d'an meur mañ ?*

Gemini ne put réprimer un sourire : l'accent et la prononciation étaient tout simplement épouvantables. Originaire d'Europe centrale, peut-être…

— Arrête ça, gamin. Je cause pas la langue de la tribu !

Celle-là, il ne devait pas l'entendre souvent, le gardien de moutons. En face d'un adepte plus âgé, Gemini aurait risqué une mort pénible pour de tels propos, ou pour seulement revenir d'une promenade à cette heure. Mais du haut de ses dix-neuf ans, il pouvait en imposer au gosse sans risquer plus qu'un œil noir ou une obscure injure. Qui ne vint même pas. Rougissant, le Keltik s'était plongé dans l'examen minutieux de son troupeau. Devait vraiment être une recrue toute fraîche, celui-là, pour ne pas encore avoir acquis les réflexes du clan. Peut-être même demeurait-il récupérable. Il l'observa avec un intérêt mêlé de dégoût.

— Putain de gâchis !

Le jeune berger tourna les yeux vers lui sans comprendre. Ses prunelles sombres trahissaient l'enfant déguisé en homme ; sous l'uniforme, on devinait la poitrine creuse et le corps déjà usé par les carences. Gemini ne l'avait jamais vu au village. Ce n'était qu'un descendant de réfugiés, tenant juste assez à sa misérable vie pour embrasser le pouvoir en place sans réfléchir aux conséquences. Finalement, il méritait d'être détesté.

— Putain de gâchis, répéta Gemini en reprenant sa marche, sans plus faire attention au petit con.

Au moins, celui-là ne lui causerait pas tout de suite des problèmes. Peut-être même, craignant d'avouer sa lâcheté, ne signalerait-il pas à son supérieur la présence de Gemini hors du camp au petit matin. Pour ce qu'il en avait à foutre, de toute façon... Dans l'immédiat, il n'aspirait plus qu'à retrouver sa couche et à dormir pour oublier son estomac douloureux. Cinq minutes plus tard, il franchissait discrètement l'enceinte du camp et filait le long des murs sans se faire remarquer.

À cette heure, dans le village, lève-tôt et insomniaques se croisaient encore sans se voir. Gemini n'eut aucune difficulté à traverser le bourg, malgré la présence de quelques Keltiks aux carrefours. Ceux-là étaient des durs, des vrais méchants, aux corps robustes couverts de tatouages sinueux. Capables d'arracher la tête des bébés pour éduquer les mères, bien leur faire comprendre qu'elles n'étaient plus rien d'autre que des esclaves dociles. Gemini les avait trop souvent vus faire ça quand des nouveaux posaient le pied sur le débarcadère. Presque un folklore local. Au point que même les marins rastafari qui manœuvraient les barges de déportation depuis le continent conseillaient aux filles un peu jolies de confier leur progéniture à quelqu'un d'autre, le temps de franchir les fourches Caudines des maîtres de l'île. Malheur aux vaincus ! Les plus mignonnes, les plus jeunes, iraient réchauffer les couches des meilleurs guerriers. Les autres rejoindraient rapidement les rangs des îliens tassés à l'abri du vent, puis s'inventeraient une survie.

La planque de Gemini était située dans une partie relativement abritée du bourg. Exilé de la première heure, il bénéficiait d'une confortable masure que même les Keltiks n'osaient lui contester. Du moins pas encore. Construite sur les ruines d'une maison datant de la conquête de l'île par les hommes, elle disposait encore de deux murs en vraies pierres, solides et épais. Et d'une porte en bois, gagnée à coup de poings le lendemain d'une tempête qui avait porté jusqu'au rivage des débris venus du continent. Le reste, du toit jusqu'au sol, n'était qu'une unique coulure de béton couverte de lichens, qui donnait à l'ensemble l'aspect d'une carapace lisse et molle. Gemini était amoureux de sa maison-tortue. C'était la première chose pour laquelle il s'était battu en arrivant ici, et pour laquelle il se battrait encore si nécessaire. Frappant doucement à l'entrée selon le code en vigueur cette semaine-là, il pénétra dans l'unique pièce plongée dans l'obscurité. Allongée contre un mur, Lucie lui lança un regard vaseux de sous sa couverture et se rendormit aussitôt. Tapi dans l'ombre derrière la porte, Erwann le salua de la main en murmurant :

— Salut, Gem… Ça va ? T'as l'air crevé.

Sans se lever de sa caisse, le colosse referma la porte du pied et tendit une gourde d'eau à son ami.

— Alors, c'était comment ?

— J'ai rien ramené… rien du tout.

— Ah…

Erwann se racla la gorge pour masquer sa déconvenue. Étant le plus costaud, c'est lui qui avait consenti au plus grand sacrifice, dans l'espoir d'une chasse fructueuse. Même avant le départ de Gemini, Lucie et les autres mangeaient déjà sur sa maigre part. Rentrer bredouille, c'était conclure que son dévouement avait été vain. Le pauvre devait être affamé. Parlant toujours très bas, il posa l'unique question vitale à cette heure :

— Comment on va faire ?

— Je vois pas trop de solutions. Soit on lèche le cul du Tore, soit…

— Soit ?

Gemini but une gorgée d'eau et soupira. Il était trop fatigué pour réfléchir. Mais Erwann ne le lâcherait pas avant de savoir.

— Soit on monte un raid. Maintenant, tu m'excuses, mais je vais dormir.

— On n'est pas en état pour un raid. Tu t'es vu ? Et Lucie, qui tient à peine debout ?

Le jeune homme rendit sa gourde au colosse. Il n'écoutait même plus les protestations. Retirant ses rangers, il ramassa son duvet et se roula à même le sol. Erwann se pencha au-dessus de lui pour lui secouer l'épaule.

— Gem, merde !

— On n'a pas le choix ! Tu comprends ? C'est ça ou... ou se rendre !

Cette fois, il avait crié. Pas à cause des doutes d'un sale con de gamin trop grand pour son âge. Ni d'une fatigue plus pesante chaque instant. Mais parce qu'il était leur meneur, et qu'il avait échoué. Lucie passa la tête hors de la couverture, affolée par ses hurlements. Assis face à elle, Gemini tenta en vain de maîtriser son timbre voilé par l'émotion et la colère. Un nouveau flot de larmes vint brûler ses paupières.

— Je ne vous ordonne rien. Vous êtes libres de

m'accompagner ou pas. Et vous savez que vous garderez le droit de dormir ici. Mais si vous demandez à bouffer à ce fumier… Si vous le laissez vous aider une seule fois…

La gorge nouée, il se tut et se rallongea. Dans l'obscurité de la pièce, chacun pesa ses paroles en silence. Tirant la couverture sur sa chevelure ébouriffée, le jeune chef de bande entendit Erwann retourner s'asseoir sur sa chaise de fortune, et reprendre sa garde. Tant qu'il protégerait la porte, nul ne pourrait entrer sans marteler le mot de passe adéquat, et rester conscient suffisamment longtemps pour justifier son intrusion. C'était d'abord ça, habiter dans la maison-tortue : pouvoir t'abandonner sans crainte au sommeil, parce que les tiens veillaient sur toi. Un luxe, un défi même, à *Enez Eussa*. Presque un phare au cœur des ténèbres. C'était pour ça qu'il fallait continuer !

Perdu dans ses pensées, Gemini s'endormit d'un coup et prit enfin une revanche sur son estomac à l'agonie.

*

Des lèvres fraîches posées sur son nez finirent par le tirer de son rêve. Gemini ouvrit difficilement un œil, puis deux. Renifla bruyamment. Il n'avait aucune idée de l'heure qu'il pouvait bien être. Assise sur son ventre toujours douloureux, Lucie lui sourit en appuyant d'un doigt sur sa joue. « Piiiip ! C'est l'heure de se lever, monsieur le fainéant… » La saisissant par les hanches à travers sa couverture, il la fit rouler sur le côté pour la plaquer au sol. La gamine poussa un cri de surprise, et répliqua en lui enfonçant violemment un genou entre les cuisses, manquant de peu son objectif. Gemini la relâcha aussitôt, persuadée qu'elle recommencerait immédiatement s'il ne s'avouait pas vaincu.

— Lucie, doucement ! C'est pas parce qu'elles ne servent pas que je suis prêt à leur dire adieu…

— T'as vu ? Si t'avais été un enfoiré, t'aurais gueulé ta douleur !

Il lui caressa la joue tendrement, puis repoussa violemment la couverture des pieds. Question efficacité, Lucie était un parfait réveille-matin.

— C'est très bien ! Ne laisse jamais personne te toucher si tu ne veux pas. Et ne montre jamais que tu as peur.

— J'ai jamais peur !

— Ça, je crois que c'est un gros mensonge, princesse !

Piquée au vif, Lucie se releva d'un bond et retourna s'asseoir dans son coin. Il n'y avait qu'eux deux dans la maison. Un éclatant halo de lumière encadrait le rectangle sombre de la porte. Il faisait encore jour. Tant mieux, se dit le jeune homme en retirant son treillis humide, j'ai une masse de trucs à mettre en place avant la nuit. Un pantalon et un pull propres, lancés de l'autre bout de la pièce, le manquèrent de peu. Agacée par sa maladresse, Lucie s'enfuit vers la porte pour passer sa vexation sur quelqu'un d'autre.

— Pas si vite !

— Quoi ?

— Où est Erwann ?

— Parti tout à l'heure…

Gemini, qui enfilait son pantalon, se figea une jambe en l'air.

— Parti ?

— Mmmh, mmmh ! M'a dit que c'était mon tour de garder la maison...

Sans une putain de bonne raison, jamais Erwann n'aurait laissé Lucie assurer seule la garde de la maison-tortue. Il se dépêcha de finir de s'habiller. Lucie perçut son trouble et se rapprocha, un peu inquiète.

— Gem ?

— Ouais, princesse ?

— Erwann va revenir ? Tu étais fâché ?

— Non... Ce matin, j'étais très fatigué et très déçu de n'avoir pas ramené à manger. Alors j'ai grogné, mais c'est tout...

— Ouais, j'ai entendu quand t'es rentré. Tu crois qu'Erwann, lui, il est fâché ?

— Approche...

La gosse fit un autre pas hésitant vers son aîné, leva la tête vers lui. Gemini lui saisit promptement le poignet, et de l'autre main lui pinça vicieusement le biceps. Poussant un cri de douleur, elle tenta de se dégager en tirant de toute ses forces, mais la prise était trop serrée. Après deux secondes de démonstration de sa force, il la lâcha avant qu'elle n'eût vraiment peur. Elle resta plantée là, indécise. Il prit son ton le plus doux :

— Maintenant, tu es fâchée contre moi ? Tu en aurais le droit... C'est normal. Mais je t'aime toujours. Et toi aussi, tu m'aimes. On le sait tous les deux. Je t'ai fait mal exprès, pour t'apprendre quelque chose. La douleur, ça passe, c'est juste une astuce pour te faire réfléchir... Quand tu sais repérer les astuces, tu découvres ce qu'elles cachent, et ça te rend plus fort. Sinon, quand les gens chercheront à te faire vraiment du mal, tu ne comprendras pas ce qu'ils veulent et tu feras exactement ce qu'ils attendent de toi. Tu comprends ?

— Euh... Oui...

— Maintenant, une question : tu crois vraiment qu'Erwann pourrait être fâché ? Ou bien, tu connaissais déjà la réponse, mais tu voulais quand même que je te la dise ?

— Je connaissais déjà la réponse...

— Et ?

Elle récita sa réponse à la manière d'une poésie apprise par cœur. Sa façon à elle de l'envoyer chier :

— ... Et quand je suis sûre de quelque chose, c'est pas la peine de demander à quelqu'un d'autre si c'est vrai, puisque j'en suis sûre.

— C'est très bien !

Il lui fit un clin d'œil, puis l'attira vers lui pour la serrer très fort. Malgré la récente attaque surprise, elle se laissa faire avec confiance. Puis il entreprit de retrouver ses rangers, qu'il repéra, brossées et lavées, près de la vieille caisse faisant office de chaise. Lucie en profita pour tirer la porte et sortir, attendant d'être dehors pour frotter son bras endolori.

Une fois seul, Gemini prit quelques minutes pour vérifier l'état de leurs stocks. L'antique glacière était cachée sous le sol en tôles aplaties, protégée des intempéries et des nuisibles par deux épaisses couches de plastique. Des années qu'elle ne conservait plus rien au frais, mais elle constituait un coffre au trésor tout à fait convenable... Une des responsabilités quotidiennes de Lucie était de veiller scrupuleusement à l'étanchéité et à l'intégrité des plastiques, et à les remplacer en cas d'intrusion par un nuisible. Après avoir soulevé le grand couvercle de la boîte verte, il put constater la situation dramatique de leur butin. Non pas qu'il ait espéré quelque miraculeuse embellie, non... Mais en constater *de visu* l'allégement conforta sa conviction qu'il était devenu urgent de monter un nouveau raid. Sauf que, *quand je suis sûr de quelque chose, c'est pas la peine de demander à quelqu'un d'autre si c'est vrai, puisque j'en suis sûr.* Goûtant l'ironie de son geste, Gemini sourit aux trois paquets de biscuits émiettés et au sachet de soupe lyophilisée. Ils attaqueraient cette nuit. Ne restait plus qu'à éclaircir la disparition d'Erwann.

*

Dehors, le village connaissait son heure d'affluence. Plusieurs dizaines de réfugiés conversaient par petits groupes, jouaient aux dés, trafiquaient ou somnolaient au soleil. À cette période de l'année, le beau temps se faisait suffisamment rare pour que chacun se livre à ses activités favorites en plein air. À quelques mètres sur sa droite, Gemini entraperçut deux femmes s'accouplant derrière une bâche en plastique supposée opaque, à l'abri du regard des mateurs trop radins pour payer. Contre un peu de nourriture, chacun pouvait passer de l'autre côté du dérisoire rideau pour se rincer l'œil ou se taper une queue. Le tout sous la surveillance d'un encaisseur allongé près de l'entrée. Ce dernier aperçut Gemini et le salua discrètement. Le mec s'appelait Alexis, c'était un type modéré, avec lequel il faisait parfois affaire. Receleur, protecteur, dealer. La trentaine vacillante, le cheveu et le ventre gras. Débarqué depuis plusieurs années, à peu près en même temps que la famille de Gemini, il s'était vite dégoté quelques filles pour monter sa petite affaire de spectacle payant. Une crevette, dans la hiérarchie des truands locaux. Étendu sur une épaisse dalle d'ardoise, lisse et sombre, il était présentement occupé à sculpter un bloc de polystyrène à l'aide d'un vieux couteau de cuisine. Le port d'arme était normalement interdit, mais Alexis disposait d'une tacite dérogation pour assurer la sécurité de ses artistes. Gemini marcha paisiblement vers lui :

— Salut, mec…

— *Deiz mat*, petit maître !

— Hé ! Toi aussi tu te sens obligé de causer cette merde ?

Alexis prit un air matois pour désigner de la pointe de son couteau quelque chose situé derrière Gemini. Tournant discrètement la tête, ce dernier aperçut une poignée de guerriers Keltiks. L'air mauvais, ils avaient déboulé sur la place et progressaient vaguement dans leur direction en bousculant un peu ceux qui traînaient sur leur passage. Lucie n'était plus visible nulle part. Tant mieux.

— Putain de merde !

— M'en veux pas de heurter tes convictions, petit maître, mais je préfère porter les couleurs à la mode. Ça me réussit mieux au teint.

Gemini plongea son regard dans celui du souteneur, fit un geste pressé de la main.

— T'avais quelque chose à me dire ? Je vais pas traîner, là…

— Ouais. Erwann m'avait demandé de surveiller vot' planque jusqu'à son retour ou ton réveil...

Ainsi il n'avait pas abandonné son poste sans précaution ? Tant mieux... Mais il aurait quand même intérêt à se justifier !

— Tu sais où il est parti ?

— Non... Mais j'ai vu qu'ta mère est venue rôder près de votre porte, y a pas deux heures. Enfin, je crois que c'était elle... Elle a causé avec personne et est repartie aussi sec. L'avait l'air salement abîmée...

Gem soupira. Il prenait rarement l'envie à sa mère de lui rendre visite. En fait, il n'arrivait que rarement à son cerveau de disposer d'une portion lucide suffisante pour se souvenir qu'elle avait un fils. Dans ces conditions, retrouver l'adresse de la maison-tortue relevait de l'exploit.

— Quelle chierie ! Bon, merci pour la surveillance, et garde un œil sur Lucie... Ils sont encore loin, les affreux ?

Alexis épia la progression des Keltiks.

— J'dirais que t'as encore le temps de partir sans que ça passe pour une débandade...

— Merci, mon pote. Gaffe à toi...

— T'inquiète... *Ken bremaik !*

Gemini quitta Alexis et marcha droit vers une ruelle voisine avec une lenteur empressée. Craignant à tout instant d'être rattrapé et roué de coups, il ne pouvait empêcher son dos de se tétaniser dans l'attente d'un hypothétique impact. Tout son esprit se tendait vers l'angle salvateur d'une masure plantée tout près, au-delà de laquelle il pourrait s'éclipser. Un aboiement d'homme retentit derrière lui ! Il fit comme s'il n'avait rien entendu et s'imposa une allure modérée jusqu'aux derniers mètres. Son instinct lui ordonnait de prendre ses jambes à son cou, il ne voyait plus que cette frontière de tôles et de briques qu'il pouvait presque toucher. Un bruit de cavalcade retentit sur la place. Des cris s'élevèrent derrière lui. Il s'engouffra dans le passage en frôlant le mur et détala ! L'esprit chauffé à blanc, il courait en réfléchissant à une cachette sûre et proche. Ces brutes s'en prendraient certainement à quelqu'un d'autre si lui s'avérait trop fatigant à rattraper. Il ne lui restait plus qu'à se terrer dans un coin et attendre que ça se tasse. Gemini tourna une seconde fois à gauche en direction des taudis empilés dans cette partie du village. Surprise : au bout de la ruelle, un autre groupe de guerriers l'attendait, immobile, regroupé autour du Tore... Impossible de leur échapper. Il s'était laissé rabattre comme un lapin !

Stoppant sa course, il s'imposa une allure plus digne pour marcher lentement jusqu'au chef des Keltiks qui l'observait, goguenard. Ce fils d'une truie lui fit signe d'approcher en élevant la voix :

— Patrick ! *Mont a ra ?*

Le Tore était une montagne de muscles, au cou épais et aux traits de granit. Un putain de monstre, en face duquel même Erwann faisait figure de nabot souffreteux. Les parures dorées cerclant ses biceps brillaient sous le soleil, et les méandres bleus de ses tatouages roulaient sur sa peau à chaque mouvement. Sa longue chevelure brune dissimulait mal l'intelligence mauvaise de ses yeux gris orage. À la tête des Keltiks, il régnait depuis trop longtemps et sans partage sur *Enez Eussa* et ses habitants. Cette charogne te filait la chiasse rien qu'en souriant.

— J'oubliais que tu n'aimes pas parler notre langue… Alors, dis-moi, où allais-tu donc, si vite ?

— C'est ma mère, le Tore. Elle est passée me voir pendant que je dormais, alors elle est repartie sans me réveiller. Je voulais la rattraper, mais elle doit être loin maintenant…

— Ah, oui, cette chère vieille pute, que devient-elle ?

Gemini ne répondit pas. L'autre reprit :

— Tu dormais, dis-tu ? Tu dois te coucher bien tard, dis-moi…

Un spasme douloureux déchira le ventre vide de Gemini. C'était donc ça : cette petite merde de gardien de moutons l'avait balancé, finalement !

— Écoute, je…

— Non : toi, tu vas m'écouter ! Tu es un garçon plutôt malin… Assez futé pour commander ta petite bande et te faire respecter. Mais je veux que tu cesses de défier mon autorité, Patrick. Je veux que tu fasses preuve d'un peu plus de *respect* ! Il y a beaucoup d'esprits influençables ici, des jeunes, comme cette petite Lucie qui habite dans ta *ti-vaot*. Je m'efforce de leur rendre la vie meilleure, d'insuffler un peu de destinée dans ces misérables existences, mais ton attitude trouble leur esprit. Tu n'approuves pas notre politique ? Libre à toi…

Le géant se pencha jusqu'à coller son nez contre celui de son interlocuteur :

— … mais si tu t'obstines à semer le désordre, je ferai bouillir ta tête dans le sang de ceux que tu aimes ! Tu as compris ? Dis-moi que tu m'as compris !

— J'ai compris, le Tore.

— Dis-le encore…

— J'ai compris.

— Bien… Je te souhaite une bonne journée. *Kenavo ar c'hentañ !*

Planté au milieu de la ruelle vide, Gemini ne trouva rien à répondre. La troupe fit demi-tour et, paradant, repartit par où elle était venue. Visiblement ravis de ses déboires, les guerriers de l'arrière-garde hurlèrent et jappèrent à l'unisson.

Derrière Gemini, ses rabatteurs libérèrent le passage et s'éclipsèrent aussi en souriant. Un grand silence suivit leur départ. Les jambes en coton, le souffle coupé, le garçon hébété glissa contre le muret le plus proche. Une sueur gluante recouvrait chaque centimètre carré de sa peau. Seul et abandonné de tous dans un univers prêt à l'engloutir, il s'abandonna à une incontrôlable convulsion dans la tiède chaleur de l'après-midi.

Y a pas d'ailleurs
Y a même pas d'autrement

Comparé à l'aller, le retour jusqu'au territoire des Auxiliaires fut paisible. Les commérages circulaient vite parmi les zonards : même parmi ceux qui affichaient la bonne couleur de peau, il n'y avait plus grand monde prêt à rejoindre une communauté qu'on disait défaillante. Teitomo avait donc pu retrouver son quartier et son appartement sans subir les avances d'une foule semblable à celle qui se pressait autour des Sicaires de l'Hégire.

Maintenant, il devait être un peu plus de midi. Il avait fini d'avaler sa galette de soja arrosée de bière, fait quelques courses sur le marché local et attendait tranquillement la fin de la canicule en fumant, étendu en travers du lit. La radio diffusait toujours sa *hoodoo-pop* cuivrée et frénétique, entrecoupée de bulletins de propagande qui auraient fait se tordre de rire le dernier des crédules paralytiques. Interviews truquées des leaders du mouvement. Promesses de dons, extases religieuses et avenir radieux. La grande artillerie minable des battus d'avance. Noyé dans la pommade, un message retint cependant son attention :

«… Des témoins auraient aperçu des blancars rôder près de sa maison quelques minutes avant le drame… Frappée pendant son sommeil, elle laisse derrière elle une famille éplorée. L'*oungan* de son quartier sera ce soir chez elle. Amis et voisins sont invités à venir saluer grand-mère Hyacinthe avant le *desounen…* »

Teitomo gloussa... On ne faisait pas plus convenable ! Mais lui savait lire entre ces lignes, et imaginait sans peine ce qui risquait de se passer réellement ce soir, autour de la conforteresse : pendant que le prêtre assurerait le rite du *desounen*, la séparation entre l'âme et la dépouille de la morte, et que les femmes pleureraient la bonne grand-mère Hyacinthe assassinée, un autre genre de fête se déroulerait dans la rue, avec tambours et machettes ! Le bureau directeur des Auxiliaires sauterait sur l'occasion de se redorer le blason à peu de frais et ses membres iraient s'en prendre aux Blancs de la périphérie, forcément coupables du crime. Le carnage leur assurerait le regain de popularité dont ils avaient cruellement besoin en ce moment. Allez, tous ensemble pour éradiquer la menace blanche, les frères et sœurs ! Il allait faire torride, cette nuit, sur la frontière…

À cet instant, on frappa à sa porte. Deux petits coups rapides, guère plus qu'un grattement sur le bois. Teitomo souffla sa dernière bouffée de drogue, glissa son mégot par le goulot d'une canette vide et marcha jusqu'à son vestibule. Dans l'encadrement de la porte se tenait une jeune métisse aux grands yeux tristes, vêtue d'une longue robe de coton blanc qui moulait ses formes au plus près. Elle aurait été belle, sans la détresse revendiquée par son être tout entier. Ou bien, ça la rendait plus gracieuse encore… Difficile à dire. Elle humecta nerveusement ses lèvres, tenta un pauvre sourire.

— Je te dérange ?

— Non… Entre !

Refermant la porte derrière elle, elle suivit le colosse dans la cuisine. Teitomo sortit une bière de la glacière, la décapsula entre deux doigts, en proposa une à la jeune femme.

— Non merci… Fait trop chaud pour boire de l'alcool.

— C'est pas de l'alcool, c'est de la bière. Red Stripe, directement importée de Kingston, Jamaïque. En boire, par ici, c'est être patriote !

Il fut le seul à rire, bêtement. Discuter avec Claire n'était jamais simple. Généralement, les plus louables intentions se fracassaient contre elle comme des barques sur un rocher. Impossible aussi de tenir une conversation en pilote automatique : avec elle, chaque phrase prenait des airs de verdict. Accaparant la seule chaise de la pièce, elle s'assit en silence à la table en bois. C'était elle qui lui avait offert les deux meubles, peu après leur rencontre. « Comme ça, j'aurai un peu l'impression d'être chez moi quand je te rendrai visite », avait-elle dit. De fait, Teitomo n'utilisait jamais ni l'une ni l'autre, et la cuisine était peu à peu devenue leur domaine commun. Elle habitait au même étage, à l'autre bout du couloir.

— Alors, t'es sortie, ces jours-ci ?

— Non… Pas envie… Trop de colère, dehors. Ils ont peur, tous…

Teitomo se cala contre le mur, avala une gorgée de

bière glacée. Claire sentait bon. Quelque chose de frais et de doux, comme de l'herbe écrasée entre les doigts. Il but une deuxième gorgée, soupira.

— C'est à cause de toutes ces rumeurs de récession. Les quartiers s'agitent, forcément. Et puis y a eu un meurtre, la nuit dernière. Une vieille...

— Je sais... J'ai écouté la radio. T'y étais ?

— Non. J'suis en congé.

— T'es passé voir Khaleel ?

— Ouais, ce matin. Il... Il va bien...

Claire n'écoutait plus. Une brume funeste avait subitement traversé son regard et ses pensées. Elle essuya la sueur de son front avec le dos de la main.

— Tout va s'effondrer... Je le sens... Si on partait, tous les deux ? Ailleurs ?

Le jeune flic secoua lentement la tête.

— Y a pas d'ailleurs... Y a même pas d'autrement !

Un long silence suivit sa remarque. Claire joua machinalement avec une mèche de cheveux. Teitomo vida sa canette, en sortit une autre qu'il descendit goulûment. Il avait envie qu'elle s'en aille, maintenant. Tout ça ne menait à rien. Sentant sa défiance, elle planta son regard dans le sien et grimaça en s'étirant.

— J'étais venue pour te violer. J'ai envie de faire l'amour. Tu viens chez moi ?

— Coucher pour oublier ? C'est un truc de mec, ça...

Elle sourit.

— Je serai ton mec, alors... Allez, viens, j'ai envie. Pas toi ?

— Si, bien sûr, mentit-il.

Elle tendit la main pour lui saisir le poignet. Ses doigts maigres ne parvenaient pas à en faire le tour. Elle le mordit au creux du pouce, les yeux dans le vague.

— Tu me feras tout ce que j'aime, d'accord ? Et après, si tu as été bon, je mettrai ma belle robe et on ira manger un poulet grillé chez Gus…

Une larme roula sur sa joue sombre jusque dans la paume de Teitomo. Elle se tut. Trop cassé pour lutter, il la souleva lentement à bout de bras, au point de lui faire effleurer le plafond bas de l'appartement. Puis la porta à travers la conforteresse jusqu'à son lit à elle, à l'autre bout du couloir. Cette journée semblait devoir s'étirer sans jamais s'arrêter !

*

Les murs de la chambre de Claire étaient intégralement tapissés de la tête de Laurie Deane. Entre les croquis et esquisses se superposant sans cohérence, on pouvait encore apercevoir des fragments d'une première couche, faite de centaines de photocopies du seul portrait connu de la jeune femme. Un seul spécimen, décliné à l'infini. Partout, les mêmes cheveux blonds coupés en brosse, les sourcils arqués, le regard furieux, le teint blafard et le mythique pli moqueur au coin des lèvres. Au cours des siècles, selon les cultures et les artistes, le diable avait connu d'innombrables interprétations. Depuis la libération de Chromozone, cette unique photo de la responsable, extraite d'un mauvais enregistrement vidéo, catalysait toute la haine de l'humanité trahie. De Shanghai à Barcelone, ce visage était le Mal, pur et absolu. Mais dans cette pièce, Laurie Deane redevenait une femme mystérieuse, souriante, triste, belle et dépravée, patiemment déclinée au fil d'infimes variations. Pour exorciser le démon, Claire multipliait ses portraits.

La première fois qu'il était entré ici, Teitomo n'avait fait qu'entrevoir le collage morbide. Alerté par des voisins qui connaissaient son métier, il venait de fracasser la porte pour pénétrer dans l'appartement. Claire gisait en travers du lit, ivre morte, lovée autour d'une bonbonne de gaz achetée pour l'occasion. Ce n'est qu'après avoir assaini les lieux et fait conduire la jeune femme au dispensaire qu'il était revenu s'asseoir sur le lit, muni d'une bouteille de rhum, pour observer ses dessins. Il n'y avait pas autant de portraits achevés, à l'époque. Pour la première fois en quinze ans, il avait *découvert* ce visage célèbre. À la nuit tombée, il avait cru discerner quelque chose de noble, dans cette accumulation impie. À mi-bouteille, Laurie Deane était devenue une Walkyrie justicière. Au matin, elle n'était plus qu'elle-même, presque désolée d'avoir mené le monde à sa perte.

Le lendemain, Teitomo avait collé son poing dans la figure du gérant de la conforteresse, qui souhaitait tout arracher pour relouer l'appartement. Les détails de l'agression parvinrent jusqu'à Claire. Dès sa sortie du dispensaire, elle vint frapper chez lui pour le remercier. Ils firent l'amour pour la première fois ce jour-là, dans les draps de son suicide manqué. Tandis qu'il la baisait consciencieusement, elle parla pour lui expliquer qu'il fallait briser l'iconolâtrie de Laurie Deane, qu'il fallait lui rendre son humanité pleine et entière, sinon on finirait par l'excuser. Elle dit aussi que les

Auxiliaires avaient tort de considérer Laurie comme une fille de Papa Legba, le *Lwa* des carrefours et des chemins. Elle dit beaucoup d'autres choses, de sa voix encore voilée par le gaz, qui n'avaient pas plus de sens. Puis elle jouit en criant. Teitomo comprit dès cette première fois que le sexe, dans cette chambre, ne serait jamais rien d'autre qu'un fragment du schéma qui hantait la jeune métisse. Elle l'avait adopté, lui, comme outil de chair, peut être pour le punir de l'avoir sauvée. Il n'y trouva rien à redire. Claire envisageait le sexe comme un conflit. Leurs ébats causèrent de nombreuses blessures. Mais ensemble, peut-être, ils surent tromper la mort. C'était presque une victoire, non ?

Dans la pénombre de la chambre, Teitomo observait les multiples visages de la mère du Chromozone autour d'eux. Près de lui, Claire somnolait en se serrant contre son flanc. Quelques minutes plus tôt, elle l'avait violé passionnément. Allongé sous elle, Teitomo était resté parfaitement immobile, impatient et concentré sur ses désirs et ses formes. Elle avait un buste de louve romaine, avec de menus seins pointus et de longs tétons gonflés. Accroupie sur le policier, les cuisses écartées et les mains posées à plat sur sa poitrine, Claire s'était balancée inlassablement d'avant en arrière comme un animal malade, marmonnant des lambeaux de phrases inintelligibles. Au fur et à mesure qu'elle avait accéléré le mouvement, le frottement était devenu plus pénible. Doucement, elle avait commencé à gémir au rythme de leur viande mêlée. Quand la douleur était devenue trop forte, elle avait poussé sur ses cuisses pour se dégager, mais lui l'avait forcée à rester ainsi, bloquant ses hanches étroites entre ses mains puissantes. Un long tremblement de plaisir avait électrifié le corps de la jeune femme. Son cri avait résonné entre les murs de la pièce. Puis elle s'était retirée pour se pelotonner contre lui et planter profondément ses dents dans son épaule, le laissant ainsi, les sens chauffés au rouge. Entre ses doigts, elle lui avait finalement accordé la délivrance, et il avait explosé à son tour, reconnaissant.

Elle dormait maintenant, accrochée à son biceps, comme pour s'assurer de sa présence. Teitomo détestait cette habitude. Ça lui donnait envie de la pousser hors du lit pour qu'elle cesse immédiatement. Il y avait dans ce geste quelque chose de nettement plus insupportable que ses revendications physiques. Un caprice d'enfant.

L'image de Justine revint le hanter. Le souvenir de leurs étreintes empressées, l'amertume de cet abandon, la honte d'être maintenant dans cette chambre. Avec les années, son amour pour elle s'était fossilisé, concentré en un indestructible noyau, noir et dur. Il ne l'imaginait jamais morte ou exilée, non… Trop fière pour souscrire aux mirages formatifs ou finir dans un camp. Sans doute vivait-elle en Europe, nomade et clandestine au sein d'une poignée d'autres fanatiques exaltés, se réchauffant autour de formules creuses et de complots sans lendemains. Au gré de ses propres affectations, peut-être l'avait-il croisée parfois, séparé d'elle seulement par quelques kilomètres ou quelques minutes. Il aimait cette idée. Est-ce qu'il l'aurait reconnue ? Une chose était sûre, en tout cas : si leur séparation à l'époque avait été un malentendu peut-être rattrapable, elle ne manquerait pas de lui cracher au visage, si elle devait voir ce qu'il était devenu. Un mercenaire sous contrat des milices formatives. Et foutrement incapable de faire autre chose. Il eut un gloussement sans joie, qui fit s'ouvrir les yeux de Claire.

— Pourquoi tu ris ?

— Je pensais à mon avenir... Me demande bien où je serai envoyé quand les Auxiliaires se seront ramassés.

Claire soupira, ramassa sa culotte jetée par terre et l'enfila en se tortillant, sans se lever du lit.

— Tu l'as dit toi-même : qu'est-ce que ça peut faire ? C'est partout pareil. Il est partout. Et puis, toi, tu as Khaleel et les Sicaires. Ils te recaseront ailleurs.

— C'est pas pour autant qu'ils m'enverront pas sur une affectation merdique. Ça les fait chier de faire des courbettes. Et toi, tu feras quoi ?

— Je partirai avec toi, bien sûr !

Là-dessus, elle se leva d'un bond pour gagner sa petite penderie, également recouverte des portraits de Laurie Deane. Fouilla méthodiquement dans ses affaires, histoire de se donner une contenance. Teitomo la regarda faire sans réagir, un rien estomaqué. Elle se retourna pour lui adresser un sourire, façon criminel repentant devant une caméra.

— Si tu veux te changer, tu peux. J'en ai pour une dizaine de minutes à me préparer. Et c'est moi qui t'invite !

— Oh ? D'accord ! Je reviens te chercher ici.

— Non, on se retrouve en bas, ça fera rendez-vous !

— O.K. !

Il quitta l'appartement l'esprit confus.

De retour chez lui, il eut le temps d'écluser une bière dans la cuisine — la dernière — avant d'enfiler un pull et un pantalon propres. Même si c'était une boutade, la phrase de Claire n'était pas drôle. *Surtout* si c'était une boutade ! Faire les blasés, les cyniques, par les temps qui couraient, c'était à la portée du premier connard venu. Presque une discipline olympique : l'important, c'était de participer. Mais mettre sa peau dans la balance, par défi… Putain, cette fille était folle ! Ils savaient tous les deux qu'elle ne survivrait pas à un retour dans les camps. Mais lui balancer « prends-moi avec toi ou je crèverai ici ! », c'était gonflé ! Et pas dans les règles !

Restait à savoir si elle espérait vraiment qu'il l'emmenât avec lui. Ce qui n'était pas gagné, non plus…

— Chierie !

*

Quand ils ressortirent, la nuit était tombée sur le quartier. Claire avait revêtu une robe rouge sang, toute simple, qui mettait admirablement sa peau sombre et son corps en valeur. Pendant à ses oreilles, de lourds bijoux créoles accrochaient les reflets des néons suspendus au-dessus de la rue. Il y avait dans l'air une rumeur électrique, incendiaire. Des voix et des cris excités résonnaient de façade en façade. Beaucoup de gens étaient dehors. Ils croisèrent une petite bande de jeunes hommes avinés, vêtus de chemises aux couleurs des Auxiliaires, qui les injurièrent copieusement. Mais la carrure de Teitomo leur ôta toute envie d'en venir aux mains. Claire marchait lentement, inquiétée par cette agitation.

— Qu'est-ce qui se passe ? Pourquoi y a tant de monde ?

— Le meurtre d'hier soir…

— Eh bien ?

— C'est l'occasion rêvée pour détourner l'attention. T'as pas écouté la radio ?

— Si, mais…

Il scruta autour d'eux, aperçut deux miliciens portant le même uniforme que lui plantés au coin de la rue, et désigna du menton un homme discrètement posté dans l'ombre d'un porche, portant les lunettes noires et les accessoires d'un *oungan*. Lui aussi surveillait la rue.

— C'est carnaval, ce soir. On aura pioché dans les réserves pour distribuer bouteilles et douceurs au bon peuple. Quand la sauce aura pris, restera plus qu'à verser le tout chaud bouillant sur les blancars de la périphérie. Un p'tit remontant collectif pour pas cher. T'as jamais entendu parler d'Oradour-sur-Glane ?

— Non…

— Ça date d'une vieille guerre. Tout un village massacré, pour redonner du cœur au ventre à un régiment en perte de vitesse. Y a même un musée.

— *Saint Jacques le Majeur !* Qu'est-ce qu'on fait ?

— Qu'est-ce que tu veux qu'on fasse ? Un carton sur tous ces fumiers ? Putain, j'espère au moins qu'ils se feront accueillir copieux, là-bas ! Allez viens, on va manger !

Prenant la main de la jeune femme, il l'entraîna à travers les rues jusqu'à la guinguette de Gustave. Le restaurant était une simple enfilade de tables basses installée sur une petite place semée d'arbres, entourées d'une palissade amovible en plastique imitant un rideau de bambous, et recouvert d'une vieille bâche de camouflage militaire. Signe de l'excitation du quartier, il n'y avait pas un seul client. Au milieu de l'endroit, de longues broches garnies de poulets rôtis tournaient pour personne au-dessus d'un feu nourri. Quand il les vit, Gus se précipita vers eux, toutes dents sorties. C'était un vieil Haïtien chauve et bedonnant, à la peau luisante de graisse et de sueur.

— Tei et Claire, le plus beau couple de la ville. Hey, asseyez-vous, asseyez-vous !

En deux coups de torchon, il nettoya une table parfaitement propre et vide, fit s'asseoir Claire sur un banc fatigué et posa deux bières sur la table. Le tout sans quitter la rue du regard.

— Gus, quelque chose ne va pas ?

Le cuistot désigna discrètement un autre *oungan* qui passait à quelques mètres du restaurant. Le prêtre leur lança un bref regard par-dessus ses lunettes de soleil et poursuivit son chemin.

— Regarde-les, ces charognards, depuis cet après-midi ils distribuent à tout le monde du mauvais rhum. Par caisses entières ! Ils veulent me ruiner, ou quoi ? Ah, c'est pas pour dire du mal, Tei, mais tes patrons commencent à déconner sérieusement ! Du rhum gratuit… misère !

— Ouais, ben parle moins fort, et apporte-nous plutôt un grand bol de punch, que t'aies pas complètement perdu ta soirée. Et deux poulets bien grillés.

— Patates douces ?

— Assez pour qu'on puisse croire que c'est notre dernier repas !

Ravi, le gros homme fila inspecter ses volailles pour en choisir deux bien dodues. Teitomo but une gorgée de bière, grimaça et reposa la bouteille.

— Merde, il pourrait faire un effort, quand même… Elle est tiède !

Claire éclata de rire, et ce rire fit éclater une invisible bulle de tension autour d'eux. Une bonne odeur de viande juteuse choisit cet instant pour venir leur chatouiller les narines. Le colosse réalisa qu'il était affamé. Au-delà de la palissade de bambous factices, la rumeur de la ville s'était éloignée, ponctuée par le grésillement de la graisse qui tombait dans les flammes. Alors, pendant quelques secondes, il fut heureux… Dans le silence qui se prolongeait, Claire lui saisit la main et la serra tendrement. Le policier sentit monter ses larmes. *Putain, je suis pété !* pensa-t-il.

— Tei, ça va ?

— Ouais… J'suis bien.

Gus revint avec deux grands plats en grès fumants, qu'il posa délicatement sur la table.

— Bon appétit, les amoureux !

Ils commencèrent à manger en silence, pour faire durer un peu la magie de l'instant. Au-dessus des toits, les premiers messages formatifs éclatèrent sur le ventre des nuages. Gus gagna l'entrée du restaurant pour les lire en fumant un joint. Ils restèrent ainsi un long moment, éclairés par les lueurs vives de la guerre du soir. Quand l'obscurité fut revenue, Gus rentra débarrasser leur table en chantonnant.

Tei avait à son tour allumé une cigarette de hachisch, qu'il partageait suavement avec Claire. Autour du petit restaurant, la place était parfaitement calme… Un petit vent fit frissonner la bâche. Puis un cri vint de la rue, et une bouteille passa au ras de la tête du flic avant de s'écraser contre un des poteaux soutenant le toit. Claire hurla. Teitomo se jeta au sol et roula jusqu'à l'entrée. Coup d'œil rapide. Trois types planqués dans l'ombre à l'entrée de la place. Peut-être un quatrième caché par un arbre. Derrière lui, Claire s'était réfugiée sous la table, et Gus avait disparu.

— Sale pute ! Qu'est-ce que tu fous avec un Jaune ?

— Ouais, les frangines aux frangins !

— T'entends, salope ?

À travers les faux bambous, il distingua le geste vif d'un des agresseurs. Une deuxième bouteille frappa la palissade, qui tint bon. Teitomo fit signe à Claire de ne pas bouger. Lentement, il sortit un large couteau du fourreau lié à son mollet et se mit en position près de la sortie, prêt à bondir. Quelques secondes plus tard, la troisième bouteille s'éclata contre un banc proche de Claire, qui hurla à nouveau. Il s'élança vers le trio et couvrit les quelques mètres en un éclair.

Sa lame cueillit le dernier lanceur alors qu'il se retournait vers les deux autres pour commenter son tir. Teitomo frappa méchamment par-derrière, de bas en haut. Le type s'effondra en hurlant, la cuisse déchiquetée. Peut-être une artère touchée. Ses comparses surpris amorcèrent un recul inutile. Le colosse fondait déjà sur eux, brandissant la lame sanguinolente. Direct du droit. Un nez se brisa en craquant.

Le dernier assaillant fut soulevé du sol par le col et plaqué contre un mur.

— Surprise, connard, c'est la police !

Teitomo écrasa la gorge de sa victime avec son avant-bras. L'autre tira la langue en gargouillant. Il empestait l'alcool. Teitomo le relâcha avant qu'il ne tourne de l'œil et fila un coup de pied dans le ventre de nez-cassé, occupé à gueuler par terre en se tordant de douleur. À travers sa chemise, une côte ou deux croustillèrent. Les gémissements montèrent d'une octave. La bière et la drogue mêlées lui donnaient des envies de meurtre…

— Putain, les mecs, faut pas jouer dans la cour des grands quand on n'a pas le niveau ! C'est des coups à se faire mal, ça !

Un crissement de gravier attira son attention sur sa droite. Une silhouette détalait vers la rue la plus proche. Son couteau siffla vers l'inconnu. Manqua ses omoplates de peu. La lame tinta contre un mur pendant que disparaissait le mystérieux observateur. Il y en avait donc bien un quatrième ! Mais celui-là avait préféré suivre la scène sans intervenir. Un peu trop préparée, pour une attaque improvisée. Teitomo se retourna vers son tiercé gagnant.

— O.K. les gars, on se refait la scène pour voir si j'ai bien tout compris.

— Ma jambe, putain ! Je suis en train de crever !

Le policier s'accroupit près de celui qui avait la cuisse amochée.

— Ah ouais ? Paraît que les trois mots les plus souvent prononcés au moment de claquer sont « maman, seigneur *et* merde ! ». T'as une préférence, là ? Ou tu tentes un truc original ?

— Je pisse le sang… Faites quelque chose !

Relevant la tête, Teitomo aperçut la maigre silhouette de Claire en contre-jour dans la lumière du restaurant. Elle ne bougeait pas, tétanisée. Gus n'était toujours pas réapparu. Il soupira.

— On serait que tous les deux, je t'aurais mitonné ton prochain quart d'heure aux petits oignons, parole ! Mais y a une dame… Alors on va donner dans le courtois. Tu vois que t'es pas si malchanceux, finalement !

— Va te faire foutre, fumier !

Le policier soupira à nouveau. Il n'y avait rien à tirer de ces abrutis. Fin soûls et sans doute téléguidés par le mystérieux observateur. Lamentable ! Il se releva, s'éloigna pour ramasser son couteau. Quand il revint vers Claire, une poignée de miliciens des Auxiliaires débouchaient sur la place, guidés par Gus. L'un d'eux reconnut Teitomo et le salua de la tête. Celui-ci lui rendit son salut et s'approcha.

— Alors, ça se passe comment, ce soir ?

— Bof, on tient le coup. Des barrages ont été installés pour bloquer les plus excités de notre côté de la frontière. C'est pas du goût de tout le monde, mais on peut pas se permettre un massacre.

— Y a eu de la casse ?

Le policier désigna les trois hommes qu'on relevait.

— On dirait que t'as eu une illustration par l'exemple. La moitié est tellement déchirée qu'elle ne sait même plus qui elle veut cogner, l'autre veut juste se passer les nerfs. Tous sont furieux. Et je suis au milieu…

— Bonne chance.

— Tu as besoin de quelque chose ?

— Non, je vais raccompagner la fille et je passerai demain pour le rapport.

— Ça me va. Et soyez prudents !

— Ouais…

Le policier repartit en courant pour rattraper ses collègues déjà partis en traînant les trois amochés. Personne ne faisait plus attention aux jérémiades de Gus. Claire frissonna convulsivement. Teitomo lui passa son pull, puis la poussa doucement par les épaules pour qu'elle accepte d'avancer.

Pour la ramener chez elle, il choisit des rues larges et éclairées. Les clameurs s'étaient éloignées et ne résonnaient plus que faiblement. Ils marchèrent ainsi sans parler, simplement attentifs aux rares bruits du quartier, se repassant l'agression en boucle et au ralenti dans leur tête. À un moment, il crut apercevoir une gigantesque silhouette noire les observer dans l'ombre d'une ruelle avant de disparaître. Il resta sur ses gardes jusqu'à l'entrée de leur conforteresse, mais elle ne réapparut pas.

*

Au-dessus du quartier des Auxiliaires, un petit matin boudeur fit lentement place aux clameurs de la nuit. Portée en nappes persistantes par le vent, une écœurante odeur de brûlé planait dans les rues. Un grand vide, hérité de la violence, semblait régner dans les résidences sagement alignées. Personne ne bougeait. Même les miliciens avaient replié leur dispositif anti-émeutes et regagné leurs garnisons. Mais si un passant avait levé le nez vers une certaine fenêtre, il aurait pu apercevoir une forme incongrue, bizarrement accrochée à la façade. Le plus étonnant, c'est qu'elle était revêtue de l'uniforme des miliciens locaux et qu'elle semblait parfaitement à l'aise ainsi suspendue. Heureusement, personne ne l'avait remarqué et Ogre pouvait continuer sa surveillance sans être dérangé.

Il s'était posté ainsi près du balcon un peu après le début des accrochages sur la périphérie. De sa position, il avait pu suivre le déplacement des colonnes d'émeutiers, en même temps qu'espionner la cérémonie d'adieu à Hyacinthe qui s'était déroulée de l'autre côté de la fenêtre. Depuis son perchoir, il avait presque ri en épiant l'*oungan*, bien embêté pour trouver sur le corps de la défunte de quoi garnir le *po-tèt* traditionnel : le Corbeau n'avait pas laissé grand-chose, comme reliques exploitables. Finalement, le prêtre avait récolté quelques cheveux collés derrière le crâne de la vieille femme et les avait délicatement placés dans le pot. À la fin de la cérémonie, les proches avaient poussé les rares meubles et on avait parlé une dernière fois de grand-mère Hyacinthe autour d'une collation. Au fil des heures, les reproches et les lamentations avaient laissé place aux rires et aux chansons. Ogre n'avait pas compris le dixième des propos, mais leur joie était incontestable. De temps en temps, il s'était dégourdi une jambe en la secouant doucement au-dessus de la rue. S'il avait osé, il se serait caché sur le petit balcon pour être plus à l'aise, mais la peur d'être repéré l'avait retenu. Alors il avait dû s'en remettre à son vieux harnais de sentinelle, dérobé un soir sur le cadavre d'un tireur fou. Il avait toujours su qu'il finirait par lui trouver une utilité. C'est ainsi qu'il avait passé la nuit, suspendu dans le vide, bercé par les refrains haïtiens étouffés par les vitres tandis que la frontière brûlait devant lui, au-delà des barres d'immeubles. Il avait conscience du danger qu'il encourait en se cachant ainsi contre le mur, mais il craignait une bravade des deux jeunes Blancs, quelque chose d'aussi stupide qu'un attentat pendant la veillée funèbre, si tant est qu'ils eussent appris le décès de la grand-mère. Voilà pourquoi il s'était astreint à revenir ici, au lieu d'aller rôder du côté des émeutes.

Finalement les premières lueurs de l'aube percèrent l'horizon, ravivant son corps et son esprit. Sa garde avait été calme. Dans le minuscule appartement, de l'autre côté du mur, on fit réchauffer du café avant de porter le corps jusqu'au cimetière. Derrière la fenêtre, on rouvrit soudain les rideaux. Il était temps de filer ! Ogre se déharnacha fébrilement. Quelqu'un pouvait à tout moment décider d'aérer la pièce ou de sortir sur le balcon. Dans sa précipitation, il abandonna crampons et mousquetons sur la façade et sauta dans la rue.

Quelques minutes plus tard, hommes et femmes sortirent lentement de la conforteresse et attendirent dans la fraîcheur du matin que quelques gars solides descendent la boîte. Par ici, les cercueils étaient trop coûteux. Comme beaucoup, la vieille femme devrait se contenter d'un cercueil communautaire réutilisable : une simple caisse blanche garnie de clous, avec imitation des nervures du bois peintes à la main. Les symboles étaient essentiels aux yeux des Auxiliaires. Ils étaient le ciment de leur foi. Qu'importait si cette boîte devait encore servir demain, ou tout à l'heure : l'essentiel était que famille et amis puissent dignement porter le corps à travers les rues. Chacun se trouva une place, puis le cortège démarra. En tout, une petite vingtaine de personnes marchaient dans les rues vidées par les affrontements, sans rencontrer âme qui vive. Grand-mère Hyacinthe s'en alla ainsi silencieusement, au rythme des sandales des porteurs qui raclaient les trottoirs. Autour de la procession, quelques femmes pulvérisaient consciencieusement de l'eau bénite contenue dans des bombes aérosols pour purifier le chemin et empêcher l'âme de la morte de revenir hanter les vivants. Chez les Auxiliaires, cette pratique avait remplacé la coutume qui voulait que les porteurs se trompent de chemin ou empruntent plusieurs routes, afin de semer la confusion dans l'esprit du mort souhaitant rentrer chez lui.

À mi-parcours, ils croisèrent un policier en uniforme, posté à un carrefour. Sa présence solitaire au milieu du quartier moribond ajoutait encore à la désolation de la scène. Fasciné par la procession, l'homme laissa échapper une plainte sourde. Émue par sa peine, une vieille femme toute ridée s'écarta du groupe de marcheurs et lui tendit un mouchoir dentelé en papier blanc. Il la regarda, déconcerté, puis saisit timidement le présent.

— Elle nous manque déjà, dit-elle au colosse qui ne répondit pas. Vous la connaissiez ?

— Non... Je... J'ai su ce qui lui est arrivé, et.

— Pour elle, c'est fini, maintenant.

Une larme roula sur la joue du policier.

Elle pressa gentiment sa large main, constata qu'il tremblait.

— Elle est en paix et vous devez vous en réjouir, vous aussi…

— … Il n'y a plus de place en ce monde pour la bêtise.

— Pardon ?

Pour toute réponse, le gigantesque policier lui adressa un regard vide et un rictus malade. Mal à l'aise, l'ancienne lui offrit un faible sourire édenté en réintégrant le cortège à reculons.

Le fragile mouchoir toujours serré dans sa paume, Ogre fixa le cercueil qui s'éloignait en emportant les restes de sa victime. Dans sa poitrine, il sentit une douleur immense se résorber, car nulle autre que grand-mère Hyacinthe venait de lui parler par la bouche de cette femme ! Il le savait, comme il savait qu'elle lui avait pardonné. Il comprit en même temps que, ce matin, ce n'était pas seulement une morte qui était portée en terre, mais toute sa communauté. Les Auxiliaires Résolus d'Ogou Feray avaient vécu. Les excès de cette nuit avaient été leur chant du cygne. Sur le parcours de la triste procession, dans chaque appartement de chaque immeuble le long de son parcours, chacun devait aussi avoir une pensée pour cette dérisoire boîte qui passait sous sa fenêtre.

Quand le dernier marcheur eut disparu au bout de la rue, Ogre salua la scène d'un rugissement joyeux. Il était inutile qu'il restât plus longtemps protéger le cortège : nul ne tire sur les vaincus. À son tour, il put s'évanouir dans la lumière blanche du matin, à travers les ruelles abandonnées du quartier moribond.

[illegible]

— [illegible]

— [illegible]

[illegible]

[illegible]

[illegible]

Intensifier les processus organisationnels des bénéficiaires

— Putain de fumier sorti d'un cul merdique !

Le cri de rage retentit vainement dans le grand bureau vide de Justine. À travers la vitre de séparation, elle vit deux coopérateurs affairés relever la tête et saluer sa tirade d'un air approbateur. Connards patentés ! Même ça, ils le lui avaient dérobé. Digéré et recraché à leur manière. Karmax fonctionnait comme un gigantesque estomac, réduisant tout ce qui y entrait en une pâte unique où l'on puisait ensuite ce qui pouvait être utile… Avec, au bout du circuit, grâce à des kilomètres de tuyaux, de salles d'étude, d'annexes et de laboratoires de recherche, une inépuisable richesse. Une putain de rivière d'or brûlante, offerte à tous ceux qui venaient piquer une tête dans cette bouillie. Et ça, un petit salaud comme Fabio l'avait parfaitement compris, à croire qu'il était né avec des palmes.

— Charogne pourrie !

Elle aurait bien encore crié quelques jurons, mais la conviction n'y était plus. Les deux faces de flétan, dans leur aquarium, seraient trop contents qu'elle leur offre un peu de vocabulaire pour plastronner au prochain séminaire festif. Si elle ne voulait pas entendre d'autres pans de son répertoire exploités dans les soirées, elle ferait mieux de la fermer. Oh, la frustrante efficacité de tout ceci !

N'empêche, ça n'enlevait rien au problème. Fabio n'était qu'un furoncle à deux pattes, un peu trop malin à son goût. Sur les pages du dossier étalé devant elle, la manœuvre était par trop évidente : l'air de rien, le merdeux jalonnait son territoire et grignotait sensiblement des zones de décision qui lui appartenaient, à elle ! *Ouais, c'est ça, dis plutôt des zones de décisions que Peter t'avait accordées… Allez vas-y, reconnais-le !* La vérité de cette pensée la fit grimacer et regarder dehors. La lumière terne du ciel berlinois transformait la baie polarisée du bureau en un large rectangle pisseux. L'après-midi s'étirait lentement vers le soir et la journée était déjà trop vieille. D'un geste machinal, elle repoussa une longue mèche tombée sur son visage. Revint sur la narquoise dix-septième page. La petite animation en bleu pâle (effet liquid mirror n° 5) tanguait doucement sur la feuille au relief délicat :

Forum trimestriel avec le synode de Zentech
Salon des Décrets
21 heures

Bien entendu, Fabio savait que la série des *liquanims* était une des meilleures applications développées par Justine pour Karmax, et il s'était débrouillé pour apprendre que la n° 5 était de loin sa préférée. Et bien entendu, en cas de vérification, ce dossier aurait toutes les bonnes raisons du monde de n'être arrivé sur son bureau que cet après-midi. Pire, elle savait qu'elle aurait dû le lire en priorité dès son expédition, au lieu d'y jeter négligemment un œil maintenant pour y découvrir la bombe cachée. Bordel, si elle gueulait si tard, ce serait elle qui serait en faute ! Et seulement trois heures avant l'arrivée des représentants de Zentech. Elle dut réprimer l'envie de se laisser aller à une migraine foudroyante. *T'as raison, pouffiasse : ton absence aurait tout du lumineux aveu.* Ou alors, peut-être, demander à Peter de l'assister face aux squales et rappeler subtilement à tous qu'avec sa beauté, son esprit, son cul délicieux et ses seins sublimes, c'était encore elle la maîtresse du plus grand génie vivant… *Bien sûr que tu ne m'as pas accordé ce poste parce que je suis ta femme, hein, Peter ? Tu ne viendrais pas le leur dire ce soir, par hasard, mon amour ?* Combien de jours qu'elle ne l'avait pas vu, maintenant ? Sept ? Vingt ? Une infinité de secondes et d'heures, passées à lui préférer ses précieuses recherches ? *Parce que, bien sûr, tes fesses devraient passer avant l'avenir de la moitié de l'humanité, hein, ma pouffe ?* Parlez d'esprit de sacrifice, après ça !

Bon, il lui restait trois heures pour se préparer au rendez-vous, et assurer ce qui pouvait l'être. Et surtout, en guise de préliminaire, envoyer un pneumatique au minable terroriste de bureau qui devait se délecter de chaque éloquente minute passée sans qu'elle ne réagisse. *Bien joué, mon salaud !*

À partir de son pupitre, elle composa rapidement une réponse à Fabio, sans *liquanim* ni aucun embellissement à la mode depuis l'ère de la phéromunication. L'air de rien, choisir et mettre personnellement en forme ces petites animations demandait du temps, or elle en manquait cruellement ! Quant à se contenter d'un modèle proposé par défaut dans le menu, c'était tout simplement indigne de leur créatrice. Elle choisit un style cordial et simple, dépourvu de fioriture ; celui d'une responsable assez confiante pour affronter sereinement une tempête soudaine. Le bureau ronronna à peine en composant le message, qui tomba bientôt dans la panière de réception. Ne restait plus qu'à l'envoyer…

Le réseau pneumatique parcourant l'ensemble des locaux était une idée de Peter. À l'époque de leur installation, ils n'avaient pas développé toutes les actuelles applications bureautiques contournant les effets du Chromozone. Karmax tenait encore autant de la recherche de pointe que du bricolage éclairé. L'esthétisme désuet du pneumatique s'était tout naturellement imposé et chacun avait adoré l'élégance des tuyaux de cuivre et laiton. Finalement, l'antique système était resté le moyen de communication interne privilégié du premier pôle de développement technologique mondial.

Justine piocha une petite coque de plastique transparent dans une corbeille et y roula délicatement sa réponse à Fabio. Sans hésitation, elle présenta l'ensemble à la bouche du conduit sifflant ; le tube aspira goulûment la gélule molle renforcée de caoutchouc. Cette fois, plus rien ne lui permettrait d'éviter la rencontre prévue dans… deux heures et demie ? Fébrile, elle fila vers le cabinet de toilettes attenant pour se préparer et affronter dignement la brochette de psychopathes qui devaient déjà s'apprêter à la dévorer toute crue.

*

Quand la grande horloge murale du Salon des Décrets sonna les 21 heures, Justine resplendissait, debout face à la porte d'où surgirait bientôt la délégation de Zentech. Elle avait choisi une longue robe de velours noir, au décolleté profond, épousant au mieux sa silhouette. Son haut col, au tissu piqué de motifs argentés chatoyants (licence gloomy skin de chez Karmax), mettait discrètement en valeur la pâleur de sa gorge et son cou délicat. À la lisière de ses seins rutilait un énorme rubis de synthèse, retenu par une discrète chaîne. Le bijou outrancier avait surtout l'avantage d'être bardé de minuscules capteurs soniques, capables de traduire immédiatement les paroles en phéromones codées. Grâce aux nez dissimulés dans le plafond, toute la conversation serait ainsi retranscrite et conservée pour une analyse future. Les brevets de cette invention étaient jalousement tenus secrets depuis trois mois et participaient de la fameuse « avance technologique » qui laissait pantois les rares concurrents de Karmax.

En face d'elle, l'élégance de Fabio était plus discrète. Veste crème de coupe italienne, large pantalon blanc et hautes guêtres de cuir fauve. Le jeune responsable de la coordination des négoces partenariaux était caucasien, grand et blond. Il affichait sans complexe un corps fin et musclé et, au quotidien, n'arborait que deux visages en plus d'une coupe de cheveux à la mode : une mine secrètement réjouie face aux collègues de rang équivalent, un masque froid et concentré pour les subordonnés et les supérieurs. Une coquille vide, lisse et aimable, au regard vif, aux gestes méthodiquement répétés jusqu'à la perfection. Son élocution et son vocabulaire seuls témoignaient d'un contrôle permanent. On aurait pu le croire naturellement doué, quand il n'était qu'un illusionniste appliqué. Pour qui guettait le défaut dans l'armure, son rire seul le trahissait : emprunté, un peu trop forcé, un rien trop communicatif. Un rire de synthèse. Immobile et silencieuse face à son gracieux ennemi, Justine attendait patiemment.

L'entrée du vaste salon s'ouvrit enfin. Un garde en uniforme vérifia rapidement la sécurité des lieux, puis s'effaça devant les trois délégués de la Zentech avant de refermer la porte derrière eux. Les trois hommes portaient le sobre costume en fibre traitée en vigueur chez eux, qui leur garantissait une relative immunité face aux toxines volatiles courantes. En plus d'un attaché-case blindé, ils arboraient un respirateur autonome. Justine ne repéra aucune nouveauté flagrante dans leur costume ; la surprise viendrait d'ailleurs !

Le domaine de Zentech était la sécurité et l'espionnage. Ils détestaient devoir se frotter à l'environnement de Karmax et considéraient chaque visite à la maison suzeraine comme un test *in vivo* de leurs systèmes. Ils se méfiaient de tout et de tout le monde. Justine laissa le trio choisir un siège parmi les nombreux fauteuils, chaises et canapés proposés, avant de prendre place à distance diplomatique. Aucune parole ne fut échangée jusqu'à ce que Fabio fasse les présentations.

— Chers partenaires : Mme Justine Lerner, responsable de l'éthique logistique chez Karmax, que vous devez certainement connaître.

Le plus proche des délégués se retourna vers elle et la salua respectueusement. À cause de l'amplificateur vocal de son respirateur, sa voix avait des accents métalliques. Il devait être jeune et ses grands yeux sombres la fixaient avec insistance.

— C'est un rare honneur que de rencontrer l'épouse de Peter Lerner, madame. Nous vous remercions de nous accueillir personnellement.

— C'est la moindre des choses, délégué. Mais tant que durera ce forum, je vous invite à ne voir en moi qu'une associée contractuelle. Quand nous en aurons fini et que nous partagerons un cocktail dînatoire, je redeviendrai alors la simple épouse d'un grand homme.

— Chère associée, intervint un autre délégué, veuillez pardonner la maladresse de notre collègue. C'est sa première visite ici et, à sa manière, il exprimait la reconnaissance que nous savons tous vous devoir.

Reconnais plutôt que tu aimerais bien me scalper, infect chacal !

— Merci ! Je vais maintenant laisser la parole à mon subordonné, à qui vous exposerez ensuite vos prétentions.

Fabio se racla ostensiblement la gorge, planta en souriant son regard clair dans celui de Justine, puis entama le débat :

— Messieurs, l'expérience améliore les paramètres analytiques de la production et elle seule peut stabiliser les savoir-faire représentatifs de votre groupe.

Nous demeurons confiants, mais n'envisageons pas d'agrandir le champ des processus...

— Stupide ! À Zentech, notre compréhension de votre logistique mobilise chaque paramètre analytique de production. Karmax doit renouveler les facteurs institutionnels des synergies !

— Oui ! En englobant les ensembles cumulatifs des services concernés !

Fabio sourit avantageusement à ses interlocuteurs, agita à peine un doigt parfaitement manucuré :

— Il suffirait pourtant que la formation étende les savoir-faire qualificatifs du projet pour que l'exploration ponctue ses résultats représentatifs.

— Intolérable ! L'organisation ne pourra clarifier les facteurs caractéristiques des acteurs si la finalité n'intensifie pas ses besoins informatifs !

— Qu'en pense la responsable de l'éthique logistique ? Madame Lerner ?

Déjà assommée par l'accumulation de conneries débitées à la seconde, Justine prit un air inspiré, avant de déclamer lentement :

— De notre point de vue, et tant que l'expérience stimule vos facteurs quantitatifs, le savoir-faire doit intensifier les processus organisationnels des bénéficiaires... Si le diagnostic affirme que les concepts cumulatifs des acteurs ne suffisent plus, l'essentiel résidera dans le fait que l'expérience doit mobiliser les processus stratégiques du marketing.

Un silence pesant suivit sa tirade. En face d'elle, Fabio avait immédiatement affiché son masque neutre de parieur. Justine pencha ostensiblement la tête en le dévisageant. *Tu sais que j'ai bluffé, pas vrai ? Mais tu ne me trancheras pas publiquement la gorge, non… Pas tant que tu n'es pas certain de leur réaction !*

Un des émissaires de Zentech s'agita dans son fauteuil, visiblement mal à l'aise. Son voisin reprit la négociation sur un ton qui se voulait rassurant :

— Soyez en sûrs, chers associés, l'intervention mobilise chaque caractéristique de nos services concepteurs ! La compréhension stimule dès à présent les indicateurs opérationnels du métacadre !

Fabio préparait déjà sa réponse. Justine eut dès lors la certitude que le reste de la réunion se passerait sans autre accroc. Elle cessa de s'intéresser aux propos échangés pour se concentrer sur les trois visiteurs.

En fait, elle constata vite que seuls les deux plus âgés prenaient la parole. Leurs interventions se succédaient rapidement, le second se contentant de souligner ou paraphraser la première injonction. Face à un néophyte, la technique était redoutable, et d'autant plus subtile qu'ils échangeaient les rôles à chaque nouvelle réplique. Face à un requin comme Fabio, cette méthode ne pouvait que faire sourire. Il était né dans l'univers féroce des structures formatives ; il était l'un de leurs brillants représentants. C'est pour ça que Peter faisait confiance à son talent de responsable de la coordination des négoces partenariaux. Justine ne put réprimer un frisson, mais n'eut plus d'inquiétude quant à la conclusion de ce forum : comme d'habitude, Zentech viendrait finalement leur manger dans la main. Elle décida de passer le temps en s'intéressant au plus jeune des délégués, celui qui n'intervenait jamais.

Son comportement était déroutant : il suivait avec concentration l'intégralité des débats, avec la ténacité presque palpable d'un enfant qui veut bien faire. À cause du costume sévère et du masque qui lui couvrait le bas du visage, il était difficile de lui donner un âge. Sans doute pas plus de vingt ans. Sous l'impeccable coiffure brune, son large front pâle se ridait régulièrement d'infimes froncements trahissant son intérêt. Encore incapable de maîtriser l'ensemble de ses méta-signes comportementaux. C'en était presque touchant. Ses grands yeux noirs brillaient d'excitation ; ce devait être sa première participation à un forum aussi important. *Qui t'a permis de te joindre à ce synode à ton âge ? Tu te laisses tripoter par un des deux barbons, c'est ça ?* Par jeu, Justine porta toute sa volonté vers le jeune homme. Elle velouta son regard, l'intensifia, tendit tout son corps vers lui, réajusta rituellement les plis impeccables de sa robe. Au bout de quelques secondes, provoqua les perturbations souhaitées : sa cible lança de plus en plus de regards en coin dans sa direction et ses mains amorcèrent des frémissements nerveux. *C'est bien, mon gars ; maintenant regarde-moi bien, je vais me pencher innocemment vers mon verre. Ne rate rien du spectacle, tu auras rarement l'occasion de mater le somptueux décolleté de la maîtresse d'un génie. Prends tout, c'est cadeau !*

Victoire ! Gêné par ce qu'il venait de voir, le jeune homme détourna brusquement les yeux pour revenir à son sujet initial, sans grande efficacité. Justine avala une gorgée d'eau fraîche en dissimulant un sourire. Le reste du forum devint presque plaisant. Le temps passe plus vite quand on s'amuse.

*

De l’avis de la pendule murale, une heure supplémentaire passa avant que cette rencontre ne trouvât sa conclusion. Fabio n’avait rien lâché ! Les ingénieurs de Zentech ne recevraient pas d’autres licences de brevets avant le trimestre prochain. S’ils souhaitaient développer de nouvelles applications, qu’ils puisent dans les énormes bénéfices engrangés depuis la mise en vente de leurs phéroclefs. En contrepartie, Zentech avait obtenu la garantie de disposer d’un mois d’avance sur les autres sociétés vassales de Karmax lors de la prochaine attribution de brevets, quelle qu’en soit la date.

Satisfait, chacun se leva donc pour gagner un large patio voisin où les attendait le traditionnel cocktail dînatoire. Venus d’autres forums tardifs, plusieurs groupes de collaborateurs et visiteurs étaient déjà présents. Le ballet emprunté des causeries faussement flegmatiques s’était amorcé entre les tables et les pyramides de mets délicats. Non sans une légère répugnance, les trois émissaires abandonnèrent leur respirateur pour participer aux agapes. Une fois le précieux gadget rangé dans les attachés-cases, ils redevinrent des hommes d’affaires comme les autres. Même leurs costumes anti-toxines rappelaient une élégante coupe en vigueur. Légèrement intriguée, Justine lança un regard discret vers le plus jeune, enfin débarrassé de son masque. Elle sentit son cœur défaillir. Entre ses deux acolytes, un sosie de Peter Lerner l’observait avec déférence. Non, pas tout à fait un sosie. La taille, la coiffure et les yeux étaient différents. Mais la même mâchoire délicate, le même air innocent et rêveur. Et ses gestes… *Seigneur, ils ont créé une copie de Peter.* Planté à cinq mètres d'elle, le jeune émissaire lui adressa un sourire mouillé. Elle eut un instant de panique. Personne d'autre n'avait rien remarqué ? Autour d'eux, chacun parlait ou écoutait, indifférent au reste du monde. Fabio s'était approché du plus âgé des deux autres délégués pour lui tendre un verre. Une aimable conversation sembla s'initier. Resté seul, le jeune parut hésiter, puis marcha lentement vers elle. *Sainte merde ! Recule ! Retourne dans la cuve infâme d'où ils t'ont extrait !*

— Bonsoir… Êtes-vous redevenue l'épouse du grand homme, maintenant ?

Justine s'enfonça dans un bain de boue froide et molle. Sans la déformation du respirateur, il avait la voix de Peter.

— Qui… Qui êtes-vous ?

— Je suis Roméo.

— Pardon ?

— Je suis le Roméo. J'ai été amené ici pour vous séduire.

— Pour me…

Jusque dans le ventre de Justine, la boue devint une lave épaisse et brûlante. Elle chercha un soutien autour d'elle, mais ils étaient parfaitement isolés au milieu des petits groupes avides d'autres confidences et ragots. Même Fabio s'était éloigné pour présenter un de ses subordonnés à leurs invités. Elle soutint le regard moite de cette monstruosité occupée à la dévisager poliment.

— Vous ne devez pas être gênée de vous sentir attirée par moi…

Elle osa son ricanement préféré :

— Je ne me sens pas du tout attirée, rassurez-vous !

Les grands yeux sombres se firent moqueurs, ou innocents. Ou les deux.

— Ah bon ? Mais alors, pourquoi cette touchante manœuvre de séduction, pendant le forum ?

Un rouge implacable monta aux joues et au front de Justine. La vexation lui rendit soudain tous ses moyens. Bordel, elle boufferait la cervelle de ce péteux avant la fin de la scène. Sa bouche rugit une première salve en automatique :

— Je vais te faire ressortir les yeux par ce qui doit se trouver derrière tes burnes !

Accoutumés à ses tirades inimitables, c'est à peine si les habitués de Karmax tournèrent la tête. Quelques visages nouveaux se braquèrent quand même sur elle, pour se détourner poliment en reconnaissant celle qui venait de proférer ces horreurs. Privilège du rang. En face d'elle, joli-cœur n'avait pas bronché. Sa voix se fit miel :

— Vous ne devriez pas être irritée, ce n'est pas de votre faute. Vous voyez, j'ai été saturé de phéromones sexuelles à votre intention. Ce qu'ils ont fait à mon visage, à ma gorge, ce n'est rien de plus qu'un miroir. Mais depuis bientôt deux heures, vous ne pouvez m'envisager que comme un partenaire possible…

Chierie, la journée prenait enfin tout un sens ! Zentech en avait bien profité pour se frotter à leur système de sécurité. Mais c'était elle l'unique cobaye. Un soupçon d'admiration traîna dans sa voix :

— Merde, c'est toi, la surprise ! Putain, ils se sont surpassés, cette fois.

— Je ne sais pas… Je suis un Roméo. Un prototype. Je peux avoir de nombreuses utilités…

Le ton avait tout de l'invite obscène. Il l'appuya d'une légère rotation du buste qui le fit vaciller vers elle. Sous le costume strict, Justine imagina les épaules veloutées, dans lesquelles elle adorerait planter ses dents pour goûter ce jeune corps tellement ressemblant. *Calme-toi, misérable pouffe. Ils ont mis le feu à tes hormones.*

— Tout cela est des plus enrichissants. Je vous souhaite un bon séjour parmi nous, Roméo. Notre personnel veillera à ce que vous ne manquiez de rien. Excusez-moi…

L'esprit porté au rouge, les tempes battantes, Justine salua sèchement son interlocuteur et s'éloigna de la friandise empoisonnée aussi vite que sa tenue le lui permettait. Dès qu'elle fut sortie de la grande pièce, elle interpella un garde et ordonna une série de mesures d'urgence. Le temps qu'elle regagne ses appartements, les pneumatiques avaient diffusé les consignes d'étage en étage. À chaque angle de pièce ou de couloir, les buses automatiques commencèrent à diffuser des nuages humides de toxines tueuses. Devant sa porte, trois sentinelles en armes lui remirent un nouveau badge tout juste pressé et encore chaud. D'ici à quelques minutes, Karmax subirait une stérilisation et une réinitialisation complète de ses champs phéromoniques. La procédure ne prendrait pas plus d'une heure. Quant aux Zentech, ils ne devaient déjà plus pouvoir pisser sans se faire compter les poils. Dès qu'elle eut refermé la porte derrière elle, Justine se débarrassa de ses vêtements et les jeta dans le petit incinérateur de la cuisine.

Nue et flageolante, elle marcha jusqu'au profond bassin aménagé près de leur chambre. Elle avança jusqu'à la taille dans le bain froid, puis se laissa glisser en arrière. Délaissant les moelleux appuis-tête en mousse, elle appuya sa nuque contre la dure margelle de granit noir pour observer le plafond carrelé qui reflétait le miroitement de l'eau. Un incoercible tremblement agitait son corps. Lentement, sa main droite vint trouver son bas-ventre.

— Putain de fumiers, dit-elle en fermant les yeux.

*

Un liquide froid s'engouffrant dans sa bouche la fit sursauter. Désorientée, elle se redressa maladroitement et glissa, manquant de reboire la tasse. Justine ouvrit les yeux en toussant pour recracher l'eau légèrement parfumée.

— Merde !

Elle s'était endormie dans le bassin. Tout autour d'elle, la large pièce abritant la piscine couverte était sombre et silencieuse. Quelques vaguelettes, créées par ses gestes engourdis, clapotaient entre les murs luisants. Quelle heure pouvait-il être ? Un frisson la secoua des pieds à la tête. Elle était glacée. Sortir de l'eau et enfiler un peignoir ne lui prit que quelques secondes. En fait, il faisait déjà meilleur, une fois sortie. Dans la cuisine, posé sur un cube de bois sculpté, un gros réveil en cuivre martelé lui apprit qu'il était très tard. Près de trois heures du matin. Le souvenir de sa longue et minutieuse séance aquatique la fit sourire tristement. Depuis ces interminables mois que Peter ne lui consacrait plus que des bribes de son temps, la masturbation était devenue un loisir régulier. Le temps passe plus vite quand on s'amuse. Ce soir, au moins, elle avait eu une bonne motivation…

Justine se fit réchauffer une tasse de café noir. Elle sirota lentement le poison brûlant en réfléchissant à ce qu'elle devait faire maintenant. À cette heure, les trois bâtards de Zentech sous discrète surveillance devaient avoir regagné leurs chambres, situées à l'étage des visiteurs de marque. Ce qui lui laissait l'avantage de la nuit pour décider d'un plan d'action. Expédié par le service de sécurité, le compte rendu des activités détaillées de leurs trois invités l'attendait dans la corbeille de réception de l'entrée. Elle parcourut le rapport rapidement. Rien de probant. Le Roméo avait poliment cherché à la retrouver, mais les gardes n'avaient pas donné suite à sa demande. Bizarrement, la brutale procédure de stérilisation n'avait pas engendré de protestation. Avec le recul, Justine commença à se demander s'ils n'avaient pas pris ça pour la preuve de l'efficacité de leur test. Mais qu'est-ce que Zentech pouvait bien espérer en la poussant entre les bras de ce type ? Démontrer l'efficacité de leur trouvaille ? Influencer son jugement ? Et d'ailleurs, pourquoi s'en prendre à elle ? Et pourquoi lui avait-il révélé si tôt le pot aux roses ? « J'ai été amené ici pour vous séduire. » « J'ai été saturé de phéromones sexuelles à votre intention. » Son ingénue confession ne pouvait qu'être une manœuvre supplémentaire. *Sainte merde, t'as de l'avenir comme aérosol, mon gars !*

Chaque nouvelle approche de la situation amenait brassée d'hypothèses et cascade de questions. Justine sentit une angoisse idiote se lover dans la poitrine. Elle se força à respirer calmement. Tout ça ne la menait nulle part. Elle avala d'un coup le fond de café, puis retourna vers le grand dressing attenant à la chambre pour enfiler un chandail défraîchi et un pantalon de toile. À contrecœur, elle se dirigea vers l'entrée de l'appartement en arborant son badge neuf. La porte accepta de s'ouvrir… Dans la guérite aménagée dans l'épais mur, les trois gardes regardèrent Justine marcher jusqu'au bout du grand couloir et appeler le second ascenseur. Elle en avait le droit, après tout, même si ce n'était pas l'heure idéale pour arpenter les locaux. Son comportement ferait l'objet d'un rapport de routine ? Soit ! Ce ne serait pas la première fois.

Dans la petite cabine, elle actionna la fermeture des grilles, et sollicita *via* son passe l'accès aux sous-sols prohibés de Karmax. Longue hésitation des servomoteurs. *Tu ne m'as pas fait ça, Peter ? Pas maintenant !* La cabine démarra à cet instant. Momentanément soulagée, Justine s'enfonça vers les nombreux laboratoires de recherche qui composaient le socle du bâtiment. C'est dans ce labyrinthe aseptisé que se vérifiaient les théories et les fulgurances du sauveur de la planète. Le putain de Saint des Saints. Le territoire exclusif de Peter Lerner, son mari.

À peine sortie des sas gorgés de toxines tueuses, elle s'engagea dans une enfilade de couloirs aux couleurs neutres. Ici, pas de réseau pneumatique ou de personnel de confort. Seulement une parfaite autarcie, teintée de caprices de chambre d'enfant.

Prière de ne pas déranger.

Attention chien méchant.

On tire à vue.

Verboten.

Elle croisa un trio d'hommes en jeans et chemises débraillés. Quelques disciples du génie. Plus ils passaient de temps ici, plus les cracks recrutés par Peter avaient tendance à copier sa dégaine. Cela tenait à la fois au charisme de leur patron et à son écrasante volonté égotique. On avait parfois l'impression de visiter une ruche remplie d'ouvrières clonées. La plus grande concentration de Q.I. et de négligence corporelle de ce coin de la galaxie. Le groupe tourna vers un couloir secondaire sans s'intéresser à sa présence.

Justine marcha d'un pas rapide jusqu'au premier bureau de Peter. Personne. Mais l'odeur épicée de son eau de toilette flottait encore dans la pièce. La porte du second bureau refusa tout simplement de s'ouvrir. De toute façon, il n'y avait pas de lumière. Elle remarqua un autre groupe de chercheurs qui discutaient en anglais autour d'une fontaine à soda. Ils l'orientèrent vers un ensemble de salles de tests situées deux étages plus bas. Un binoclard à la barbe en fil de fer et à l'haleine de cadavre la retint par le bras :

— Il ne faut pas le déranger maintenant..

— Je suis sa femme !

— Sa... ?

Elle se dégagea violemment et reprit ses recherches. Elle ne fila pas assez rapidement pour ne pas entendre l'inévitable remarque dans son dos : « Tu savais qu'il était marié, toi ? » Elle ne gaspilla pas son temps à revenir gifler le morveux et dévala trois par trois les larges marches d'un escalier de service. Enfin elle aperçut la haute silhouette familière derrière le verre épais d'une vitre teintée. Son estomac se noua quand elle se glissa discrètement dans la pièce par une porte à double battant. À la lumière cruelle du plafond bas, Peter réfléchissait en silence, debout, les yeux fermés.

— Pete ?

Il n'ouvrit pas les yeux tout de suite, se contentant de réagir en grognant. Elle s'approcha tendrement.

— Encore à rêver que t'es un grand chercheur ? T'as rangé ta chambre et fait tes devoirs ?

Il tourna la tête vers elle et lui offrit un sourire éclatant.

— Hey, ma reine de la surface ! Qu'est-ce que tu viens faire ici ?

— Une épouse dévouée ne peut plus visiter nuitamment son mari ?

Par-derrière, elle glissa ses mains sous son pull et caressa son ventre ferme. Il saisit gentiment ses poignets pour la repousser.

— Il est tard, non ? T'es venue pour quoi ?

Sainte merde, tu ne changeras donc jamais ?

— J'ai des problèmes avec Zentech. Il faut que tu jettes un œil sur leur prototype.

Peter dissimula sa grimace derrière un autre sourire. Il s'étira et fit craquer ses doigts.

— Ça ne peut pas attendre ? Ou alors, nomme une commission d'enquête. C'est notre prérogative et ils le savent très bien.

— Bordel, Pete ! Ils ont créé une copie de toi et

l'ont transformée en diffuseur de phéromones sexuelles avant de me la coller dans les pattes.

— Une copie ? Vraiment ? Cool… Il est ressemblant ?

— Putain, y a rien de drôle ! Ce sont tes brevets qu'ils détournent pour leurs… saloperies !

Peter soupira légèrement, se gratta la tête d'un air embêté. Elle explosa.

— Et évite-moi tes simagrées du mec faussement contrit ! Merde ! C'est grave, cette fois, ils commencent à déconner à pleins tubes. Et y a pas qu'eux ! Toi aussi, tu déconnes. Et moi ! Tu ne vois pas que tous, là, on est en train de faire les mêmes erreurs qu'avant ? C'est tout Karmax qui est devenu un clone de multinationale pourrie !

Des larmes embuèrent ses grands yeux fatigués. Peter la serra entre ses bras pour la calmer, mais elle continua de bafouiller, la tête enfouie contre sa poitrine :

— On n'a pas fait tout ça pour que ça finisse comme ça ! Tu comprends ? Karmax ne doit pas finir comme ça…

— Chut… Tout va bien… Pourquoi tu t'énerves autant ? Laisse Zentech jouer à Frankenstein ! Ils n'iront pas loin sans nous, de toute façon… On les tient. Et on ne les lâchera pas ! Ni eux ni les autres petits malins ! Viens, je vais te montrer quelque chose…

Comme une petite fille, elle se laissa prendre par la main et guider hors du bureau vers la salle de recherches attenante. À l'intérieur du cube de plastique délimitant un espace stérile sous contrôle, six hommes et femmes travaillaient en silence, penchés sur une simulation colorée tournant en simultané sur trois larges écrans disposés au milieu du volume restreint. Justine ne comprit pas ce qu'elle était censée observer. Elle sécha ses larmes. Regarda mieux. Des volumes irisés tournaient lentement sur un fond noir, se mêlaient perpétuellement sans que leur motif général ne changeât. Le regard de Peter brûlait quand elle leva la tête pour écouter son explication :

— Ça fait trois semaines que le Chromozone essaie de percer la sécurité du nouveau code. Et trois semaines qu'il s'y casse les dents.

Justine tourna la tête vers les écrans comme s'ils s'étaient transformés en serpents venimeux.

— Tu l'as injecté dans un système informatique ? Sainte merde !

— Il n'y a rien à craindre… Regarde comment la simulation se reconfigure en permanence et l'empêche de trouver prise.

Il posa la main contre la paroi transparente, comme s'il voulait toucher les formes mouvantes devant eux. Sa voix se mit à trembler d'excitation :

— J'ai baisé ce fils de pute ! Virus évolutif mon cul ! Tu as devant toi la version 1.0 de Mandala, le premier système informatique viable basé sur un système fractal. Une base à deux virgule *n* dimensions. Et cette putain de virgule, ça lui cause bien du tracas à môssieur-je-suis-juste-binaire.

Il se retourna vers elle, radieux :

— On a baisé le virus, ma belle ! Et on va baiser Zentech et les autres, pareil ! S'ils veulent goûter au paradis, ils vont devoir cracher ! Tu vas leur renvoyer leurs prétentions et leurs pauvres manipulations paléolithiques dans les gencives ! Et pour commencer, tu peux leur demander 30 % sur les bénéfices de chaque dérivé…

Justine recula d'un pas, le souffle coupé. Elle montra l'espace stérile d'un doigt tremblant.

— Il y a le Chromozone là-dedans ?

— Ouais ! Mais il peut pas trouver la sortie…

— Tu l'as injecté ici ? Sciemment ? Et s'il se diffusait ? Oh putain de chierie !

— Et alors ? Qu'il se répande s'il veut. L'humanité disposera bientôt d'une nouvelle foi : le Mandala est in-vio-la-ble. Tu te rends compte ? ça signifie retrouver les avantages de l'électronique pour le stockage et l'échange de données, le rétablissement de protocoles universels. Rapprocher les communautés et les gens !

— Je ne sais pas. Ça semble si… imprudent ! Tu ne veux pas remonter avec moi, qu'on puisse en discuter tous les deux, posément ?

— Maintenant ? Non, pas possible… J'ai encore des tas de vérifications à mener d'ici. Tu sais, on a travaillé comme des malades là-dessus. Ça fait des mois qu'on cherchait à le stabiliser.

— Comme des malades, oui…

Peter ne sembla même pas relever son ironie. Elle tenta une dernière charge, pour la forme :

— Tu ne veux pas remonter à l'appartement avec moi ?

— Non, ce ne serait pas raisonnable.

— Pas raisonnable ? Putain de merde !

Sans réfléchir, Justine tourna les talons et fit en sens inverse le chemin menant à sa chambre. Les couloirs, les marches, les portes et les gueules de raies se succédèrent en pilotage automatique. À deux reprises, elle crut percevoir quelqu'un tenter de la rattraper et espéra que ce soit Peter. Mais ce n'était que son esprit brumeux. *Oh, Peter, qu'est-ce que tu fais ?* L'horreur de ce qu'elle venait de voir et entendre l'empêchait même de réfléchir. Venue ici pour obtenir un conseil et un avis, elle s'en éloignait maintenant dans l'état d'esprit d'un gosse qui vient de découvrir ses parents baisant sur la moquette du salon. La frustration en plus !

Une autre surprise l'attendait devant son appartement : les gardes barraient la route à un visiteur nocturne aussi déterminé qu'incongru — le Roméo était là, qui tentait vainement de convaincre la sécurité de lui accorder une entrevue avec Justine Lerner. À son attitude, il était clair que les gardes ne lui avaient même pas expliqué qu'elle n'était pas derrière cette porte. Elle fut tentée de s'éloigner, mais elle avait assez fui pour cette nuit ! Elle avança lentement, se forçant au calme à chaque pas.

— Que se passe-t-il ? Que fait-il ici ?

— Il disposait d'un badge adéquat. Et d'un plan dessiné à la main qui indiquait cet étage.

L'accusé tourna ses yeux innocents vers elle. Ce fut Peter qui lui répondit :

— C'est vrai, c'est votre responsable de la coordination des négoces partenariaux.

— Fabio vous a donné un badge ?

— C'est le sien… Et il m'a expliqué comment arriver ici. Je voulais vous parler.

— Me parler ? Eh bien, entrons !

L'un des gardes eut un geste vague de la main.

— Vous ne croyez pas qu'il vaudrait mieux prévenir…

— Prévenir qui ? Mon mari ? La prévention d'adultère est donc de votre ressort ?

— Euh, non, je…

— Alors, gardez cette porte et veillez donc à ce que personne d'autre ne la franchisse tant que je n'en ai pas décidé autrement. Quant à vous, cher émissaire, si nous réexaminions ensemble votre précédente proposition ?

Le Roméo eut un sourire mouillé et soumis. Justine posa sa main sur son épaule pour le pousser à l'intérieur de l'appartement plongé dans l'obscurité. *Le temps passe plus vite quand on s'amuse…*

Pendant le compte à rebours les affaires continuent

Deux jours après les affrontements sanglants de la frontière, Teitomo avait repris son service. En raison des tensions, toutes les permissions avaient été supprimées, mais il avait fallu quarante-huit heures à l'estafette pour le trouver : histoire de bénéficier encore de quelque temps libre, il s'était caché pour éviter une réquisition immédiate. Il avait bien été tenté de retourner voir Khaleel pour confronter leurs avis sur l'évolution de la situation, mais avait dû se résoudre à reporter sa visite : une rame avait été prise d'assaut pendant la nuit, arrosée d'essence et brûlée ; le métro était fermé jusqu'à nouvel ordre.

À la Division, l'ambiance était maussade. Les miliciens avaient accumulé trop d'heures de travail sans repos et ils accusaient plusieurs bavures dues à la fatigue. Le matin même, une jeune recrue du poste Sud avait ouvert le feu sur un groupe de blancars tentant de forcer un barrage et laissé deux gars au sol. Dont un collègue. Dans le renoncement général, personne n'avait seulement réagi à ce drame. Seul un communiqué laconique du siège des AROF regrettait le tragique incident. Retranchés dans leur tour de béton, les pauvres guignols savaient ne plus en avoir pour longtemps. Ils ne tenaient plus ni leurs séides ni les relais d'opinion. Rien ne pouvait désormais empêcher le démantèlement de la communauté. Une information avait quand même retenu l'attention de Teitomo : les trois agresseurs de chez Gus avaient finalement parlé. Dans la copie du rapport envoyé par le milicien qui les avait interrogés, il était précisé que les mecs avaient attaqué sur l'ordre d'un *oungan* non identifié. Certainement le fameux quatrième homme qui avait observé la scène dans l'ombre avant de s'enfuir.

Son supérieur direct, le lieutenant N'Gome, ordonna à Teitomo d'établir des patrouilles du côté des marchés couverts, et de « veiller au maintien d'un commerce paisible ». Ça, c'était la sanction pour avoir manqué à l'appel pendant vingt-quatre heures. Il avait acquiescé benoîtement avant de filer au garage réquisitionner une des dernières voitures encore potables. Il avait dû montrer les dents au responsable du parking pour en obtenir les clefs, mais dix minutes plus tard, le grand flic filait enfin le long des boulevards déserts vers le port.

Dans l'ensemble, cette partie de la ville était plutôt calme. Il avait croisé quelques petits groupes d'hommes et de femmes ostensiblement armés de machettes, mais ils jouaient visiblement à se rassurer en plastronnant aux carrefours du quartier. La frontière était loin et, de toute façon, pas un blancar n'aurait su arriver jusqu'ici entier. Au passage de sa voiture, quelques quolibets et lazzis fusèrent, qu'il ne prit pas la peine de relever. Ces maigres imbéciles auraient bientôt d'autres raisons de protester. Tableau nettement plus cocasse, un peu plus loin : trois techniciens de la Zentech avaient déballé leur matériel de pointe au pied d'une conforteresse. Teitomo ralentit pour apprécier la scène. Sous haute protection policière, ils s'acharnaient à poser sur la façade ce qu'il identifia comme étant un nez à phéromones, semblable à ceux qui équipaient déjà le métro. Pendant le compte à rebours, les affaires continuent... Fallait-il avoir un éperdu sens du ridicule !

Il devait être un peu moins de dix heures quand il aperçut le paisible miroir brisé de l'océan, encadré par les traits gris des quais déserts. Il gara sa voiture sur le parking du port, sortit lentement, se pencha pour récupérer un sac en plastique jaune sur le siège passager, puis claqua violemment la portière. Scrutant précautionneusement les alentours, il aperçut quelques jeunes curieux. Sans doute pas assez téméraires pour tenter une bêtise. Mais il était inutile de risquer une complication. Dégainant son arme de service, il tira trois coups de feu en l'air en guise d'avertissement. Les gosses se dispersèrent immédiatement et il put marcher sereinement vers le quai.

Aussi près du rivage, l'air chaud de la ville se mêlait aux émanations des déchets en décomposition dans les eaux du port. Englués à la surface, quelques bidons de plastique abritaient des colonies de minuscules crabes, habitués à se contenter des charognes piégées dans l'écœurante mélasse. Plusieurs mouettes faisaient leur marché dans ces distributeurs de friandises improvisés. Teitomo marcha jusqu'à l'extrémité du premier quai avant d'extraire du sac jaune un antique magnétophone à piles. Il l'avait déjà garni d'une minicassette magnétique et n'eut qu'à appuyer simultanément sur les touches « *rec* » et « *play* » pour lancer l'enregistrement. Délicatement, il posa l'appareil sur le béton irrégulier du quai, puis s'assit à côté pour écouter la mer.

Cela faisait longtemps qu'il n'était pas venu jusqu'ici pour une raison autre que strictement professionnelle. Il en avait oublié combien le littoral était demeuré superbe, malgré la pollution et les dégradations. À condition d'occulter mentalement les barres de béton construites au ras des vagues, on pouvait contempler le délicat motif des rochers, l'équilibre des masses de terre se jetant dans la mer. Venu du large, un vent poisseux glissait vers lui comme pour le chasser. Teitomo vérifia qu'il avait bien ouvert au maximum le micro du petit enregistreur. Avec un peu de chance, Khaleel pourrait entendre le souffle. Depuis que Chromozone était capable d'infecter tout support électronique, il fallait se rabattre sur des vieilleries comme ce lecteur-enregistreur vétuste. Et encore, on n'était pas absolument certain que le virus ne soit pas capable d'exploiter une simple bande magnétique pour s'y nicher en attendant une éventuelle duplication, ou un accès à un environnement viable. Dans les communautés soumises à des autorités intégristes, la simple possession de ce genre d'appareil pouvait constituer un péché grave, sinon mortel. Teitomo avait dû fouiller les caves de la Division pour y dénicher ce modèle portable que les flics utilisaient naguère pour certaines dépositions. Phénoménal coup de bol, il en avait même trouvé deux, et confié le second à son ami. À l'époque, le fait qu'ils soient encore dans leur emballage d'origine avait lourdement pesé pour faire accepter le diabolique engin par les Sicaires de l'Hégire. Et encore : les cassettes étaient stockées et régulièrement détruites par mesure de sécurité. Au moindre signe d'infection, il était convenu que la pratique serait définitivement interrompue.

Le claquement mécanique indiquant l'arrivée en fin de bande retentit quelques minutes plus tard. Il replaça son trésor dans le sac, puis reprit lentement la direction de la voiture. Ce court intermède lui avait fait du bien. Il ressentait un profond bien-être, qui lui avait fait cruellement défaut depuis plusieurs jours. Soudain, tout ne lui semblait plus si mal engagé que ça : il trouverait un moyen de rester près de Khaleel, comme de dénouer la situation avec Claire. Le tout était de rester confiant.

C'est alors qu'il les vit : deux *oungans* armés de fusils postés derrière sa voiture. À son approche, celui qui s'appuyait contre le capot leva légèrement le museau de son arme vers lui. Le reste du parking était vide, mais plusieurs dizaines de témoins s'étaient massés derrière les palissades du chantier proche. La scène allait se jouer à guichets fermés. Il marcha jusqu'au miaulement de la première balle, à quelques centimètres de ses pieds. L'autre prêtre parla pour tous les spectateurs :

— C'est fini de jouer au shérif, milicien ! Fini de tirer à tort et à travers pour maintenir l'ordre.

Teitomo calcula la distance qui le séparait de la voiture. C'était jouable, à condition que le tireur soit aussi peu entraîné que son port pouvait le laisser supposer. Le tout étant d'éviter l'émeute en frappant vite et sec. Il sourit, posa lentement son précieux sac jaune par terre puis tonna un avertissement :

— Posez ces armes immédiatement !

— Vous ne représentez plus rien ! Nous rejetons la communauté des Auxiliaires et sa milice. Ceci est la république des Neg'Marrons. Il n'est pas question que...

Le policier n'attendit pas la suite et courut vers la voiture. Déconcerté par la manœuvre, le tireur oublia de viser. La balle alla effrayer quelques mouettes furieuses. Avant qu'il ait réagi, Teitomo avait plongé contre la voiture. Privés d'un bon angle, les deux crétins hésitèrent trop longtemps. Il tira dans le tas par dessous le châssis. Hurlements de douleur ! Bruits de corps et d'armes qui tombent au sol. Il se releva, bondit par-dessus le capot pour cueillir les deux agitateurs. Derrière les palissades, les têtes avaient toutes disparu. Toujours ça de gagné ! Rengainant son arme, il souleva le premier par sa chemise de coton blanc, lui arrachant un gémissement :

— Putain, vous pouvez jouer à la guerre civile tant que vous voudrez, mais au moins faites ça bien !

Dompté, le prêtre ne répondit même pas. Sous la sandale en cuir, la balle avait transformé les orteils de son pied droit en bouillie. L'autre petit comique était encore à terre, le regard toujours caché par ses lunettes de soleil. Il avait été plus chanceux que son voisin : sa cheville n'était qu'égratignée. La peur avait fait le reste.

— Toi, tu peux dégager. Mais ne crois pas que je ne

te reconnaîtrai pas si on se recroise ! Et je confisque les armes…

Piteux et soulagé, l'apprenti révolutionnaire se releva et disparut en boitant. L'autre murmura un juron en se laissant menotter puis pousser dans la voiture. Teitomo fit attention à son pied blessé en le faisant asseoir.

— Les Neg'Marrons, hein ? J'adore le concept ! Va falloir me raconter tout ça pendant que je t'amène te faire recoudre !

Il lui retira ses lunettes noires pour pouvoir mieux le surveiller, retourna chercher l'enregistreur abandonné sur le parking puis démarra tranquillement en direction de la ville.

Pendant tout le trajet, le prêtre vaudou garda un masque figé. Seul son regard trahissait une peur panique. Malgré sa blessure qui devait le faire terriblement souffrir, il avait cessé de gémir. Teitomo l'observait régulièrement dans le large rétroviseur intérieur, mais il ne semblait pas préparer une quelconque entourloupe. Quand il estima lui avoir laissé assez de temps pour se faire à son sort et se calmer, le policier engagea la conversation sur un ton enjoué :

— Tu pourrais m'expliquer pourquoi toi et tes potes vous efforcez de descendre un flic depuis trois jours, hein ? Y a une réelle volonté, là, ou j'ai juste un sens aigu des coïncidences ?

Bingo ! Les lèvres du mec frémirent et ses yeux recommencèrent leur sarabande en direction de la portière. Il y avait bien anguille sous roche.

— Tu ne veux pas m'expliquer ça tranquillement, pendant qu'on est que tous les deux ? Tu préfères que je te présente ma copine la chaux vive ? Qu'est-ce que t'en dis ?

— Hey mec, j'ai rien contre toi, moi. J'ai fait qu'obéir…

Teitomo pila au milieu de la rue. Heureusement, la circulation était rare. Quelques passants jetèrent un œil vers la voiture et continuèrent leur chemin. Il se retourna vers la banquette arrière, se pencha dangereusement sur le type menotté.

— Tu veux bien me répéter ça ?

— Quoi ?

— Tu n'as fait qu'obéir ? Obéir à qui ?

L'autre hurla pour attirer l'attention des marcheurs sur le trottoir.

— Au secours, il veut me tuer ! Aidez-moi !

Le poing du colosse vint lui briser le nez. Le prêtre gueula en s'effondrant, aveuglé par la douleur. Teitomo redémarra en trombe, prit la première à gauche et fila droit vers le quartier général de la Division. En conduisant, il ne put s'empêcher de hurler à son tour :

— Putain, tu veux te la jouer mystérieux ? C'est parfait, j'ai du temps libre ! Mais je te préviens, d'abord ça va piquer, et après ça brûle !

Pas de réaction…

— Dernière chance : qui a passé le mot aux *oungans* pour faire descendre un flic ? Qui ?

Vautré sur sa banquette, l'autre ne répondit pas. Autant pour l'intimidation.

— Et merde !

Dix minutes plus tard, la voiture de service déboulait en trombe dans le garage de la milice. Un planton accourut pour réceptionner le prisonnier.

— Faites-le soigner et gardez-le-moi au frais. Ce connard a essayé de me descendre.

— Il a menacé de me torturer ! Ce type est fou !

Le planton ricana :

— Ouais, je sais : c'est moi le directeur de l'asile. Et toi tu es Napoléon ! Par ici, votre seigneurie !

Teitomo les regarda s'éloigner, furieux et frustré. Si la chasse était ouverte, il passerait bien récupérer un gilet pare-balles avant de se faire engueuler par son chef…

*

— J'en ai plein le cul de vos conneries, Teitomo Voght ! Qu'est-ce que vous foutiez sur le port ?

Debout dans son bureau, N'Gome hurlait pour lui-même. Il ne vouvoyait ses hommes que sous le coup de la colère. Cette fois, il en avait même de l'écume aux lèvres.

— Putain, je t'ordonne de te coller en planque, bien peinard, et toi tu vas me causer une émeute en flinguant deux prêtres ! J'ai pas besoin de ça, merde !

— Y aura pas d'émeute, parce que j'ai réglé leur compte à ces deux minables à temps.

L'officier reposa ses fesses sur son fauteuil pourri, jeta un œil au rapport d'arrestation. Il tira une taffe et tendit le joint à Teitomo, qui refusa. Le lieutenant fumait un mélange personnel, un truc épouvantable, parfaitement incompatible avec le travail sur le terrain. À la bonne époque, c'était un classique du bizutage d'envoyer un bleu en patrouille après qu'il eut goûté au N'Gome spécial.

— D'après lui, tu as ouvert le feu dans le tas, et il a

dû intervenir. Y a-t-il quoi que ce soit de vrai dans ces conneries ?

— Que dalle, lieutenant. Ils voulaient se faire un flic. Je crois que ça a à voir avec les Neg'Marrons. Ils cherchent à se faire une réputation.

— Je sais… On est maintenant sûrs qu'une partie des fondateurs des Auxiliaires tentent le coup de main en s'appuyant sur les prêtres auprès des masses. D'ailleurs, si j'en crois cet autre rapport, t'as déjà eu affaire à eux, l'autre soir, devant un restaurant. Seulement, là où ça coince, c'est que ces enflés seraient prêts à nous engager après l'instauration de leur république. Alors pourquoi ils iraient ruiner les négociations en cours ?

Teitomo se leva pour se servir une tasse de thé vert. Par la fenêtre, il aperçut une patrouille qui rentrait en portant un milicien salement blessé. Les affrontements devaient avoir repris. Il but une gorgée brûlante, grimaça, puis s'adressa au mur en face de lui.

— C'est du flan cette histoire de sécession ! Les Sicaires veulent s'agrandir et ne les laisseront pas faire.

Dans son dos, la voix de N'Gome devint glaciale.

— Putain, Tei, évite de me prouver que t'en sais plus que moi sur ce que veulent ces fumiers d'islamistes. Je peux fermer les yeux sur tes amitiés embarrassantes, mais ne tire pas trop sur la corde ! D'autres que moi te prennent déjà pour un vendu !

— Je les encule ! J'ai rien à me reprocher.

— Tâche au moins de la fermer ! Remarque, t'as pas tort… On sait que les séparatistes ne pourraient financer cette merde tout seuls : leurs caisses sont aussi vides que celles des souverainistes ! À dix contre un, la naissante république de paille des Neg'Marrons ne mettra pas longtemps à glisser en douceur vers les serviteurs d'Allah.

N'Gome aspira une autre bouffée de drogue. Il avait l'air fatigué à en mourir. Il soupira :

— Putain, tous ces tordus commencent à me les casser. Vivement qu'on change d'horizon…

Teitomo tourna la tête pour dévisager son supérieur. Cette vieille crapule abattait enfin une carte. Ce dernier haussa les épaules en souriant.

— Me regarde pas comme ça. De toute façon, ce sera officiel d'ici la fin de la journée : on lève le camp. Grâce à nos contacts ici, la Division a signé un autre contrat dans le Nord. Petit climat de bord de mer, thalassothérapie et crêpes au sucre. D'autres frères et sœurs à secourir et protéger. Prévois une petite laine.

Dans la cour, deux infirmiers de la milice étaient accourus pour secourir le flic à terre. Teitomo distingua le blanc des os dans la bouillie rouge de sa jambe. Sa gorge se serra :

— Vous savez ce qui va se passer dès qu'on sera partis ?

— Rien de pire que ce que toi et moi avons déjà vu ailleurs. C'est même pour ça que les Neg'Marrons ont une chance de réussir : ils proposent le seul remède au massacre, en attendant mieux. D'ailleurs, si t'as envie de rester…

Le colosse ne répondit pas tout de suite. Il vida son gobelet de plastique et le jeta dans la poubelle du bureau. N'Gome ne l'avait pas lâché du regard :

— Tu entends ce que je viens de te dire ? Si tu veux rester pour ton pote, je peux comprendre. Mais je dois le savoir maintenant. Moi aussi, j'ai des comptes à rendre.

Teitomo pensa à Claire, à ses dessins morbides et à ses grands yeux tristes. La situation actuelle ne pouvait pas mettre Khaleel en danger. Mais elle, en aucune façon elle ne saurait y survivre seule. Il n'y avait qu'un moyen de la protéger.

— Je reste avec vous. Combien de temps avant le départ ?

— Pas plus de quarante-huit heures. Et tu n'es pas censé en parler à quiconque. Considère ceci comme une fleur envers un élément prometteur, mais dissipé. Maintenant, file ! Tu dois avoir des choses à régler…

— Merci lieutenant.

— Je t'emmerde !

Après avoir refermé la porte du bureau, Teitomo gagna son casier pour y récupérer son enregistreur. Discrètement, il prit la cassette et la glissa dans sa poche. Il lui restait deux jours pour faire parvenir ce dernier enregistrement à Khaleel. Au même moment, il eut l'intuition fulgurante qu'il n'aurait pas le courage de le lui remettre en personne. Restait encore à trouver une personne de confiance.

En se dirigeant vers la sortie, le grand flic traversa la petite cour où il avait vu les infirmiers et le blessé. Il n'y avait plus personne. Sur le sol, seule une flaque de sang rappelait qu'un homme était tombé là. *Si on creusait*, se dit-il, *le sang de combien d'hommes morts à travers les âges pourrait-on trouver sur ce mètre carré ?* Puis il quitta le quartier général de la Division pour rentrer chez lui.

*

Quand Claire lui ouvrit, elle comprit tout de suite qu'il avait quelque chose d'important à lui dire. Teitomo ne venait jamais chez elle sans y être invité. Sauf quand elle se suicidait. De son côté, il nota tout de suite son regard enfiévré et sa tenue débraillée. Depuis la dernière fois qu'ils s'étaient vus, elle n'avait même pas dû quitter son lit.

— Salut. Je te dérange ?

— Euh, non… Qu'est-ce qu'il y a ?

— J'ai peut-être trouvé un moyen de quitter ce coin pourri. J'aimerais t'en parler.

Claire regarda dans le couloir derrière lui en frissonnant.

— C'est quoi ?

— Pas ici. Tu veux qu'on aille manger un morceau ? Chez Gus ? Je t'expliquerai en route.

— Non ! Il y a trop de monde dehors. Tu sais que depuis ce matin, la radio n'émet plus que des messages enregistrés, en boucle. Entre !

— Viens chez moi, alors. Ce sera mieux.

— D'accord, j'arrive dans dix minutes.

Il posa un pied dans l'encadrement de la porte pour éviter qu'elle ne la referme.

— Non, je t'attends là, habille-toi.

Elle le regarda avec une lueur d'amusement intrigué. Ce devait être une des premières fois qu'il se montrait aussi autoritaire. Cette simple nouveauté sembla suffire à la faire obéir.

— Très bien.

Elle disparut dans la chambre. Teitomo entendit le bruit de papiers qu'on amasse rapidement en tas.

Quand elle revint, elle flottait dans une jupe longue et une chemise d'homme. Ils traversèrent le couloir jusqu'au terrain neutre de la cuisine. Là, il décapsula une bière, lui versa un verre de jus de fruits. S'appuya contre le mur. Attendit. Attendit encore. Puis se lança :

— Dans deux jours, il ne restera plus rien du quartier. Quand nous abandonnerons le maintien des frontières, ce sera le massacre en format Cinémascope. Blancars contre Noirs, sécessionnistes contre légitimistes, Auxiliaires contre Sicaires. Un putain de joyeux carnage organisé.

Claire écoutait sans réagir, figée. Chaque mot venait peser plus lourd sur son cœur pour en ralentir le rythme. Elle aurait donné des cours de maintien à un zombi.

— La Division se sera déjà repliée vers le nord. Nouveau contrat. Si tu veux, je t'emmène... On partira tous les deux. Ailleurs. Comme tu en rêvais l'autre jour. Si tu veux.

Elle ne bougeait toujours pas. Il eut envie de la serrer dans ses bras jusqu'à l'étouffer, jusqu'à éteindre son regard de rongeur terrifié. La faire au moins crier. Mais il ne bougea plus non plus.

Ils restèrent immobiles des minutes, sans parler, sans même s'observer. De temps en temps, le bruit d'une porte qui s'ouvrait et se fermait dans le couloir de l'immeuble venait colorer l'immensité froide qui les séparait. Quelques voix, un rire, résonnèrent. La rumeur de la vie des autres. Une heure passa. Puis des odeurs de repas chaud se répandirent à travers les étages. C'est ainsi que la nuit les surprit, égarés dans leur peur et leur haine égoïstes. Entre les doigts de Teitomo, la bière était devenue une pisse tiède et fade. S'il avait espéré une réponse ou une réaction, l'attente aurait été insupportable. Mais le temps s'était étiré en un infime trait de lumière vacillant à l'orée de ses pensées ; ce n'était plus qu'une notion fausse, établie pour d'autres qu'eux.

La lumière était morte.

Cette pièce était morte.

Et eux-mêmes s'étaient retirés du monde.

..

Puis quelque chose brisa l'éternité en fragments fades, qui s'éparpillèrent entre leurs deux corps statufiés. De l'autre bout de la table, un souffle — un murmure — traversa l'espace pour réinscrire leur destinée dans le grand lit du temps. Elle dit :

— Je viens.

Les comploteurs nocturnes œuvrent rarement pour le bien des autres

La nuit trouva Gemini couché sur la grève, occupé à ramper au rythme du ressac. Contre son ventre trempé, la vase dégageait une odeur de pourriture salée. Sans qu'il puisse rien y faire, à chaque mouvement la rame en aluminium glissée sous sa ceinture s'enfonçait cruellement dans sa cuisse. Cinquante mètres sur sa gauche, au-dessus de la plage, les flammes de deux brasiers faisaient se découper les larges silhouettes d'un groupe de Keltiks. Le vent contraire diluait leurs propos, ponctués de rires et de gestes guerriers. Porté par un courant d'air capricieux, un merveilleux effluve de viande rôtie flottait par moments. Pas de restriction pour ces bâtards ! Gemini les maudit copieusement sans cesser sa progression. Après vingt minutes d'épuisante reptation, il atteignit le premier canot. Les embarcations étaient couchées sur le flanc, groupées dans la pénombre comme un troupeau blessé. Il se glissa contre le bois humide pour reprendre son souffle à l'abri des regards. Ses coudes et ses genoux étaient en feu. La faim et la fatigue lui interdisaient des efforts violents trop prolongés, désormais. Pour ce raid, il devrait gérer ses forces au plus juste.

Après quelques minutes de repos, les premières rides d'écume mousseuse vinrent lécher les semelles de ses rangers. Les prévisions d'Erwann étaient bonnes. Gemini rampa jusqu'à un autre canot, presque à flot, s'y glissa sans bruit. Dans quelques minutes, la marée montante soulèverait le bateau, seulement retenu par une amarre qui ne lui résisterait pas longtemps ! Allongé au fond de l'embarcation, il essaya de se détendre en observant le ciel d'encre piqué d'étoiles. La journée avait été pénible et riche en conséquences.

Après l'ultimatum du Tore, il avait connu un pur moment d'abattement. Pas le petit doute qui te badigeonne la cervelle à la fiente, mais les œillères, bien épaisses, qui t'empêchent d'envisager une échappatoire. Lui et les siens étaient dans le collimateur du maître de l'île. Le Tore n'avait jamais rien ignoré des trafics de la maison-tortue et une résistance passive n'était d'ailleurs pas pour lui déplaire : ça flattait son statut de leader. Mais il venait de décréter qu'on ne jouait plus. Désormais, le contrevenant s'exposerait à une fâcheuse exécution. Le choix était donc simple : crever bravement ou rentrer dans le rang. Une troisième possibilité, peut-être ? Ben voyons, et puis des filles nues et une bite neuve, aussi !

Au fur et à mesure que les minutes s'égrenaient pour lui seul dans la rue déserte, une froide résolution l'avait envahi. Soit ! Il allait mourir. Et s'il ne prenait pas quelques précautions, il mourrait salement, lentement, et ça ferait très mal. Très ! C'était d'ailleurs l'unique aspect du programme sur lequel il pourrait intervenir : choisir son mode d'exécution. Le Tore et lui avaient un vieux compte à régler, quelque chose qu'une promesse de tourments ne pouvait éviter.

Dès lors, tout était redevenu simple.

Pour commencer, il avait traversé le bourg pour descendre du côté de New Neuilly, là où sa mère avait ses habitudes. Par dérision, c'était le nom qui avait été donné aux abris de fortune entassés le long de la plage méridionale de l'île. Il y a dix ans, à l'époque des premières déportations à *Enez Eussa*, quelques familles de bons gros Blancs bien riches et gras y avaient fondé une petite communauté élitiste, à l'écart des autres immigrés. Gemini était arrivé ici avec sa famille. Ils venaient de passer cinq ans à Londres, où la situation avait pendant longtemps été meilleure qu'ailleurs. Mais quand les premiers pogroms royalistes avaient éclaté à travers l'Angleterre, il avait été temps pour eux de retourner en Bretagne. Où personne ne voulait plus d'eux. À l'époque, c'étaient les *Gwen ha Du*, des indépendantistes d'ultra-gauche ravis de l'aubaine, qui contrôlaient la région. Et ils n'entendaient pas rendre à la famille de Kermeur sa propriété ou ses biens. De refuge précaire en abri provisoire, la famille de Gemini avait fini par rejoindre les longues colonnes de bipèdes hébétés qui erraient sans but et que les autorités montantes ne voulaient plus avoir sous les yeux. Pas bon pour l'image. D'où, finalement : « Mesdames et messieurs, le commandant espère que la traversée vous fut agréable, merci de débarquer sur l'île un par un sous la surveillance des soldats. »

Après leur arrivée sur *Enez Eussa*, Gemini n'avait jamais respecté l'interdiction parentale de jouer avec les autres gosses et n'était pas resté très longtemps cantonné à New Neuilly. De toute façon, trois mois après leur arrivée, son père s'était fait éclater la tête à coups de barre de fer pour avoir refusé de donner sa montre et ses chaussures. Sa jeune sœur était morte de pneumonie l'hiver suivant. Lui était suffisamment jeune et solide pour s'adapter facilement aux nouvelles règles du jeu. Il déserta l'enclos bourgeois pour rejoindre ce qui deviendrait bientôt la bande de la maison-tortue.

Maintenant, New Neuilly n'était plus qu'un dépotoir à peine surveillé par les Keltiks, mais l'appellation était restée. Ceux qui y dégringolaient ne remontaient jamais vers les terres plus abritées du Nord. La moitié ne se souvenait plus de son propre nom, l'autre faisait tout pour l'oublier. Sa mère, au gré de ce qu'elle s'était injecté, passait régulièrement d'une catégorie à l'autre. Seuls des fleuves de came dégueulasse l'aidaient à supporter l'humiliation de se faire grimper nuit et jour par des michetons à peine moins déglingués qu'elle, contre la garantie de ne pas finir seule si ça devait être sa dernière passe. C'était pour ça que Gemini avait poussé la balade jusqu'aux cahutes rongées par le vent et le sel : jamais en dix ans elle n'était venue le chercher ou le voir. Sa visite manquée du matin devait être importante !

Allongé sous un amas de bâches plastifiées, l'élu du moment — un débris qui avait au moins dû être baron de son vivant — fut incapable de lui dire où elle était passée : elle s'était absentée dans la matinée et n'était pas réapparue depuis.

— Mais si le jeune homme veut bien laisser un acompte, nul doute que Mme de Kermeur sera tout entière à sa disposition s'il repasse dans la soirée…

Fallait reconnaître, ce n'était pas tous les jours qu'on se faisait proposer les services d'essoreuse de sa propre génitrice ! Gemini se contenta de décliner poliment et prit le chemin du retour. Dommage : malgré leur éloignement et le pathétique déchet qu'elle était devenue, il lui semblait détestable de ne pas la revoir une dernière fois. Et lui confirmer avec la condescendance ricanante du condamné qu'elle avait peut-être fait le bon choix : demain matin, elle serait encore en vie, mais pas lui. Car c'était bien de survie, envers et contre tout, qu'il s'agissait finalement, non ?

Grâce à Erwann, le reste des adieux avait été plus facile : s'il avait disparu ce matin, c'était pour battre le rappel des troupes et prévenir les autres membres de la tribu. Michel, Elsa, Simon et Richard l'attendaient en silence dans la maison-tortue. Tous aussi déterminés que lui à ne pas plier tout de suite. Tous aussi affamés. Entre-temps, la rumeur de sa rencontre avec le Tore s'était répandue dans le village, ce qui avait au moins eu l'avantage de nettement simplifier la situation. Plus question d'ergoter. Il leur avait expliqué le changement de programme sans être interrompu. Quelques lèvres avaient tremblé et Lucie avait éclaté en sanglots, mais chacun s'était rendu à l'évidence : il était temps d'agir. Ils y étaient préparés et savaient ce qu'ils avaient à faire. Puisqu'il en avait assuré la fabrication et le stockage, Richard avait été désigné pour filer déterrer leur arme secrète, dissimulée dans un coin tranquille de l'île. À son retour, chacun prit en silence les petits sachets hermétiques gorgés de *botulinum*, la toxine mortelle naturelle la plus facile à produire en ce monde. L'arme bactériologique du pauvre. Puis ils se séparèrent jusqu'au rendez-vous du soir, pour une ultime mission. Et maintenant, allongé au fond d'un canot, Gemini attendait que la marée l'emporte loin de l'île pour aller répandre la mort invisible de par le monde.

Quand les vagues imprimèrent enfin à l'embarcation un roulis régulier, il se retourna lentement pour défaire l'amarre. Puis il sortit de sous sa veste la rame démontable en aluminium, et s'éloigna silencieusement de la plage. Quelques minutes plus tard, il ramait vigoureusement en direction du nord de l'île, où l'attendaient ses quatre compagnons. Pour la première fois, Erwann ne viendrait pas. Il restait sur l'île pour protéger Lucie. Tous deux attendraient, cachés, le retour du reste de la bande, loin du village, de la maison-tortue et des Keltiks. Gemini souqua ferme pendant une demi-heure. Les pauses, nécessaires pour détendre ses bras tremblants, ne pouvaient être trop longues sous peine pour lui d'être ramené par le courant vers les rochers. Il aurait été stupide de risquer un écueil ou de se faire repérer par une éventuelle sentinelle.

Heureusement les nuages étaient bas et limitaient leur visibilité. Quand il fut en vue du lieu de rendez-vous, ses épaules et ses avant-bras étaient morts. Épuisé, il laissa les vagues le porter jusqu'à la petite plage où l'attendaient les autres conspirateurs.

L'embarquement fut impeccable. Pendant que Simon remplaçait Gemini à la manœuvre, les autres déballèrent délicatement les lourdes pièces qu'ils avaient déterrées et nettoyées avant de venir. Le vieux moteur fut vite remonté et fixé au plat-bord. Le bidon gorgé du précieux carburant passa de main en main, et son contenu fut méticuleusement versé dans le réservoir.

Comme d'habitude, Gemini eut la prérogative de lancer la mécanique. La pétrifiante pétarade retentit dans la nuit. Ils mirent le cap vers le continent.

*

La traversée fut délicate. Ils entendirent à plusieurs reprises le ronflement insolite d'un puissant moteur. À chaque alerte, ils se cachaient les uns sur les autres au fond du canot, effrayés et impuissants. Au-dessus de la mer, le rugissement se rapprochait, tournait autour d'eux, s'éloignait, revenait comme un chaton joueur.

— Vedette rapide, murmura Elsa.

— Nan, deux, corrigea Michel.

— La ferme !

— C'serait pas une patrouille côtière ?

— Vos gueules.

— Maman, j'ai peur…

Ils gloussèrent dans le noir comme des mômes préparant une joyeuse farce. S'ils étaient découverts, ils ne pourraient même pas se défendre : Gemini leur avait strictement interdit le port d'arme. Trop délicat à dissimuler entre deux raids. Et motif pour une exécution immédiate en cas de capture dans une zone sensible. Une cache les attendait à terre, où ils trouveraient le matériel, dissimulé là après chaque opération. Prudente stratégie qui, en cet instant, les rendait aussi combatifs qu'une compagnie de faisans un jour de chasse. Le bateau sembla s'éloigner pour de bon.

— On fait quoi ?
— On repart. À la rame, et en cadence.
— Pine ! L'retard qu'on a pas pris !

Il fallut trois heures d'efforts avant que le petit groupe n'atteignît enfin la côte. À aucun moment le mystérieux patrouilleur ne revint rôder près d'eux. Godillant prudemment à la faible clarté de la lune filtrée par les nuages, Richard amena leur embarcation jusqu'à une petite crique abritée en déjouant la surveillance des habituelles barges gardant l'accès au rivage. Gemini et Elsa sautèrent dans les vagues glaciales pour pousser le canot sur le sable humide, à l'abri des regards. D'ici une heure ou deux, la marée commencerait à redescendre. Ils devraient faire vite s'ils ne voulaient pas se retrouver au petit matin à tirer péniblement l'embarcation sur plus de cent mètres jusqu'à l'eau.

Sans un mot, le groupe remonta de la plage pour gagner l'intérieur des terres. L'air était vif, chargé de bruine. Dans la colonne, chacun reniflait ou s'essuyait le nez dans sa manche, s'efforçant de ne pas faire trop de bruit. Non pas qu'il y ait par ici un grand danger à trottiner sous les étoiles : de Brest à Tréguier, toute la région était sous le contrôle des Conscrits de Jah, qui n'avaient pas vraiment une réputation de foudres de guerre. En fait, cette communauté rastafari avait hérité du problème des déportés d'*Enez Eussa* quand elle s'était installée dans la région. Son économie, essentiellement agraire, ne pouvait supporter la charge de tous les réfugiés qui avaient été parqués dans les îles voisines durant la Petite Terreur. Ils se contentaient donc de surveiller mollement leur frontière, abandonnant à d'autres la tâche d'assumer la gestion des camps. Aussi longtemps qu'il garantirait un strict contrôle de son troupeau, le Tore pourrait continuer sa politique du « Renouveau celtique ». Et que tous les chiens de Babylone se dévorent entre eux !

C'était presque drôle, à bien y réfléchir, que ce fumier jouât les petits dictateurs bretonnants sur quelques kilomètres carrés de rocher au milieu de la flotte, quand le reste de la région était d'obédience plus exotique. Mais après l'effondrement de l'ère des machines, quand le nombre de bras disponibles était redevenu la première unité de mesure, ceux qui, avant la catastrophe, avaient été maintenus à l'écart du confort moderne et du grand raoût consumériste, ceux qui avaient été aimablement priés de se contenter des épluchures du grand ordre mondial (qu'ils étaient priés d'avoir l'obligeance de trouver eux-mêmes en fouillant les ordures), tous ceux-là disposaient déjà de plusieurs tours de piste d'avance quand il s'était agi de revenir à des modes de vie et de production plus débrouillards et moins artificiels ! Constat exquis : y avait pas des masses de Caucasiens dans le nouveau peloton de tête. Et voilà pourquoi leur petite troupe de saboteurs aux visages pâles devait progresser discrètement à travers les prés humides du Finistère dans l'espoir d'atteindre sa cible.

Ils firent une première halte au bout d'une demi-heure dans un bosquet de jeunes châtaigniers plantés au milieu de la campagne endormie. Au pied du plus grand tronc, ils récupérèrent les armes et le matériel qu'ils enterraient là après chaque opération. Pendant qu'ils se partageait les casse-tête et les couteaux, le vrombissement aigu d'un moteur déchira la nuit : une antique Jeep montait péniblement une côte dans leur direction. Ils se figèrent. Les faisceaux de ses phares zigzaguèrent vers leur cachette pendant plusieurs minutes, avant de prendre un lent virage et de disparaître rapidement vers la masse sombre et ramassée d'un village, perdu au milieu des cultures. Sans doute un groupe de planteurs de retour d'une fête tardive. Et chargés à l'herbe joyeuse arrosée de rhum, à en croire leur pilotage audacieux. Quand le silence fut retombé autour d'eux, ils se faufilèrent à travers la mosaïque des plantations de chanvre et des baraquements agricoles en direction d'une grappe de lumières pourpres et émeraude éclairant la nuit dans la vallée. Là, au milieu des entrepôts, des chambres de séchage et des ateliers de conditionnement, la clinique de Gaïa brûlait d'un feu éclatant.

Bâti au milieu des terres en jachère ou exploitées, le complexe avait tout d'une hallucination acide, comme si les rêves bariolés de centaines de rastas défoncés s'y étaient concentrés pour engendrer ça : un fauve trapu au ronronnement inquiétant, crachant d'épaisses fumées jaunâtres, aux yeux chatoyants qui fouaillaient l'obscurité. Quand on s'en approchait, le grondement sourd de ses turbines faisait onduler les arbustes et vibrer le sol. Gaïa Health Care : une créature surgie de l'ère industrielle pour empoisonner jusqu'aux os de la terre, survivante des cartels d'antan à grands coups de nouveaux brevets, de technologies inédites et coûteuses. Depuis trois ans, ce genre de site s'implantait méchamment dans toute la Bretagne : des terrains et des compétences étaient achetés rubis sur l'ongle, les économies locales défaillantes ou précaires étaient soutenues en sous-main quand elles n'étaient pas directement phagocytées.

Officiellement, Gaïa faisait dans la thalassothérapie de luxe et le commerce des bienfaits du tout naturel. Fortifiez-vous avec du chou, faites-vous du bien avec du foin ! C'était au nom de ce principe d'écologie douteux que les Conscrits de Jah avaient accepté cette installation, moyennant contrepartie monétaire. Mais quand on venait renifler de près le concept, ça renardait velu le chaudron de sorcier et le bec Bunsen. Pour Gemini et les siens, l'avantage de s'en prendre à ce complexe était double. D'abord, c'était une enclave privée, dont le pillage ennuyait moins les rastas qu'une attaque directe contre leurs biens. Ensuite, la clinique formative cinq étoiles disposait de réserves de nourriture et de stocks de médicaments quasi inépuisables. L'exercice, pour les jeunes voleurs, consistait donc à ne pas se faire prendre et à se servir dans la limite du raisonnable. En fait, tant qu'il ne s'agissait que de passer en douce de la nourriture et du matériel de première nécessité, il y avait toujours quelque *rude boy* prêt à fermer les yeux contre un bakchich ou un câlin rapide avec Elsa.

Mais cette fois, pas question de se frotter au moindre garde : cette nuit, la bande de la maison-tortue était en guerre ! Les jambes raidies par la longue marche, Gemini regarda ses compagnons qui progressaient autour de lui en silence. Marchant à quelques dizaines de mètres devant les autres, Michel jouait les éclaireurs. À seize ans, il était resté fluet et malingre, avec un grand sens de l'observation ; idéal pour chaparder, se faufiler et reconnaître le terrain avant l'approche des comparses. Simon, son frère cadet, était tout le contraire. Sans être aussi massif et costaud qu'Erwann, il était déjà un solide gaillard, buté et déterminé. Un cogneur de première, difficile à calmer quand il avait décidé de briser les dents de quelqu'un. En dehors de la bande, ces deux-là ne tenaient bon que parce qu'ils étaient frangins. Elsa était une ancienne, et une habituée des raids. Avant que Lucie ne la remplaçât, c'était elle qui se glissait par les puisards étroits de Gaïa pour ouvrir aux autres de l'intérieur. Maintenant, elle était trop grande pour ces acrobaties ; avec un couteau entre les doigts, nul ne la touchait sans sa permission. Enfin, Richard était avec Erwann un des fondateurs de la bande. Lâche congénital et médiocre combattant, il était incapable de survivre seul mais mettait un point d'honneur à participer à ces raids qui lui faisaient se tordre les intestins. C'était le plus instruit d'eux tous, la culture de la toxine botulique était son idée. Il composait l'arrière-garde ; Gemini savait pouvoir à tout moment compter sur son avis éclairé en cas de complication.

Justement à cet instant, Michel revint sur ses pas, la figure grimaçante. Il fit signe à tout le monde de s'arrêter, vint s'accroupir près de son chef :

— Gem, y a un big blème droit devant. On va pas pouvoir passer…

— Qu'est-ce qu'il y a ?

— Vaut mieux que tu viennes voir ça par toi-même.

— O.K. Simon, personne ne bouge sans mon ordre. On reste caché et on fait gaffe.

Il suivit Michel à travers le champ cultivé qui les séparait de l'entrée de la clinique. À cette distance, le ronronnement du complexe couvrait le léger bruit de leurs chaussures dans les herbes hautes et la terre grasse. Parvenu à un cabanon en bois servant à entreposer des outils, Simon lui fit signe d'approcher discrètement et de regarder en direction des premiers bâtiments situés à un peu moins de trente mètres : de grandes masses de béton gris, encerclées par des rampes de néon jetant des éclairs rouges et verts sur les façades. Ça faisait presque deux mois qu'ils n'étaient pas venus jusqu'ici et la surprise était de taille : une clôture barbelée avait été posée tout autour de la clinique.

— Putain de merde !

Un administrateur avait-il fini par ne plus supporter leurs modiques ponctions dans ses stocks ? Sur le toit le plus proche, il aperçut deux vigiles en uniforme, occupés à inspecter nonchalamment les environs. Ça aussi, c'était nouveau.

— T'as repéré d'autres gardes ?

— Z'en ont pas besoin : cette vacherie est électrifiée.

— Chierie !

À seulement quelques mètres du groupe, la grille du puisard de contrôle des eaux usées était désormais hors d'atteinte. C'était par là que Lucie ou Elsa passait d'ordinaire pour gagner en toute sécurité les réserves du sous-sol. Michel se rapprocha pour coller sa bouche contre l'oreille de Gemini :

— Ça pue… On repart ?

— Ce sera peut-être pire quand on reviendra… Et on peut pas se permettre de rentrer bredouille. Faut agir cette nuit !

— Alors ?

— Alors tu ramènes les autres jusqu'ici, vous comptez les sentinelles et essayez de trouver un défaut dans ce bordel. Moi, je vais vérifier si notre vieille entrée est toujours viable.

— Tu vas pas entrer là-dedans tout seul ?

— Tu vois une autre solution ? Donne-moi ta dose de toxine…

— T'es en train de déconner, Gem !

— À part Erwann, je suis le seul à bien connaître ce chemin. On se retrouve ici tout à l'heure…

Gemini glissa le sachet hermétique dans sa poche intérieure avant d'avancer à croupetons vers l'entrée du complexe. Répartis à l'extérieur du nouveau périmètre de sécurité, les silos de stockage et les cabanes à outils lui procuraient une couverture parfaite. Mais après quelques secondes d'effort, ses mollets et ses cuisses refusèrent de continuer à ce rythme. Il ralentit en s'approchant de l'entrée principale de la clinique. Une simple barrière et une guérite en interdisaient l'accès. Un seul garde en faction, pas spécialement aux aguets. Jusqu'à preuve du contraire, Gaïa faisait dans la thalasso pour friqués, pas dans le fortin militaire. Gemini sortit un large poignard de sous sa veste et avança courbé vers la guérite. À plusieurs reprises, il frôla les fils électrifiés et dut s'arrêter afin d'éviter la maladresse fatale. La cabine en bois, aux couleurs de la société, n'était plus qu'à une dizaine de mètres. Il entendit l'homme renifler à l'intérieur. Il devait avoir froid. Tant mieux, ça l'inciterait à se tasser au fond de son abri sans trop regarder dehors. Couché dans la terre et l'herbe humide, le jeune voleur se faufila entre les barbelés et la guérite. Au moment critique, il retint sa respiration. De l'autre côté de la fine cloison, le garde était à moins de cinquante centimètres. Il l'entendit se moucher très fort, renifler à nouveau… Il en profita pour se glisser à l'intérieur du périmètre.

Une fois passé la guérite, une esplanade centrale desservait les différentes ailes du site. En comparaison, sa traversée fut enfantine. La grande cour était déserte, seulement remplie du bruit tenace des turbines de la clinique. À moins d'une vingtaine de mètres sur sa gauche, Gemini aperçut la buse du puisard de contrôle, hélas située dans le champ de vision potentiel des sentinelles du toit. Impossible de l'atteindre sans risque. Furieux, il dut raser les murs pour se diriger prestement vers le flanc droit du bâtiment principal. Trois ans plus tôt, quand il y venait seul dérober de quoi nourrir les siens, c'était par une petite porte de service logée dans cette partie qu'il passait. À l'époque, il n'osait pas explorer tout le sous-sol de la clinique. Plus tard, ce fut Erwann qui repéra la galerie des eaux usées et l'accès par la grille située dans la cour. Dès lors, tout devint plus facile. Au prix dérisoire d'un bain de merde, la bande accédait directement aux réserves du sous-sol, sans plus se risquer dans les couloirs toujours risqués du rez-de-chaussée. S'ils devaient désormais réemprunter la vieille entrée, ce serait revenir à plus de contraintes, dont ils se seraient tous bien passés.

Quand il parvint à l'angle du bâtiment, il recula précipitamment, le cœur battant ! Il n'eut que le temps d'apercevoir une poignée d'hommes qui s'agitaient dans une lumière aveuglante. Quel idiot ! À cause du ronronnement incessant des machines, il ne les avait même pas entendus ! Heureusement qu'ils étaient trop loin et trop occupés pour l'avoir aperçu. S'accroupissant au ras du mur, il risqua un œil pour étudier la scène. À la lumière de puissantes lampes amovibles disposées sur le sol, une dizaine d'employés se relayaient autour d'un camion pour décharger précautionneusement de lourds containers et les faire passer par sa porte. Que pouvaient donc contenir ces caisses, qui ne puisse attendre le matin pour être entreposé à l'intérieur ? Ce détail, si on le rapprochait du renforcement de la sécurité autour de la clinique, laissait prendre aux choses un tour inquiétant. Les comploteurs nocturnes œuvrent rarement pour le bien des autres. Gemini s'allongea sur le sol et commença à ramper en direction du large véhicule. Grâce aux puissantes lampes délimitant l'aire de travail, il savait être invisible pour ceux qui se trouvaient à l'intérieur de l'espace qu'elles éclairaient. Seul un gardien situé sur le toit pourrait le voir. Il resta collé au mur pour diminuer les risques.

Il ne parcourut guère plus de la moitié de la distance avant que le déchargement soit achevé et que les porteurs disparaissent à l'intérieur du bâtiment. Après avoir vérifié que personne ne venait déplacer le camion, il rampa jusque entre ses roues et avança à croupetons jusqu'à la porte. Même pas fermée ! Gemini l'ouvrit précautionneusement, vérifia que la voie était libre et se glissa dans la clinique…

*

Derrière la porte refermée, le complexe était calme, son silence seulement troublé par le doux ronronnement des ventilateurs et des grilles de climatisation régulièrement disposées dans le plafond des couloirs. En fait, le ronronnement des machines était nettement plus fort à l'extérieur qu'ici, sans doute pour préserver la sérénité des patients. Tout était peint en blanc et vert. Paisible. Depuis le temps, Gemini connaissait bien l'endroit et son agencement. Les clients vivaient dans une autre aile, dotée d'un confort tout juste écœurant. Il s'y était risqué une fois, par curiosité, jusqu'à ce qu'il tombe sur un peu trop de portes fermées. Le personnel et les employés vivaient aux deuxième et troisième étages. La partie où il se trouvait abritait seulement les bureaux administratifs, les chaufferies, les cuisines. La nuit, personne n'était censé y travailler. Il serait bien resté des heures, là, au milieu du couloir, pour juste goûter sa fraîcheur et sa propreté bénéfiques, mais il avait plusieurs missions à remplir. Trouver de quoi manger et repérer les chambres de stockage des médicaments pour y ajouter quelques pincées de son ingrédient spécial.

Des paroles résonnèrent tout à coup à travers une large porte coupe-feu. Quelqu'un marchait vers lui, il fallait faire vite… Mais soudain, son corps refusa tout net de bouger : parmi les voix, il venait de reconnaître les inimitables, les épouvantables, les terrifiantes intonations du Tore ! Gemini crut d'abord à une illusion acoustique, quelque chose de l'ordre de la distorsion des sons avec la distance. Mais non, c'était bien lui qui approchait. Comment avait-il pu savoir qu'ils attaqueraient la clinique cette nuit ? Totalement paniqué, le cœur à la limite de la rupture, il parvint à se précipiter vers la première porte sur sa gauche. Elle s'ouvrit sans bruit sur un petit débarras, seulement éclairé par une minuscule veilleuse sanglante. Il s'y engouffra en refermant le battant, fit demi-tour, dégaina sa lame en reculant contre un mur dans la pénombre. Dans le couloir, les bruits de pas étaient tout proches. C'était un piège, bien sûr ! Depuis leur rencontre de l'après-midi, il avait été manœuvré. Poussé à la faute. Ce type était le diable ! Il était vain d'espérer triompher d'un tel génie. Le garçon commença à trembler. Il éprouva l'irrésistible envie de sortir de la pièce et de se rendre. D'éviter la honte d'être trouvé accroupi dans le noir, comme un gosse qui se cache dans un placard obscur pour éviter une raclée. La voix de sa Némésis retentit :

— Vous aurez la marchandise d'ici à la fin de la semaine.

— Ce n'est pas suffisant ! Nous exigeons de meilleures garanties.

L'autre voix était aiguë et inconnue. Dans son cagibi, Gemini eut une bouffée de fol espoir. Ils n'étaient pas là pour lui. Gaïa et les Keltiks étaient en cheville pour une quelconque magouille, mais n'en avaient pas présentement après son cul ! Ô béatitude… Dans le couloir, un tonnerre familier retentit :

— Vous n'en aurez pas. Je vous ai donné ma parole que vous serez livrés à temps. Le reste ne vous regarde pas.

— Non ! Non… Comment nous assurer de la qualité des produits ? Nous devons être présents pour participer à leur sélection.

Bruit sourd d'un corps poussé violemment contre un mur. La cloison en trembla. La voix du Tore avait pris le ton doucereux qui indique généralement l'imminente mutilation du premier qui passe à portée :

— *Personne* ne pénètre sur mon île sans mon accord ! Vous attendrez ici, ou notre marché est mort. Et vous aussi. Est-ce que je me suis bien fait comprendre ?

À cet instant précis, Gemini réalisa que le Tore parlait en français ! Ce fils de truie négociait dans la langue qu'il fustigeait publiquement. Dans le couloir, un silence mortel s'était fait. Puis la petite voix reprit :

— Bien… C'est entendu. Après tout, vous êtes une personne d'honneur. Nous vous faisons toute confiance. Je vous raccompagne…

Les pas s'éloignèrent dans le couloir. La tête de Gemini abritait une toupie détraquée, qui se cognait aux parois de son crâne en mettant le feu à ses synapses. Le Tore de mèche avec l'administration de la clinique ? Il montait un commerce ? Mais de quoi ? Et en échange de quoi ? Confusément, il sentait qu'il y avait là matière à se débarrasser de ce bâtard… Ou à déclencher un massacre s'il s'y prenait mal. Il laissa filer une poignée de minutes, puis, quand il fut certain qu'il n'y avait plus de danger immédiat, ressortit de sa cachette et fila, la peur au ventre, jusqu'aux escaliers menant aux sous-sols.

Il s'arrêta devant la première des larges réserves frigorifiques situées sous les cuisines. Pas de nouveau cadenas ou de grilles fermées dans cette partie du complexe : la lourde porte se laissa ouvrir pour faire apparaître la salle au trésor. Tremblant, il ouvrit un grand sac en plastique plié en huit dans sa poche de pantalon, et y fourra pêle-mêle fruits secs, plaquettes de chocolat, boîtes de céréales et conserves diverses.

C'était trop beau pour être vrai ! Ce qui devait être un baroud d'honneur, le dernier pied de nez au destin avant d'en finir, prenait des allures de coup de maître. Dans quelques heures, ils seraient de retour sur l'île, avec de la nourriture et une carte maîtresse à jouer contre leur pire ennemi. C'était presque trop beau ! Dans la poche de sa veste, les petits sachets hermétiques se rappelèrent à son souvenir. Non, pas cette fois ! Plus tard, ils reviendraient répandre la toxine dans les chaînes de conditionnement de la clinique. Inutile de taper dans la ruche quand on avait trouvé un pot de miel.

— Hé, toi ! Pose ça ! Tout doucement…

Le garde avait été d'une discrétion exceptionnelle. Gemini réagit immédiatement : pivotant brusquement sur sa droite, il le percuta du coude pour forcer le passage. Surpris par la manœuvre, l'homme fut repoussé contre le mur et perdit plusieurs secondes à se relever. Gemini filait déjà vers les escaliers. Derrière lui, il entendit un juron et des bruits de course. À cause de sa mauvaise condition physique, le garçon savait ne pas pouvoir lui échapper longtemps. En haut des marches, la poitrine déjà douloureuse, il ne prit même pas la peine de s'inquiéter de la présence d'autres patrouilles. Il déboula dans le couloir principal et retourna vers la porte de service. Un coup de sifflet strident vibra dans les escaliers. L'autre enfoiré appelait du renfort ! La sortie était toute proche. La porte s'ouvrit à la volée sous sa poussée. Le camion et les lampes avaient disparu. À bout de souffle, il dérapa et s'affala violemment dans la cour sans lâcher son précieux sac. Sa cheville droite n'apprécia pas du tout ! Il se releva en grimaçant et fila vers l'entrée principale du complexe en forçant son pied meurtri à obéir. Si le garde en faction n'avait pas été alerté, il conservait une chance de le dépasser par surprise et de disparaître dans le noir, sinon… Devant lui, la liberté n'était plus qu'à une cinquantaine de mètres. La silhouette du garde surgit tout à coup, fusil braqué. Gemini ne réfléchit même pas. Il dégaina d'une main son poignard et fonça sur l'homme qui le couchait en joue. La balle ne le traverserait pas. Il le refusait. Son ventre était de pierre. Sa poitrine était de pierre. Il passerait plus vite que le vent et son souffle dévierait le projectile. Il ouvrit la bouche en grand pour hurler. Les genoux du garde cédèrent soudain et il tomba comme une marionnette. Derrière lui apparut Simon, souriant, son lourd casse-tête entre les mains. Gemini arriva à son niveau, lui plaqua brutalement le sac rempli de nourriture contre la poitrine.

— Dégagez !

— On a vu le Tore ! Il est parti dans un camion.

— Je sais ! Cassez-vous !

Il ramassa l'arme de la sentinelle inconsciente et visa la cour de la clinique. À côté de lui, Simon hésitait encore :

— On annule ?

— Ouais ! Retournez au canot. Si je n'y suis pas d'ici une heure, c'est Erwann qui vous dirigera. Compris ?

— D'accord…

L'adolescent disparut dans le noir le long de la clôture.

Gemini se força à inspirer à fond pour retrouver son souffle. À l'autre bout de la cour, son poursuivant déboula enfin. Il était essoufflé et pas en meilleure forme que son gibier. Nourriture trop riche, peut-être ? Scrutant la zone, il ne sembla rien remarquer d'anormal, tourna la tête comme s'il s'adressait ou répondait à quelqu'un situé derrière lui. Des renforts devaient l'avoir rejoint. Gemini le visa consciencieusement. Le fusil était lourd, il sentait l'acier et la graisse. C'était une arme moderne, aux formes compactes et douces, à la prise facilitée par un design élégant. L'homme était à moins de cinquante mètres, silhouette noire se détachant sur le mur gris clair de la clinique, cible idéale. Il pressa la détente comme on écrase une punaise. La déflagration fut effrayante. À l'autre bout de l'univers, la tête du vigile fut brièvement remplacée par un geyser rutilant qui gicla sur le béton. Le corps bascula en arrière et s'effondra sur le sol. Des cris montèrent de l'angle de la cour. Le temps qu'ils osent s'y risquer pour repérer le tireur, Gemini serait loin et en sécurité. Le cœur au bord des lèvres, il recula prudemment et puisa dans ses dernières forces pour s'enfuir en courant.

Une joie pure, belle et noble comme la naissance d'une nova

Cela commença par d'agaçantes litanies, sans signification précise, qui déposèrent lentement un voile obscur sur le cheminement de ses pensées solitaires. « Quand nous vivrons dans la tour de verre... » Un peu comme les refrains que l'on chantonne depuis le réveil sans y réfléchir et dont l'origine nous échappe quand on tente de s'en souvenir. Puis vinrent les rêves, saisissants et cruels, grands tableaux morbides aux acteurs égarés. Et leurs images s'étoffèrent : hautes tours brillantes où se terraient les chefs apeurés des Auxiliaires d'Ogou Feray. Sifflantes de méchantes ombres se groupaient au pied des immeubles barricadés. Et leurs voix sanglantes se délectaient d'épouvantables promesses : « Quand nous vivrons dans la tour de verre... Quand nous vivrons dans la tour de verre... » Stupide !

Au matin, c'est Radija qui vint le laver, avant de lui lire les derniers messages décodés à partir de sa sueur. Et chacune de ses phrases heurta son esprit à la manière d'un maillet manié par un génie lunatique : les Neg'Marrons confirmaient leur décision de prendre sous peu le quartier général des AROF ; ils n'attendaient que l'accord des Sicaires et se félicitaient des accords de bon voisinage à venir. « Quand nous vivrons dans la tour de verre... », en vérité...

La stupeur envahit Khaleel : il était doué de prescience. À la lecture de la nouvelle brassée de messages, il réalisa qu'il connaissait *déjà* leur contenu. Telles les pièces d'un puzzle, ils trouvaient leur place dans un canevas général, plus vaste. Les mots ne faisaient que libérer des images précédemment inscrites en lui : tractations clandestines des Neg'Marrons prêts à passer à l'action ; préparatifs secrets de départ des mercenaires de la Division ; rapports des dégâts occasionnés par les émeutes dans le métro ; premières estimations du temps nécessaire à la reprise du service. Toutes ces informations rôdaient à la lisière de sa conscience, attendant seulement d'être invoquées par la magie du verbe.

D'abord un peu effrayé, il fut tenté de confier son trouble au médecin de service, avant de se raviser. Mieux valait se livrer à d'autres tests avant de déclencher un tollé.

L'attente fut fébrile jusqu'à la brassée suivante, prévue vers midi. Il réclama et fuma son dernier joint. Quand la petite Jasmine revint avec le produit encore humide des bacs de décantation, l'expérience se révéla plus exaltante encore ! En l'espace de quelques heures, le phénomène s'était déjà intensifié et cette fois, les rapports ne firent que confirmer ses inexplicables certitudes, jusqu'à l'agacement : évidemment que les affrontements sur la frontière nord menaçaient de se propager à travers les artères principales de la ville si une seconde ligne de barrage n'était pas établie au plus tôt ! Et bien entendu que les hommes de la Division affectés à cette zone allaient se faire balayer. D'ailleurs, il savait cette information être déjà lettre morte : dans le quartier en question, les miliciens avaient été débordés et comptaient de nombreux morts et blessés. Il en avait la *conviction*.

Ainsi, il était capable de décoder les phérocommuniqués sans l'aide d'une traductrice organique. Quelle révélation ! Désormais, les bacs de décantation ne seraient nécessaires que pour ses employeurs, encore soumis à une besogneuse lecture physique de l'état du monde. Lui était libéré de la contrainte des mots. Quelque part dans son corps, un changement s'était opéré. C'était logique, si on voulait bien y réfléchir. Depuis des années que son sang charriait des fleuves de phéromones compatibles avec son organisme, celles-ci avaient dû trouver un moyen de se faire comprendre. Oh, pas de manière volontaire et formelle, bien sûr… Plutôt quelque chose à rapprocher de cette sensation de vent « reconstitué » qu'il sentait parfois en lui. Pourquoi ne pourrait-il tout autant recomposer des images compréhensibles, qui viendraient ensuite imprégner son cerveau ? Une subtile alchimie avait trouvé le moyen d'infiltrer le siège de ses pensées, et il la percevait de plus en plus clairement… Quelles perspectives cette découverte lui ouvrait ! Et comme il serait bien imprudent d'en faire part immédiatement aux médecins qui veillaient à son entretien.

Avant d'en avoir pris conscience, Khaleel fut avalé par une nouvelle déferlante de vives images. Noyé dans la contemplation de son univers intérieur, il devint aveugle et sourd au monde qui l'entourait.

*

— Mais pourquoi ne répond-il pas ?

Massés face au vieil homme immobile au-dessus d'eux, la poignée de dignitaires ne savaient que penser. Depuis presque deux heures, leur arme secrète s'était retranchée dans un mutisme dont rien ne semblait pouvoir la tirer. L'épisode serait demeuré mineur si Khaleel avait continué de relayer les communications qu'il captait. Mais l'incident avait pris un tour autrement dramatique quand on avait pris connaissance des derniers messages décryptés : une écœurante dysenterie numérique, parsemée de bribes de phrases inintelligibles. C'était une des filles attachées au service de l'ex-policier qui avait alerté le médecin de service, lequel avait dû se résoudre à en référer aux chefs, justement réunis en conseil extraordinaire dans les étages : pour une raison encore inconnue, les Sicaires de l'Hégire étaient désormais aveugles et sourds à ce qui se passait dans les communautés voisines. Ce qui, quand on venait justement de transmettre l'ordre aux sécessionnistes Neg'Marrons de lancer l'offensive contre le quartier général des Auxiliaires Résolus, relevait du drame et, pour tout dire, de la trahison !

Informés de la situation, les responsables politiques et les stratèges présents avaient poussé les hauts cris, vitupéré, blâmé, avant de finalement se résoudre à quitter la fraîcheur du salon d'état-major pour constater par eux-mêmes la faille révélée dans leur rigoureuse machination. Calquant sa vitesse sur celle des quelques caciques présents en son sein, le noble groupe s'enfonça à la suite du médecin fébrile dans les étages inférieurs. Prudemment, ces hauts personnages entrèrent en file indienne dans le sous-sol converti en fantasme brûlant. Les quatre servantes, sur les appétissantes poitrines desquelles avait été précipitamment jetée quelque étoffe, les saluèrent humblement. Curieux et circonspects comme des poules, ils firent posément le tour du propriétaire, ébahis par l'opulence et la *sensualité* brute du lieu.

Le vieux cheik Abu Nasir avait fait exceptionnellement le déplacement depuis son palais du khalifat de Provence pour assister à l'annexion en bonne et due forme d'un nouveau territoire marseillais. Il fut le premier à prendre la parole, car sa sagesse et sa pondération étaient reconnues dans toute la province. S'approchant du corps immobile de Khaleel, il le toucha du bout de sa canne comme pour se persuader de son existence.

— Voici donc le prodige… *Bismillah !* Est-il seulement conscient ? N'est-il pas comme ces personnes qui, tombées dans un coma profond, ne conservent de la vie que l'apparence ?

Farouk ben Said, le médecin de garde, tendit un doigt tremblant vers le plafond et les murs de la pièce, d'où jaillissait une musique sourde et frénétique.

— Ces sons que vous entendez s'accordent au rythme des battements de son cœur, ô cheik. Vous remarquez leur rythme vif ? C'est le signe d'une intense émotion ou activité. L'exact contraire d'un état végétatif.

Le crâne et ombrageux Abdallâh ibn Abdallâh,

chef de la cohorte de l'Hégire, rota dignement — il venait de se goinfrer de houmous, qu'il consommait accompagné de petites tomates séchées arrosées de sauce au piment, ce qui, à son âge, n'était pas sans lui causer quelques menues confusions gastriques — et éructa son mécontentement :

— Puisqu'on en parle, ne pourrait-on pas justement faire cesser le récital ? Mes sens aspirent à d'autres musiques que la cacophonie née des organes d'un moribond, *Yâa salâam !*

Ce faisant, il caressa son bouc élégant en souriant avantageusement à la plus jolie des adolescentes. Abu Nasir grimaça pour exprimer un déplaisir né de cette tonitruante réclamation, puis reprit ses doctes observations :

— Mais n'est-il pas singulier que le sujet conservât une si parfaite rigidité, quand son être est le siège d'une pareille fièvre ? N'y a-t-il pas dans cette contradiction quelque chose de mystérieux, d'extraordinaire ?

Soulagé de n'avoir pas à répondre immédiatement à l'irritable et puissant Abdallâh, Farouk hocha la tête en signe d'acquiescement :

— Absolument, ô Splendide…

— Et pourtant, la tâche qu'il accomplit pour nous, ce discret détournement des messages de nos voisins, ne dépend aucunement de ses propres facultés, n'est-ce pas ? Ce corps est un réceptacle, le porteur d'une science inédite dont il n'est que le dépositaire ?

— Tout à fait. Un procédé naguère mis au point par les chercheurs d'Aalm Jadid, une filiale maghrébine de Zentech, basée à Tunis. Nous avons seulement procédé à certains ajustements depuis, ô Lumière.

Le regard du vieux sage s'agrandit. Il écarta les mains en souriant, tendit ses paumes ridées vers l'assemblée massée devant lui comme s'il leur offrait le don de la vie :

— Eh bien, il suffit de faire venir au plus vite un représentant de cette admirable société. Ne sommes-nous pas assez puissants et fortunés pour imposer notre volonté à une poignée de simples savants ?

Farouk en oublia de respirer ! Derrière lui, quelques toussotements amusés saluèrent la bévue du doyen. Le médecin hésita, bafouilla, en omit toute formule de politesse :

— C'est-à-dire que... Ils ont été exécutés !

— Exécutés ? Comment ça ?

— Quand ils ont été découverts, leurs travaux ont été jugés impies au regard de l'islam. En tant que simple cobaye, cet homme a échappé au pogrom des fondamentalistes. Puisqu'il était d'abord une victime, il fut accepté au sein de notre milice.

Le vieux cheik fronça les sourcils :

— Ah, oui, maintenant, je me rappelle cette affaire... Aalm Jadid... Les fatwas... Une époque troublée... Je n'avais pas participé personnellement à son audition, mais je me souviens... Il n'était pas encore impotent, n'est-ce pas ?

— Non, cheik. C'est après une très grave blessure survenue plus tard que nous avons conclu cet accord : il proposa de mettre ses altérations à notre disposition à condition que nous prenions soin de lui.

— Comment ? Un chantage ?

— Non, je ne crois pas, ô Subtil. Plutôt le désir d'être encore utile à la communauté.

— Ah, oui, bien sûr...

Abu Nasir se tut pour observer le corps efflanqué, les tubes et les tuyaux qui tombaient du plafond pour le percer de part en part. Malgré son apparente correction, le vieux sage avait tout de suite ressenti un profond dégoût pour ces chairs molles dévoilées, cette impudeur revendiquée par un être dont le corps avait été façonné par le destin. Dans l'alcôve, le rythme cardiaque imposait toujours sa sarabande ; opiniâtre, la vie habitait encore ce corps vaincu. Une indicible tristesse l'envahit. Face à lui, il n'y avait rien de plus que le reflet dénaturé de sa propre vieillesse, et peut-être même une certaine forme de victoire. Par le Très-Haut, cet homme brûlait de servir encore, il était digne de respect.

— *Al mawt alina haqq*, murmura-t-il en guise de conjuration, la mort a raison de nous.

— Et moi, je dis que je mourrai le premier si on ne fait pas taire cette musique insupportable !

Abdallâh ibn Abdallâh était énervé, maintenant. Le moment qui aurait dû glorieusement conclure sa fine et sournoise politique d'annexion, patiemment élaborée, était en passe de lui échapper. Et ils étaient là, tous, à contempler un outil qui sentait le rance et la mort. Son agacement était tel qu'il avait eu la folle audace de pratiquement couper la parole au vénérable Abu. Autour de lui s'éleva un mur de muette désapprobation, mais il s'entêta à vouloir marquer le point. Bien sûr, il aurait dû se taire, mais sa cervelle d'imbécile pompeux ne pouvait concevoir d'autre manière d'étayer son apothéose vacillante.

— Car enfin, ricana-t-il, au moment de porter le coup fatal, le conquérant doit-il se préoccuper de ce que sa sandale est usée ?

Avec une mine de chat gourmand, le vieux cheik se retourna vers le butor. Fermement appuyé sur sa canne, il sembla grandir et retrouver sa fougue d'antan. La réplique fut cinglante, qui terrassa l'impudent :

— C'est aux petits accidents qu'il sut prévenir qu'on reconnaît le véritable champion. Et combien de fiers capitaines trébuchèrent à l'instant de la victoire, pour un seul lacet défait ?

Oh, le silence cruel et amusé qui suivit le trait assassin ! Mortifié, Abdallâh ibn Abdallâh se raidit, lança à tout hasard un regard vengeur vers les quatre servantes agenouillées. Mais aucune n'avait commis l'erreur d'esquisser le moindre sourire. Tant pis ! Il salua sèchement et quitta la pièce. En partant, c'est à peine s'il eut l'intelligence de ne pas tenter une tirade laborieuse, qui n'aurait fait que sceller son humiliation. Comme pour le narguer, le rythme craché par les enceintes de Bakélite entama une nouvelle configuration, aux accents plus joyeux.

Abu Nasir se retourna vers le médecin, qui s'efforçait également de dissimuler sa satisfaction, et soupira :

— Mon fils, ce que tu m'as dit affermit mes craintes. Si, en aucune manière, ni la volonté ni le degré de conscience de l'homme ici présent ne peuvent influer sur la qualité de sa tâche, peut-être devons-nous envisager le fait que nous sommes en présence de deux phénomènes distincts et simultanés ? D'abord, une catatonie inexpliquée, qui nous prive de la possibilité de dialoguer avec lui. Ensuite, une source inconnue d'erreur dans le travail de récolte, et de traduction en signes compréhensibles, des messages organiques dont il est le réceptacle. L'origine de cette fâcheuse situation n'est pas dans le mutisme de ce corps. Ce n'en est au pire qu'une résultante.

Soulagé et admiratif, Farouk saisit la main parcheminée du vieux dignitaire pour la caresser.

— Ô Subtil, je rends hommage à ton éclatante perspicacité. Ta bouche a formulé clairement ce qui me troublait, et exposé à tous la nature vraie de notre problème. Quelle bénédiction que tu aies été en ces murs quand nous traversons les ténèbres.

C'est à ce moment qu'une petite voix vint crever le silence :

— Excusez-moi...

Chacun baissa les yeux vers la servante qui s'était permis d'intervenir. Intimidée par l'éminente assemblée, elle poursuivit néanmoins :

— Je... Je crois qu'il vient de sourire.

*

Khaleel exultait. Une joie pure, belle et noble comme la naissance d'une nova, brûlait dans la cage étroite de ses os. Blessante et nue, la vérité coulait de ses membres pour satisfaire la curiosité des incrédules. Il était la fontaine des légendes où chacun rêve de s'abreuver ; ses fluides témoignaient de la réalité du monde. Son sang, sa sueur, étaient parole. Sa langue et ses lèvres, outils désuets, avaient fait place à la connaissance instantanée. Et sous son crâne, un souffle victorieux esquissait pour lui seul les terreurs des hommes.

Fleurs corrosives et magnifiques, des bouffées de haine s'ouvraient en corolles sanglantes sur l'écran sensible de son front. Il était un jardin, parsemé d'orchidées primitives et carnivores exprimant le feu et le sang qui se répandaient dans la cité. La rage révélée allait dévorer quiconque l'empêcherait de s'épanouir et tout effort de modération serait vain. Le temps était venu de jeter à bas les espoirs en un progrès corrompu.

Car, en vérité, il n'y avait plus de place en ce monde pour la bêtise.

*

Le visage encore porté au rouge au souvenir du camouflet, Abdallâh ibn Abdallâh retournait au salon de commandement avec l'envie d'étrangler quelqu'un. *Le misérable fils né d'une chienne malade !* Un autre jour, dans d'autres circonstances, il aurait su trouver la force de rire de la saillie du barbon sénile, mais pas aujourd'hui ! Pas maintenant ! Et pas sur un sujet aussi sensible que sa propre compétence. Remontant d'un pas vif les escaliers, il fulminait sans se rendre compte qu'il se trompait lourdement. Certes, son honneur avait été égratigné, mais ce n'était pas le vrai motif de sa colère. La véritable raison devait avoir à peine plus de seize ans, des yeux de biche et des lèvres cerise. Être rabroué tel un enfant en présence de cette petite pute soumise, voilà ce qui ne passait pas ! Oh, mais il saurait la retrouver, l'impudente, maintenant qu'il savait où elle travaillait. C'est à grands coups de son sexe vengeur qu'il lui ferait regretter son humiliation et elle le supplierait de recommencer ! Le délicieux programme que voilà, qui faisait presque oublier la récente vexation…

C'est dans cet état d'esprit de grande planification érotique et, pour tout dire, d'excitation, qu'Abdallâh croisa une estafette hagarde. L'homme était à bout de souffle et presque soulagé d'enfin croiser un officiel à qui faire son rapport.

— Par le prophète… Je vous ai cherchés partout !

— Oui, bon, très bien, nous étions en réunion confidentielle, en lieu sûr… Que se passe-t-il ?

— Nous avons reçu les premières liaisons d'observateurs sur le terrain, et la situation semble tourner en notre défaveur.

— Comment ?

Saisissant le Sicaire par le col de sa veste, son chef suprême le tira vers un angle discret où il pourrait poursuivre sans attirer l'attention.

— Qu'est-ce que tu viens de dire ?

— C'est la vérité, ô Magnanime. Les premières conclusions font état de violence extrême de part et d'autre, et de morcellement des fronts. Les exclus de la frontière se battent entre eux, s'en prennent aux civils, aux miliciens, aux sécessionnistes, qui s'en prendraient eux aussi aux forces de l'ordre. Tout le monde se battrait contre tout le monde ! Et ce n'est pas tout…

Sous ses pieds, le sol n'était plus assez solide pour supporter le poids qui venait de s'abattre sur Abdallâh. Il se raccrocha à l'uniforme du jeune soldat :

— Parle, misérable ! Sur ta vie, parle donc !

— Plusieurs spectateurs, dignes de foi et acquis à notre cause, parlent de scènes de cannibalisme… Des blancars et des Auxiliaires se partageant les dépouilles des premières victimes avant de s'entretuer à leur tour au-dessus des restes à moitié dévorés.

Abdallâh eut un hoquet douloureux. Il pouvait déjà entendre ricaner Abu Nasir. Sa voix gagna les aigus sans qu'il pût y remédier :

— Cannibalisme ? Mais ce n'était pas prévu !

Le messager observa son chef d'un air interloqué. La remarque était d'une rare niaiserie. Se pourrait-il que les rumeurs de la caserne soient fondées et que leur chef soit un réel imbécile ? Lentement, il retira les mains d'Abdallâh de son col, se dégagea de son étreinte pathétique pour adopter une attitude plus convenable.

— Dois-je transmettre un ordre aux observateurs restés sur place ?

— Un ordre ? Oui, bien sûr, il faut prendre une décision, c'est évident…

Le chef des milices de l'Hégire se mâchouilla nerveusement la lèvre inférieure et les poils de barbe. Il fallait agir ! C'était indéniable ! Mais attention : la situation exigeait la plus grande prudence ! Se précipiter et échouer, cela pourrait causer sa perte. Ne rien faire et manquer la bonne opportunité pourrait s'avérer plus fâcheux encore. Une chose était sûre, au moins : les autres, et surtout ce bâtard avéré d'Abu Nasir, devaient rester hors du coup. S'il jouait finement, il deviendrait l'unique sauveur de la journée, pendant que les autres se terraient dans les sous-sols du quartier général. Oui ! Il allait frapper vite, et fort, et rétablir à lui seul la paix dans toute la ville.

— Que les milices se préparent à l'offensive. Nous ne saurions tolérer que la barbarie s'installât à nos portes. Je prendrai personnellement la tête des troupes de choc. Avant cette nuit, le territoire des Auxiliaires sera sous le coup de la loi martiale.

— Mais… Cela va créer une situation d'ingérence. Nous allons nous attirer les foudres des autres communautés de la région.

— Quel est ton nom ?

— Nasser…

Abdallâh prit le ton mesuré des vertueux. Pour un peu, on aurait pu croire que c'était lui qui revenait des champs de batailles pour témoigner de leur monstruosité :

— Vois-tu, Nasser, à l'heure où nous parlons, des femmes et des enfants sont victimes des actes les plus ignominieux. Des hommes souillent leurs corps même après leur trépas. C'est faire preuve de la plus honorable humanité que d'intervenir au plus vite. Va, que les chefs de groupe se tiennent prêts ! Je te retrouverai tout à l'heure dans la cour principale devant les troupes rassemblées. Je te veux à mon côté pendant cette marche victorieuse.

— À vos ordres !

Le messager fila transmettre les ordres aux officiers concernés. Abdallâh le regarda s'éloigner en souriant. Tout était parfait. D'ici quelques heures, il aurait fait rétablir le calme et la paix civile et le croissant des Sicaires flotterait au-dessus du domaine des Auxiliaires, avec juste quelques mois d'avance — grâce à lui. Bien entendu, il allait devoir prendre des mesures contre le jeune Nasser, pour l'empêcher de rapporter à quiconque son bref instant de faiblesse dans le couloir. Mais nul n'était à l'abri d'une mauvaise blessure au cœur de la bataille, n'est-ce pas ? C'était en de tels moments critiques que le génie tactique d'Abdallâh ibn Abdallâh prenait toute son envergure. Et que la petite garce attachée au service du vieux moribond osât seulement se défiler, quand il reviendrait, victorieux…

Oui, vraiment, il était écrit que cette journée resterait dans les mémoires comme son plus grand moment de gloire !

Prendre son pied à se prouver mutuellement le contraire jusqu'au prochain coup bas

Justine retrouva la conscience, emplie de la nauséeuse certitude d'avoir commis une erreur. Une grave erreur. Les yeux encore clos, moelleusement allongée sur le dos, elle entendait la respiration du Roméo endormi à son côté et n'en nourrit que plus d'amertume. *Misérable pouffe, quand tu t'abaisses à fourrer un gigolo entre tes draps, tu trouves le moyen de choisir un Montaigu.* Elle s'était tant attendue à un autre traquenard pendant leurs ébats, version létale du coup de l'aérosol-à-mouiller-sa-culotte d'hier soir, que c'était presque décevant d'être encore vivante après avoir couché avec l'ennemi. Couché… le terme était incorrect. Forniqué comme la dernière des chiennes aurait été plus juste. Le souvenir de leur session était presque pénible. Ça avait été une étourdissante démonstration de parfaite dévotion. Ce type ne faisait pas l'amour, il s'y enfouissait sans retenue. Il l'avait entraînée avec lui au fond du gouffre, l'avait maintenue pantelante et ruisselante au-dessous d'obscurs ciels d'orage, lui avait imposé une reddition éperdue en rase campagne pour mieux lui jurer allégeance. Née sous le signe de la trahison, leur baise avait été sublime et malsaine. *Sainte merde, tu es doué, mon joli bâtard !* En fait, au-delà des faciles frictions génitales, peut-être était-ce là que se lovait la vraie source du plaisir : savoir que l'on est un traître, envers soi ou envers l'autre, et prendre son pied à se prouver mutuellement le contraire jusqu'au prochain coup bas.

Au début de sa relation avec Peter, il n'en avait pas été autrement. Détourner ce salaud de génie de ses chères expériences, tellement nécessaires pour l'avenir de l'humanité. S'offrir comme une chatte sur un bureau ou un matelas, abandonner jusqu'à l'idée de résistance. Se livrer corps et âme au mépris de sa dignité, de sa pudeur et de ses principes. Sacrifier sa nature indépendante et militante, la signature de son être, et n'en faire don qu'à lui. Par amour. C'était ainsi. Et ce fut durable. Mais désormais, leurs rares étreintes étaient presque courtoises. *Dites-moi, très cher, n'auriez-vous pas oublié le jour de mon astiquage, ce mois-ci ?* On faisait dans la politesse des fesses, avec le sourire et la légèreté de l'habitude. Jusqu'à préférer, effectivement, ne plus avoir à partager le désert affectif de la chambre. Sans rancune ni bassesse. Ni de ces hameçons mesquins, lancés parfois pour blesser l'autre et le retenir encore un peu, quand rien d'autre ne subsiste. Il fallait laisser ces manières aux médiocres et aux cons. *Mais regarde-nous, Peter... Tu te branles sur tes programmes et je m'envoie un sosie sur mesure. Qui sont les médiocres, désormais ?*

À côté d'elle, le Roméo remua un peu, inspira plus profondément. Elle ouvrit les yeux, tourna discrètement la tête : il l'observait entre ses paupières mi-closes, le visage profondément enfoncé dans le traversin. Sa bouche esquissa un franc sourire quand il s'approcha lentement pour embrasser son épaule nue.

— Bonjour…

Elle ne répondit pas, s'imposa de le regarder comme s'il n'était qu'un insecte particulièrement intéressant. Il s'étira longuement, jusqu'à s'en faire trembler les bras, sans cesser de sourire. Sa main plongea sous les draps pour y chercher quelque chose qui le gênait, remonta en tenant l'emballage déchiré d'un préservatif. Il pouffa, froissa le petit carré d'aluminium entre ses doigts et l'envoya rejoindre ses petits camarades sur le tapis de la chambre.

— Vous savez, c'était une précaution parfaitement inutile. Je suis parfaitement propre et sain, garanti sans infection et prêt à l'emploi. Volonté du fabriquant.

Il la vouvoyait encore. Cette nuit il n'avait pas cessé et ça avait rajouté encore à son excitation, exacerbé son désir d'en faire son élève docile. Mais au réveil, la magie n'opérait plus. Se recouvrant la poitrine du drap — et se maudissant aussitôt pour cette pudeur mal placée — elle lui rendit son sourire carnassier :

— Je ne prends pas la pilule et j'ai des ovules de concours, connard !

Il se gratta la tête en éclatant de rire. Son timbre joyeux dégoulina sur elle comme une pluie de printemps. C'était agréable et rafraîchissant. Magie chimique ou charme naturel — à supposer que quelque chose fût naturel en lui ?

— Ah, d'accord… J'ai cru que vous aviez peur que je sois chargé en spermatozoïdes tueurs à votre attention.

— Pourquoi ? C'est le cas ?

Il se redressa mollement contre la tête du lit, haussa les épaules.

— Non. Je suis un Roméo, pas une veuve noire.

— C'est la femelle qui tue le mâle chez ces bestioles, crétin, pas le contraire. À l'époque, ça a dû suffisamment frapper une poignée d'entomologistes pour qu'ils baptisent cette pauvre bête en conséquence.

— Ah ouais ? Je croyais que c'était une relation du genre le premier qui bouffe l'autre après l'amour a gagné, vous voyez…

Elle le regarda fixement, vaguement méfiante. Se pencha légèrement vers lui :

— Tu espères me manger, p'tit mec ?

À nouveau ce grand regard d'enfant innocent, parfaitement déloyal quand on avait goûté à l'étendue de certaines de ses compétences.

— Mais non, j'ai dit ça comme ça… Faut pas vous énerver.

Elle lui caressa la joue du bout des doigts, se pencha pour poser une bise affectueuse sur sa joue lisse et douce. *Il est encore imberbe ! Mais quel âge as-tu vraiment, petit bâtard ?* Il glissa aussitôt ses mains contre son dos pour l'attirer contre lui. Sous le drap elle devinait une érection déjà toute dévouée. Elle approcha ses lèvres de son oreille.

— Noir et serré.

Il la dévisagea, interloqué.

— Pardon ?

Elle se dégagea en douceur, posa son index sur le bout de son nez et appuya tendrement dessus en souriant.

— Mon café, crétin. Tu trouveras tout ce qu'il faut dans la cuisine.

Elle lui indiqua la porte de la main, puis opta pour une sortie de princesse ancienne, enveloppée dans le drap qu'elle avait tiré vers elle, le pas sûr et altier jusqu'à la salle de bains.

Le Roméo resta seul, assis sur le grand lit vide, nu et au garde-à-vous. Il soupira d'aise. S'étira encore un peu, puis se leva à son tour pour établir un inventaire de la cuisine et des placards qu'elle lui avait indiqués. Il repéra tout de suite la cafetière, posée près des plaques électriques. Il dut fouiller un peu plus, déplacer casseroles et poêles jusqu'à repérer un luxueux paquet de café en grains et un antique moulin à main, en bois verni. Comme tous les objets intégralement obsolètes, celui-ci devait valoir une fortune. Il s'accroupit, tendit le bras pour atteindre le précieux ustensile, n'entendit pas Justine qui était silencieusement revenue sur ses pas. Le lourd pied d'une lampe s'abattit sur sa nuque. Sa tête heurta les récipients quand il s'effondra au sol, assommé net.

*

Quand il émergea du coma, une douleur épouvantable lui dévorait l'arrière du crâne. C'était un voile, brûlant et cruel entre ses épaules, qui teignait de feu sa vision s'il bougeait les yeux. Bizarrement, le reste de son corps était engourdi et froid. Il inspira à fond pour essayer de se réveiller, ce qui suffit à accroître sa souffrance. Mais au moins il regagna la conscience et put appréhender l'univers qui l'entourait.

Il était dans la grande piscine installée dans l'appartement de Justine Lerner. Cette nuit, ils y avaient lutiné gaiement ; maintenant, il y reposait, la nuque posée contre un des appuis-tête qui en garnissaient le rebord, soigneusement ligoté.

— Tu te réveilles ? Très bien… J'avais peur d'avoir cogné un peu trop fort.

D'après le son de sa voix, Justine devait se trouver juste derrière lui, hors de portée et de vue.

— Qu'est-ce que vous faites ?

Elle eut un rire sans joie.

— Je m'assure que je suis encore maîtresse de mes actes. Premier test concluant : je peux te cogner sans que mes muscles refusent d'obéir. C'est un bon début, non ?

Justine s'approcha du jeune homme impuissant, s'accroupit à côté de lui. Elle portait un pantalon simple, un vieux pull et des chaussures de sport aux semelles isolantes.

— Ce que je vais faire maintenant, je m'étais promis de ne jamais avoir à le refaire. Tu peux ne pas me croire, mais pourtant c'est la pure vérité.

Elle tendit sa main jusque devant le visage de son prisonnier, afin qu'il ne puisse ignorer les fils de la lampe brisée qu'elle tenait entre ses doigts. Sa voix se fit dure et triste.

— Je vais te faire très mal. Si tu réponds à mes questions, ça ne sera pas long. Dans le cas contraire…

Justine plongea brièvement le pied de lampe dans l'eau de la piscine. Il y eut un craquement électrique, suivi d'un cri aigu. Elle en fut immédiatement malade. Mais on ne jouait plus. Son avenir, celui de Karmax, sa vie peut-être, allaient dépendre de sa détermination.

— Qu'est-ce que tu es venu faire ici ? Qu'est-ce que tu cherches ? Quels sont tes ordres ?

— Je vous en prie, arrêtez, c'est inutile.

Elle ferma les yeux. Replongea les fils dans le bassin. Plus longtemps. Hurlement prolongé jusqu'à ce qu'elle relève le bras.

— Tu n'as pas compris ce que je viens de dire ? Je ne veux entendre que des réponses.

Il haletait. Sa poitrine se soulevait frénétiquement pour encaisser les flots d'adrénaline qui devaient parcourir son corps.

— Qu'est-ce… que… vous voulez savoir ?

— Pourquoi ils t'ont collé entre mes pattes ? Quel est ton objectif ?

— Vous séduire ! Je devais vous séduire..

— Je crois avoir saisi cette partie du programme. La question est : pourquoi ?

— C'est tout ! Je vous jure ! Ils m'ont fabriqué pour ça.

— Ne te fous pas de moi !

Les fils approchèrent de la surface. Le Roméo se débattit vainement, raidit son corps dans l'attente de la décharge, qui ne vint pas.

— Zentech voulait forcément quelque chose. Tu devais me soutirer des informations ? Voler quelque chose ?

Il secoua la tête tristement.

— Rien de tout ça. Seulement vous plaire…

Justine lui saisit la tignasse de la main gauche, le força à la regarder. Il avait les pupilles dilatées, tremblait de peur et de froid. Pas vraiment les nerfs d'acier d'un assassin de haut vol. Ou alors c'était foutrement bien imité.

— J'ai été choisi à cause de ma ressemblance avec votre mari. Les glandes qu'ils m'ont rajoutées, c'était juste une démonstration de savoir-faire. Moi, je sais que je n'en aurais pas eu besoin. Je vous aime !

Dans sa bouche, c'était une obscénité. Justine eut la folle envie de lui faire regretter amèrement son aplomb. Se retint de justesse. Elle aussi tremblait maintenant.

— Petite merde prétentieuse...

Il lui coupa la parole comme s'il voulait la retenir de le torturer en parlant encore et encore.

— Je sais tout de vous ! Votre jeunesse terroriste. Vos combats contre les privilégiés des communautés formatives. Votre rencontre avec Peter Lerner. La création de Karmax. Les clauses éthiques liées aux applications de ses brevets. La répartition des bénéfices pour aider les démunis. Vous êtes quelqu'un de bien !

Il avait injecté une telle ferveur dans sa tirade qu'elle éclata d'un rire nerveux.

— Ouais, je suis tellement quelqu'un de bien que je vais te faire griller dans cette piscine. Trouve autre chose !

— Ma mère et ma sœur vivent toujours dans un blanquartier pourri de la ceinture parisienne. Elles seraient mortes depuis longtemps si Karmax n'avait pas obligé Agrichem à y construire des dispensaires en échange de ses brevets. J'avais à peine dix ans et à chaque visite je pouvais admirer votre photo dans la salle d'attente.

Le souvenir de cette photo lui revint. Propagande diffusée à grande échelle. Une pose affectée sur fond de ruines en cours de déblaiement. Et la légende… Elle ne s'en souvenait plus très bien… Quelque chose de définitif et de prétentieux. *Sainte merde, c'était il y a si longtemps. Pouvait-il avoir inventé ce détail ?*

— Mais Agrichem n'existe plus…

— C'est vrai, Zentech les a rachetés il y a trois ans. Mais l'hôpital existe toujours. C'est là que j'ai été recruté… Et que plus tard j'ai été opéré.

Il pleurait maintenant, en silence. De petites larmes roulaient lentement sur ses joues. Justine se sentit stupide, avec la lampe toujours serrée dans son poing. Elle se releva pour la débrancher et l'éloigner du bout du pied. Quand elle revint s'asseoir près de son prisonnier, celui-ci avait presque retrouvé son calme. Il renifla.

— Vous me croyez, maintenant ?

— Ton histoire est stupide. Pourquoi monter une opération aussi compliquée pour un aussi maigre résultat ?

— Zentech abomine l'emprise de Peter Lerner. Ils le jalousent assez pour tenter de corrompre son épouse.

Justine secoua la tête, incrédule.

— Ils espéraient vraiment me pousser à trahir mon mari et mon travail pour tes beaux yeux ?

Ligoté et ridicule dans l'eau froide, le Roméo retrouva son sourire enjôleur pour lui répondre.

— C'est déjà fait, puisque je suis là. Franchement, en temps normal, qui aurait pu croire que l'intransigeante Justine Lerner passerait la nuit avec un émissaire de la Zentech ? Mais vous l'avez fait, pourtant…

Parce que je vous ai plu et que vous en aviez *envie*. Je suis le Roméo, un prototype qui vous est entièrement dédié. Une arme imparable.

Elle ne répondit pas. Ses paroles visaient juste, d'une simplicité et d'une perfidie implacables. Il continua de parler comme s'il ne devait plus jamais s'arrêter, comme pour la persuader qu'il était coupable :

— Vous pouvez chercher toutes les justifications que vous voudrez, imaginer des manipulations cachant d'autres manipulations, ou vous persuader que vous contrôliez la situation depuis le début, seul ce fait demeure : vous avez passé la nuit avec moi dans votre chambre. En ce sens vous êtes déjà condamnée.

Un épais silence suivit cette sentence, seulement perturbé par le clapotis de l'eau du bassin quand il essaya de tourner la tête. La douleur dans sa nuque s'était estompée.

— S'il vous plaît, détachez-moi !

Elle n'écoutait plus. Il avait raison, totalement : sa trahison était flagrante. Pas de secrets divulgués ou arrachés, ni d'espionnage industriel. Mais une subtile et entière compromission, que Karmax allait digérer et répandre. Au moment où Peter travaillait à ce qui pourrait être une nouvelle étape dans la reconquête des gigantesques domaines informatiques abandonnés au Chromozone, elle baisait avec l'envoyé d'une société vassale dont l'instabilité et les appétits étaient établis de longue date… Son rôle allait en être entaché. Qu'il s'agisse de son rang d'épouse ou de son poste de responsable du contrôle éthique. *T'as peut-être baisé avec leur micheton, mais c'est tout Zentech qui te l'a mis profond, ma pouffe !* Son impartialité n'y survivrait pas. En fait, ce serait un miracle si le délicat équilibre des accords passés avec les entreprises filles, qui toutes crevaient de rage de devoir acheter leurs brevets à prix d'or, n'était pas brisé par cette affaire. Même Peter pourrait être atteint par les ricochets ! Si elle démissionnait immédiatement, peut-être parviendrait-elle à le protéger ? Le Roméo avait parfaitement raison : inutile de chercher un objectif plus pertinent, elle venait d'être abattue plus sûrement qu'avec une balle.

— Justine, s'il vous plaît, détachez-moi…

— Une seconde…

Il restait tout de même un point à éclaircir : pour peaufiner le piège, quelqu'un avait forcément dû fournir des informations la concernant, parcours personnel, portrait psychologique et détails intimes. Le genre de personne qui connaîtrait sa *liquanim* préférée et qui, après le cocktail, aurait pu en toute innocence prêter son passe personnel au Roméo pour qu'il trouve la chambre de la cible… Elle sortit le couteau qu'elle cachait dans sa poche, commença à couper les liens de son prisonnier.

— Et Fabio, dans tout ça ?

Massant ses poignets engourdis, le garçon eut un sourire béat.

— Oh, celui-là, je ne l'aime pas beaucoup. C'est lui qui nous a fourni ce dont nous avions besoin pour établir votre profil. Jusqu'à quelques-uns de vos cheveux et un peu de salive. En fait, je suppose que c'est lui qui a établi en premier le contact avec Zentech pour leur proposer le marché.

Justine demeura un instant songeuse, la lame du

couteau pointée vers les liens enserrant la poitrine de son prisonnier. Il y avait une différence cruelle entre avoir conscience de la méchanceté des hommes et en être directement la victime. Des fantasmes sanglants de vengeance et d'os brisés frôlèrent ses pensées. Elle finit de libérer le Roméo en silence.

Celui-ci se releva maladroitement, sortit du bassin pour se frictionner les cuisses bleuies par le froid et l'immobilité. Nu, frissonnant, il dégoulinait et n'en menait pas large. Pourtant, il demeurait beau et attirant. Elle observa cette magnifique œuvre d'hypocrisie, sculptée et dressée pour elle. Remarquant son regard, il ne put s'empêcher de prendre une pose un peu plus avantageuse afin de mieux arborer une érection naissante. Justine grimaça.

— Rien ne t'arrête, toi ? Sainte merde, je viens de te griller la couenne !

— Vu sous un autre angle, ça restait quand même émoustillant et érotique, non ?

— Tu veux que je recommence ?

Il détourna immédiatement la tête. Justine comprit que l'attitude du garçon n'était qu'une bravade pour ne pas perdre complètement la face et qu'elle venait d'aller trop loin. Elle l'avait torturé ! Il était encore trop aimable de ne pas la haïr à mort.

— Excuse-moi ! Ce que je viens de dire était stupide et méchant…

Sans répondre, il lui tourna le dos et marcha vers la chambre. Elle rangea le couteau dans sa poche, prit le temps de ramasser les brins de corde trempés tombés par terre, hésita encore un peu, puis le rejoignit. Il avait déjà fini de se rhabiller et enfilait ses chaussures, assis sur le lit. Il reposa le pied par terre, leva la tête vers elle et plongea son regard dans le sien :

— Je veux rester avec toi.

Il l'avait tutoyée. Ça la surprit presque autant que le propos.

— Pardon ?

— Je ne veux pas repartir avec eux. Je veux rester ici, avec toi.

— Tu plaisantes ?

Les larmes réapparurent à la lisière de ses cils.

— Non ! J'ai tout supporté pour te rencontrer, Justine Lerner. Leur chirurgie, leurs leçons, leurs promesses. Parce que je t'aime depuis que je suis gosse !

— Mais tu sais que c'est impossible ! Tu es...

Il se releva brusquement.

— Je ne suis pas ton ennemi ! Je ne t'ai pas menti, jamais ! Je t'ai expliqué dès le départ la raison de ma venue. Je ne leur sers plus à rien et ils finiront par me tuer, je le sais. Si tu me gardes, je pourrai t'être utile.

Sa voix se brisa. Il se tut pour essuyer ses larmes du revers de la main. *T'ont-ils aussi modifié les canaux lacrymaux pour chialer sur commande ? Ou bien tu t'éclates discrètement en ce moment rien qu'à l'idée de trahir une nouvelle fois, moi ou tes patrons ?*

— Comment peux-tu espérer que j'accepte une telle proposition ? Tu as sans doute déjà ruiné ma carrière.

Il renifla, se releva en écartant les mains.

— Alors nous partirons tous les deux, libres de choisir notre destination. Ou bien tu resteras ici, et je t'aiderai à garder ton poste même si tu ne veux plus me revoir. D'ailleurs, pour commencer...

Plongeant la main dans sa poche, il marcha vers elle d'un pas lent. Elle chercha instinctivement le manche de son arme, vaguement inquiète. Se plantant face à elle, il dégaina un petit objet en plastique souple : le badge de Fabio.

— … je t'aiderai à éliminer ce bâtard puant !

Un sourire enjôleur apparut sur ses lèvres. Il avait dit ça en l'imitant, elle, jusqu'à sa manière haineuse de cracher des insultes. C'était terrifiant ! Justine comprit qu'elle tenait là son pire ennemi et son meilleur atout. Qu'elle ne pourrait jamais avoir confiance en ce petit salaud, mais qu'il lui serait entièrement dévoué, ne serait-ce que par pure perversité. Elle sourit à son tour.

— D'accord, on va lui arracher les burnes ensemble. Et je t'arracherai les tiennes de mes ongles si c'est une autre combine merdique !

Il lui donna le passe, rajusta son uniforme de la Zentech, attendit.

— Et maintenant, qu'est-ce qu'on fait ?

— D'abord on va boire un café ailleurs, et ensuite…

— Ensuite ?

— Ensuite on va t'acheter de quoi t'habiller décemment.

— Ça me plaît.

Ils sortirent de l'appartement sans un mot. Dans le large couloir, deux nouveaux gardes en assuraient la surveillance. Le premier salua respectueusement et s'avança vers Justine.

— Bonjour, madame… Vous avez reçu le message ? Nous commencions à nous inquiéter de ne pas avoir de réaction de votre part.

— Quel message ?

— Un pneumatique urgent, envoyé cette nuit à propos de Zentech.

— Quelle merde !

Elle n'avait pas prêté attention une seconde à la corbeille de l'entrée. Elle retourna à l'intérieur en gardant un œil sur le Roméo.

— Empêchez-le de filer !

— À vos ordres !

Les deux gardes se placèrent près du garçon qui la dévisagea en silence. Il secoua furieusement la tête, ouvrant de grands yeux pour souligner son incompréhension. Dans la corbeille l'attendait un unique pneumatique, qu'elle ouvrit prestement. Le message était concis et terrifiant : « Intervention de la faction Orage requise à Marseille par Zentech pour mater émeutes sur un de ses sites. »

Pour une des rares fois de son existence, les mots manquèrent à Justine Lerner pour exprimer sa terreur.

Il serait bête de négliger une bonne occasion de finir moins seul

Partie des façades des bâtiments longeant la frontière, la première volée de balles les cueillit à froid. Trois policiers tombèrent en hurlant. Par chance, Teitomo était près d'une voiture quand les coups de fusil retentirent ; il eut le temps de se mettre à l'abri, avant de risquer un coup d'œil rapide en direction des tireurs embusqués. Une dizaine de longs museaux noirs dépassaient des fenêtres du premier et du deuxième étages. Les Neg'Marrons, bien sûr. Il n'y avait qu'eux pour viser aussi mal. Ces fumiers avaient soigneusement pris position dans leur dos et n'avaient pas été foutus d'abattre plus de trois cibles.

Quelques heures plutôt, N'Gome avait ordonné à Teitomo et à une poignée d'autres vétérans d'encadrer les nombreuses recrues qu'il avait massées sur la frontière sud, en prévision des émeutes à venir. Le baptême du feu allait être instructif, pour les survivants. Première règle : on ne va pas secourir son pote qui gémit, le genou éclaté, quand celui-ci est dans la ligne de mire de l'adversaire. Le jeune héros qui s'élança eut la primeur de la deuxième salve, rien que pour lui, et tomba comme un pantin près de son camarade estropié. Et de quatre.

— Personne ne bouge ! Je veux un tir de barrage, maintenant !

Le rugissement d'un des anciens ramena le calme dans les rangs. Même les blessés la fermèrent. Des doigts se serrèrent nerveusement sur des crosses, puis les pistolets des miliciens aboyèrent à leur tour. Quelques balles miaulèrent contre les murs, mais la plupart partirent fracasser les vitres derrière lesquelles se cachaient les tireurs. Un long cri résonna quelque part dans le bâtiment. Avec un peu de chance, un ou deux agresseurs avaient mangé du plomb. Teitomo commença à penser que la situation se profilait impeccablement quand il entendit un des vétérans, Charlie, grogner près de lui. Prudemment, il regarda dans la même direction que son collègue et grimaça à son tour : déboulant des flancs de la conforteresse, deux groupes d'hommes et de femmes marchaient résolument vers eux, visiblement prêts à en découdre avec le petit groupe de miliciens. Les tirs cessèrent. Le colosse sentit un léger flottement agiter ses troupes.

— On reste calme ! Et on évite de flinguer dans le tas !

Quelques jurons nerveux fusèrent.

À moins de cent mètres, les émeutiers accélérèrent la cadence. Les meneurs, armés de machettes, hurlaient des imprécations suraiguës en montrant les miliciens du doigt. Teitomo comprit qu'ils allaient se faire balayer. Soudain, une clameur tout aussi féroce retentit derrière lui. Il pivota instantanément, imité par la plupart de ses voisins. Une troupe plus nombreuse encore de blancars armés de bâtons, de casse-tête ou de bouteilles montaient vers la frontière en hurlant. Cette fois, plus question de chercher une solution, il serait déjà heureux de trouver la sortie !

— Repli ! Tous avec moi !

Son ordre demeura lettre morte. Quelques coups de feu furent tirés au hasard, retardant l'inévitable de quelques misérables secondes. Les deux vagues humaines furent sur eux avant que la moitié de ses hommes ne se soient seulement relevés. La mêlée devint un chaos furieux, où chacun tentait de déchiqueter l'autre sans se préoccuper de savoir qui il était. Teitomo vit une adolescente émaciée planter sa lame dans le dos de son voisin, occupé à fracasser un milicien à la barre de fer, avant d'achever elle-même ce dernier. Deux mômes en treillis crasseux se jetèrent sur lui en hurlant. Il dut les assommer à coups de crosse pour ne pas être égorgé. Leurs corps n'avaient pas touché terre qu'un quadragénaire barbu tenta de l'éventrer avec sa bouteille cassée. Le coup érafla le cuir épais de son uniforme sans le traverser. Il saisit l'avant-bras de son adversaire et le brisa sur sa cuisse, fit pivoter l'homme qu'il utilisa comme bouclier pour se frayer un chemin. Sur sa droite, il vit Charlie tomber sous les coups, la bouche en sang et un œil crevé. Un casse-tête venu de nulle part s'abattit sur l'épaule de son bélier humain ; son propriétaire s'effondra sans un cri quand une balle vint lui fracasser la tempe. La silhouette d'un milicien apparut derrière lui, l'arme braquée, étrangement immobile dans la bousculade. Teitomo l'interpella à pleins poumons pour le forcer à réagir.

— Colle-toi à moi, on va s'en sortir !

Le jeune hocha la tête sans bien comprendre. Un vilain coup lui avait ouvert le front, le sang ruisselait de la blessure sur tout son visage. En fait, il ne paraissait plus capable de penser. Mais il suivit son chef qui continuait de progresser péniblement à travers la foule. En cours de route, Teitomo dut abandonner son bouclier, mortellement blessé par un vicieux coup de machette. Autour de lui les Neg'Marrons, les blancars et les policiers se battaient férocement, ne cherchant pas tant à survivre qu'à tuer le plus grand nombre d'adversaires avant de succomber. Depuis les fenêtres, les tireurs embusqués continuaient à tirer dans le tas, sans discernement. L'odeur de sang et de sueur mauvaise noyait tout. Rouge haine répandue sur le sol, ruisselant des corps, injectant le regard des combattants. Quand les deux miliciens atteignirent la périphérie de la mêlée, la progression se fit soudain plus aisée. Teitomo réalisa qu'ils étaient trois : un autre jeune milicien s'était joint à eux dans la confusion des affrontements. Un vieillard écumant les chargea en braillant. Le colosse l'esquiva prestement et le laissa s'étaler tout seul sur le trottoir. Il retint ses acolytes de l'achever dans la foulée.

— On décampe tant que c'est encore possible !

— Et les autres ?

Le nouveau venu avait l'air plus frais et bigrement attaché au sens du devoir… Le colosse le fixa une seconde, sans répondre, et fila vers la rue la plus proche. Que chacun se débrouille avec son sens du sacrifice ! Bien entendu, les deux jeunes lui emboîtèrent le pas, encore trop heureux d'avoir sauvé leur peau jusqu'ici. Le vieil homme qui les avait attaqués les regarda s'éloigner en clignant des yeux, assis par terre. Une fraction de seconde, il se demanda ce qu'il faisait sur ce trottoir crasseux, à quelques mètres d'une émeute sanglante. Il eut envie de sourire de sa mésaventure. Puis une machette tenue par un poing tremblant vint heurter le haut de son crâne et fendit son visage en deux. Il ne se posa plus aucune question.

Bien que nettement moins agités, les axes frontaliers étaient sous la surveillance placide de petits groupes de civils en armes. S'il n'était pas acquis qu'ils se jetteraient sur eux au premier regard, les trois miliciens en fuite préférèrent quand même opter sagement pour les voies secondaires et les friches industrielles, nombreuses dans cette zone. Ils progressèrent sans incident vers l'intérieur du quartier, jusqu'à ce que l'œil aguerri de Teitomo repérât une boutique vidée de ses occupants. Coincée entre une poissonnerie fermée et une ruine calcinée, elle avait l'avantage de disposer d'une large vitrine permettant une discrète surveillance de la rue. Le géant fracassa la porte d'un coup de rangers, ordonna aux deux autres de s'y engouffrer vite fait.

À l'intérieur, ils découvrirent un petit comptoir en bois verni, quatre hauts tabourets en fer forgé et un percolateur chromé. Derrière le comptoir courait un large choix de cafés en grains, dans de lourds bocaux soigneusement étiquetés. Au fond, une petite porte dotée d'un verrou devait permettre d'accéder à la réserve. C'était un minuscule *coffee shop*, un « lieu de rencontre à vocation fédératrice et communautaire », pour reprendre la terminologie officielle. Il en existait des dizaines, disséminés dans le quartier.

Quelques heures plus tôt, des voisins, des amis, des voyageurs de passage se retrouvaient ici pour fumer un stick et avaler une tasse brûlante. Dans le grand miroir disposé derrière le comptoir, les trois policiers constatèrent à quel point ils juraient dans le décor immaculé, avec leur mine de tueurs et le sang qui gouttait sur le carrelage impeccable. Le plus jeune, celui qui avait une méchante coupure au front, se mit à sangloter convulsivement. Teitomo rengaina son arme et lui broya amicalement l'épaule.

— Tout doux, on a fait le plus difficile... C'est quoi ton nom ?

L'autre renifla, s'essuya les joues en se barbouillant les manches de sang séché, reprit sa respiration.

— Raphaël. Raphaël Diallo.

— Et toi ?

Le second bleu-bite était resté près de l'entrée et surveillait nerveusement le carrefour le plus proche. Il tourna à peine la tête pour répondre.

— Luther.

— Moi, c'est Tei... Teitomo Voght. Dis-moi, Raphaël Diallo, tu pourrais essayer de nous faire du café ?

— Euh, ouais...

— Parfait. Gaffe à pas te brûler. Je tiens à te ramener intact au Q.G.

Le jeune grimaça un faible sourire et passa derrière le comptoir pour s'initier aux mystères du perco. Tei se rapprocha de son collègue toujours braqué vers l'extérieur.

— Il te reste des balles ?

— Pas de quoi flamber... C'est quoi le plan, maintenant ?

— On va rentrer tranquillement au bercail et quitter la ville. Tu peux te considérer comme officieusement dégagé de toute autorité légitime dans le coin. Faudra quelques semaines avant que les choses retrouvent un cours normal et, d'ici là, il va faire chaud bouillant pour les représentants de l'ancienne communauté.

– Vous croyez que c'est foutu ?

— Je sais pas si les Neg'Marrons vont gagner la guerre, mais je peux t'assurer que les Auxiliaires Résolus ne s'en relèveront pas.

Les traits de Luther se figèrent, ses yeux se perdirent dans quelque brouillard intérieur. Le colosse prit une voix plus douce :

— Tu as été recruté au sein des Auxiliaires, pas vrai ?

— Ouais, j'habite ici depuis trois ans. Avant, j'étais chez les Miles Dogs… Putain, même chez eux j'avais jamais vu ça !

Le jeune se tut. Les Miles Dogs avaient constitué une épouvantable congrégation ne recrutant que sur une stricte double condition : amour du jazz et goût du sang. Ils avaient terrorisé leurs voisins pendant presque six mois avant d'imploser, minés par leurs querelles musico-dogmatiques. Belle bande de crevards ! Vu son jeune âge, Luther n'avait pas dû être à la fête tous les jours. Il reprit, la voix voilée :

— Et vous, vous avez déjà vu un truc pareil ?

Teitomo puisa deux chargeurs d'appoint dans ses poches et les offrit au jeune flic avant de répondre. Le crachotement du percolateur chuinta derrière eux.

— Tu peux me tutoyer. Et, oui, j'ai déjà assisté à ce genre d'émeutes. Un peu trop souvent…

— Mais c'était quelque chose, là-bas, pas vrai ? Je veux dire, on aurait dit des animaux.

Le vétéran réfléchit en silence. L'image de dizaines d'yeux exorbités et de mâchoires hurlantes au cœur de la cohue lui revint en mémoire. Ainsi que le souvenir de la fille qui s'acharnait à achever le policier déjà mortellement blessé. L'autre poursuivait son commentaire sans quitter la rue du regard.

— Putain, mêmes les nôtres ont commencé à mordre et à gueuler comme des bêtes ! Même moi, je…

Derrière le comptoir, une tasse explosa sur le carrelage en mille morceaux. Tei se retourna.

— Raphaël, tout va bien ?

L'intéressé était tremblant. Il affronta courageusement le regard de son chef.

— J'ai vu un type commencer à en manger un autre, blessé au ventre. Au milieu du combat, il avait mis ses mains dans la plaie et il en ramenait des morceaux de…

— Hey !

Teitomo frissonna à son tour :

— On échangera nos images en double quand on sera au chaud devant une bonne bouteille ! Pour l'instant, chacun garde ses vignettes pour lui et tout le monde reste sur le pont !

Raphaël se tut. Un silence pénible plana dans la boutique, saturé de scènes écœurantes entraperçues dans la confusion de la mêlée. Il se baissa pour ramasser quelques débris éparpillés, les posa sur le comptoir :

— Alors, comment on va rentrer à la Division ?

— On va profiter de notre unique avantage : ces

connards n'ont aucune organisation. Pas de quadrillage du quartier ni de dispositif tactique digne de ce nom. Rien ! Juste un putain de vaste foutoir sans véritable meneur. Dès qu'on se sera un peu reposés, on va en profiter pour se faufiler *fissa* jusqu'à la maison.

— Et si on appelait la Division pour avoir du renfort ? suggéra Raphaël. J'ai toujours ma phérocom…

Ces coûteux appareils ne faisaient pas partie du paquetage des recrues. Teitomo lui lança un regard soupçonneux :

— Où tu as trouvé ça, toi ?

— Je l'ai ramassée par terre au début des combats. Je crois qu'elle est intacte.

Pour la première fois, Luther se dérida :

— On va pouvoir appeler les secours !

Teitomo secoua la tête :

— Non, aucune communication. Pas tant que nous sommes dans la zone de combats.

Raphaël ouvrit la bouche sans sortir un son, stupéfait :

— Mais… c'est stupide ! Il suffirait de signaler notre position et d'attendre ici qu'ils viennent nous chercher.

Teitomo remua lentement la tête en signe de négation.

— D'abord, plus on restera longtemps ici, plus on sera en danger. Cette boutique serait incapable de résister plus de dix secondes à une attaque en règle, surtout face aux mêmes excités que tout à l'heure. Ensuite, qui sait qui pourrait bien capter nos communications ? Nous n'avons pas affaire à une guerre de frontière, mais à une révolution. Il y a en ce moment des tas d'auditeurs aux aguets dans leurs bunkers, qui seraient trop heureux d'intercepter la moindre information…

Le claquement sec d'un chargeur résonna dans la boutique :

— Je crois qu'on va avoir de la visite, dit Luther.

Teitomo dégaina son arme.

— Cachez-vous !

Il se rapprocha à croupetons de la vitrine. Le jeune milicien lui indiqua du menton trois citoyens des Auxiliaires Résolus qui remontaient tranquillement la rue vers eux. Deux hommes et une femme en chemises et pantalons bigarrés. Pas d'armes apparentes. Luther ôta le cran de sécurité de son pistolet. Teitomo fit de même.

— Ils nous ont repérés ?

— Non, je les ai vus apparaître au carrefour, discuter quelques secondes avant de prendre cette direction.

— Alors on laisse venir sans bruit et on reste sur nos…

Une détonation sèche retentit avant qu'il ait fini sa phrase. La femme bascula en arrière, touchée au visage. Les deux hommes crièrent en se jetant à terre. Luther inspecta les façades proches.

— Putain de merde ! Vous avez repéré le tireur ?

— J'ai repéré que dalle…

Une deuxième balle frappa un des hommes à la nuque. Mort immédiate. Le dernier roula sur le flanc et détala vers le carrefour d'où il venait. Il tourna au moment où un troisième projectile vint lui perforer la poitrine. Il hurla et tomba hors de vue des deux miliciens embusqués.

— C'est un putain de pro !

Teitomo acquiesça en montrant un alignement de taudis désaffectés en bordure de terrain vague, entre le carrefour et leur position.

— Il doit être planqué quelque part là-dedans ! Vu son dernier tir, il pouvait les allumer dès qu'ils ont passé le carrefour, mais il a préféré les laisser approcher et les shooter comme à l'exercice. Pourriture de sniper !

— Coup de bol que ces trois-là soient passés avant nous !

— Mouais… Si c'est vraiment un pro, il change déjà de position. Si c'est juste un dingue de la riflette, il va rester là et descendre ce qui passe. Raphaël, t'es toujours avec nous ?

Une voix tremblante monta de derrière le comptoir.

— Oui.

— Sans faire de bruit, passe dans la réserve et vois s'il n'y a pas une autre sortie.

— D'accord… Le café est prêt.

Toujours accroupi, le bleu se déplaça vers la porte et actionna le verrou. Il se glissa lentement dans l'obscurité de la pièce voisine. À peine avait-il disparu que Luther se pencha vers son chef pour lui murmurer une confidence :

— Je crois qu'il ne tiendra pas le choc. Il est complètement sonné !

Teitomo lui répondit sur le même ton de veillée mortuaire :

— Ben, ça veut seulement dire que t'as deux problèmes sur les bras, mon gars : prendre soin de ta peau… et de la sienne.

L'autre ne broncha pas, mais la réponse se lisait sur son visage.

— Ça te pose un problème ?

— Nan, c'est parfait !

— T'es à la Division depuis combien de temps, Luther ?

Le jeune eut un signe d'agacement.

— Deux semaines…

— Et ça te plaît bien, hein, d'avoir un joli badge et un uniforme impeccable ! Et ce flingue, lourd contre ta hanche… J'parie que tu adores le serrer entre tes doigts. Putain, je crois même que tu t'entraînes à te viser dans ton miroir avant de te coucher…

— Allez vous faire foutre !

— T'énerve pas, j'te cause seulement boulot… C'est pas honteux, l'amour des armes, dans ce métier. Seulement, ça a un prix, ça, bonhomme : ton innocence. C'est à toi de prendre en charge les plus faibles. Et c'est la seule raison qui t'autorise à appuyer sur la détente. Le reste, le sens du devoir et les actes héroïques, c'est juste bon pour remplir quelques cadres avec de belles photos.

Luther écoutait, toujours crispé. Teitomo esquissa un sourire :

— On va se sortir de ce merdier tous les trois. Et peut-être que ça bouleversera ta vie. Et peut-être que Raphaël et toi, vous vous aimerez à jamais au terme de cette épreuve. Peut-être même sera-t-il la seule personne au monde capable de te comprendre, après cette journée. Alors il serait bête de négliger une bonne occasion de finir moins seul…

— Vous êtes barge, vous !

Teitomo grimaça en arborant sa dentition parfaite :

— T'as pas idée à quel point. Maintenant, va te détendre au comptoir en avalant un café, je te remplace…

Momentanément apaisé, Luther se releva prudemment et gagna le percolateur. Tei prit sa place à l'angle de la vitrine, à l'affût de tout mouvement.

Les détonations n'avaient pas attiré d'autres candidats, même pas les inévitables curieux avides de sensationnel. Signe du bordel à venir : même les rats humains restaient à l'abri. Il se demanda si le troisième civil, celui qui avait été touché à la poitrine, avait réussi à s'en tirer.

— Vous voulez un café ?

Il tourna brièvement la tête vers le comptoir.

— Si tu veux bien me l'amener.

— Pas de problème.

Luther lui apporta une tasse brûlante, le regarda siroter le café en silence.

— Vous comptez repartir bientôt ?

— D'ici quelques minutes…

Teitomo se tut soudain, en entendant un léger cliquetis provenant de la réserve. Il se releva en râlant et fila vers la petite porte. Caché dans l'ombre de la pièce entre quelques cartons empilés et un tabouret cassé, Raphaël s'acharnait à pianoter sur sa phérocom.

— Putain de connard !

Le colosse essaya d'arracher la petite boîte noire des mains du jeune homme, qui résista et s'accrocha de toutes ses forces. Teitomo tira d'un coup sec, entraînant le milicien déconfit avec lui. Ils tombèrent à la renverse dans les cartons, Raphaël tentant désespérément de récupérer son trésor. Il gémit :

— Non ! Il faut appeler du renfort !

Il hurla en frappant la poitrine de son opposant :

— Du renfort !

Ce dernier le repoussa maladroitement, tenta de se relever, pendant que Luther apparaissait dans l'encadrement de la porte, l'arme au poing.

— Qu'est-ce qu'il se passe ?

Teitomo agita la phérocom de la main en se redressant.

— Tu vois, Luther, tu avais raison et j'avais tort. Ce garçon ne mérite pas qu'on essaie de sauver sa misérable carcasse. Ce petit fumier…

Il balança un coup de pied dans les côtes du jeune qui pleurait par terre.

— … nous a peut-être déjà tous condamnés !

Raphaël poussa un cri déchirant et gémit comme un enfant à bout de nerfs. Teitomo laissa tomber la petite boîte au sobre design et la fracassa à coups de talon.

— Privé de jouet !

Il saisit le blessé par les épaules, le força à se relever. Luther scruta la petite pièce obscure et encombrée.

— Peut-être que son message n'a pas été émis. Y a pas des masses d'aérations ici.

Teitomo ricana en shootant dans les composants éparpillés à ses pieds.

— Technologie Zentech ! Y a deux jours, j'ai vu leurs techniciens qui installaient encore des relais dans les rues du quartier. Ce truc produit des milliers de phéromones codées à chaque envoi. Si une seule a quitté la boutique, la molécule sera bientôt captée et dupliquée avant de se propager à travers la ville.

— Qu'est-ce qu'on fait, alors ?

Il inspecta les murs de la réserve. Aucune sortie visible.

— On va décamper, rebrousser chemin et chercher un autre passage vers le quartier général. Et c'est M. Diallo ici présent qui aura l'avantage d'ouvrir la marche. Maintenant !

Prostré, Raphaël pleurnichait toujours sur le sol. Teitomo rugit :

— Compris ?

— ... Compris.

— Alors, lève-toi et marche !

Maté, piteux, le jeune homme resta assis en se frottant le flanc. Il conserva les yeux baissés, figé dans l'ombre. Le colosse lui releva le menton de force :

— Et si tu te tiens à carreau, si nous arrivons à destination, c'est moi qui te paierai la plus belle cuite de ta vie, O.K. ?

Luther cracha de dégoût.

— Putain, je le savais ! Fallait pas le prendre avec nous !

Teitomo lui lança un regard en biais :

— On détale d'ici vite fait !

La jeune recrue marmonna quelque chose à voix basse, mais aida quand même l'autre à se relever. Deux minutes plus tard, le trio reprit sa course à travers les rues silencieuses, en évitant de traverser les espaces dégagés.

Ils franchirent successivement deux friches semées de bâtiments en ruine et une demi-douzaine de ruelles désertes, avant d'apercevoir des silhouettes en mouvement face à eux. Au moins quatre hommes, qui progressaient en formation serrée le long des vestiges d'une usine, désaffectée depuis des années. Uniformes noirs. Déplacements attentifs et mesurés. Des professionnels en maraude. Raphaël, qui ouvrait la marche, se retourna vers ses camarades en souriant :

— Ce sont les nôtres !

Il détala aussitôt vers les inconnus. Luther resta près de son chef.

— On fait quoi ?

— On y va, mais tout doucement... Ils sont peut-être là pour une bonne raison. Et je ne tiens pas à servir de chèvre.

Quand ils arrivèrent à portée des quatre miliciens, Raphaël avait déjà sympathisé et racontait leur périple en riant. Les quatre nouveaux venus l'écoutaient gentiment, accroupis ou appuyés contre un mur. Ils les accueillirent aimablement.

— Salut... Alors, vous étiez sur la frontière sud, tout à l'heure ?

— Ouais... Du nouveau ?

— Tout a cédé. C'est le repli général. Nous, on reste pour assurer la retraite et veiller à contenir les débordements.

Ils ricanèrent. Raphaël rit avec eux sans comprendre. Un des policiers offrit un joint à Teitomo. Lui alluma le stick avec un briquet chromé.

— Paraît que vous avez croisé un putain de sniper ?

— Oui, plus bas... Il a abattu trois civils. On sait pas s'il y est encore.

Celui qui semblait être le chef cracha contre le mur en se redressant.

— C'est pas grave… On va quand même lui rendre une petite visite de courtoisie. Tu viens avec nous, Raph ?

— Euh… J'sais pas. On rentrait au quartier général…

L'intéressé lança un regard interrogateur à Teitomo. Qui hocha la tête en signe de négation.

— Non, on va continuer notre chemin.

— Et toi, la bleusaille ? Tu nous suis ?

Luther eut un instant d'hésitation.

— Allez, viens, on va le faire crever dans sa tanière, ce fumier de planqué. Comme un rat !

Ils s'étaient tous relevés, maintenant… Leurs dents brillaient quand ils souriaient. Leurs mains s'agitaient, caressaient la crosse et le canon de leur arme. Leurs yeux luisaient plus que la plaque de flic épinglée au cuir de leur veste. Belle journée pour un carnage, pas vrai ? Teitomo se racla la gorge.

— Luther, tu ferais mieux de rester avec nous. Ces gars sont des spécialistes. C'est pas dit que tu pourras suivre leur rythme…

Le jeune se retourna vers lui, furieux :

— Putain, ras-le-bol de vos ordres à la con ! J'y vais, avec eux !

Leur chef semblait s'amuser franchement de la scène. Il fit un pas vers Teitomo.

— M'a l'air capable, le jeune. Et il a des couilles, lui, au moins…

Il se tourna vers Luther :

— Fils, t'es engagé. Et je vais te dire, on compte tous sur toi pour nous amener à la planque du tireur.

Puis il planta son regard brûlant dans celui de Teitomo.

— Une objection ?

Teitomo jeta le mégot de son joint par terre, inspira profondément. Dépassa le petit groupe et reprit sa marche en direction du quartier général. Raphaël le regarda s'éloigner, sans comprendre. Se dandina d'un pied sur l'autre.

— Hey, mais c'est nul, ça. Faut pas se séparer.

Luther renifla à fond et cracha par terre.

— Laisse-le partir, mec. C'est un minable. T'as vu comment il a pété ta phérocom tout à l'heure ? Il avait peur de se faire repérer. Putain de flambeur merdique !

Le blessé se rapprocha de son jeune collègue :

— On reste ensemble, alors ? Tous les deux ?

Luther dégaina son pistolet, le pointa soigneusement vers la silhouette du grand flic qui s'éloignait sans se retourner. Il pencha la tête sur le côté en visant consciencieusement sa nuque. Finit par baisser le bras en ricanant :

— Tu vas voir, on va bien s'amuser…

*

Il devait bien l'admettre, c'était nettement plus commode de progresser dans ce qui restait du quartier sans les deux bleus. Et puis, ça évitait de leur imposer un détour par chez lui, ou d'avoir à le justifier. Une fois arrivé dans sa rue, Teitomo observa pendant quelques minutes la façade de sa conforteresse depuis un angle abrité. La zone avait l'air relativement calme. Il avait vu deux groupes de Neg'Marrons guidés par un *oungan* passer successivement sous les fenêtres du bâtiment sans y entrer. Quand il estima l'endroit sûr, il se risqua à traverser la rue pour s'engouffrer dans l'entrée.

La lourde porte en métal ouvragé du hall accepta de le laisser passer quand il menua le code de la semaine. Bon, les sécuroutines du quartier étaient encore valides. C'était déjà quelque chose… Ça laissait supposer que Claire était encore à l'abri et entière dans son appartement. Il grimpa les escaliers quatre à quatre vers leur étage. En franchissant le deuxième palier, il entendit un bruit sourd en provenance du couloir. Il monta encore quelques marches, avant de réaliser qu'il devait s'agir d'un gémissement. Il s'arrêta, hésita quelques secondes, puis reprit sa montée jusqu'à la porte de Claire. Il tambourina à la porte. Attendit. Pas de bruit.

— Claire ? C'est moi ! Ouvre…

Toujours rien.

Il refrappa contre le bois verni, plus doucement. Cette fois, il entendit un bruissement dans l'entrée, puis Claire ouvrit. Elle avait le regard vitreux des mauvais, des très mauvais jours. Il sourit misérablement :

— Je t'emmène.

— Tout de suite ?

Il eut un geste d'agacement mal dissimulé. Malgré sa peur, elle s'efforça de rester attentive. Il montra son propre appartement du pouce :

— Je repasse vite fait chez moi… Tu as dix minutes. Garde ta porte fermée. Je frapperai pour t'avertir que je suis prêt.

— … D'accord.

La jeune femme le regarda tourner les talons. Le cuir de sa veste grinçait désagréablement à chaque pas. Elle n'aimait pas le voir en uniforme. Elle détestait le voir avec une arme. Que ferait-il si elle refusait de lui rouvrir ? Elle referma la porte, marcha jusqu'à sa chambre sans réfléchir. En s'asseyant sur le lit, elle sut qu'elle n'arriverait pas à quitter le seul endroit au monde où elle se sentait protégée. C'était au-dessus de ses forces. Autour d'elle, Laurie Deane l'observait d'un air moqueur. L'air devint épais et suffoquant. Elle eut du mal à respirer. Tout le venin de l'ennemie du monde se concentrait sur elle, sur ses organes épuisés, pour la terrasser ici, dans sa retraite ! Claire s'ordonna de ne pas sombrer. La tête bourdonnante, elle se releva, se concentra sur ses pieds pour gagner l'entrée. Un frisson douloureux la parcourut jusqu'à la racine des cheveux. Elle était glacée. Ou brûlante. À moitié aveugle, elle trouva la penderie, enfila ses chaussures en s'agrippant au montant. Elle laisserait tout ici. Cet endroit qu'elle ne voulait plus jamais revoir demeurerait intact jusqu'au jour où, peut-être, quelqu'un y entrerait pour découvrir son travail. Si elle en avait eu le temps, peut-être aurait-elle dû laisser une note, une explication ? Non ! Que chacun se débrouille seul avec son œuvre… Les chaussures aux pieds, elle saisit un manteau épais et sa petite valise en cuir râpé. Claire sourit malgré sa détresse : comme elle devait avoir l'air godiche !

Sans se retourner, pour ne pas voir la noire nébuleuse qui murmurait son nom dans la chambre, elle chercha le verrou de la porte et l'ouvrit en tremblant. L'air nocif du couloir la frappa au visage. Ses jambes se dérobèrent. Le souffle coupé, elle glissa le long du mur vers la porte de Teitomo. La cogna de toutes ses forces en fermant les yeux. La supplia de s'ouvrir !

Claquement de la serrure, grincement des gonds. Elle parvint à ouvrir les paupières. Le géant avait l'air surpris de la voir. Son regard était inquiet. Elle inspira sèchement :

— Je suis prête.

— Ah… Bon. Tu peux porter ta valise ? Je dois garder les mains libres.

— Bien sûr…

— Alors, attends-moi, j'arrive.

Il s'enfonça dans les profondeurs de son appartement. Claire appuya sa tête contre le chambranle pour goûter la fraîcheur du bois. Bruits de papier qu'on déchire. Crissement métallique d'une fermeture Éclair qu'on ferme. Teitomo réapparut, un gros sac sur l'épaule. Il lui caressa les cheveux et la repoussa dans le couloir.

— Reste près de moi et tout se passera bien..

Elle consentit à encaisser ce mensonge et lui emboîta le pas vers l'extérieur.

Dehors, tout était obscurci par la violence et l'odeur de brûlé. La lumière pure du soleil ne suffisait pas à dissiper les miasmes de haine, portés par le vent jusque dans sa gorge. Elle tenta de suivre son guide sans le gêner, manquant de trébucher quand il s'arrêtait soudain pour observer la rue, une façade, un squat éventré. Il ne parlait pas. En fait, il n'avait pas dit un mot depuis leur départ. En arrivant au deuxième étage de leur conforteresse, il s'était aussi arrêté pour écouter. Que cherchait-il ? Elle l'avait senti hésiter, comme s'il voulait entrer dans les appartements. Puis il avait secoué la tête et ils avaient gagné la sortie.

— Tei ?

Il grogna sans tourner la tête :

— Mmmh ?

— Où allons-nous ?

— À la Division.

— Ah..

Ils continuèrent leur marche forcée. À plusieurs reprises, ils durent se cacher sous un porche ou derrière un bâtiment pour éviter de croiser des émeutiers armés. Étaient-ils des pillards ou des résidents furieux ? Difficile à dire… Certains étaient blancs mais portaient des vêtements d'Auxiliaires, d'autres étaient noirs mais hurlaient des imprécations anti-vaudou. Chacun semblait prêt à égorger son voisin. Des cris de colère ou de douleur éclataient un peu partout autour d'eux, si proches qu'il était presque gênant de ne pas voir leurs auteurs. Claire avait envie de vomir. La nausée, tenace, refusait de se dissiper et faussait la perception de son environnement. Elle se laissait mener sans reconnaître le chemin ni les immeubles. Au moment de traverser une rue tranquille, une jardinière fut lancée sur eux depuis une fenêtre anonyme, mais les rata de plusieurs mètres. Claire leva la tête mais ne vit personne. Teitomo la saisit par l'épaule et la força à se mettre à l'abri. Un hululement solitaire déchira l'espace au-dessus des toits. Teitomo dégaina son arme et se pencha vers la jeune femme :

— Tu as vu quelque chose ? murmura-t-il.

— Non… Quel cri horrible.

— Il ou elle a très, très peur.

Elle hocha la tête, convaincue qu'il avait raison, puis regarda la jardinière éclatée. Par terre, les débris de céramique rouge étaient éparpillés dans toutes les directions à partir d'un monticule central de terreau noir et gras où subsistait une unique fleur, bien droite. C'était presque drôle. À cet instant, une clameur gigantesque, poussée par des centaines de gorges, monta tout autour d'eux. C'était le chant d'une foule furieuse, une promesse gluante de mort. Claire expira entre ses dents :

— Qu'est-ce que c'est ?

Teitomo observa les deux extrémités de la rue, toujours vides. Il grimaça.

— Le cri de guerre des Sicaires de l'Hégire. Ils ont franchi la frontière.

— Ils te connaissent, non ? C'est bien pour nous, ça…

— On n'arrivera pas jusqu'à eux. Ils vont progresser en repoussant vers nous tous ceux qu'ils trouveront sur leur chemin… Ça va être une boucherie !

Claire saisit le policier par la manche. Tira de toutes ses forces pour le faire bouger.

— Viens, rentrons nous cacher chez toi. Vite !

Il la dévisagea sans répondre. Immobile. Ses yeux ne la voyaient pas. Ils semblaient regarder au-delà d'elle, chercher une solution qui n'existait pas dans ce monde.

— Tei ! Partons !

Lentement, le colosse glissa sa main dans sa poche. La nuque raide, sans la regarder, il sortit délicatement un étrange objet métallique, au design profilé, le pointa vers elle en montrant les dents.

— Avec ça, on va passer…

Elle ne comprit pas ce qu'il lui tendait. Elle n'avait jamais vu un semblable outil.

— Qu'est-ce que c'est ?

— Une phéroclef pour accéder au métro.

— Mais il est fermé pour réparations.

Il prit un air mauvais, agita les bras en l'air :

— Technologie Zentech®! Ils ont installé leurs portillons automatiques dans les stations depuis des semaines. M'étonnerait que le service technique local sache seulement comment les entretenir. Ces saloperies de prototypes sont autonomes !

Elle ne bougea pas. Il n'avait pas l'air dans son état normal.

— Et une fois dedans, on fera quoi ?

— On marchera dans les tunnels. Viens, la station la plus proche est un peu plus loin sur la droite !

Sans chercher à protester plus longtemps, elle se laissa entraîner vers les sous-sols de la ville.

Claire ne prenait plus le métro depuis longtemps. Ses rares déplacements ne l'emmenaient jamais assez loin pour que ses jambes ne puissent assurer seules le trajet. Au moment de s'y retrouver pour la première fois depuis des mois, elle eut un choc. Partout, le logo de la Zentech rappelait que ce lieu était hautement protégé. L'aspect glacé et luisant des sas métalliques bloquant l'accès aux voies lui déplut fortement. Leur forme était presque organique. Teitomo s'approcha des portes et agita sa drôle de clef dans l'air. On aurait dit qu'il cherchait à attirer l'attention d'une poignée de gigantesques scarabées chromés qui se seraient entendus pour lui tourner le dos.

Contre toute attente, un bourdonnement sourd se fit aussitôt entendre et un des sas s'ouvrit élégamment. Teitomo rangea sa baguette magique dans sa poche et saisit vivement la main de sa protégée.

— On a gagné !

Ils franchirent ensemble le portillon pseudo-intelligent. Claire ne put réprimer un frisson en passant. Maintenant, elle s'attendait presque à ce que les portes se referment sur elle, qui osait pénétrer ici sans sa clef personnelle. Mais non. Pas de sifflement ni d'alarme. Avec le même bourdonnement pneumatique, le sas se referma derrière eux. Ils étaient vraiment en sécurité !

— Tei, qu'est-ce qu'il se passe si quelqu'un essaie d'entrer en fraude ?

Il lâcha sa main, ralentit en commençant à descendre une première volée de marches :

— Je ne sais pas... J'ai jamais vu le cas. Je crois que le contrevenant s'exposerait à de pénibles représailles !

— Qu'est-ce que ça veut dire ?

Il s'arrêta un instant pour la dévisager. Ses traits semblaient s'être adoucis. Il lui adressa un beau sourire saluant la laideur du monde :

— Zentech fait dans la sécurité haut de gamme, pas dans le tourniquet de jardin public. M'est avis que ces joujoux disposent de pas mal de moyens de couper court à l'intrusion caractérisée.

Elle sut goûter le sarcasme. Oui, tant qu'ils resteraient derrière ces barrières, ils seraient à l'abri des dangers agitant la ville. C'était une chance exceptionnelle qu'il fallait saisir. Ils reprirent leur progression vers les quais. Seules les rampes de secours éclairaient le bord des voies ; difficile de distinguer quoi que ce soit. Teitomo posa son sac par terre, fouilla un peu pour en extraire une lampe torche. Il se releva, amena le puissant faisceau sous son menton et grimaça dans l'ombre. Son visage creusé par la lumière était terrifiant. Il sourit, tendit la lampe à sa compagne :

— On marchera à ton rythme et tu éclaires où tu veux, O.K. ? T'es la gardienne de la flamme dans le ventre du monde.

Claire saisit l'objet providentiel en tremblant, joua à éclairer le plafond et les rails luisants. Elle ramena le faisceau vers lui.

— Et toi ?

Il avait saisi un autre objet dans son sac, difficile à bien distinguer dans ses larges mains. Une diode rouge éclairait ses doigts, comme l'œil sanglant d'un oiseau de proie. Un bec noir et luisant, plus noir que l'ombre, dépassait de cette chose mystérieuse, sourdement maléfique. Teitomo eut un autre de ses sourires mauvais :

— Moi, je serai le protecteur de la noble dame…

— Qu'est-ce c'est ?

Le colosse caressa les flancs de l'objet comme on flatte un animal de compagnie. C'était presque obscène. Puis il sauta entre les rails, tendit la main vers elle pour l'aider à le rejoindre. Elle se laissa porter par ses bras puissants jusqu'à poser à son tour les pieds entre les lignes parallèles disparaissant dans la nuit des tunnels aux deux extrémités de la station.

— C'est par là, dit-il.

Elle le suivit sans discuter.

Nous aimerions vous voir mourir en bonne santé

— Ça sentirait pas la crampe, des fois ?

— Ouais, juste un peu, mon pote !

Dans le canot, les commentaires étaient maussades. Tous étaient épuisés. Ils avaient manqué l'étale depuis longtemps et la nuit serait bientôt morte. La marée s'éloignait du rivage effacé par le brouillard épais. Même en supposant qu'ils abandonnassent l'embarcation sans la ramener où ils l'avaient volée, ils ne seraient pas de retour au village avant l'aube. Et ça, c'était foutrement puant ! Bref, le froid et la brume n'arrangeant rien, les railleries ne passaient plus.

— Si c'est pas du beau temps, ça, hein…

— Vos gueules !

Gemini grogna pour imposer le silence. Les commentaires cessèrent. Où qu'il posât le regard sur l'écran poisseux de la brume qui les entourait, un vigile perdait sa tête dans une gerbe vermillon. Ses bras se souvenaient encore de la violence du recul au moment du coup de feu. Assis à l'avant du bateau, il ne pouvait s'empêcher de serrer violemment le corps du fusil contre lui. Oh, bien sûr, au fil des années et des nuits sans sommeil, il avait largement eu le temps d'imaginer les milliers de manières de faire payer les fumiers qui lui avaient pourri l'existence, fantasmes de poings serrés brisant des mâchoires repentantes. À plusieurs reprises, il avait eu à se battre pour défendre son bien, son dû, son corps. Plus récemment, il avait même admis l'emploi d'une toxine mortelle pour frapper les milliers de lointains bâtards qui les avaient déportés ou abandonnés sur *Enez Eussa*. Pour rappeler à chacun qu'ils existaient toujours. Mais ça, cet effacement presque arithmétique d'une vie, *je presse sur la détente et je retiens un...* C'était d'une efficacité tellement obscène.

Derrière lui, les autres avaient compris qu'il s'était passé quelque chose de terrible pendant leur retraite. Ils avaient forcément entendu le coup de feu, avant de le voir revenir avec l'arme à la main, encore éprouvé par la réalité floue de son geste. Finalement, tuer un homme était d'une facilité cosmique, à condition d'assumer la mort d'une étoile. Ils n'avaient pas posé de question. Une bourrasque de vent salé vint le gifler. Gemini s'efforça de saisir les propos du vent glissant sur son visage figé. Mais il n'y avait que lui en cet instant, seul, à l'extrémité de quelques planches dérivant à la surface de l'océan glacé. Le monde était un cloaque obscur aux murs façonnés par le dégoût des autres. Des larmes de honte montèrent lui brûler les paupières. Une main vint caresser timidement son dos secoué de sanglots silencieux. La voix de Richard trembla derrière lui :

— On s'occupe de démonter le moteur et de se débarrasser du canot. Ramène tranquillement la bouffe à la maison et repose-toi.

— D'accord...

Les doigts quittèrent son épaule tétanisée. Chacun se tut jusqu'au débarquement. Simon et Michel avaient déjà démonté et enveloppé le moteur. Ils partirent les premiers vers la cache située près de la pointe de Pen Arlan pour y enterrer leur trésor. Elsa et Richard s'occuperaient de couler le canot avant de revenir à la nage. Terrible effort après les épreuves de la nuit. Leur chef les regarda faire, indécis, à peine soulagé de ne pas avoir à régler ces ultimes détails. Il n'avait pas encore lâché le fusil. Ses mains refusaient de lâcher le fusil. Le fusil était tout ce qui le préservait de l'anéantissement. Il recula lentement dans la vase, gagna les premiers rochers d'où il pourrait remonter vers les terres sans laisser de traces de pas durables et prit le chemin du village.

À chaque enjambée qui l'éloignait des vagues, il s'attendait à se retourner soudain pour y lancer l'arme. Mais rien ne venait. Il fut bientôt à cinquante mètres de la grève. Cent mètres. Rien à faire : il ne pouvait s'y résoudre. Haletant, le front baigné d'une sueur gluante, il s'assit dans les herbes brûlées pour s'efforcer de réfléchir. Garder l'arme était contraire à tous les principes de la bande. Quand il avait quitté ses complices tout à l'heure, il était évidemment entendu qu'il ne garderait pas le fusil. C'était une question de survie. Mais cette fois, la donne était différente : ce n'était pas un casse-tête ou une lame qu'il devait cacher, mais une putain d'arme à feu, capable de balayer la dictature des Keltiks. Gemini eut un frisson. Qu'il ait seulement l'occasion d'avoir le Tore au bout de son canon, et l'avenir de l'île connaîtrait un changement radical. Mais s'il échouait ? S'il ratait son coup ? Ce serait le massacre pour tous. Et puis après, est-ce que la mort d'une poignée de crevards changerait tant que ça son existence merdique, ou celle des autres ? Est-ce qu'il serait capable de faire autre chose que flinguer chaque obstacle qui se présenterait désormais sur son chemin ? Gemini prit une profonde inspiration. Il releva la tête, observa le ciel encore obscur qui glissait au-dessus de lui, indolent, admit enfin qu'il était trop exténué pour prendre une décision rationnelle.

De toute façon, le jour serait bientôt là, qui permettrait à chacun de le voir musarder dans la nature, flingue en pogne. Il était temps de s'en remettre à grand-mère Nature. Repérant un proche buisson d'ajoncs qui poussait entre deux rochers dépassant à peine du sol, il s'y traîna à genoux et commença à creuser la terre pour y enterrer l'arme. Puis il brisa quelques branches de l'épineux pour lui donner un aspect facilement reconnaissable et reboucha le trou. Quand il aurait regagné la maison-tortue et qu'il se serait correctement reposé, il aviserait sereinement de la marche à suivre. Pour l'instant, l'important était de ramener discrètement leur véritable butin à la planque. Et de partager enfin un véritable repas avec la bande. Cette seule idée suffit à lui faire trouver la force de se relever. En fait, quand il arriva en vue des premiers taudis, Gemini en avait presque oublié son épouvantable état de fatigue tant il était ravi d'être bientôt arrivé. C'est à cet instant qu'il les vit, et il n'eut que le temps de se jeter au sol pour espionner l'hallucinant tableau : marchant en silence dans la lumière grise de l'aube, l'ensemble du troupeau humain de New Neuilly remontait lentement vers le village.

D'abord décontenancé par la scène, il finit par repérer quelques Keltiks au milieu du groupe, visiblement enchantés de jouer les bergers. Qu'est-ce qui pouvait justifier une telle activité aux premières lueurs du soleil ? Immédiatement, les pensées de Gemini se raccrochèrent aux événements de la nuit. Le Tore avait passé un contrat avec un représentant de Gaïa… Avait-il opté pour de la main-d'œuvre bon marché ? Non, impossible : certains zombis de New Neuilly étaient incapables de soulever seuls leur propre carcasse, et puis ça ne collait pas avec l'ampleur de l'exode organisé sous ses yeux. Il réalisa fugitivement que l'affaire était beaucoup plus grave…

— Et merde !

Il fit demi-tour pour déterrer le fusil.

*

Quand il fut de retour aux abords du village, Gemini fut impressionné par la grande agitation qui y régnait. Ce n'était pas seulement les paumés et les camés qui avaient été rassemblés ici, mais pratiquement toute la population de l'île. En dix ans de déportation, il n'avait jamais vu ça.

Bizarrement, personne ne faisait attention à lui ou aux bosses suspectes qui déformaient sa large parka, fermée jusqu'au menton. L'arme lui blessait l'aine à chaque pas, mais il n'y avait pas d'autre moyen de la dissimuler sous ses vêtements. Sans être inquiété, il marcha d'un pas tranquille jusqu'au centre du village. Dans la foule qui se pressait sur la place principale, il reconnut Alexis le mac, occupé à cajoler une de ses gagneuses apeurée. Il lui adressa une interrogation muette du menton, mais l'autre lui indiqua son ignorance en roulant de grands yeux effarés. Gemini se faufila vers lui pour en savoir un peu plus.

— Hey, petit maître... Juste à l'heure pour le grand raout.

— C'est quoi, le jeu ?

Alexis observa les nuages paresseux qui roulaient entre les toits. À côté de lui, sa compagne du moment se serra contre sa poitrine sans dire un mot. Le souteneur lui baisa affectueusement le front avant de répondre :

— Aucune idée. Meeting organisé par les autorités officielles, tu vois... Sans manière mais avec insistance, genre debout c'est l'heure. On attend, là.

Gemini regarda autour de lui. Il devait bien y avoir une centaine de résidents, plus ou moins réveillés, rassemblés ici. Sillonnant joyeusement la masse, quelques Keltiks secouaient leur chevelure teinte en parlant fort, sans forcément bousculer violemment ceux qui s'écartaient trop lentement, distribuant même des fruits au passage. Bordel, on aurait presque pu croire qu'ils n'étaient que de joyeux excentriques, un peu trop dénudés pour la saison, peut-être... Pas de doute, tout ça sentait la chiasse à plein nez. Gemini appuya sur l'épaule d'Alexis pour signaler son départ.

— À plus tard.

— *Kenavo.*

Veillant à ne pas trop se rapprocher des guerriers excités, le garçon poursuivit sa progression à travers la place en direction de la maison-tortue. Peut-être qu'Elsa et Richard étaient arrivés entre-temps. Et puis, il avait hâte de ranger la nourriture et de dissimuler le fusil ailleurs que sous sa veste. Il quitta la place bondée et fila discrètement par les ruelles vers leur cachette.

Deux minutes plus tard, les courbes régulières du refuge apparurent enfin. Il frappa le code, attendit un peu mais n'obtint aucune réaction. Erwann et Lucie n'étaient pas encore revenus ? Ou bien ils avaient déjà rejoint la foule ? Il refrappa, un peu plus fort... Cette fois, il crut entendre un léger froissement derrière le bois. Un peu inquiet, il poussa la porte et se risqua prudemment à l'intérieur. Ses yeux n'eurent pas le temps de s'habituer à l'obscurité qu'une voix frêle et voilée monta de sous une couverture :

— Patrick, c'est toi ?

— Maman ?

Une forme s'agita de sous un tas de chiffons qu'elle avait dû amener ici avec elle. Fébrilement, Mme Irène de Kermeur se dégagea de sa cachette en toussant. Il s'approcha d'elle, estomaqué par son sans-gêne.

— Qu'est-ce que tu fais ici ?

Assise sur le sol, elle tendit une main décharnée vers son fils. À son majeur crasseux, son alliance accrocha un reflet de soleil. Incroyable ! La vieille pute avait été capable de survivre toutes ces années sans lâcher ce bijou. Nul doute que seul ce morceau de métal serti de cailloux importait à ses yeux, et ce qu'il avait pu représenter, et ce qu'il pouvait lui rappeler des nobles jours d'antan. Gemini se souvint à quel point il haïssait cette femme.

— Je t'ai posé une question : qu'est-ce que tu fous ici ?

Elle abaissa son bras tendu, soupira en hochant la tête. Sa chevelure dégueulasse lui couvrit le visage et la poitrine. Elle sanglota en gémissant :

— Oh, Patrick, j'ai tellement peur…

Il soupira. Non seulement cette visite le mettait mal à l'aise, mais en plus elle risquait de lui faire perdre un temps précieux.

— Tu as une minute.

— Comment tu parles à ta mère, je…

— Cinquante secondes !

Elle commença à se frapper les tempes de ses paumes ouvertes en grognant. Gemini s'assit en tailleur face à elle, la laissa faire sans rien dire. Rien de bon ne pourrait sortir de cette cervelle cramée par la dope. Et il ne prendrait certainement pas le risque de déballer son butin sous les yeux d'une junkie en panne de secrets à négocier. Mieux valait expédier l'affaire.

— Tu as l'air fatigué, maman…

Elle cessa son manège, renifla à sec et commença à se dévorer l'ongle du pouce.

— Les choses sont si compliquées mon chéri, tout change, tu comprends ? Fini, la tranquillité. Ils rôdent à nos portes… Et les gens disparaissent…

Elle éclata en sanglots :

— Il y a eu Lionel… et puis ma copine Élisabeth. Et plusieurs autres…

Gemini prit une grande inspiration, saisit doucement la main crevassée de sa mère et usa de sa voix la plus calme :

— Je suis à deux doigts de te jeter dehors. Dernière chance…

La vieille harpie le fixa un instant. Dans la marmelade de sa cervelle liquéfiée par les drogues et la folie, une passerelle s'étira lentement entre quelques îlots de conscience. Elle articula plus lentement, comme pour maîtriser sa diction :

— Je veux rester avec toi... ici... je serai gentille...

Il en resta bouche bée. Comment osait-elle ?

— S'il te plaît... je... je pourrai être utile... peut-être ?

Elle sourit en minaudant. Ce fut encore pire. Malgré les dents gâtées ou manquantes, elle retrouvait des airs de la mère qui l'avait élevé. Intolérable. Sentant confusément qu'elle ne parviendrait pas à le faire fléchir, elle saisit son poignet et s'accrocha lamentablement :

— Je ne veux pas mourir, tu comprends ? C'est déjà arrivé, il y a longtemps. On rassemblait tout le monde et, hop, dans des fours. Ils sont venus nous chercher ce matin pour nous tuer tous. Pas moi ! Il faut que tu lui parles... Parle-lui, Patrick !

Elle se tut, toujours accrochée à sa manche. C'était presque fascinant, la volonté de survie qui animait cette femme. Sans doute aurait-il été plus correct de parler d'instinct éclairé : confrontée à un danger nouveau, elle avait spontanément manœuvré pour s'assurer la meilleure garantie de sécurité, jusqu'à se rapprocher d'un fils qui l'avait rejetée depuis longtemps. Ce qui, bien sûr, ne changeait rien à la bêtise de sa demande :

— Maman, tu veux voir ce que ce bâtard m'a fait quand je me suis opposé à lui ?

Souvenir de l'infernale douleur entre ses jambes, de ses hurlements couvrant à peine les grognements du chien qui le déchiquetait. Des encouragements hystériques de celui qu'on n'appelait pas encore le Tore.

— Tu veux que je te rappelle ce qu'il m'a fait pendant que tu regardais ailleurs ?

Elle le gifla sans réfléchir.

— Je t'interdis de parler ainsi de ton frère !

Il se figea, raidi par la surprise. Un long frisson de glace envahit son corps. Elle non plus ne bougea plus, ahurie par son geste. Les poings de Gemini se serrèrent à l'idée de l'écraser. Sa voix tremblait de rage :

— Mon frère est mort. Tes deux fils sont morts. Si tu affirmes encore une fois le contraire, je te tue ! Maintenant, fous le camp !

Elle resta assise, interdite, refusa d'abandonner :

— Mon chéri, je…

Il se releva maladroitement, fit mine de lever la main pour la cogner :

— Dégage !

Elle ramassa fébrilement ses chiffons et ses hardes, les serra contre sa poitrine et fila vers la porte en évitant de l'approcher de trop près. Au moment de franchir le seuil, elle cracha un dernier venin :

— Dieu m'est témoin que j'ai tout fait pour bien vous élever. C'est cet endroit, il est… mauvais ! C'est lui qui a fait de Sébastien ce qu'il est aujourd'hui.

Puis elle disparut de l'encadrement de la porte, vieille sorcière bégayante aux sortilèges fanés.

Gemini resta seul dans la maison obscure, glacé par les échos du prénom maudit. Depuis combien d'années il ne l'avait pas entendu ? Combien ici se souvenaient seulement du véritable prénom du Tore ? Et qui savait qu'il avait torturé son frère cadet pour asseoir sa celtitude d'opérette ? Secouant la tête, il trouva la force de ricaner. Qu'est-ce que ça changeait, de toute façon, à cette planète de merde ? *Ton grand frère t'a fait bouffer les couilles par un molosse quand t'étais petit ? Eh bien chiale et pleure, mon gars, ça te fera une belle histoire à raconter les soirs de picole.*

Il marcha jusqu'à la porte, vérifia que sa mère était bien partie, referma précautionneusement. Enfin, il put ouvrir sa veste et déposer son trésor dans leur cache. Un instant, il suspecta la vieille pute d'avoir fouillé partout : combien de temps était-elle restée seule dans la pièce ? Mais non, les maigres rations restantes étaient là, soigneusement stockées dans la vieille glacière. Gemini venait de placer le fusil dans la petite cavité quand la porte s'ouvrit soudain derrière lui. Il pivota instinctivement sur le côté, prêt à encaisser un coup avant de répliquer. Ce n'était que Richard, le visage décomposé.

— Ils ont capturé Erwann, balbutia-t-il. Ils vont le sacrifier.

Gemini regarda son ami sans réagir. En fait, son cerveau refusait de traiter l'information. Une immense lassitude l'envahit. Il aurait voulu dormir, maintenant. Richard continua :

— On revenait d'avoir coulé le canot quand on a vu tout le monde rassemblé dehors. Elsa est restée surveiller. Erwann est gardé par trois guerriers aux abords de la place. Ils l'ont déjà salement tabassé. Je suis venu aussi vite que possible.

— Lucie ?

— Je ne l'ai pas vue…

Gemini se releva en tremblant, se massa le front. En face de lui, Richard attendait une décision de son chef. Une promesse que tout irait bien.

— Prends la bouffe et quitte le village avec Elsa. Essaie de retrouver les deux autres qui doivent être en chemin pour ici. Cachez-vous et attendez un peu, avant de vous montrer, que la situation s'éclaircisse.

— Et toi ?

Le jeune chef de bande cria :

— Qu'est-ce que tu crois que je peux faire ?

Richard ne répondit rien. Il fit quelques pas pour se pencher vers la glacière, aperçut le fusil disposé à côté. Leva un visage inquiet vers son ami, immobile dans l'ombre. Puis il entassa les denrées dans un des sacs en plastique et quitta la maison sans se retourner. Gemini demeura seul dans la pièce. Tout était calme dans la maison-tortue. À cet instant, il aurait voulu entendre le lent tic-tac régulier d'une pendule pour compter les secondes. Il se souvint de celle qui trônait dans la salle à manger de leur maison, quand il était petit. Elle avait appartenu à la mère de sa grand-mère. C'était un meuble vénérable, presque effrayant, qui intimidait terriblement le jeune Patrick de Kermeur : confusément, il percevait que chaque voyage du balancier scintillant signalait la mort d'une seconde à jamais révolue. Et ces milliers de décès implacablement répétés faisaient naître une sourde tristesse dans sa poitrine d'enfant. Maintenant, il aurait aimé écouter ce lent décompte des instants défunts.

Par l'entrebâillement de la porte restée ouverte monta lentement une clameur en provenance de la foule réunie sur la place. Gemini prêta l'oreille encore un peu aux voix indistinctes qui s'élevaient dans le matin. Alors il referma sa veste, lentement, puis s'apprêta à affronter celui qui avait été son frère.

Assis le dos aux vagues, le Tore était délicieusement inquiet. Il forçait sa vaste poitrine à se soulever lentement pour imposer le silence aux angoisses qui montaient en lui. Il devait demeurer serein et fragile, sans laisser la peur l'envahir. C'est ainsi que se distinguaient les anciens héros celtes, par la grâce d'un doute farouche qui les laissait victorieux à l'orée de la défaite, en canalisant sans la juguler la part de faiblesse nécessaire au plein accomplissement des grandes choses.

Autour de lui, ses plus valeureux lieutenants parlaient fort en roulant leurs muscles épais. Leur haleine charriait l'aigre fumet des viandes rouges dont ils étaient gavés. Nullement tremblantes, les mains serrant les casse-tête. Fermement insouciants, les propos prétentieux jaillissant de leur bouche. Ils étaient les fondations de la renaissance celtique, les héritiers des traditions millénaires d'un peuple que rien n'avait pu faire taire. Bientôt la tribu reprendrait ses territoires abandonnés à l'envahisseur *fomoîre*. Ce sera digne et beau. Et aujourd'hui allait être le jour nouveau de cette saga nouvelle. Il était digne et bon de douter, en une telle occasion. Quel dommage, simplement, qu'ils ne puissent attendre la date symbolique du *Samain* pour agir, comme il en avait initialement décidé. Mais les agissements de ce petit crapaud de Patrick et de ses amis l'avaient forcé à chambouler ses plans. Ne fallait-il pas y voir un mauvais présage ? Mais, en même temps, c'était bien là la marque du véritable héros, que de saisir à bras-le-corps le destin pour le plier à sa sublime volonté. Et vaincre !

Il frappa sur l'épaule du guerrier le plus proche.

— Préparez-vous !

Les guerriers se secouèrent en riant. Ils entamèrent une danse effrénée autour de leur chef, crachèrent sur le sol en terre battue en agitant leurs armes. Le Tore se redressa, flatta la joue ou la crinière des plus proches, ordonna le départ. Dans un concert d'aboiements enroués, le petit groupe prit la direction du village dans le soleil levant.

Sur la place principale, tout était déjà en place. Même les écœurantes larves de New Neuilly étaient rassemblées avec le reste de la population pour assister à la parade. Les Keltiks avaient déjà effectué la distribution exceptionnelle de vivres et mis en perce quelques tonneaux de bière légère, spécialement acheminés pour l'occasion. Largement suffisant pour assouplir l'esprit des îliens, peu habitués à de telles agapes.

Précédé de ses guerriers, le Tore fit une entrée triomphale, largement acclamé par ses fidèles répartis dans la foule. Dans un coin de sa tête, il répétait les moments forts de son discours. Une fois traduits en plusieurs langues par quelques zélés interprètes, ses mots sauraient frapper le cœur de ces gens. Il le savait. Quand, de l'autre côté de la place, d'autres guerriers firent leur entrée, poussant devant eux un grand adolescent ensanglanté et frissonnant, un grand silence se fit. Nue et abêtie, la victime fut poussée vers le centre de la place, soigneusement protégée par un cordon de Keltiks. Partant de la direction opposée, avec le soleil dans le dos, le Tore marcha lentement vers lui. Sur le parcours, il posa rituellement sa lance sur le sol, abandonna ses sandales, retira son large pantalon, pour se présenter nu à son adversaire. Face à lui, Erwann le regardait craintivement de son dernier œil intact, à peine visible entre ses paupières tuméfiées, s'efforçant de rester debout sans tituber. Il avait suffi de quelques heures entre les mains de ses chiens de guerre pour transformer le dévoué garde du corps de Patrick en pantin terrifié. Il tiqua : ses ordres étaient de le faire parler et de l'affaiblir quelque peu avant leur confrontation. Pas de l'abrutir. Dans l'état où il se trouvait, c'est à peine s'il devait réaliser ce qui se passait. Mais bon, c'était une tradition que le champion adverse fût soumis à mille tourments avant de succomber. La tradition serait respectée. Le Tore montra sa victime du doigt avant de parler lentement :

— Longtemps, je vous ai protégés et nourris... Moi ! Le chien de garde de la tribu et de l'île. Longtemps, j'ai toléré les critiques et les affronts...

Il marqua une pause, pour laisser le temps aux traducteurs de rapporter ses propos et pour se souvenir de la suite de son discours minutieusement préparé :

— Mais aujourd'hui... Aujourd'hui, je réclame mon droit et mon dû. Assez des moqueries et des insultes. Assez de faiblesse !

À ces mots, il joignit ses deux mains au-dessus de sa tête et frappa de toutes ses forces la mâchoire de son adversaire hébété. Un coup puissant et vicieux, qui fit craquer les os et se briser les dents. L'autre ne cria même pas et s'effondra sur le sol comme un bœuf qu'on assomme. Le Tore tendit ses phalanges ensanglantées vers la foule stupéfiée. Les Keltiks rugirent d'aise !

— Voyez le sang des traîtres qui trafiquent avec l'ennemi du continent. Qu'il se répande en vain sur notre sol !

Son pied droit chercha le cou de son adversaire encore conscient. Il appuya lentement son talon sur la gorge en hurlant :

— Suprématie blanche !

Erwann se débattit faiblement, cherchant vainement à respirer. Ses gargouillements furent recouverts par la clameur joyeuse des guerriers. Dans l'assemblée, quelques spectateurs crièrent avec eux. Sans être certain de la mort du garçon, le Tore cessa son jeu cruel, puis ramena le calme en levant les bras :

— Bientôt, nous serons assez forts pour quitter cette île et reprendre la terre que des imposteurs se sont appropriée. Tant de mois et d'années de souffrance, à patienter ici, abandonnés de tous ! Demain, ils goûteront à notre noble rage ! Suprématie blanche !

Cette fois, ils furent des centaines à hurler leur réponse. Le Tore fit lentement le tour de l'arène en vainqueur, tandis que ses lieutenants entamaient un second partage de nourriture dans les rangs des spectateurs. Il goûtait pleinement sa victoire, quand il perçut un léger fléchissement de la clameur autour de lui. Il pivota légèrement vers la source de la perturbation, vit que la foule se séparait lentement pour laisser le passage à quelqu'un. Le Tore recula de deux pas. Le vacarme se tut. Même ses guerriers cessèrent leur distribution pour fixer le nouveau venu.

Le visage crispé, Gemini marchait seul vers le chef des Keltiks. Ce dernier sourit de toutes ses dents. Si l'on exceptait l'imposant fusil serré entre les mains de son frère, le plan se déroulait à merveille.

Le jeune chef de bande marchait lentement vers sa cible. Il ne distinguait plus les visages des îliens massés autour de lui. Il n'en percevait même pas les mouvements ou les sons. Entre ses mains, le fusil était lourd et rassurant. Il ne voyait que le Tore, goguenard au-dessus du corps ensanglanté d'Erwann. Malgré les consignes strictes fournies par ses supérieurs, un guerrier exalté n'y tint plus et sortit de la foule pour l'attaquer. Gemini le reconnut au moment de le mettre en joue : c'était le jeune berger qu'il avait croisé un matin en revenant de sa chasse aux mouettes. Il allait presser la détente quand le chef des Keltiks cria un ordre :

— *Nan !*

Le petit guerrier s'immobilisa à cinq mètres de Gemini, tiraillé entre le désir d'assouvir sa rage et la crainte mortelle de désobéir. Conscient d'être au cœur de l'action et d'attirer tous les regards, il hulula en se dandinant lascivement face à son adversaire. À la plus grande joie de ses camarades, il s'autorisa à effectuer le rituel des *trois crachats sarcastiques*, puis nargua son adversaire en lui dévoilant promptement ses fesses blanches et lisses comme des galets. Même le Tore rit franchement de ses pitreries. Ravi de sa réussite, le jeune imbécile se rhabilla et recula sagement dans la foule, fier comme un coq. Le chef des Keltiks profita de l'instant pour prendre la parole en français :

— Patrick, quelle surprise ! Et quel gros… calibre ! Mais où as-tu bien pu trouver un tel bijou ? Serait-il possible que tu te sois acoquiné avec nos ennemis du continent ?

L'intéressé reprit sa progression vers le colosse dénudé sans baisser son arme. Il s'arrêta à une dizaine de mètres, s'efforçant de maîtriser sa peur et son tremblement. Sa voix était blanche quand il répondit :

— Je pourrais te poser la même question, non ?

Faisant celui qui n'avait pas entendu, le Tore poussa du bout du pied la tête fracturée d'Erwann, qui gémit faiblement :

— Oups ! Je crois que ton ami est très, très abîmé… Voilà ce qui arrive quand on désobéit. Hum, peut-être que tu devrais l'emmener à l'hôpital ?

Gemini ne put s'empêcher de tressaillir. L'autre avait tellement insisté sur le dernier mot qu'il ne pouvait y avoir aucun doute : il le mettait au défi de révéler ce qu'il avait découvert à la clinique de Gaïa. Penché au-dessus du moribond, le colosse prit un air de chat gourmand, comme s'il le poussait à divulguer cette vérité connue d'eux seuls. « Nous savons que tu sais que je sais » disaient ses yeux plissés. Entre eux, la véritable discussion allait se jouer à guichets fermés.

Lentement, le canon descendit vers le sexe du Tore offert au regard, descendit vers les genoux… Jusqu'aux pieds. Le coup de feu arracha quelques cris à la foule massée autour d'eux, qui recula. Le visage d'Erwann explosa contre les jambes de son tortionnaire. Gemini hurla à la face de l'univers :

— Ça, c'est ce que je fais à ceux que j'aime !

Le Tore recula légèrement en se protégeant la tête des bras. Derrière les mains, la voix restait moqueuse :

— Oh ! Tout doux ! Ça devient une habitude, chez toi, de viser la tête ! Tu crois que tu oseras aussi faire ça à la petite Lucie ?

Le museau noir de l'arme remonta. Les larmes voilaient la vue de Gemini. La foule tout entière retenait son souffle. Un Keltik fit mine de s'approcher. Il recula prudemment quand l'arme fut pointée sur lui. Le Tore fit un pas vers le tireur en reniflant :

— Je ne sais pas encore ce que je vais faire d'elle. Tu comprends, mes guerriers ont parfois besoin de réconfort après leur rude journée. Mais, c'est vrai, elle est encore très jeune…

— Où est-elle ?

Mouvement d'épaules, suivi d'un deuxième pas…

— Bien sûr, si tu déposais les armes, là, ici et maintenant, je n'aurais plus aucune raison de lui imposer un tel honneur…

— Où est-elle ?

Un autre pas encore…

— Même chose pour tes amis, d'ailleurs. Sans toi pour semer le trouble, nous savons tous ici que les choses reprendront bientôt leur cours normal. N'est-ce pas ?

Le Tore saisit le canon entre ses doigts épais et ôta l'arme des mains de son frère. Il avait gagné. Il dévisagea son frère :

— *Kenavo*, Patrick !

— Les Celtes n'ont jamais parlé breton, pauvre connard !

— Emmenez-le !

Deux guerriers se jetèrent sur le perdant. Le Tore exultait sous le tiède soleil d'automne. Sa victoire était totale. Définitive. Irrémédiable. Il se sentit enclin à la clémence. Il retint son adversaire par l'épaule tandis qu'on l'emmenait.

— Patrick, tu as ma parole que rien n'arrivera à la petite Lucie.

Ce dernier ne répondit pas. En fait, le Tore ne fut même pas certain qu'il l'avait entendu. Il le regarda s'éloigner dans la foule, fermement encadré par une escorte aux aguets. Maintenant que leur destin leur avait été révélé, les gens commençaient à se disperser. Un guerrier s'approcha de son chef et lui tendit ses vêtements. Il les refusa de la main. Aucunement critiquable, la nudité d'un héros. Non sans majesté, son corps offert. C'est ainsi, la cervelle farcie d'autres douces dingueries, que Sébastien de Kermeur retourna à ses quartiers, la bite à l'air et tout entière gonflée de la joie des vainqueurs.

Gemini se laissa emmener sans réagir. Il avait tué Erwann. Il avait été défait. Tout lui était égal désormais. Ce fut presque un soulagement d'être conduit hors du village, loin du lieu de sa capitulation. Il pensa à Lucie. Et aux autres. Qu'allaient-ils devenir ? En partant, le Tore lui avait dit quelque chose à propos de la petite. Il ne se souvenait déjà plus. Il aurait tellement voulu dormir. Quand un casse-tête s'écrasa sur sa nuque, ce fut presque une bénédiction !

*

Le réveil fut doublement cruel. D'abord parce qu'il n'était pas mort. Ensuite parce qu'il se doutait de l'endroit où il était. Malgré l'épais tissu plaqué sur son visage, il avait reconnu le ronronnement lointain mais caractéristique qui l'entourait : c'était celui des machines alimentant la clinique de Gaïa. Qu'est-ce qu'il pouvait bien faire là ? Avait-il été livré aux autorités du centre en tant qu'assassin du vigile ? Ç'aurait bien été dans les manières fourbes des Keltiks. En tout cas, il avait été allongé sur quelque chose de moelleux et ce confort inespéré aurait presque pu justifier tout ce que l'avenir pouvait lui réserver. Il demeura ainsi de longues minutes, parfaitement immobile, attentif à ce qu'il pouvait y avoir autour de lui. À plusieurs reprises, il entendit des voix provenir de derrière une cloison, trop éloignées pour qu'il puisse comprendre ce qu'il se disait.

Puis une porte s'ouvrit et quelqu'un s'approcha de lui. Il ne bougea pas. Une main fraîche lui saisit le poignet et remonta sa manche. On glissa ce qui semblait être un épais bandeau de cuir autour de l'avant-bras avant de serrer. Sensation de froid sur la peau. Ce devait être un médecin ou une infirmière. Il se risqua à remuer les doigts.

— Vous êtes réveillé ?

Une voix de femme. Il remua doucement la tête. On lui remonta le tissu sur le front. La lumière était très forte dans la pièce, il cligna des yeux, incapable de s'habituer immédiatement à la puissance des ampoules.

— Ne bougez pas… Vous avez une vilaine blessure à la tête. Le bandeau sert à maintenir le pansement en place. Vous devez le garder pour l'instant, d'accord ?

— D'accord !

Il rouvrit les paupières. Vit une jeune femme noire inquiète penchée vers lui. Elle ne portait pas d'uniforme, mais une simple jupe et une chemise colorée. Il vit quatre murs peints en vert clair. Pas de meubles. Aucune fenêtre.

— Vous avez reçu un sale coup. Vous étiez plein de sang en arrivant.

Il se redressa douloureusement. Constata que ses vêtements lui avaient été retirés. À la place, il portait une simple chemise de coton bleu.

— Qui m'a amené ici ?

— Je ne sais pas. J'ai pris mon service il y a seulement deux heures. Avalez ça.

Elle lui tendit une petite pilule jaune citron.

— Vous êtes infirmière ?

— Aide-soignante. Je m'appelle Clarisse. Et ceci va vous faire dormir tout en chassant la douleur.

Il saisit le cachet et l'avala sans protester.

— Vous n'avez pas de blouse ?

— Pas eu le temps de l'enfiler. C'est l'agitation, ici. Beaucoup de patients d'un seul coup. On n'a pas l'habitude.

Ainsi, il avait passé au moins une journée dans le cirage… Elle sourit gentiment. Il se demanda si elle savait qu'il avait tué un employé de la clinique. Il y eut des bruits de pas derrière la porte, accompagnés d'éclats de voix aux accents furieux. Gemini vit les traits de la jeune femme se décomposer. Quelque chose la terrifiait. Qu'est-ce qui se tramait ici ? On veillait à la bonne santé du condamné ? « Nous aimerions vous voir mourir en bonne santé »… La blague avait fait long feu sous toutes les latitudes. Dans le couloir, les voix s'éloignèrent. Clarisse se détendit légèrement.

— Et maintenant, qu'est-ce qui se passe ?

— Rien. Vous allez vous reposer tranquillement. Si vous avez besoin de quelque chose, pressez l'interrupteur situé près de votre lit. Mais j'ai beaucoup de travail, alors n'en abusez pas.

Elle se redressa pour quitter la pièce.

— Clarisse ?

— Oui ?

— Merci…

Elle sourit sans répondre, ouvrit prestement la

porte et se glissa à l'extérieur. Claquement feutré d'un verrou. Sa manœuvre avait été rapide, mais pas suffisamment pour empêcher Gemini d'entrevoir les deux hommes postés dans le couloir. Uniforme de cuir noir et arme au poing. L'un d'entre eux avait un pansement sur la joue. Rien de commun avec les vigiles qu'il avait vus lors de sa dernière visite. Ces gars-là avaient des airs de tueurs. La pièce ne lui apprendrait pas grand-chose : à part le lit il n'y avait rien. Il recracha le cachet jaune, le réduisit en poudre gluante qu'il éparpilla dans la chambre. Il se rapprocha de la porte pour écouter ce qui se passait de l'autre côté. Aucun bruit, seulement le craquement inquiétant des uniformes en cuir des gardes dans le couloir. Il retourna se coucher. Bientôt, il s'endormit comme un bébé.

Il fut réveillé en sursaut par un homme qui criait :

— C'est ici qu'ils l'ont caché ? Ouvre-moi ça, toi !

La porte de sa chambre s'ouvrit violemment. Les néons du plafond avaient été éteints, impossible de distinguer quoi que ce soit dans la confusion. Il protesta pour la forme quand des mains le tirèrent hors des couvertures.

— Hé !

Un visage noir s'approcha du sien :

— Ta gueule, merdeux !

Museau glacé d'une arme qu'on pousse dans sa bouche en manquant de lui casser les incisives. Au moins deux hommes dans la pièce. La voix était rauque et mauvaise :

— Je t'explique : la semaine a été mauvaise, je suis nouveau dans le quartier et il paraît que t'es un putain de tueur… T'as trois secondes pour me dire où se planquent tes petits copains avant que je te fasse sauter les dents… Un ! Deux !

La voix de Clarisse éclata dans le couloir :

— Arrêtez ! Laissez-le !

La jeune femme apparut dans l'encadrement de la porte. Le second homme présent dans la pièce intercepta l'aide-soignante au passage, la projeta violemment contre le mur opposé au lit de Gemini :

— Ta gueule, toi !

Elle ne se laissa pas faire pour autant.

— Espèces de salauds !

Une violente gifle la fit tomber par terre sur les fesses. Son adversaire dégaina à son tour, visa sa poitrine :

— J'ai dit : ta gueule !

Il tira une seule fois. Le pistolet cracha une courte flamme jaune dans la pénombre de la pièce au moment du coup de feu. Clarisse se tassa contre le mur et mourut. Celui qui interrogeait Gemini retira violemment son pistolet de sa bouche en lui écorchant sciemment le palais au passage, puis le replaça dans son étui en ricanant.

— Tu vois, petit, comme la vie est bizarre ? Pour un peu, on pourrait croire que c'est nous les méchants et elle la gentille. Seulement, ce que tu ne sais pas, c'est qu'elle est seulement là pour s'assurer de ta santé jusqu'à ce qu'ils te prélèvent des morceaux. Comme chez le boucher. Si tu savais ce que je viens de voir juste à côté… Tu rirais beaucoup moins, parole !

L'autre renchérit, hystérique :

— Ouais, cette sorcière en voulait à tes burnes, mon pote…

Celui qui semblait être le chef acquiesça d'une voix douce :

— C'est vrai, tu sais. Remarque, ça change rien à ce qui nous occupe ici. Il te reste pas des masses de temps pour m'expliquer qui tu es, d'où tu viens, et où se cachent d'autres petits fumiers dans ton genre !

Gemini ne répondit pas tout de suite. Contre sa langue, il sentait les minuscules lambeaux de chair ensanglantés de son palais blessé. Il ne comprenait rien à ce qui se passait. Ces mecs avaient pris le contrôle de l'hôpital ? Combien étaient-ils ? L'homme qui le questionnait devait avoir au moins la quarantaine. Il transpirait une sueur aigre et n'avait pas l'air dans son assiette. Derrière lui, son acolyte commença lentement à déboutonner la chemise de Clarisse. La situation se dégradait facteur dix à chaque seconde qui passait.

— Cette pute n'avait pas de soutif, hi, hi !

— La ferme, Isidore... Je cause avec le jeune homme.

Gemini oublia de répliquer. Un géant oriental venait de faire une entrée silencieuse dans la petite chambre. Un rictus épouvantable lui tordait le visage. Il portait un uniforme identique aux deux autres types. Entre ses mains, un étrange objet métallique projetait des lueurs sanglantes dans l'obscurité de la pièce. Son cri fut comme le tonnerre en été :

— N'Gome !

L'homme qui était penché vers Gemini n'eut que le temps de porter la main à son étui. Une brillante langue de feu lui happa le visage quand il se retourna pour affronter le nouveau venu. Il bascula en arrière sans un cri, le crâne fondu. Son collègue avait à peine retiré la main de sa braguette qu'un second jet de flammes le plaqua au mur où il se consuma en grésillant.

Le mystérieux sauveur se retourna vers le dernier survivant du carnage. Il braqua vers lui son drôle de lance-flammes.

— Hé, attendez ! J'ai rien à voir avec…

La vague de chaleur monta vers lui et le dévora sans prévenir. Il glissa au sol comme un pantin désarticulé.

Interlude

Ô fortune misérable ! Ô terreur des puissants !

Les accords somptueux de la rage avaient soufflé leur hymne sur la cité et rien n'y survivrait qui demeurerait intact. Le changement s'opérait. En fait, il s'était déjà opéré et chacun avait connu la morsure de ses promesses. Quelle joie de savoir le grossissement des rangs de ceux qui goûtaient également au renouveau. Quelle merveilleuse affliction de ne rien ignorer de la froide réalité des lames s'enfonçant dans la chair des orgueilleux. Nul ne serait épargné. L'innocent succomberait aux assauts du bourreau. Le bourreau serait frappé par la colère du condamné. L'idiot subirait la justice de l'innocent.

Khaleel distinguait l'intégrale logique de l'ensemble. Un fleuve de sang se répandait dans les rues. Les Auxiliaires Résolus avaient offert leurs gorges coupables aux appétits illicites de leurs ennemis. Certains tout de même s'étaient cachés, qui finiraient par être découverts. La foi avait changé de camp. Les rangs des Sicaires, qui avaient marché glorieusement vers la victoire, avaient été largement enfoncés. Ceux qui résistèrent furent impitoyablement dépecés. Les autres rejoignirent les rangs des insurgés. Abdallâh ibn Abdallâh, leur glorieux seigneur de guerre, avait été parmi les premiers à percevoir l'opportunité offerte : il avait proprement tailladé son jeune aide de camp au milieu de la bataille et lui avait dévoré les yeux. Puis il avait mené une charge éphémère contre le quartier général des Sicaires, ralliant par sa cruauté les plus courageux combattants de tous bords avant de mourir, frappé dans le dos par un lieutenant plus audacieux que lui.

Maintenant, les hurlements des moribonds résonnaient dans les étages au-dessus du corps de Khaleel. Scrupuleusement, chaque couloir, chaque salle, chaque chambrée était vidée de sa substance vitale, qui se répandait sur les murs et les sols. Officiels, médecins, administrateurs, simples citoyens, tous étaient façonnés par la vague nouvelle. La belle Radija, qui lui faisait si bien la lecture, avait eu la chance de connaître une mort rapide sous la main d'un milicien des Auxiliaires. La petite Jasmine, de loin sa préférée, vivait encore, terrée dans un placard. Entre ses doigts délicats, elle serrait un couteau qu'elle plongerait sans hésiter dans la poitrine de son adversaire. C'était la fin de l'ordre illusoire imposé par le rang, le mérite, le sexe ou l'âge. L'enfant pouvait être plus sauvage que le père, la vierge plus ardente que le soldat, tous égaux face à la soif de vie et de mort. Des larmes de joie coulaient sur la peau usée du vieux policier. Il faudrait réapprendre la beauté sur les ossements brisés des vaincus, retrouver la noblesse au cœur des ruines, assassiner le vieux monde pour recevoir son héritier. Lui saurait saisir cette tâche à bras-le-corps, si on lui en laissait le temps…

Justement, trois silhouettes descendaient les dernières marches menant à son antre. Trois survivants gorgés de sang et de chair. Trois assassins en quête de compréhension. Khaleel pouvait ressentir leur peur et leur colère à l'instant de pénétrer dans l'alcôve emplie de la musique de ses organes. Leurs mains serraient les armes de leur victoire. Ils allaient nus et couverts du sang des morts. Khaleel pleurait pour les vies sacrifiées à l'autel de cette journée. Ô, comme il eût souhaité pouvoir les accueillir et les instruire tous. Mais ce n'était pas dans l'ordre des choses. Pour laver le monde de sa grande infamie, il fallait une horreur plus grande encore !

Tandis qu'il réfléchissait ainsi, les trois tueurs étaient entrés dans la pièce et avaient marché lentement vers lui. Leurs corps rutilaient à la lueur cuivrée des rampes de néon. Leurs yeux épouvantés avaient du mal à comprendre ce qui se présentait à eux. On aurait dit la carcasse d'un très vieil homme, retenu au-dessus du sol par des tubes et des liens insolites. Était-il vivant ? Sans doute, puisqu'il pleurait… Le premier, et le plus téméraire, fit un pas supplémentaire vers le mystérieux vieillard. C'était un blancar de la frontière, un solide gaillard brandissant une barre de fer maculée de sang, de débris de peau et de cheveux collés. Derrière lui, un Neg'Marron armé d'une carabine et une jeune métisse d'origine incertaine armée d'un couteau demeuraient prudemment à distance. Leur alliance pouvait cesser à tout instant. Ils n'étaient ici, ensemble et vivants, que par la grâce d'un insaisissable destin. Nulle entente. Nul accord. À peine une pause qui perdurait…

Le blancar toucha précautionneusement le ventre flétri de l'homme flottant devant eux dans la lumière chaude de la pièce. Il ne savait pas très bien pourquoi il était descendu ici. Quelque chose, peut-être, l'y avait incité ? Connerie ! Personne ne lui donnait d'ordres ! Il montra les dents, leva sa lourde barre de fer pour broyer les os, casser les chairs, réduire tout ceci en pulpe. Khaleel accepta cette décision. Il ne pouvait que s'en remettre au divin frisson chevauchant son âme. Il confessa son orgueil à voix basse :

— Il n'y a plus de place en ce monde pour la bêtise. .

Heurté par ces mots, son bourreau se figea au moment de frapper. Il vit un nouveau flot de larmes baigner les joues ridées de l'ancien. Autour de lui, les deux autres s'étaient rapprochés pour témoigner de la magie de l'instant. Ils s'assirent lentement aux pieds du vieil homme.

Alors, au rythme des vents murmurant dans sa tête, Khaleel entonna son enseignement.

Le recadrage par la force renouvelle les privilèges relationnels

Malgré les nombreuses occasions qu'elle avait déjà eues de participer au forum d'expression libre, Justine ne put cette fois non plus retenir un haut-le-cœur, ni un profond vertige. À chaque fois c'était la même chose : affronter la grande pièce lumineuse lui donnait l'impression de se jeter dans le vide. Et cette sensation n'était pas uniquement due au sol transparent, qui la laissait comme suspendue dans les airs… S'efforçant de ne rien laisser paraître de son trouble, elle respira lentement et profondément pour chasser l'angoisse montante. *Majeure, presque vieille, et plus nerveuse qu'un cancre à l'instant de l'examen… Charmant !* Se raccrochant au claquement de ses talons contre le cristal pour se composer une attitude, elle se raidit le temps de franchir l'épouvantable néant qui la séparait de l'espace central où se dérouleraient les négociations. Derrière elle, le Roméo la suivait sagement, encadré par deux membres de la sécurité.

En dépit du temps record accordé à sa mise, Justine réalisa qu'elle était arrivée bonne dernière, ce qui l'agaça suffisamment pour qu'elle s'impose une démarche plus hautaine encore. Tous les autres débatteurs étaient déjà rassemblés au milieu de la salle, leurs voix couvrant à peine le chuintement des chutes d'eau : deux cascades dégringolant à travers le plafond vers le bassin couvert situé en contrebas, grâce à de discrètes micro-grilles ouvragées. Le gaspillage supposé de ces tonnes d'eau tombant le long de la façade était un des plus robustes signes extérieurs de la prospérité du siège berlinois de Karmax. Un gaspillage aussi noble que stupéfiant, suffisamment merveilleux pour se hisser au rang de symbole. En réalité, il s'agissait d'une petite merveille de technologie presque autarcique, à la consommation strictement bridée. Ce qui renforçait encore l'admiration des initiés.

Ç'avait été un autre brillant caprice de Peter que de doter leur forum d'expression libre d'un plafond et d'un sol transparents, à mi-chemin entre le ciel et l'eau, offert aux regards extérieurs : « Un fragile îlot de stabilité propice au calme et à la pondération », disait-il en souriant. Pour autant que ça la concernât, et si ça n'avait tenu qu'à elle, Justine ne serait jamais venue ici. Elle détestait définitivement arpenter l'épais sol de cristal synthétique qui ne dissimulait rien des plusieurs étages les séparant du vaste bassin creusé plus bas. Sans doute était-ce l'effet recherché, se consolait-elle, et avec un peu de chance chacun des fumiers rassemblés ici ressentait en ce moment un trouble identique au sien. Propice à la pondération, effectivement !

Diversement installés dans les profonds fauteuils disposés dans la fosse centrale — *la fosse commune, ha, ha!* —, les autres intervenants cessèrent leurs palabres à son approche. L'avantage, peut-être, d'être la seule femme conviée au grand raout ? Ou bien la marque d'un léger étonnement de la voir accompagnée par deux gardes encadrant le troisième émissaire de la Zentech ? Les événements de la nuit et la procédure de réinitialisation de tous les protocoles de sécurité étaient encore dans l'esprit de tous. Presque par habitude, elle augmenta un peu plus la tension de ses cuisses sous sa grande robe évasée, soutenant le balancement altier de sa démarche à des fins de détournement.

— Messieurs, bonjour...

Le chœur des réponses fut seulement et froidement uni, ni plus ni moins. Sans l'écho perceptible de discrète sympathie ou d'agressivité latente. Pas bon, ça. Tous ici étaient prêts à engager un conflit : Fabio, trop en retrait pour ne pas préparer quelque chose ; les Zentech, droits et sévères derrière leurs habituels respirateurs ; plus une demi-douzaine de visages vaguement familiers, vaguement responsables de quelque chose dans la société... Répandu dans ses coussins, presque invisible dans la masse, Peter la regarda s'asseoir avec l'air de s'ennuyer prodigieusement. Il n'accorda qu'un regard rapide au Roméo, qui avait remis son masque pour s'accorder à l'uniforme des deux autres émissaires. Fabio non plus ne réagit pas à sa présence. Le garçon hésita un instant, puis se choisit une place isolée du reste du groupe, signalant ainsi à tous sa potentielle exclusion du débat à venir. Conformément aux consignes reçues, les deux gardes s'éloignèrent rapidement vers la sortie et quittèrent la grande salle baignée de lumière.

En tant que responsable de l'éthique logistique, Justine avait la charge de prononcer le préambule, qu'elle avait établi des années auparavant. Elle s'assit rapidement, posa les mains sur ses genoux et leva le menton pour s'adresser au vide :

— Selon l'usage, il m'incombe de rappeler les règles de cette réunion : aucun enregistrement ni aucun compte rendu écrit ne sera fait de notre conversation. Ceci est un F.E.L., un forum d'expression libre, dont les modalités sont établies dans le règlement intérieur de Karmax et ont été librement acceptées par les participants ici présents. Les propos engagés en ce lieu ne peuvent entrer dans le cadre d'un protocole de négoce ni servir d'aucune manière à l'établissement d'un accord de pénalité. Chacun est venu ici de son plein gré et peut quitter le forum quand il le désire. Ce forum est maintenant ouvert.

Ce fut un quadragénaire de Karmax qui parla le premier, dans le style cinglant des F.E.L., à l'élaboration duquel Justine avait largement contribué, au fil de ses inévitables gueulantes. Le prénom de l'homme lui revint : Viktor. Un nouveau venu dans la firme, malgré son âge avancé. Un cadavre bronzé dans un costume cintré gris perle rehaussé d'une large cravate de soie pourpre : à vomir ! Il appartenait au département des Focus et liaisons extérieures :

— Bordel, vous foutez quoi chez Zentech ? Trois vassaux ont déjà gelé leurs contacts à cause de vos conneries ! Et ça continue de tomber ! C'est quoi cette merde ?

Le plus vieux des émissaires incriminés leva sa main en écartant largement les doigts, balaya la question d'un revers méprisant :

— L'expérience passée a établi que le recadrage par la force renouvelle les privilèges relationnels du groupe ! Nous ne...

La main de Fabio trancha l'air pour lui couper la parole :

— Les délégués de la Zentech n'ont pas bien compris, sans doute... Ceci est un forum libre, sans protocole sémantique.

Le fautif se figea, interdit. Son regard se porta successivement sur les différentes personnes qui l'observaient en silence, déjà amusées par son trouble. Il se dandina maladroitement au bord de son fauteuil, se tourna vers son collègue qui demeura impassible. Son malaise devenait gênant. Prenant une grande inspiration, il se lança péniblement en cherchant ses mots :

— Il s'agit de... du foutu droit, euh... du droit de chaque... signataire... de la charte de protection des... intérêts internationaux... d'obtenir... l'intervention de la faction Orage.

Les yeux implorants, il tourna la tête vers Justine pour réclamer... quoi ? De l'aide ? Une approbation ? Ce charabia laborieux était finalement moins clair que leur jargon commercial. Remarquant le sourire en coin de Peter, finalement amusé par la situation, elle eut un geste de pitié envers l'émissaire désolé :

— Demander cette intervention est un droit reconnu et indéniable ! Ce que nous voulons savoir, c'est la raison de ce joyeux foutoir.

Derrière le masque protecteur, Justine devina la mâchoire tombante de son interlocuteur, forcé de se soumettre sans préparation à un rugueux exercice de traduction immédiate. Il secoua la tête en fronçant les sourcils :

— Joyeux foutoir ?

Ce fut un autre cadre de Karmax, parfaitement inconnu de Justine, celui-là, qui lui répondit :

— On n'envoie pas la F.O. à la cueillette des champignons ! Qu'est-ce qu'il se passe à Marseille qui justifie leur intervention ?

Le délégué de la Zentech parvint à muer la crispation de son visage en un léger mouvement d'acquiescement. Il hocha la tête lentement, posa les coudes sur ses cuisses pour se pencher en avant et murmurer sur le ton contrefait de la confidence amicale :

— Nous procédons à la concrète prospection d'un protocole des acquis… Pardonnez-moi !

Il fit une pause, puis reprit :

— Nous effectuons des tests d'un… nouveau modèle de sécurité civile…

La voix douce de Fabio l'interrompit de nouveau :

— Pour quel genre d'application ?

Le deuxième émissaire, jusque-là silencieux, répondit d'une voix blanche à la place de son collègue. Visiblement, cette séance lui pesait :

— Administration de masse des flux humains.

L'autre tourna la tête vers lui et précisa en exagérant l'articulation de chaque mot :

— Gestion de l'accès public aux espaces protégés.

Quelques sourires fleurirent sur les lèvres des membres de Karmax. C'était un plaisir toujours renouvelé de forcer les délégués des sociétés vassales à jouer selon les règles en vigueur à la maison mère.

Mais il n'y avait pas que de la joie dans le tableau : sur sa droite, Justine réalisa que le Roméo s'efforçait d'attirer discrètement son attention en lui lançant de longs regards appuyés. Elle profita de l'instant de détente née du petit numéro des joyeux duettistes pour ostensiblement tourner son visage vers lui. L'air grave, le garçon lui fit le signe universel du mensonge : la main montant sous le menton, le majeur et l'index tendus en V vers ses comparses de la Zentech.

Justine se redressa, ajusta la manche gauche de sa robe avant de reprendre, d'une voix forte et posée :

— Je ne suis pas venue ici pour que deux merdes costumées me pissent aimablement à la raie… Votre petit numéro de comiques, gardez-le pour votre prochaine sauterie mondaine !

Elle frappa du plat de la main sur l'accoudoir de son fauteuil avant de crier :

— Laquelle de vos erreurs la faction Orage essaie-t-elle d'effacer ?

Cette fois, les deux accusés réagirent au quart de tour :

— C'est intolérable !

— Inqualifiable !

— Une accusation erronée…

— Méthode industrielle !

D'une voix paisible, presque fatiguée, Peter Lerner prit la parole :

— Les mecs, vous l'avez entendue, non ? Elle vous a posé une question, il me semble… Vous voulez vraiment que j'exprime le souhait de ne plus avoir affaire à Zentech ? Je veux dire, officiellement ? Je peux même faire ça d'ici, si vous voulez…

Justine le dévisagea, si beau avec son sourire de petite frappe capricieuse et ses jambes nonchalamment croisées au-dessus des genoux. L'expression brute du pouvoir vrai, avec un jean crasseux et pas mal de sommeil en retard.

Bien entendu, les menaces du génie n'avaient pas fini de faire leur petit chemin dans la cervelle des convives que Fabio en rajoutait déjà une louche, pur sucre, à l'intention des récalcitrants :

— Vous comprendrez, j'en suis sûr, qu'il vaut mieux que vous vous expliquiez maintenant, dans le cadre garanti du F.E.L., que dans celui d'une procédure officielle de réajustement d'accord. N'est-ce pas ?

Un des délégués de la Zentech joignit les mains en signe de paix. Ses doigts tremblaient tellement que Justine fut un instant prête à croire qu'il ne jouait plus la comédie. Même sa voix avait perdu de son relief diplomatique :

— Il y a eu de graves émeutes… Des dégâts matériels et humains… Peut-être en rapport avec… l'aménagement des prototypes placés là-bas depuis quelques semaines.

— Quels prototypes ?

— Nous vous l'avons dit : de nouvelles phérobornes, installées sur site…

L'autre se sentit obligé de préciser :

— Dans le cadre d'un protocole de test ! Parfaitement réglementé et légal, en accord avec les autorités locales compétentes.

— Mais encore ?

Soupir nerveux du délégué, avant de poursuivre :

— Nos relais de phérommunication y connaissent aussi une… perte de fiabilité. De nature inconnue !

Justine sentit une colère douloureuse lui nouer les entrailles. Quelque chose qui tenait de l'écœurement en même temps que de la satisfaction de constater la bêtise humaine :

— Mon cul ! Si vous n'étiez pas absolument certains d'avoir quelque chose à vous reprocher, vous n'auriez pas risqué une intervention de la faction Orage. En fait, si des rapports tertiaires ne nous étaient pas déjà parvenus, vous auriez tout fait pour garder l'affaire sous silence... Vous êtes les plus minables raclures de crasse que j'aie vues ! Et je suis sûre que nous ne savons pas encore tout !

Viktor en profita pour reprendre son refrain préféré :

— Nous vous ferons payer pour chaque contrat que va nous coûter cette petite publicité ! Zentech sera responsable !

L'émissaire répondit d'une voix suraiguë :

— Nous ne faisons qu'exploiter la technologie Karmax, selon vos directives les plus strictes ! Si une brèche devait apparaître dans la sécurité des systèmes, ce ne sera pas de notre faute. Vos brevets seront responsables !

L'attaque était si directe qu'elle imposa le silence entre les participants. Justine fut la première à réagir, d'une voix de glace nappée d'ébahissement :

— Qu'est-ce que tu viens de dire, toi ?

Aucune réponse ne vint. Personne d'autre ne parla. Au travers de la bulle translucide, suspendue au-dessus du vide, passa le spectre du Chromozone. Ces chiens vérolés ne les avaient pas menacés d'autre chose... Soudain, tout devenait plus évident : depuis dix ans, la faction Orage était la clef de voûte de la sécurité mondiale, pour que jamais plus un tel désastre ne puisse se reproduire. Ses ordres étaient simplistes, radicaux, monstrueux : la promesse de mort pour les terroristes, même si elle devait coûter la mort des commandos envoyés pour les stopper. Presque une logique binaire, une réponse oui-non. La maigre stabilité des fourmillantes sociétés formatives reposait en partie sur cette promesse : qu'un seul groupuscule tentât seulement de mettre en pratique, sous quelque forme que ce soit, une tentative de sabotage de masse au nom même de la plus légitime des causes, et c'était l'ensemble de la communauté mondiale qui disposait du droit immédiat de le faire écraser à la moindre alerte. C'était infâme, c'était misérable, mais c'était ainsi : le monde ne voulait plus jouer, désormais, il avait encore trop mal…

Dans ce lieu, pour la première fois depuis leur création, le fléau et son ignoble parade se retrouvaient associés… Et ce n'était pas une simulation. Justine regarda entre ses pieds le sol en contrebas : l'écœurante vanité de leur situation lui donna envie de vomir. *Une poignée de vieux singes se disputant les branches quand le tronc se fend déjà… Ô mes frères et sœurs, comme nous avons failli !* Un spasme douloureux propulsa une vague acide jusque contre ses incisives. Elle serra les mâchoires, se força à renvoyer la bile vers son estomac.

Et derrière le masque des autres participants, un vertige identique.

Justine prit la peine de prononcer lentement chaque mot, chaque syllabe même, pour trouver le temps de les prononcer sans défaillir :

— Quelle est la… nature de l'incident de Marseille ?

Sa question se perdit dans un flot soudain de propos croisés, comme si, en prenant la parole, elle avait dissous le poids qui retenait chacun.

— Il faut diffuser un communiqué !

— Peut-être procéder à une publication avancée de notre bilan trimestriel ? Je dispose des derniers chiffres. Je peux tout fournir d'ici une heure.

— Contacter nos meilleurs partenaires. Exiger une collaboration frontale.

— Rappeler notre rôle de leader…

Au milieu du tumulte, plus personne ne faisait attention aux Zentech. Justine croisa le regard perdu du plus proche, encore étourdi par la violence de sa révélation. Derrière le filtre facial, il n'y avait plus qu'un homme perdu, dépossédé du sens de sa mission par l'Histoire en marche. Un pantin fissuré qui ne cherchait même plus à frauder. Puis la voix calme et feutrée de Fabio émergea du chaos pour imposer le silence :

— En tant que responsable de notre éthique logistique, Justine devrait se rendre sur place. La manœuvre parera au plus pressé, tout en nous laissant le temps d'établir un profil de communication. Elle bénéficie d'un bon crédit populaire, qui fera une bonne parade aux attaques immédiates tant que nous n'aurons pas organisé un périmètre didactique adapté.

Elle le regarda attentivement, cherchant les poches de venin cachées sous le grain parfait de sa peau de reptile. Il soutint son regard, attentivement, sans rien de cette nonchalance qui imposait généralement le respect. Cette fois, Fabio avait attaqué pour tuer ! Sa bouche s'entrouvrit une dernière fois pour sceller la manœuvre par un sourire :

— Et même, pourquoi ne pas y aller en compagnie d'un représentant de Zentech ? Je pense à ce jeune émissaire avec lequel vous êtes arrivée, et qui demeure si discret depuis le début du forum…

Un nuage d'encre vint obscurcir la vision de Justine, jusqu'à ce qu'elle ne puisse clairement discerner autre chose que le visage de cette charogne putride, au centre d'un halo noir. Pourtant, autour d'eux, les propos corrosifs avaient généré plusieurs réactions en parallèle, mais c'est à peine si son cerveau parvenait à intégrer ces paramètres. D'abord, sur sa gauche, il y avait eu le raidissement des représentants de la maison vassale et, en même temps, le mouvement de tête interrogateur du Roméo sur sa droite. Et puis, du fond de son fauteuil, Peter avait, semble-t-il, marqué un intérêt soudain pour ce fameux jeune homme qui l'accompagnait à son arrivée. Sa vision revint à la normale. Dans le chaos de ses pensées, c'est pour son mari que se tissa sa haine. Elle tourna la tête vers lui. *Oui, Peter, c'est bien lui qu'ils ont fait à ton image… Soudain, il est foutrement intéressant, n'est-ce pas ?*

Le Roméo ne bougeait pas d'un poil. Figé dans son fauteuil, il attendait la résolution de la guerre en cours. Perdu dans la contemplation de sa copie, Peter ne desserra pas les dents. Justine revint sur Fabio, nullement dérangé par la tempête qu'il venait de déclencher. Près de lui, Viktor décida de suivre la nouvelle partition :

— C'est une excellente proposition ! La venue

conjointe de représentants de Karmax et de Zentech ne peut que conforter notre impact.

Justine attendit encore, que chacun abattît sa carte. La parole était aux deux guignols masqués. S'ils entérinaient cette idée, c'est que tout ce foutoir faisait partie d'un complot bien rodé : ils savaient parfaitement que le Roméo ne saurait les représenter efficacement sur place. Il n'était pas des leurs. S'ils ne bronchaient pas…

— Cette proposition… n'est pas satisfaisante… Ce délégué est encore jeune et inapte à une mission aussi… délicate.

Ainsi, ils préféraient récupérer leur proto ? Justine remarqua la terreur teintant le regard de son amant d'une nuit. *Qu'est-ce que ça fait d'être un modèle jetable, gamin ?* Peter mit fin aux protestations en prenant la parole pour la deuxième fois :

— Il m'a l'air très bien, ce garçon… Qu'il accompagne à Marseille notre responsable de l'éthique logistique. Ce forum est maintenant terminé !

— Peter !

Il leva la main pour faire signe à Justine de se taire. Il répéta lentement :

— Ce forum est maintenant terminé !

Entre indécision et nervosité, chaque convive se leva lentement de son siège sans trop savoir que penser. Il en était souvent ainsi lors des F.E.L. : dégagées des impératifs diplomatiques, les discussions s'emballaient, jusqu'à trouver une conclusion avant que chacun ait eu ne serait-ce que le temps de comprendre ce qui venait de se passer ou de se dire. Mais cette fois, Justine ne pouvait en rester là. C'était trop… écœurant ? Après son petit numéro, Peter savait qu'elle allait l'étriller. Il laissa donc Fabio et les autres responsables raccompagner les émissaires de Zentech vers la sortie. Le Roméo, isolé et indécis, était resté assis à sa place. Les deux gardes qui l'avaient amené ici firent quelques pas dans la pièce pour le replacer en détention, mais Justine les renvoya de la main. Elle attendit que les portes se soient refermées avant d'exploser. Ce genre de scène pouvait se jouer à trois. Elle cracha par terre :

— Pourquoi ?

Peter demeura calme. Trop calme pour la colère de son épouse :

— Parce que tu es la seule en qui j'ai vraiment confiance pour constater la gravité des problèmes sur place.

— Ne te fous pas de moi ! Fabio veut ma peau et tu la lui offres ! Ce salaud bosse pour Zentech !

— Ils vont te crucifier, Justine ! Tu n'as pas encore compris ça ?

Il pointa un doigt osseux vers le Roméo au comble de la gêne :

— Je veux que la rumeur de toi et de ce petit merdeux entrant ensemble dans cette pièce disparaisse de la mémoire de Karmax. Je veux que tu t'éloignes de Berlin jusqu'à ce que l'on parle d'autre chose. Il ne s'agit que de te mettre à l'abri en attendant que la situation se tasse ! Je ne suis pas aussi aveugle que tu le supposes. Je sais aussi bien que toi le mal que ce genre de situation peut engendrer ici. Et je ne souhaite pas avoir à régler un problème domestique quand j'en ai d'autres plus importants sur les bras.

La longueur de la tirade la blessa plus profondément que son contenu. Elle se sentait dans la peau de la gosse qui se fait patiemment expliquer par un adulte qu'on l'aime toujours mais qu'on va quand même la punir. Justine s'enfonça les ongles dans la paume droite pour faire refluer ses larmes. Elle garda assez de dignité pour poser sa question :

— Tu te rends compte de ce que tu dis ?

Il soupira :

— Écoute, je suis fatigué de tes caprices. Tu n'en as toujours fait qu'à ta tête, et je t'ai laissée faire parce que tu ne lâchais rien ! Jamais ! Et que c'est de ça que Karmax avait besoin à l'époque. Tu as fait un travail magnifique, mais tu n'es plus dans la course désormais. Tu as vu ce qui se passe ? Zentech et d'autres veulent ta tête pour tout ce que tu leur as fait subir depuis des années, et ils ne te lâcheront pas. Putain, si comme tu le dis ils ont Fabio dans la manche, ils pourraient même flinguer Karmax. Alors, tu pars sagement à Marseille et, le moment venu, c'est moi qui ferai le ménage.

Elle montra le Roméo à son tour :

— Et tu veux que j'y aille avec lui ?

— Si c'est ce que Fabio veut, oui ! Bordel, Justine, c'est toi qui m'as appris la manœuvre : toujours laisser l'autre croire que la victoire est à sa portée pour qu'il n'échafaude pas une stratégie plus dangereuse.

Elle ne répondit pas. Évidemment, son discours était imparable. Même si en l'occurrence c'était elle qu'on sacrifiait. Mais, puisqu'il s'agissait de pousser la logique jusqu'au bout :

— Bien entendu, tu sais que je ne te pardonnerai jamais ?

Il sourit, de son sourire de petit fumier orgueilleux qu'elle avait tant aimé :

— On se sera quand même pas mal amusé, non ?

Le spectre d'un sourire flotta sur les lèvres de Justine. Sa mise à mort allait couvrir la naissance de Mandala. Elle entrevit brièvement le genre de choc tellurique que l'annonce de cette découverte allait provoquer. Dans le chaos qui se mettait en place, l'effet serait décisif… Et Peter Lerner raflerait la mise. *Ne joue pas avec le diable si tu crains de te brûler…* Dans les yeux de son mari, il y avait la joie maligne d'avoir assassiné sa complice avec son plein accord et de rester le maître du jeu encore une fois. Il l'avait trahie en toute logique et il savait qu'elle le respectait aussi pour ça. *Oh, oui, comme tu es grand et fort, Peter. Comme je t'admire, même en ce moment… Et peut-être même espérais-je cette conclusion depuis longtemps.* Elle tourna la tête vers le Roméo sagement figé, tendit une main élégante :

— T'as entendu, gamin ? Nous partons pour Marseille. J'espère que tu aimes la vitesse…

Pivotant vivement, elle marcha vers la sortie, son jeune chiot sur les talons. La voix claire de Peter résonna sous le dôme :

— Justine… Sois prudente.

Elle s'accorda la mesquinerie de ne pas répondre.

Appréhender chaque donnée visuelle séparément sans concevoir l'ensemble

Il refusa d'entrer dans la cabane. Il devinait son rôle d'enfer féroce, isolée au sommet de la montagne. La cabane était un piège dont rien ne pourrait le faire sortir s'il y entrait. Il gémit, le visage écrasé contre la roche coupante du chemin escarpé. La montagne frémit à son appel, se fendit en trois pour le protéger. Il coula lentement dans l'abîme gluant en cherchant à se souvenir de la saveur des mots et des choses. Puis Ogre s'éveilla…

Le goût métallique du sang dans sa gorge lui donna envie de crier. Il avait le nez, la bouche et les yeux enfoncés dans quelque chose de mou. Il releva péniblement la tête. Sur l'oreiller blanc, une large tache brunâtre avait séché. Il renifla. Ça sentait la laine poussiéreuse et le bois tendre. Souvenirs de camp de vacances issus d'une autre vie, d'odeur de viande qui grille au milieu des cris d'enfants, d'un frisson de solitude sous le soleil d'été. Le lit trembla quand il tenta de se retourner. Impossible de distinguer clairement quoi que ce soit. Il agita sa main, vit des doigts remuer au bout de ce qui devait être son bras, puis poussa sur ses jambes pour s'extraire des couvertures, glissa lourdement sur le sol et s'y étala avec un gémissement sourd. Où était-il ? Ses fesses lui firent mal. Tiens, son uniforme avait été remplacé par un pyjama, rêche et trop petit… Il se mit à rire, affalé sur le carrelage froid. Aucun souvenir de son arrivée ici. En fait, il n'avait aucun souvenir de… De quoi, en fait ? Dans la mélasse stagnant derrière ses yeux, Ogre ne parvenait à pêcher aucune information valide. Il grogna de nouveau, ramena ses pieds sous lui et se concentra pour remonter sur le lit. Au moment où il y parvenait, son audition revint tout à coup. Jusqu'à ce que crevât la bulle de silence, il n'avait même pas remarqué l'épais bourdonnement qui étouffait tous les sons. Il frissonna, secoua la tête comme un chien fatigué pour maintenir son attention. Drogué… Il avait été drogué. C'était sûrement ça. Il montra les dents, toussa une mousse rosâtre de salive et de sang. Pénible impression de déjà-vu. S'irrita la peau sur une barbe naissante en s'essuyant le menton du revers de la main. Depuis combien de temps était-il ici ? Et pourquoi ses yeux refusaient-ils de reprendre normalement leur service ? Ses autres sens s'avéraient bien plus dociles. Il poussa un cri rageur vers les murs proches ! Une porte s'ouvrit presque aussitôt, quelque part sur sa gauche, et une voix faussement fâchée retentit :

— Du calme ! N'essayez pas de vous lever, vous n'en serez pas capable avant un bon moment.

Timbre mâle inconnu avec un léger accent, indéfinissable. Ogre grimaça. Une silhouette se pencha vers lui. Blouse verte, comme les murs. Ah, oui, tiens, comme les murs ! Il n'y avait pas fait attention jusque-là. Sa voix se fit douce pour quémander une explication :

— Mes yeux… Je ne distingue rien.

L'autre éclata d'un rire sans joie :

— Si, si, vous voyez très bien, mais votre cerveau refuse de traiter les informations. Perte du champ ophtalmo-cognitif profond. Seulement un effet secondaire. Vous ne pouvez qu'appréhender chaque donnée visuelle séparément sans concevoir l'ensemble. Ça ne durera pas…

— Qu'est-ce que vous m'avez fait ?

— Rien que je ne me ferais à moi-même si on me retrouvait dans votre état. Vous étiez en crise de tétanie. Le relaxant vous a foudroyé, mais vous voilà de retour parmi nous.

L'explication n'éveilla aucune réminiscence dans sa mémoire embourbée. Deux mains se posèrent sur ses épaules pour tenter de le faire s'allonger. Il résista à la poussée, chercha la gorge de son interlocuteur, serra quelque chose en tirant maladroitement vers lui.

— Hey !

L'autre essaya vainement de se dégager. Contre son nez, Ogre vit un visage noir, des lunettes crasseuses derrière lesquelles cillaient des yeux sombres aux pupilles dilatées. Odeurs d'après-rasage et de peur mêlées.

— Combien de temps ?

— Lâchez-moi !

Il libéra le… le quoi, d'abord ? L'infirmier ? Le docteur ? Puis reposa plus calmement sa question :

— Je suis ici depuis combien de temps ?

— Vous êtes arrivé hier matin avec vos collègues. C'était vous le plus amoché. On vous a amené ici et vous ne vous êtes pas réveillé depuis. Nous ne sommes pas vraiment équipés pour traiter ce genre de cas, alors nous avons utilisé un éventail large pour garantir le résultat. D'où les effets secondaires.

— Mes collègues ? Hier matin ? Et maintenant, il est quelle heure ?

— Presque vingt-trois heures… Vous devriez vous allonger.

D'instinct, Ogre sentait que pour mieux abuser son interlocuteur il devait rester calme et détendu. Les réponses viendraient plus tard.

— J'ai soif.

— Il y a une fontaine automatique à la tête du lit. Attendez, je vais vous aider.

— Merci !

Égaré dans ce drôle de monde visuel fragmenté, il n'avait même pas vu le distributeur. Née de sa grande vulnérabilité, une peur atroce lui noua soudain les entrailles. Il se mordit les lèvres. Une image fugitive lui vrilla le front.

— Claire…

— Pardon ? Tenez…

Il ferma son œil droit. Laissa le gauche prendre seul le relais de la lecture du monde. Voulut se persuader d'un léger mieux. Face à lui, une main nerveuse tendait un gobelet en plastique bicolore, finement strié dans le sens de la hauteur. Presque une intention de design. Dans quel genre d'endroit proposait-on des gobelets aussi raffinés aux patients ? Il but goulûment l'eau fraîche.

— Vous en voulez encore ?

— Oui, merci… Je vais me servir tout seul.

L'autre sourit :

— D'accord. Évitez de crier si vous avez encore

besoin de moi. Il y a d'autres blessés dans les chambres voisines. Utilisez plutôt votre bouton d'appel.

La même image revint à l'orée de sa conscience. Confusément, il sentit que c'était important :

— Il y a une femme avec moi. Elle est blessée, peut-être ? Claire ! C'est son nom. Je crois...

Le temps qu'il formule sa question, son samaritain avait regagné la porte située à gauche du lit. Il se retourna pour réfléchir :

— Euh... Non, seulement les autres membres de votre groupe. Ça a dû chauffer là-bas, hein ?

Ogre secoua lentement la tête en guise d'acquiescement. La porte se referma avec un claquement étouffé. Oui, ça avait dû chauffer... Il s'allongea sur le lit moelleux, se glissa voluptueusement sous la couverture. Chercha un sens à cette énigme. Il y avait autre chose que le venin de la drogue dans ses veines. Quelque chose de plus, comme le grondement de ses os prêts à craquer. Il le sentait sous sa peau. La porte se rouvrit.

— Tei, bordel, t'es retapé ?

Ogre tourna la tête et observa son nouveau visiteur de son unique œil ouvert. Qui était cet autre Noir qui sentait si fort le tabac et l'alcool ? Il allait encore devoir ruser. Il tendit une main ferme.

— Salut...

Raclement des pieds plastifiés d'une chaise sur le carrelage. L'homme se pencha vers lui, empli d'une joie feinte :

— Je vais avoir besoin de toi rapidement. C'est la grosse chiasse ici. On n'était pas attendus avant la semaine prochaine et rien n'est prêt. En plus, on a plusieurs gars sur le carreau, et déjà une affaire de vigile abattu pendant sa ronde. Ça commence chaud, Tei ! Les patrons commencent déjà à râler. Alors, dépêche-toi d'aller mieux !

Tout en récapitulant ce qui semblait être ses préoccupations du moment, l'homme avait sorti un épais cône de papier jaune de sa poche de poitrine et l'avait allumé. Une odeur acre d'herbes brûlées emplit la pièce. Ogre grogna en reconnaissant le parfum inimitable des joints de son chef :

— N'Gome, il y avait une fille…

Le sourire s'évanouit aussitôt.

— Ouais, je sais, c'est moche. Mais tu n'avais pas d'autre solution. Ne te bile pas pour ça, personne ici ne t'en tiendra rigueur… C'était l'horreur, là-bas ! Au fait, c'est moi qui dirige la Division maintenant, ou ce qu'il en reste. L'autre train n'a pas pu quitter la gare à temps. Plus de la moitié des gars y sont restés.

Ogre l'interrompit :

— Que lui est-il arrivé ?

— Oublie ça ! On est déjà foutrement chanceux d'en être sortis. Encore une fois vivants, nom d'une pine ! Pas facile d'avoir la peau d'un vieux nègre !

N'Gome partit d'un rire forcé et grimaçant. Ogre sentit des larmes lui brûler le bord des paupières. Ainsi il avait failli. Claire était morte. Il serra les poings sous la couverture. Si seulement il savait pourquoi cette nouvelle était tellement accablante. L'autre perçut sa souffrance. Il jeta son joint malodorant dans un gobelet en plastique, y versa un peu d'eau pour l'éteindre complètement. Se releva en soupirant et pointa un doigt vers un renflement du mur près de la porte :

— Tes affaires sont dans le placard. Repose-toi,

maintenant. Je passerai demain matin pour refaire un briefing. Va falloir secouer toute l'organisation ici. Y a des trucs que je trouve pas clairs…

Le lieutenant ricana sèchement :

— Je vais aller fureter un peu dans les étages, avant de me coucher. Rien ne vaut une petite fouille en solo pour repérer les vices cachés… À plus tard !

Ogre fut satisfait de voir N'Gome quitter sa chambre. Il n'avait pas compris grand-chose à son propos, même s'il y avait décelé le parfum rance de la basse politique. Allongé sur le dos dans le lit, il serra les paupières pour en extraire toutes ses larmes en une seule fois. Quelque chose de terrible était arrivé à Marseille, c'était évident. Chacun ici semblait excité d'y avoir participé, directement ou par procuration. Il flottait dans l'air une électricité mauvaise, porteuse de poison et de drame. Dès que les médicaments auraient cessé d'agir, il se lèverait et exigerait des explications précises à tous ceux qu'il rencontrerait. Un détail des paroles de N'Gome lui revint à l'esprit. Il se releva soudain, posa les pieds par terre et se laissa lentement glisser sur le carrelage froid. Lentement, il se traîna jusqu'au petit placard métallique pour en sortir son vieux sac de voyage usé. Sous les vêtements et le bric-à-brac de survie, il saisit un étui soyeux et en extirpa le corps trapu du Corbeau. Il replaça maladroitement le sac dans le casier, referma délicatement la porte étroite. Il repartit en sens inverse, au ras du sol, poussant fortement sur ses jambes sans lâcher son précieux réconfort. Parvenu au bord du lit, le souffle court et les idées embrumées par l'effort, Ogre agrippa fermement le matelas d'une main et le tira vers lui en grognant. Après quelques efforts infructueux, il parvint à le faire glisser jusqu'à lui en même temps que la couverture, les draps et l'oreiller plein de sang. Il poussa le tout vers un angle de la pièce, qu'il aménagea péniblement en un petit nid douillet. Repliant ses jambes, sans lâcher le Corbeau, il se glissa derrière le matelas dressé en rempart et se lova contre son fétiche.

Muselant pour un temps la peur qui le tenaillait, le colosse ferma les yeux et écouta sa lourde respiration filtrée par la couverture ramenée sur son visage. Demain, il irait mieux et il pourrait abandonner cet abri de fortune. En attendant, il devait se ménager pour recouvrer ses forces cisaillées par la drogue. Ils ne tarderaient pas à venir le tuer, mais lui serait prêt.

Rendu presque joyeux par cette promesse d'action, Ogre trouva la force de se rendormir sans plus songer à se souvenir.

*

Il somnola pendant une poignée d'heures, avant d'être réveillé par un cliquetis étouffé. Il ouvrit un œil, tendit la tête au-dessus de son rempart improvisé. Fut surpris d'obtenir pour la première fois une vision compréhensible de sa chambre. Le samaritain n'avait pas menti : les effets secondaires avaient fini par se dissiper. Sans faire de bruit, il souleva le Corbeau jusqu'à son menton, apprécia la fraîcheur de son bec profilé contre sa peau. Sous la lumière crue des néons, la petite pièce paraissait morbide et nue. Elle lui avait semblé gigantesque quand il s'était agi de la traverser en rampant.

Par l'entrebâillement, Ogre aperçut l'amande laiteuse d'un œil scrutant la chambre depuis l'ombre d'un couloir. N'Gome ? Non… Ni son bon samaritain de tout à l'heure. Décidément, il semblait intéresser beaucoup de gens, ici. Son inspection achevée, le mystérieux visiteur tira précautionneusement la porte vers lui. Aucun bruit de pas pour déterminer s'il était parti ou non. C'était faire montre d'un trop-plein de discrétion pour seulement s'enquérir de l'état d'un patient. Ogre sortit précautionneusement de sa cachette, contourna prudemment le lit et vint s'accroupir au pied de la porte pour renifler au ras de l'interstice la séparant du sol carrelé. L'odeur âcre de la haine lui fit l'effet d'une décharge électrique. Il recula précipitamment, la vue brouillée par le choc, manqua de tomber à la renverse. Étouffa un éternuement nerveux. Sans quitter du regard l'unique accès à son abri, Ogre recula jusqu'au placard pour y chercher son uniforme. Quand il l'eut trouvé, accroché à deux délicats cintres en bois sculpté, il le posa sur ce qui restait du lit et entreprit de s'habiller prestement. Pendant qu'il enfilait son épais blouson, une rafale d'images épouvantables des dernières heures marseillaises lui revint. Une jeune femme qui avalait la joue d'un adversaire vaincu… Une lame épaisse mordant un bras dans la foule… L'écœurante blancheur d'un os révélé par la profondeur d'une blessure… En se penchant pour lacer ses rangers, Ogre eut un haut-le-cœur ! Il se releva pour inspirer profondément. N'Gome se trompait lourdement. Ils n'avaient échappé à rien du tout. L'horreur les avait rattrapés et rôdait déjà dans ces murs.

Le Corbeau calé au creux de la hanche, le colosse chercha un interrupteur pour couper la lumière de sa chambre. En vain. Contrôlé de l'extérieur, probablement. Il ouvrit la porte et bondit dans le couloir obscur. Pivota rapidement pour couvrir tout le périmètre du regard. Rien ! À la faible lueur des veilleuses de sécurité fixées aux murs, il aperçut une large porte à double battant à l'extrémité gauche du couloir et un coude à l'extrémité opposée. Chaque surface visible était peinte du même vert que celui de sa chambre. Pas un bruit. De part et d'autre, des portes semblables à celle qu'il venait de franchir étaient disposées régulièrement. Aucune trace de son visiteur. Il opta pour la chambre suivante, dont il ouvrit la porte prudemment. Sous la lumière vive du plafond, Ogre remarqua d'abord le sol éclaboussé de deux flaques vermillon. Puis vit les corps allongés dans les lits. Il grimaça. Les deux hommes avaient été poignardés dans leur sommeil. Sans aucune précaution. Le sang était frais, mais déjà épais. Si le responsable s'était amusé à remonter le couloir pour frapper les locataires de chaque chambre, il ne pouvait pas être passé bien loin.

Ainsi, la guerre était déclarée…

Ogre referma pudiquement la porte sur l'épouvantable scène. Tout espoir de paix était mort. Il ne pourrait plus faire confiance à personne. Dans le silence feutré du couloir, les deux meurtres et la présence proche de l'assassin avaient quelque chose d'irréel.

C'était agaçant de se sentir marcher dans les traces du tueur qui devait être encore là, tout proche, en quête de sa prochaine victime. Un bref cri de femme retentit au-delà de la porte à double battant, suivi du bégaiement sec d'une rafale d'arme automatique… Un éclair rouge traversa l'esprit du policier. Il courut sans réfléchir vers l'origine du cri. Mais à peine avait-il franchi les portes qu'il se retrouva nez à nez avec le tireur, un inconnu portant comme lui l'uniforme des policiers de la Division. C'est ce qui lui sauva la vie. L'homme était planté au milieu de la section suivante du couloir, l'arme plaquée contre la hanche, dans l'encadrement lumineux d'une pièce ouverte sur la droite. Quand Ogre entra dans son champ de vision, le tireur pivota vers lui mais baissa son fusil en remarquant son uniforme. Il lui fit un petit salut de la tête en souriant, visiblement ravi de la tournure des événements. Le Corbeau le transforma en une torche vive qui hurla en se ratatinant contre le mur le plus proche. Ogre marcha vers lui, jeta un œil rapide dans la pièce arrosée par son condisciple : ce n'était pas une chambre, mais une salle de garde pour le personnel de l'étage. Derrière un comptoir haché par les balles, il vit le corps désarticulé d'une femme en blouse verte aux longues tresses perlées, affalé sur le sol. Mourante, elle serrait encore sa lame, fine, tranchante, pleine de sang. C'était elle la tueuse. Happé par un élan de désespoir, Ogre s'accroupit près d'elle pour lui caresser la tête :

— Pourquoi ?

Incapable de répondre, les yeux déjà vitreux, la femme siffla une malédiction qui lui découvrit les dents, puis elle expira. Le colosse se releva, désemparé. Derrière le comptoir, il remarqua un tableau de service couvert de documents punaisés, y chercha en vain une réponse à ses interrogations. Il ne comprenait rien au charabia des écritures serrées remplissant les cases des formulaires. Un mot revenait souvent dans l'en-tête des feuillets, qui ne lui évoqua rien : Gaïa. Il ressortit de la pièce en respirant par la bouche pour éviter l'odeur de chair brûlée. Il fut un instant tenté de ramasser l'arme du milicien carbonisé, mais répugna finalement à toucher le corps fumant.

Une nouvelle vague de haine le submergea, contrepoint à la folie de ce lieu. Ogre constata soudain qu'il n'avait vu aucune fenêtre, dans aucune pièce ! Cet endroit était un tombeau malfaisant. Il réprima son envie de crier, se força à respirer calmement. Le couloir se poursuivait jusqu'à une série d'ascenseurs aux portes cuivrées, tranchant avec le vert uniforme des couloirs et des chambres. Il s'y précipita dans l'espoir d'une indication d'étage ou de service pour se repérer au sein de cet enfer médical. Les portes refusèrent de s'ouvrir à son approche. Méfiant, il tenta d'abord de les toucher, puis chercha un moyen d'appeler les cabines... Rien ! Seulement une plaque en métal munie d'une grille, placée entre les deux accès. Ogre allait abandonner, quand il remarqua un détail dans un coin de la surface unie et lisse de la plaque. Quelque chose de discret mais d'indéniable, là, dans le jaune brillant du laiton. Comme un traitement différent du métal pour faire apparaître un symbole seulement à condition de le chercher vraiment. Fébrile, il fouilla dans ses poches et compara avec le logo gravé sur la phéroclef qu'il avait gardée :

Zentech®. Aucun doute possible. À tout hasard, il l'utilisa pour commander l'ouverture de la porte. En pure perte, bien sûr : les codages étaient différents. Mais sa découverte n'en demeurait pas moins captivante. Lui revinrent en mémoire les paroles de N'Gome dans son bureau, quelques jours avant leur départ : « Grâce à nos contacts ici, la Division a signé un autre contrat dans le Nord. Petit climat de bord de mer, thalassothérapie et crêpes au sucre. » Et avec qui la Division aurait-elle eu des contacts, sinon avec ces mêmes bâtards qui avaient arrosé tout le quartier des Auxiliaires avec leurs nouveaux protocoles high-tech ? Zentech, qui les avait payés pour qu'ils essayent leur nouveau gadget ! Zentech, dont les techniciens installaient encore des relais dans les rues moins de vingt-quatre heures avant le désastre qui avait failli leur coûter la vie à tous. Qui avait déjà coûté la sienne à Claire.

— Putain de merde, grogna-t-il.

Il frappa des deux poings collés contre les cabines d'ascenseur ! Le bruit de gong des vantaux métalliques frappés de toutes ses forces retentit dans le silence épais des couloirs. Il se souvint du cadavre de la femme à la blouse, courut la fouiller rapidement. Trouva une clef d'un modèle différent de la sienne dans une poche. Les affaires reprenaient ! Il retourna aux ascenseurs et commanda l'ouverture d'une cabine.

Celle-ci arriva rapidement, avec un léger chuintement pneumatique. Spacieuse, garnie de miroirs et tendue d'un épais tissu vert. Ogre y entra lentement, se retourna pour regarder une dernière fois le long couloir vide, avec le cadavre du milicien carbonisé au milieu. Il écrasa le bouton « RdC ». Les épaisses portes refusèrent de se refermer avec un bourdonnement sourd, comme si elles s'efforçaient d'obéir à sa requête sans y parvenir. Le système devait être détraqué. Il essaya plusieurs boutons au hasard jusqu'à ce que enfin les portes coulissent lentement. Puis les moteurs grincèrent pour l'entraîner vers le cinquième étage.

*

La déception fut au rendez-vous quand il posa un pied dans ce qui devait être le dernier étage du bâtiment. Il espérait confusément un changement du décor, quelque chose qui lui donnât l'impression de progresser. Au lieu de ça, les mêmes couloirs et des portes identiques. Et toujours ce vert pâle à gerber. L'exhalaison de haine était moins flagrante ici, diluée dans un mélange d'odeur de terre humide, de pourriture et de solvant industriel. Ogre sifflait entre ses dents en réfléchissant quand des bruits de pas légers résonnèrent devant lui, en provenance de la galerie principale mal éclairée qu'il suivait depuis quelques minutes. Il s'accroupit contre le mur pour guetter l'intrus. Ce fut un homme d'une quarantaine d'années qui apparut, portant une blouse identique à celle de son bon samaritain. L'inconnu s'arrêta au milieu du couloir, comme s'il se doutait de la présence d'Ogre tapi dans l'ombre. Ce dernier en profita pour l'observer. Un visage osseux, barré sur la joue gauche d'une profonde et vieille cicatrice qui se perdait sous sa mâchoire. Un front inquiet et dégarni. Et en guise de casse-tête, une barre de métal luisant serrée dans la main droite, sans doute arrachée à un montant de lit.

L'arme semblait intacte et immaculée. L'homme n'avait pas encore eu à s'en servir. Ogre décida qu'il méritait qu'on le protégeât. Il s'écarta lentement du mur, le Corbeau prêt à frapper :

— N'ayez pas peur…

L'autre se figea, baissa lentement son arme jusqu'à lui faire toucher terre. Une position prudente, mais qui ne l'empêcherait pas de pouvoir rapidement frapper en biais à la moindre menace. Ogre fit doucement un pas en avant, le menton bien relevé et le torse bombé pour gommer toute attitude sournoise. Inutile d'affoler l'adversaire. Il s'arrêta, joignit les chevilles et opta pour un simulacre de garde-à-vous :

— Vous êtes médecin, ici ?

L'homme regarda derrière lui, puis par-dessus l'épaule du colosse. Ogre continua :

— Je suis seul… comme vous.

Il tendit une main amicale :

— Je suis perdu…

Le visage de l'homme se fendit d'une grimace douloureuse. Ses épaules s'affaissèrent. Il ouvrit la bouche pour parler, quand la détonation étouffée d'une arme à feu retentit derrière Ogre. Le médecin sursauta et fit demi-tour pour s'enfuir. Le policier cria :

— Attendez !

L'autre avait déjà disparu au bout du couloir ! Inutile d'espérer le rassurer désormais, quand bien même il parviendrait à le rattraper. Ogre eut une bouffée de rage envers ce pleutre qui le privait une nouvelle fois d'éclaircissements :

— Connard !

Au moins, il lui restait l'origine du coup de feu. Le géant se retourna. Le tir provenait d'un couloir secondaire situé sur la gauche, isolé par une épaisse porte battante coupe-feu. Il fila dans cette direction sans plus se soucier de discrétion ou de prudence. Celui ou celle qui venait de tirer allait payer pour avoir fait fuir son interlocuteur. Il allait payer pour avoir ouvert le feu. Il allait payer s'il ne lui fournissait pas enfin quelques réponses sensées. En remontant le couloir, il entendit des éclats de voix indistincts en provenance d'une porte entrouverte, sur sa droite. Il sut que c'était de là qu'était partie la détonation. Deux hommes au moins y crachaient des invectives fielleuses. L'esprit embrumé par la colère, Ogre s'approcha au ralenti de la pièce plongée dans le noir et jeta un œil rapide à l'intérieur. Ce qu'il vit le glaça !

Penché sur le corps d'une jeune femme, un membre de la Division la déshabillait fébrilement en fouillant de l'autre main dans sa braguette. Le sang de la morte coulait jusque sous les semelles du tueur qui ne semblait guère s'en soucier. Sa voix rendue hystérique par l'excitation monta dans la pièce :

— Cette pute n'avait pas de soutif, hi, hi !

La voix fatiguée de N'Gome lui répondit :

— La ferme, Isidore... Je cause avec le jeune homme.

Ogre entra lentement dans la pièce. Assis sur un lit défait, un adolescent blanc tremblait de peur face au nouveau chef de la Division. Le garçon le vit entrer lentement dans la pièce mais ne broncha pas. L'autre fumier, là, toujours occupé à palper la poitrine dénudée de la jeune femme, ne l'entendit pas non plus. Cette fois c'en était trop ! Ogre n'avait plus besoin d'explications. Ce qu'il voyait lui suffisait. Ils étaient venus ici, sanglés dans leurs uniformes encore tachés des massacres de Marseille, et la terreur avait marché avec eux. Tous étaient devenus ses agents. Qu'importe ce qu'avait bien pu faire la femme soumise aux attouchements écœurants d'Isidore. Qu'importe les crimes qu'elle avait ou non commis. Ogre en avait assez. Il fallait en finir ! Il laissa un flot de bile venir lui brûler la gorge et les gencives. Il bava en hurlant :

— N'Gome !

Son ancien chef porta la main à sa ceinture pour dégainer. Le Corbeau ne lui laissa pas le temps de se retourner et le dévora ! Ogre pivota sur sa gauche, aperçut dans l'ombre les yeux brillants d'Isidore exploser dans la chaleur liquide de sa seconde salve. La colonne vertébrale tendue à se rompre, il refit face au Blanc toujours immobile sur le lit, qui leva les mains en le voyant braquer le Corbeau dans sa direction :

— Hé, attendez ! J'ai rien à voir avec...

Il n'eut pas le temps de finir sa phrase et glissa par terre contre le cadavre fumant de N'Gome, comme privé de vie. Ogre en demeura interdit un instant, observa en penchant la tête le corps tassé du garçon collé à celui de son tortionnaire défunt. Il ferma l'œil droit pour mieux apprécier le tableau et l'image lui sauta au visage : oui, les deux corps recroquevillés faisaient vraiment penser au yin et au yang, là, à ses pieds. Le vide et le tout, le bien et le mal, la vie et la mort, indissociables et opposés. La puissance du symbole le prit à la gorge, le fit vaciller. Ogre remercia le cosmos pour avoir été le témoin privilégié de ce brillant instant de sereine éternité. Exalté par la puissance souveraine de sa vision, il souleva le garçon évanoui et le déposa doucement sur son épaule. Maintenant que Claire était morte, le destin avait placé entre ses mains un nouvel agneau à protéger. Son rôle n'était pas fini. Il ne devait pas faillir !

Les yeux brillants de larmes, Ogre quitta tranquillement la pièce sombre qui empestait la chair calcinée. Pas de doute, il trouverait une sortie à cet enfer. Il mettrait ce garçon à l'abri de la laideur et ensemble ils dévoreraient l'avenir.

Nous avons façonné votre vie en façonnant vos outils

Ils étaient quatre dans le petit hélicoptère, ce qui ne laissait guère d'espace pour les deux passagers serrés à l'arrière. Errant dans le désert arctique de ses pensées, Justine n'accordait aucune attention à la présence insistante du Roméo collé contre elle. La majeure partie du cockpit était réservée au puissant équipement de transmission et à son opératrice, une jeune technicienne entièrement accaparée par la paire de lourds écouteurs lui susurrant en continu l'état du monde. Le pilote, tout aussi concentré sur sa tâche, ne leur accordait pas plus d'attention. Relégués sur la banquette du fond, tout de même agrémentée d'un bar pour l'occasion, Justine et son voisin subissaient un long, monotone et pénible trajet noyé dans le sifflement du rotor. Si elle avait voulu, elle aurait pu se saisir de la seconde paire d'écouteurs pour suivre les émissions captées depuis les balises-relais qu'ils survolaient de place en place. Sans être capable d'en comprendre tout le sens, l'écoute de leur rythmique flûtée aurait peut-être eu l'avantage de faire passer le temps plus vite… Mais elle n'en avait pas le courage. Ni l'envie. Et ce n'était pas les doigts nerveux du Roméo contre sa manche qui y changeraient quoi que ce soit.

Dans quelques minutes, ils arriveraient au-dessus de Marseille. Des années qu'elle n'y était pas revenue Pour être tout à fait honnête, on pouvait même considérer que Justine Lerner n'y avait jamais mis les pieds : la femme qu'elle était devenue n'avait rien à voir avec la sauvageonne qui avait quitté cette ville il y avait si longtemps, prête à mettre la planète à feu et à sang. Finalement, d'autres s'en étaient chargés à sa place ; elle s'était efforcée de participer à la construction de quelque chose de moins laid. Y était-elle parvenue ? On pouvait en douter, au regard des événements récents. Sur le siège confortable, le Roméo n'osait exprimer sa frousse autrement qu'en cherchant à se lover contre elle. Il détestait visiblement filer au-dessus du sol dans cette petite boule chromée bardée de matériel de pointe. Supposait-il seulement le coût à la seconde de ce genre de balade ? Karmax avait beau disposer de larges réserves de carburant, la facture n'en était pas moins pharaonique ! Simplement, la société avait les moyens de payer ce genre de caprice. En l'occurrence, Justine ne pouvait qu'apprécier l'opportunité offerte de s'éloigner aussi vite que possible de Berlin. Organisé en toute hâte pour des raisons aussi impératives que stratégiques, leur voyage avait revêtu l'apparence d'une mission diplomatique. Il était probable qu'à cette heure nul encore ne se doutât du caractère hautement définitif du départ de l'épouse du patron, cofondatrice de la maison mère qui les nourrissait toutes et tous ! Même le pilote ne devait pas encore avoir compris qu'il retournerait au bercail à vide. Justine eut un frisson de dégoût. Pourquoi avait-elle accepté de jouer le jeu des apparences ? Pour protéger un peu plus les intérêts de celui qui venait de la jeter aux lions ? *T'as raison, pauvre idiote, dis plutôt que t'es encore trop heureuse de ne pas avoir eu à assumer le rôle de la femme répudiée devant tout le monde !*

Dans sa poitrine, une douleur aiguë refusait de la laisser en paix depuis le décollage. Un nœud de vive rancœur, unique expression de son affliction. Assortie d'une éponge humaine serrée contre elle, trop inquiète de son propre sort pour lui être présentement d'un quelconque secours. Le pilote se tourna brièvement vers ses passagers :

— Madame, nous arrivons dans dix minutes.

Il tapota l'épaule de l'opératrice. Celle-ci hocha la tête en silence puis se lança dans une intensive séquence de calibrage des boutons de sa console. Ses doigts filaient à toute vitesse des touches aux potentiomètres, comme si elle cherchait l'accord parfait. Finalement, elle sembla saisir la fréquence désirée – ou quoi que ce soit d'autre — et retrouva son immobilité toute professionnelle. Les nerfs aiguisés par le chagrin, Justine ressentit de la compassion pour la jeune femme. *Chacun de tes gestes, la nature même de ton métier, c'est à des gens comme nous que tu les dois. Nous avons façonné votre vie en façonnant vos outils.* En même temps, elle se rendit compte qu'elle n'aurait pas accordé le moindre intérêt aux gestes de la jeune femme si ce jour avait été comme les autres. Dans sa poitrine, la douleur se fit plus vive. « Plus tu souffres, plus tu t'intéresses », disait la chanson. À ce stade, l'égoïsme avait des vertus thérapeutiques. Retenant un soupir, Justine fit glisser d'un doigt le filtre teinté enserré dans la paroi près de son visage pour apprécier le paysage sans fard. À travers le hublot, Marseille s'étirait dans la langueur jaunâtre de l'automne. C'était la première fois qu'elle voyait sa ville natale dans son entier, chancre gris fermement décidé à s'accrocher au ventre de la mer ; une métastase brouillée, enkystée sous un soleil antique. En se tordant le cou, elle parvint à repérer la griffure caractéristique du Vieux Port, et cet unique point d'ancrage visuel rendit soudain tout son sens au paysage. Dans l'alignement qui glissait sous eux, elle crut distinguer le bouquet de rails partant de la gare Saint-Charles, puis la masse tourmentée du vieux jardin zoologique ravagé… Le décor vira soudain quand l'hélicoptère amorça sa descente vers Marignane. Une rafale de souvenirs lui cingla la mémoire. Les odeurs écœurantes remontant de la fosse chimique d'Arenc quand la chaleur écrasait la ville. Les courses affolées à travers des rues désertes après un mauvais coup. L'odeur rassurante de Teitomo quand elle se nichait contre sa poitrine pour dormir quelques heures. Tei… Entre tous, son spectre avait choisi ce jour pour revenir la hanter ! Elle eut un sourire sauvage. Non ! Pas question ! *Fous le camp, fumier ! Pas de place pour toi aujourd'hui ! j'ai mon compte de tragédie…* Contre elle, Justine perçut l'intérêt du Roméo qui tentait de décoder son sourire. Elle eut un autre frisson de dégoût, qui suffit à le ramener à une plus prudente et inquiète neutralité.

Elle se tortilla sur son siège anatomique. Si elle devait bientôt reprendre du service et assurer son rôle, autant s'y remettre en douceur. Sa voix forte emplit le cockpit :

— Des nouvelles de notre comité d'accueil ?

Le pilote tourna brièvement la tête, donna une bourrade pressée à la technicienne accaparée par ses instruments. Celle-ci répondit sans tourner la tête. Son timbre était poli, avec la très légère pointe de suffisance propre au spécialiste s'adressant au profane :

— Ils émettent en continu depuis dix minutes. Je traduis : *Bienvenue, bienvenue. Veuillez croire à notre coopération pleine et entière. Sécurité garantie dans le périmètre de jonction. Gaïa est ravie d'accueillir les dignitaires de Karmax. Bienvenue, bienvenue…*

Elle braqua son regard vif dans celui de Justine Lerner, le temps de lui préciser avec un sourire navré :

— Protocole Zentech standard, sans chaînage syntaxique. Un codage ancien et sans charme.

Justine ne lui rendit pas son sourire, préférant s'adresser au pilote :

— Gaïa ?

L'homme hocha la tête faiblement.

— Gaïa Health Care, une branche pharmaceutique de Zentech.

— Je connais Gaïa ! Mais pourquoi eux ?

Un instant de silence, comme s'il ne savait pas s'il pouvait dire ce qu'il en pensait vraiment. Puis :

— Ils ont ouvert un centre médical à Marignane il y a plusieurs années. Ils sont les plus proches de notre point d'arrivée.

— Vous venez souvent ici ? Vous connaissez bien la région…

Haussement d'épaules.

— Je suis marseillais. J'ai grandi près de la Madeleine… J'ai été désigné pour cette mission.

Instinctivement, elle devina la volonté de Peter dans ce détail. S'assurer que le personnel navigant saurait le cas échéant lui être parfaitement utile... C'était bien là dans ses manières élégantes et détournées. L'hélicoptère fit une brusque embardée et fila encore plus vite vers le sol. La manœuvre plaqua Justine contre le Roméo, qui se tassa au mieux sous son poids, parfaitement conscient qu'il était toujours hautement prié de se faire oublier. Un juron sanglant échappa à Justine. Ce voyage était un calvaire intégral. Le pilote reprit la parole d'un air lugubre :

— Je descendrai le premier, madame, pour garantir votre sécurité. Ne sortez qu'à mon signal, d'accord ?

Justine demeura silencieuse un peu trop longtemps. La nature de sa mission avait failli lui échapper. Elle se redressa, inspira profondément.

— Auriez-vous une arme pour moi ?

Cette fois, l'homme tourna vers elle un visage effaré, comme si elle mettait en doute son sérieux ou sa compétence :

— Bien sûr !

Pas de doute : elle était bien de retour à Marseille.

*

— Bienvenue, madame...

La femme qui s'était approchée pour l'accueillir était des plus surprenantes. D'abord à cause de son âge avancé. De toutes les valeurs en vogue dans les sociétés formatives, la vieillesse était certainement la plus largement écartée. Surtout pour les sociétés qui, comme Gaïa, exploitaient le domaine de la santé et de la vitalité. Les vieux ne *font* pas dynamiques. Mais ni les rides du visage ni les doigts fripés n'étaient les caractéristiques les plus étonnantes du personnage : d'entre ses lèvres fines et délicatement maquillées sortait une voix puissante, en totale contradiction avec sa fragilité apparente. Justine devina qu'elle avait affaire à beaucoup plus qu'une simple porte-parole. Par-dessus les épaules de la doyenne, elle observa discrètement le reste de la délégation. Une poignée de cadres anonymes, portant toutes et tous la même blouse vert amande malmenée conjointement par le mistral et le souffle déclinant du rotor de l'hélicoptère.

Justine hocha la tête lentement, droite et digne sous les bourrasques.

— Merci.

Elle tendit une main ferme vers la femme, qui la saisit et la serra immédiatement, sans hésitation. Intéressant. Bien que liée à Zentech, Gaïa disposait de postulats et de protocoles distinctifs, parmi lesquels la crainte du contact corporel ne semblait pas avoir sa place.

— Votre personnel navigant va être pris en charge par notre sécurité. Souhaitez-vous vous reposer, ou vous rafraîchir ?

— Croyez-vous que nous en ayons le temps ?

Un plissement amusé déforma brièvement le maquillage parfait de la déléguée.

— Suivez-moi, alors ! Nous avons aménagé un espace à côté, pour cette rencontre.

Talonnée par le Roméo, Justine emboîta le pas rapide de la femme. Ce déplacement engendra une rupture graphique à la périphérie de la scène. Autour du tarmac, les formes noires des agents de sécurité de

Gaïa brisèrent leur cordon régulier pour se scinder en deux groupes, le plus petit prenant en charge le pilote et la technicienne tandis que le reste convergeait vers le Roméo. Dans l'absolu, Gaïa pouvait être considérée comme vassale de Karmax. Justine leva la main.

— Celui-ci reste avec moi !

Les hommes en noir s'immobilisèrent sur l'instant, sans protestation ni méfiance manifeste. La femme acquiesça d'un hochement de tête. Ils reculèrent lentement pour reprendre leur position initiale. Ceci était une démonstration de force, et de prestige, en même temps qu'un avertissement muet : *nous vous tolérons ici, mais vous allez jouer selon nos plans.* Justine comprenait mieux le choix de l'ambassadrice venue l'accueillir. Frapper tout de suite fort, en la confrontant d'emblée à une autorité locale.

— S'il vous plaît, dit la femme.

Ce faisant, elle invita Justine et le Roméo à se diriger rapidement vers une large tente gonflable plantée en bordure de l'héliport. Sur sa surface opaque d'un vert uni et luisant courait un logo animé de Gaïa, qui filait de manière erratique sur toute la surface. Application inédite. Encore une démonstration de force. Malgré sa curiosité, Justine se retint de toucher l'étonnante matière de la paroi en entrant sous le dôme. Une fois franchi un petit sas humide, fait de la même matière luisante, l'intérieur de la tente était frais et silencieux. Pas d'animations ou de gadgets, ici. Seulement une agréable lumière bleutée diffusée par les armatures courbes soutenant la toile. Près de la paroi opposée à l'entrée attendait une table basse en métal chromé, entourée d'une multitude de coussins en plastique mou colorés. La sobre élégance du décor surprit Justine. La technologie de Gaïa n'était pas sans charme. La femme lui sourit plus franchement en constatant l'intérêt que portait la visiteuse à l'architecture de leur salle de réunion :

— C'est un de nos derniers modèles de salle d'opération de campagne. Nous n'avons pas eu le temps de mieux préparer votre arrivée...

Justine sourit à son tour et regarda derrière elle.

— Je comprends mieux l'utilité du sas.

— Vos vêtements et votre peau ont été stérilisés lorsque vous l'avez franchi. Nous n'avons pas jugé nécessaire d'annuler cette mesure pour votre venue. Cet espace est chimiquement neutre.

— Vous avez bien fait.

La femme s'accroupit à une extrémité de la table, forçant sa visiteuse à se positionner par rapport à elle. Justine choisit de réduire la tension en s'asseyant non pas en face mais à côté d'elle, laissant au Roméo le soin de se positionner seul par rapport au débat. Ce qu'il fit avec son sens inné de la politique, en se plaçant en zone neutre, à l'autre bout de la table. Justine laissa la femme de Gaïa observer son compagnon avant de tenter une première question :

— Comment dois-je vous appeler ?

Encore un petit plissement amusé des lèvres.

— Je suis le docteur Iris Hayes.

— Alors, docteur, dites-moi pourquoi la faction Orage fait joujou dans les rues de Marseille ?

Les doigts fripés d'Iris esquissèrent un geste apaisant.

— Un certain nombre de communautés de la région ont entamé une guerre ouverte. Il s'est avéré que la menace dépassait le cadre des habituelles revendications frontalières. Nous avons préféré prendre les devants en raison de l'ampleur du conflit.

— Nous ?

Regard en coin vers le Roméo impassible, avant de répondre :

— Je parlais pour notre société mère... Gaïa n'est sur ce site que depuis ce matin pour assurer soins et secours.

— Je vois...

— Mais vous-même, madame, pourquoi êtes-vous ici ?

Justine percevait l'agacement de la femme à ne pas faire entrer le Roméo dans le cadre des forces en présence. *Fais-toi les dents sur cet os, ma carne, c'est justement à ça qu'il sert.*

— Karmax s'inquiète de la publicité faite autour de cet événement. Que la faction Orage y soit associée nous incite à la plus grande circonspection. Nous... suspectons une tentative de camouflage de la part de Zentech.

— Vous n'avez pas à vous inquiéter. Tout est désormais sous contrôle. En fait, je suis maintenant disposée à vous avouer que cette demande d'intervention était aussi hâtive qu'inutile. Je pense que Zentech voulait à tout prix protéger ses intérêts dans la région, et a dû agir en conséquence. Gaïa le regrette, croyez-le...

Justine crut soudain ne plus pouvoir se retenir. Elles étaient là, à bavarder comme deux vieilles putes à propos du cours de la pipe, quand *quelque chose* d'énorme se tramait alentour. Tout dans l'attitude du docteur Hayes lui indiquait que son roulage dans la farine avait été soigneusement planifié.

— J'aimerais visiter la zone de combat. Constater par moi-même la situation.

Surcharge de méfiance au-dessus du métal froid de la table séparant les deux interlocutrices. Iris Hayes balaya la requête d'un autre mouvement de doigts fripés.

— Impensable ! Je ne peux pas vous garantir une sécurité totale. Non, n'y comptez pas…

Justine fit mine de réfléchir avant de biaiser.

— Alors que diriez-vous de me faire visiter l'une de vos unités de secours ? J'aimerais m'adresser à quelques-uns des blessés.

— Que pourraient-ils vous apprendre que je ne saurais vous communiquer ?

Justine s'appliqua à passer lentement le doigt le long de la tranche parfaite de la table en métal, allant jusqu'à baisser les yeux vers sa main comme si ce mouvement nécessitait toute son attention.

— C'est que… je ne peux repartir d'ici sans images satisfaisantes…

Elle releva la tête et offrit un petit sourire complice à la vieille femme.

— Relations publiques, vous savez ce que c'est.

Le docteur Hayes parut se détendre. Ses lèvres fines eurent un frémissement étrange.

— Oui, je vois… Nous pourrions envisager une telle mise en scène. Et peut-être même envisager une façon de communiquer ensemble sur ce sujet ? Vous pourriez témoigner de ce qui se passe ici…

Justine remarqua que la femme avait mis une intensité hors de propos dans cette dernière phrase. Bizarre… Puis elle tourna la tête vers le Roméo demeuré silencieux de l'autre côté de la table et lui sourit :

— Je suis sûr que mon technicien propagandiste saura satisfaire à votre exigence… Si elle s'avère raisonnable.

Stupéfait, l'intéressé ne put que hocher la tête en balbutiant :

— Euh… Bien sûr… Bien entendu !

Ravie de connaître enfin la fonction du mystérieux jeune homme, Iris Hayes parut se détendre un peu. Elle s'autorisa même un geste personnel, non strictement prévu par le protocole, et se gratta sous le menton du bout des ongles.

— Il nous faudra un peu de temps pour organiser cette séance. Puis-je me permettre de faire effectuer dès à présent une présélection parmi nos patients les plus représentatifs ?

Justine eut un sourire satisfait.

— C'est une excellente idée. Et nous pourrions en profiter pour finalement prendre cette collation ?

— Avec plaisir !

La femme effleura le bord de la table basse, pianota vivement une séquence sur une portion du meuble à la texture imperceptiblement différente du reste de la surface. Justine dut une nouvelle fois convenir de l'élégance de la technologie déployée ici. Ses ordres donnés, le docteur Hayes se permit une petite minauderie en tapotant le coussin situé immédiatement à sa droite :

— Je vous prie de pardonner à l'avance la frugalité du repas, mais nous ne disposons pas encore sur place de toute notre logistique.

— Je vous en prie, répondit Justine. *Misérable pute*

vérolée, si tu crois pouvoir me baiser avec ta pommade, tu peux déjà t'en tartiner la raie ! C'est moi qui vais te la mettre profond, ma vieille !

Et pendant que deux employés subalternes de la Gaïa Health Care se glissaient avec déférence sous la tente stérilisée, porteurs de plateaux chargés de nourriture ou de boissons, et que le Roméo très mal à l'aise se tortillait dans son coin en priant pour que la conversation n'en vienne pas à ses prétendues hautes compétences de grand composeur d'image, Justine s'autorisa une petite bouffée perverse de plaisir : même si elle ignorait encore où cela allait la mener, les affaires avaient repris !

*

Mollement vautrés dans l'espace privatif du large véhicule climatisé, Justine et le Roméo se détendaient en profitant du paysage filtré par les verres polarisés de l'habitacle. Avant de partir pour l'hôpital de campagne, elle avait quand même demandé à revoir la technicienne et le pilote pour s'assurer de leur confort. Ce dernier avait obtenu une permission de quatre heures pour rendre visite à de la famille proche, qui vivait plus au nord. Simplement, la sécurité de Gaïa avait tenu à l'accompagner. L'homme avait promis qu'il serait de retour avant Justine. Quant à la technicienne, elle avait préféré se réfugier dans le cockpit de leur hélicoptère pour se tenir personnellement au courant des nouvelles. « Excellente initiative », lui avait dit Justine. La jeune femme s'était contentée de hausser les épaules en reniflant.

Pas une seconde les représentants de Gaïa n'avaient laissés seuls leurs hôtes, et le Roméo voyait approcher à grands pas l'instant de la révélation de son incompétence. Sa nervosité allait grandissant, tandis que le lourd engin tout-terrain roulait paisiblement sur l'autoroute dégagée. En tout, leur convoi était composé de cinq véhicules : leur navette, une autre semblable où avaient pris place Iris Hayes et deux de ses assistants, plus trois rapides chenillettes d'interception chargées de la protection de la petite colonne. Tout autour d'eux s'étendaient à perte de vue les grands champs de banlieue en ruine séparant Marignane et Marseille. Justine tapota la cuisse de son voisin :

— Profite de l'excursion et du paysage…

— J'emmerde le paysage ! Et j'emmerde cette excursion ! Où est-ce qu'on va, d'abord ?

Elle lui répondit comme on répond à un enfant têtu :

— À l'hôpital.

— Ça, j'ai compris. Mais on va y faire quoi ?

— Prendre la température ambiante.

— Très drôle !

Le jeune homme lança un regard en coin vers leur chauffeur, séparé d'eux par une épaisse vitre théoriquement isolante.

— Non, sérieusement, on fait quoi, une fois là-bas ?

Justine soupira.

— Zentech essaie de camoufler une grosse boulette. Un truc énorme. Je veux savoir de quoi il s'agit. Mais pour ça, j'ai besoin d'avoir les mains libres. Il nous sera plus facile de glaner des informations sur place, même sous la surveillance de la sécurité de Gaïa, que coincés dans leur putain de bulle aseptisée.

— Et après ?

— Après je ferai mon rapport à Karmax, et nous serons libres d'aller où bon nous semble. Tous les deux…

Le Roméo ouvrit la bouche sans proférer un son. Il cligna lentement des yeux, se laissa glisser contre son dossier moelleux.

— Tu ne retourneras vraiment pas à Berlin ? Mais qu'est-ce qu'on va faire alors ?

Justine eut un sourire sans joie.

— On trouvera bien… C'est bien toi qui m'as proposé de t'enfuir avec moi, non ? Eh bien, voilà, ton rêve se réalise.

Elle lui gratta le genou du bout des ongles.

— À moins que tu aies changé d'avis ?

Le Roméo s'empourpra. Sous le tissu du pantalon, elle l'avait senti sursauter. Il s'était vexé comme un enfant, c'était presque mignon. Il ne lui coûterait pas grand-chose de le rassurer :

— Je dispose toujours de mes privilèges au sein de Karmax, tu sais… Nous pourrions voyager un peu, louer ou acheter un domaine dans un sécurifief à la mode… Prendre quelques vacances.

Elle soupira.

— Je crois que j'ai mérité de longues, très longues vacances.

Il se déplaça pour se rapprocher d'elle, ravi ! Elle le repoussa gentiment.

— Tout doux, on nous regarde.

Il comprit et reprit sa place initiale, toujours souriant :

— On pourrait faire ça vite ?

— Ça, ça va dépendre de ce que nous apprendrons ici…

Justine tourna la tête vers l'avant du véhicule, frappa amicalement le pied du Roméo.

— Tiens-toi prêt, je crois qu'on arrive.

La colonne avait ralenti pour emprunter un long échangeur bordé d'une haute enceinte en béton. La descente commençait vers les faubourgs de Marseille. Le chauffeur frappa contre la vitre de séparation pour les inviter à se préparer. À la sortie de la large boucle de bitume, le décor était tout simplement ahurissant : dans un vaste champ de ruines et de gravats fumants, trois tentes aux couleurs de Gaïa crachaient leurs lasers amande vers le ciel. Au loin, d'épaisses fumées noires signalaient les derniers accrochages à travers la ville. Et tout autour de cette misérable parodie de cirque, des administrateurs en blouse verte s'agitaient pour obtenir un peu de coopération de la part des colonnes de blessés qui affluaient vers le centre médical sous bonne garde.

Les trois chenillettes blindées de leur convoi se placèrent en faisceau pour prévenir tout débordement en direction de leurs hôtes prestigieux. De la seconde navette sortit précautionneusement Iris Hayes. Justine vérifia que son pistolet était aisément accessible, à sa ceinture. La sécurité de Gaïa lui avait accordé cette arme de bonne grâce. Elle donna quelques dernières recommandations à son complice :

— Tu restes près de moi, tu ne fais pas de vagues, tu me laisses parler.

— Comme d'habitude, quoi…

Justine sourit amèrement. Ils se connaissaient

depuis moins de soixante-douze heures mais ils tissaient déjà des *habitudes*… Inquiétant !

— Oui, comme d'habitude…

Le chauffeur déverrouilla le panneau latéral de la navette. Le docteur Hayes vint à leur rencontre, accompagnée de ses deux subordonnés.

— Le périmètre est sous contrôle. Nous allons pouvoir visiter le site en toute tranquillité.

— Il y a encore des combats ?

La vieille femme se retourna vers un de ses collègues pour le laisser parler. C'était un homme massif, au crâne rasé et luisant sous le soleil. Il avait des yeux rouges et fatigués.

— Uniquement de manière sporadique, entre bandes locales.

— Et qui est le vainqueur ?

— C'est… c'est encore difficile à savoir.

Justine fronça les sourcils. Quand de telles luttes éclataient, chaque camp s'empressait de clamer sa victoire, parfois même avant la fin des combats, pour capter l'attention et les capitaux. La promesse d'un appui de la part d'une société formative prestigieuse pouvait aisément renverser le rapport de force, jusqu'à prendre le pas sur une victoire militaire. Iris perçut son trouble. Elle saisit le bras de Justine pour l'entraîner amicalement vers la plus grande des tentes :

— Venez, nous sommes attendus.

Le petit groupe traversa lentement le décor lunaire du camp de Gaïa. Pas un mur qui ne dépasse de plus de cinquante centimètres du sol. Chaque bâtiment, chaque pan d'architecture avait été soigneusement pulvérisé pour laisser apparaître les fondations. Puis gravats et débris avaient été rassemblés en terrils bien alignés le long de la route derrière eux. Il se dégageait de la scène une volonté de destruction méthodique, qui n'avait rien à voir avec la violence aveugle des guerres de territoires que Justine connaissait.

— Cet endroit… Il a été…

— Rasé par nos soins, oui !

Justine lança un regard étonné. L'autre continua en montrant les trois tentes devant eux :

— Nous avons nettoyé ce terrain pour installer l'unité de soins. La technique a été rodée en Grèce pendant la grande famine. C'est radical, bien sûr, mais ça nous permet de bénéficier immédiatement d'un vaste espace sécurisé pour notre personnel.

Justine regarda la hauteur des terrils constitués à la périphérie du champ de ruines. À en juger par le volume, c'est un quartier entier qui avait été rasé.

— Zentech vous couvre, pour ce genre d'opération ?

— Euh… non. Ils n'interviennent pas dans nos protocoles d'implantation.

Justine hocha la tête sans répondre, son attention attirée par les cris des techniciens de Gaïa s'affairant dans tous les sens pour discipliner les blessés qui affluaient vers les tentes. Ces derniers obéissaient plus ou moins aux ordres des médecins et des gardes, comme s'il ne leur importait pas ou plus de recevoir des soins. Des hommes et des femmes en blouse verte passaient dans les rangs, accrochaient des petites pancartes colorées au cou des victimes, qui étaient ensuite pris en charge par d'autres membres du personnel de Gaïa. Deux brancardiers dépassèrent Justine et Iris au pas de course et disparurent derrière une des tentes.

On aurait pu s'attendre à des cris, des protestations, des plaintes... Mais non ! Tout se déroulait dans une apathie presque menaçante. Leur petit groupe atteignit la plus proche des tentes, dans laquelle personne n'entrait et dont l'accès était sérieusement gardé par une poignée de membres de la sécurité. Assis près de l'entrée sur un bloc de béton fendillé, deux hommes se tenaient à l'écart de toute cette agitation silencieuse. Leur tenue sombre luisait étrangement, comme s'ils avaient huilé leur combinaison avant de prendre un bain de soleil. Seul leur visage était visible, dépassant de leur tenue, rougeaud et rébarbatif. L'un des hommes releva la tête vers Justine. Ses cheveux ras étaient poissés d'une matière épaisse, presque sèche. Du sang ! Ils étaient intégralement couverts de sang ! Si Iris ne l'avait pas tirée fermement par le bras, Justine se serait arrêtée net.

— Ne vous arrêtez pas !

Il y avait de la peur dans la voix de la doyenne.

L'homme lui adressa un sourire malsain en clignant de l'œil gauche, avant de se gratter le cou nonchalamment. Ce faisant, il laissa apparaître le logo qui lui barrait la poitrine : un simple cercle blanc entourant une dague stylisée. La faction Orage. L'effarante vision disparut quand Justine fut poussée dans le sas de la tente médicale.

— Mais... c'était des...

Le docteur Hayes la coupa sèchement :

— Oui, certaines de leurs unités sont déjà revenues de la zone de conflit. Ces deux-là n'auraient pas dû se trouver ici. Je suis désolée...

— Ils... Ils font quoi ici ?

La vieille femme attendit la fin du cycle de stérilisation du sas pour répondre, en baissant la voix :

— Nous ne savons pas… Ils dépendent de Zentech, pas de nous.

Pour la première fois, Justine sentit que quelque chose échappait aussi à Gaïa, quelque part au-delà de la barrière des conforteresses fumantes, au cœur de la tourmente qui ravageait Marseille.

— Vous ne les avez pas interrogés ?

Iris Hayes soupira, agacée :

— Non ! Écoutez, prenez vos photos comme prévu, et puis nous repartirons au plus vite, d'accord ? Vous ne pouvez rien faire de plus ici pour l'instant.

D'un geste vif, elle désigna la trentaine de lits installés sous la tente, où se reposaient autant de victimes des combats. Pas de râles, pas de sang. Des blessés modèles installés là pour le besoin d'une campagne de propagande que tout le monde désirait, finalement, de haut en bas de la pyramide des sociétés formatives dont les intérêts étaient en jeu. Mais Justine était trop intriguée pour ne pas poursuivre, malgré le froncement de sourcils de son interlocutrice :

— Mais… Pourquoi m'avoir fait venir jusqu'ici si vous ne vouliez pas que je voie ça ?

Plissement des lèvres fines au milieu du visage ridé :

— M'aurait-on menti sur votre finesse, madame Lerner ?

À ce moment, un froissement insistant se fit entendre derrière le petit groupe qui venait d'entrer sous la tente. La voix du Roméo monta soudain sous le large dôme :

— Justine !

Chacun se retourna. L'homme qui avait fait de l'œil à Justine s'était glissé dans la tente. À la lueur bleutée des arcs lumineux composant la structure, sa tenue avait quelque chose d'étonnamment trop rouge. Dans sa main une étrange lame, ou plutôt une simple tige noire serrée entre ses doigts gantés, se balançait lentement vers la gorge du Roméo pétrifié. L'apparition eut un croassement :

— *Die schöne Frau kommt mit uns, ja ?*

— Comment osez-vous…

Le docteur Hayes fit un seul pas vers l'homme avant de basculer en arrière, la gorge tranchée, son sang éclaboussant chacun des participants. Le tueur avait déjà ramené lentement son autre main vers sa cuisse, les rasoirs garnissant ses phalanges cliquetèrent faiblement. Il ne répéta pas sa phrase, se contentant de pointer Justine du bout de sa lame pendant que sa victime gargouillait à ses pieds.

— Que voulez-vous ? marmonna Justine épouvantée.

Le Roméo poussa un petit gémissement quand la pointe de l'arme remonta percer lentement sa joue. Elle cria :

— Non !

Puis, plus calme :

— Je viens…

Le soldat de la faction Orage hocha lentement la tête. Par terre, la femme finissait de mourir malgré les efforts désespérés des assistants qui s'étaient précipités pour arrêter l'hémorragie. Justine en aurait pleuré de rage. Elle avait oublié depuis tellement longtemps qu'une vie pouvait s'arrêter aussi stupidement. Pour un malentendu. Pour rien. Le docteur

Hayes gargouilla une dernière fois à ses pieds sans qu'elle trouvât la force de la regarder dans les yeux. Impassible, le tueur fit un pas en arrière pour la laisser passer. Elle fit un premier pas hésitant, un deuxième... dépassa résolument l'homme pour pénétrer dans le sas.

— Attendez !

La voix du Roméo avait retenti avec une force inhabituelle. Il rougit en devenant soudain l'attraction principale du drame.

— Je vais avec elle, balbutia-t-il.

Le tueur le dévisagea en découvrant ses dents Justine tenta de s'interposer :

— Il va te tuer !

Le garçon répéta, buté :

— Je viens !

Contre toute attente, le soldat parut comprendre. Son sourire mauvais disparut ; il ne broncha pas quand le Roméo marcha vers le sas à son tour. Il leur emboîta le pas sans plus accorder la moindre importance au personnel de Gaïa regroupé autour du cadavre de leur responsable.

À l'extérieur, le second membre de la faction Orage les attendait en fumant paisiblement une cigarette. Autour de lui, les corps démembrés des agents de la sécurité du site finissaient de se vider de leur sang. Il n'y avait plus personne. Les civils, les médecins avaient fui le lieu du massacre. Justine se rendit compte que pas un coup de feu n'avait été tiré. Le camp médical était devenu un vaste champ de ruines sans mouvement. C'était... effroyable !

La cigarette consumée fila d'une pichenette vers la

poitrine ouverte d'un cadavre. Le soldat eut une grimace qui se voulait amicale vers le couple terrifié. On sentait une concentration parfaite dans chacun de ses mouvements, qui trahissait une aspiration féroce à tuer encore, vite, bientôt… maintenant ! De toute urgence, comme pour faire taire une douleur tenace. Sa bouche s'ouvrit sur un four sombre, aux dents et aux gencives trop rouges, d'où jaillit une voix brisée :

— Vous venez avec nous, c'est bien. Pas de complications, sinon…

Il se contenta de montrer les corps éparpillés autour de lui. Son accent était épouvantable, espagnol peut-être.

— Où allons-nous ?

L'homme leva le bras et montra du doigt les colonnes de fumée noire qui montaient de Marseille vers le ciel dégagé.

— Il vous attend.

L'esprit de Justine refusa de traiter l'information. Le décor se mit à tourner. L'odeur de sang, le craquement écœurant du cuir des uniformes gorgés d'hémoglobine séchée, la parfaite *incongruité* de la scène… Ses jambes se dérobèrent sous elle. Le Roméo se précipita pour la soutenir. La voix reprit, plus agressive :

— Pas de complications !

Le souffle court, elle se força à fixer le sol poudreux à ses pieds.

— Je viens, bâtard putride ! murmura-t-elle.

Il la dévisagea d'un air extatique, soudain :

— Il n'y a plus de place en ce monde pour la bêtise.

Et quand il prononça ces paroles, elle eut la certitude qu'il les avait prononcées phonétiquement, comme une leçon apprise par cœur. Sans en avoir compris un traître mot. Comme si quelqu'un avait parlé à travers lui.

*

Justine mit du temps avant de comprendre où les deux tueurs les conduisaient. Pour elle, les Sicaires de l'Hégire n'avaient jamais été qu'un nom dans des rapports et des dossiers de prospective précisant leur implantation durable tout autour du bassin méditerranéen et leur statut de partenaires commerciaux agréables. Des modérés, dans la classification des communautés montantes. Peut-être en avait-elle rencontré un ou deux représentants lors de cocktails dînatoires ou au cours de voyages dans les filiales ? Elle ne s'en souvenait pas et, de toute façon, elle n'était plus capable de penser. L'intégralité de leur balade à travers les rues de Marseille écrasées de lumière et de mort avait la coloration brûlante des journées sans espoir, qui vous laissaient parfois vivant et abruti de fatigue au seuil d'un refuge inespéré. Des crépitements sporadiques s'étaient fait entendre à plusieurs reprises au-dessus des toits sans que cela inquiète le moins du monde leurs bergers sanglants. Quelques exécutions sommaires après la victoire, peut-être ? Mais la victoire pour qui ? Le territoire qu'ils arpentaient depuis une bonne heure portait les couleurs des Sicaires, mais nulle part un dignitaire, nulle part la trace de leur présence vivante dans le quartier. Les deux soldats de la faction Orage paraissaient plus détendus ici que près du camp de Gaïa. Celui qui avait égorgé le docteur Hayes couvait ses invités de regards extatiques emplis de complicité tacite. Au cours de ses années d'errance dans les milieux givrés de la *révolution globale*, Justine avait appris à repérer un cinglé profond quand elle en croisait un. Ces deux-là avaient ouvert une nouvelle voie vers les territoires insoupçonnés de la frappadinguerie totale. Malgré son inexpérience, le Roméo aussi avait pleinement pris la mesure de la situation. Il trottinait près d'elle la tête basse, entièrement occupé à ne pas trébucher sur les gravats, à ne pas shooter malencontreusement dans un des cadavres jonchant les trottoirs, à ne faire aucun des gestes inappropriés qui lui vaudraient aussitôt une lame dans le dos, l'œil, ou pire ! S'il restait quelque part un individu capable de raconter ce qui s'était passé ici, Justine ne voulait jamais entendre ce qu'il avait à dire.

Finalement, ils débouchèrent sur une grande place rectangulaire entourée d'arcades délicates recouvertes de stuc, et elle sut qu'ils arrivaient au terme du voyage. Elle ne reconnaissait pas l'endroit. L'architecture musulmane était récente et ne devait dater que de l'époque de l'implantation des Sicaires dans la région. À l'autre extrémité de la place, un large croissant de verre et d'or brillait au-dessus d'un grand bâtiment au fronton recouvert des noms finement calligraphiés de Dieu. Quelques hautes marches permettaient d'atteindre les deux battants en métal frappé gardant l'entrée. Il y a peu, l'endroit devait être un marché. De larges pans de tissus bariolés avaient été arrachés de leurs supports pour recouvrir les nombreux corps éparpillés entre les étals renversés. C'était le premier signe d'humanité décelable depuis leur entrée dans la ville. Le reste, les fruits, les viandes et les humeurs répandues, appartenait désormais aux mouches. Quant à l'odeur, épouvantable, elle était là pour tous. Sur les marches, un petit groupe d'hommes et de femmes de toutes couleurs et de tous âges attendaient debout, immobiles, semblant à peine s'intéresser à leur approche. Mais quand le soldat à l'accent espagnol posa un pied sur la première marche, une des femmes hulula. Elle devait avoir au moins soixante ans. Sa chevelure grise en désordre, qui lui cachait presque entièrement le visage, ne dissimulait rien de la folie qui brillait dans ses yeux. Le tueur ne prêta aucune attention à sa tentative d'intimidation et gravit encore deux marches avant qu'elle ne chargeât en criant. Justine sentit sa nuque se raidir dans l'attente de l'impact imminent, mais la forcenée s'arrêta net en face de l'homme, sa large poitrine se frottant contre le cuir souillé de son uniforme, pour entamer ce qui sembla être une parodie d'accouplement frénétique, les mains serrées sur le tissu de sa robe relevée. À en juger par les traînées improbables qui lui barbouillaient le haut des cuisses, d'autres avaient dû récemment la trouver à leur goût. La parade ne dura pas plus de cinq secondes avant que l'homme ne la repoussât sans un mot. Elle recula en ricanant, sa langue s'agitant comme une anguille entre ses lèvres molles. Justine ressentit une vive honte pour la doyenne dépenaillée.

— Putain de ménagerie, murmura-t-elle.

Contre sa hanche, le poids de son pistolet ne lui procurait aucune sécurité. Leurs gardiens ne pouvaient avoir manqué de le repérer à sa ceinture, mais ils n'en avaient pas fait mention. Il était évident que son geste, si l'idée lui venait de dégainer maintenant ou plus tard, se conclurait inévitablement par sa mort immédiate. En fait, c'était presque plus humiliant qu'ils ne l'aient pas désarmée : c'était dire le peu de danger potentiel qu'ils lui reconnaissaient. *Maudits bâtards sortis d'une truie malade ! Attendez seulement que je reparte d'ici en un seul morceau et je vous soignerai à ma façon !* Des fantasmes de tapis de bombes purifiant la région depuis la haute atmosphère lui traversaient l'esprit, quelque chose de cruel, de définitif et de... divin ! Au sommet des marches, les deux tueurs s'écartèrent pour les laisser passer devant, elle et le Roméo déguisé en flaque. Les autres guignols plantés à l'entrée ne s'intéressaient toujours pas à eux, se contentant de les observer comme on regarde le quai d'en face en attendant un train. C'était si grotesque qu'il fallut à Justine quelques secondes de plus que ne l'aurait normalement exigé la situation pour réaliser ce qui clochait : la putain de *connivence* qui fédérait cette brochette de tarés.

Soudain, il devenait évident que tous ici, de l'assassin hautement qualifié à la vieille goule folle du cul, partageaient autre chose qu'un Q.I. à deux chiffres. Elle s'arrêta pour dévisager leurs guides. Ils attendaient ! Ils attendaient quelque chose de sa visite ici. Elle avait un rôle à jouer dans ce théâtre des horreurs. Avant qu'elle eût le temps de réfléchir plus sérieusement, le plus âgé des soldats posa ses doigts gantés sur son bras et la poussa fermement vers le couloir. Elle siffla instinctivement :

— Ne me *touche* pas !

Il hocha la tête en silence, retira sa main et lui désigna le large couloir qui s'enfonçait devant eux. Elle regarda dans la direction indiquée. Une silhouette approchait vers eux en silence. Justine plissa les yeux pour distinguer quelque chose dans l'obscurité épaisse qui hantait le couloir quand on l'observait du dehors. La forme approchait. C'était une jeune femme, presque une jeune fille, qui marchait lentement vers la sortie. Elle était entièrement nue et serrait un large couteau dans sa main droite. Quand elle fut à un mètre d'elle, elle offrit un sourire aux dents parfaites et accueillit les invités d'une voix douce :

— *Sabah el-kheir*, Justine Lerner… Khaleel craignait que vous vous soyez perdus en route…

À cet instant précis, si le chat du Cheshire avait traversé la pièce en lui faisant de l'œil, Justine n'aurait sans doute pas trouvé plus de raison d'éclater de rire, jusqu'à ce qu'elle en pleure.

L'indignité d'être vivant

Gemini sortit de l'inconscience avec une prudence de reptile. Il y avait une présence, là, tout près de lui. Une menace immobile. Ses sens retrouvaient peu à peu leur fonction pour qu'il puisse identifier la nature de cette crainte. Sa joue était posée par terre. C'était frais et dur. Il entrouvrit lentement les paupières, mais ne distingua rien. Un instant, il crut être devenu aveugle et ce choc manqua de le faire bouger. Puis, comme ses yeux s'habituaient au noir profond qui l'entourait, il finit par distinguer un faible trait lumineux au ras du sol devant lui. Le pourtour d'une porte, sans doute. Souvenirs de l'horreur de la scène qui avait précédé son évanouissement. La femme abattue contre le mur, le feu dévorant ses tortionnaires… Le visage fracassé d'Erwann sous le talon du Tore ! Il ne put retenir un sanglot nerveux. Quelque chose bougea derrière lui et une main rugueuse vint lui caresser la joue dans l'obscurité.

— Chut, tout va bien, dit la voix.

Un froid immense envahit le corps épuisé de Gemini. Il se souvint de l'homme qui s'était dressé devant lui tout à l'heure dans la chambre. Il avait bien cru mourir ! Une peur atroce lui saisit la poitrine, son corps devint de plomb. Les doigts s'attardèrent dans ses cheveux avant de reculer avec un grincement de cuir épais. Oui, ce devait être ce colosse qui l'avait… sauvé. Le terme ne voulait rien dire mais, oui, ce type l'avait sauvé !

— Tu as faim ?

La voix était douce, voilée d'une infinie tristesse. Prudemment, Gemini gémit un peu, à la manière d'un rêveur noyé dans un sommeil pénible.

— Tu n'as rien à craindre, tu sais… Il n'y a plus que nous deux à cet étage, je crois.

Bruit de cellophane qu'on déchire et qu'on froisse, immédiatement suivi par l'odeur épaisse, gorgée de promesses, de nourriture préparée.

— Faut qu'on se serre les coudes si on veut sortir d'ici, reprit la voix.

Le ventre torturé du garçon eut un soubresaut douloureux. Il releva lentement la tête et prit appui sur ses mains. Qu'avait-il à perdre, de toute façon ? Le geste lui arracha un cri de douleur. Tout son flanc gauche l'avait soudain lancé atrocement. Il manqua de retomber lourdement, mais un bras solide le retint *in extremis*.

— Tout doux, gamin. Tu as dû te casser quelque chose en t'évanouissant, tout à l'heure. Tiens, mange ça.

L'odeur provocatrice du sandwich au jambon revint en force. Ses doigts serrèrent le pain décongelé sans qu'il en ait conscience. La première bouchée fut une boule de bonheur douloureux. Il était vivant. Il mangeait. Il était vivant ! Il dévora le sandwich, ne cessant de mastiquer que pour boire à la gourde de l'homme un mélange pétillant et sucré.

— Merci, balbutia-t-il entre ses larmes.

L'homme ne répondit pas.

Il y eut un mouvement dans le noir, un bruit de fermeture Éclair qu'on ouvre et qu'on ferme. La gourde ne réapparut plus sous son nez. Il n'osa pas réclamer d'autre gorgée. La peur ne l'avait pas quitté. C'était trop sinistre d'être dans ces ténèbres en compagnie de ce tueur aux manières douces. L'homme bougea de nouveau, faisant craquer son uniforme. Cliquetis métallique d'un objet qu'on soulève, deux yeux rouges déchirèrent l'obscurité de leur feu sanglant. Ils bougèrent rapidement, provoquant un effet de rémanence désagréable avant de disparaître, sans doute sous le blouson de l'homme. Gemini se souvint qu'il avait vu cette arme fonctionner.

— Vous les avez tués ?

Soupir, puis le silence.

— … Oui.

— Ils avaient le même uniforme que vous.

— C'était mes partenaires, avant.

— Avant quoi ?

Soupir.

Silence.

— Avant d'autres horreurs, qui ne faisaient que suivre d'autres horreurs. Tu comprends ?

— Non…

— Nous l'avons amenée ici avec nous. La colère. Nous n'avons pas fui assez vite.

Gemini ne répondit pas. Le type était complètement fumé ! Il continuait de parler, de parler, et lui n'écoutait pas tant il avait peur :

— … Je savais qu'elle n'y arriverait pas ! Mais je ne pouvais pas faire autrement… Si tu avais vu son regard. Je crois qu'elle m'en a voulu de lui avoir fait croire à une sortie possible. Elle aurait préféré que je la laisse crever seule avec ses dessins !

La voix se brisa :

— Je ne me rappelle même pas comment elle est morte !

Le silence retomba entre eux, entrecoupé des reniflements de l'homme. La bouche de Gemini s'ouvrit et les mots sortirent comme un flot de bile :

— Mon meilleur ami est mort, aujourd'hui. Je n'ai pas su les protéger ! Tous, ils… Ils…

Sa gorge se serra. Il hoqueta, tremblant, incapable de poursuivre. L'air ne voulait plus sortir de sa poitrine. Une large main saisit son épaule pour l'attirer vers l'avant. Le choc fut rude quand son visage s'enfonça dans le blouson épais. L'homme le berça contre lui en lui frottant le dos pour l'aider à respirer. Peu à peu, la crise reflua. Il parvint à cracher un peu d'air :

— Merci.

Puis il s'évanouit une nouvelle fois.

… Quand il revint à lui, sa tête reposait sur les genoux de l'homme. Il inspira lentement, grimaça pour détendre ses joues raidies par les larmes séchées, murmura :

— Je devrais prendre un abonnement, ça devient une habitude…

L'homme rit poliment.

— Tu te sens mieux ?

Gemini se redressa péniblement, le flanc toujours douloureux.

— Ouais… Merde, ça fait mal !

— C'est trop bête, on est dans un hôpital et y a plus un médecin…

Gemini ricana amèrement :

— Gaïa, un hôpital ? ça m'étonnerait…

L'homme grogna d'étonnement. Le garçon poursuivit :

— On soigne personne, ici, sauf quelques fumiers de planqués.

— C'était ce qu'on était censés faire pourtant, en venant ici : protéger un hôpital. Enfin, je crois…

Gemini se souvint des hommes qui débarquaient des containers la nuit de sa visite. Et du marché qui liait le Tore et l'administration de Gaïa. Il poussa lentement sur ses jambes pour se reculer un peu, se cogna la tête à un montant métallique qu'il n'avait pas vu.

— Aïe ! Putain, c'est pas ma journée !

Une envie de rire de tout ça le saisit soudain. Il était là à discuter avec un type qui avait été engagé pour le descendre, lui ou les autres membres de la bande, s'ils revenaient piocher dans les stocks du sous-sol. Il avait failli mourir, ses amis avaient certainement déjà été exécutés et il trouvait encore le moyen de se fendre le crâne contre une étagère. Il pouffa nerveusement. C'était ridicule ! Tout ceci était ridicule ! Autant sortir maintenant de ce placard obscur, espérer qu'un autre malade mental réussisse enfin à mettre un terme à cette folie. Vite ! Puis sa jubilation amère se changea en douleur immense. Il sentit monter une autre crise. Le colosse perçut sa panique et lui parla d'une voix forte :

— J'ai besoin de toi ! Tu connais le coin, pas vrai ?

On va sortir d'ici tous les deux d'accord ? Je te laisse pas tomber !

Gemini renifla, essuya ses yeux du revers de la main.

— Faudrait que je retrouve mes fringues…

— On va arranger ça. Mais j'ai besoin de savoir si je peux compter sur toi. Je peux compter sur toi, dis ?

— Vous me refileriez pas une autre gorgée ?

Rire épaté dans le noir, suivi du bruissement de nylon quand le sac se rouvrit près de l'homme. La gourde fut poussée entre les mains de Gemini qui but avidement.

— Tu peux la garder.

— Merci…

L'homme se releva. Même dans l'obscurité, sa masse semblait menaçante, gigantesque. Il tendit une main pour aider son compagnon à se relever lentement.

— Aïe ! Au fait, je m'appelle Gemini, et vous ?

Instant de réflexion, puis :

— Je suis… Ogre.

— Ogre ?

— Oui. Et tu peux me tutoyer.

Le géant s'approcha de la porte et l'entrouvrit prudemment pour renifler l'air du couloir. Dans le fin rectangle de lumière, Gemini vit son regard brillant, le sourire tordu qui lui barrait le visage. Puis il se souvint que dans les contes, les ogres étaient réputés pour leur odorat très délicat et qu'ils mangeaient les enfants. Alors il eut vraiment très peur.

*

Gemini avait des vêtements neufs. N'ayant pas retrouvé ses affaires dans sa chambre, transformée en morgue, il avait dû se contenter d'enfiler un pantalon et un pull épais, trop grands, trouvés dans l'armoire d'une pièce voisine. En se rhabillant devant les cadavres, il avait éprouvé une honte intense. L'indignité d'être vivant. Les vêtements devaient avoir appartenu à un membre du personnel de Gaïa. Ogre lui avait aussi trouvé des chaussures, des sortes de sandales en cuir souple trop petites qui lui faisaient un mal de chien au petit orteil. Ses vieilles rangers confortables lui manquaient énormément, en même temps que la joie simple de les retrouver chaque matin posées près de son lit, soigneusement nettoyées par… Non ! Il ne voulait pas se rappeler la maison-tortue. Pas encore. Pour l'instant, il se contentait de trottiner derrière son étrange ange gardien à travers les couloirs et les salles vides dévastées. Parfois, l'homme lui ordonnait de ne pas le suivre dans une pièce et il restait planté dans le couloir pendant que l'autre fouillait rapidement l'endroit. Gemini supposait que c'était pour lui éviter d'assister à un spectacle présumé trop pénible pour lui. Ça lui donnait envie de hurler à ce grand connard qu'il avait certainement vu plus de cadavres et d'images infectes dans sa courte vie que ce bâtard de vigile en costume de tueur aimable. Mais il se contentait d'obéir, finalement soulagé de pouvoir éviter de mater un peu plus d'horreur. C'était un périple étrange et méthodique, de couloir en couloir, de salle de repos en réserve pharmaceutique. Ogre avait fini par trouver des antalgiques pour calmer la douleur qui lui rongeait le flanc et il les avait gobés avec avidité. Sous son pull, il avait glissé la précieuse gourde. Dans sa poche, d'autres plaquettes de calmants contre la douleur. Par moments, le colosse se retournait vers lui pour lui demander conseil. Est-ce qu'il reconnaissait l'endroit ? Existait-il un escalier pour descendre ? Malheureusement, Gemini n'était jamais venu jusqu'ici. Après une heure de cette balade, ils avaient fini par explorer l'ensemble de deux étages vides, sans croiser personne et sans rien trouver de plus intéressant que des portes blindées impossibles à ouvrir, au bout d'un couloir désert. Aucune fenêtre. Pas d'escalier de service. Quant à la cabine d'ascenseur, elle acceptait de s'ouvrir quand Ogre agitait devant elle ce qu'il appelait une phéroclef, mais refusait ensuite de leur donner accès à autre chose qu'aux étages quatre et cinq qu'ils connaissaient maintenant par cœur. Les tentatives d'accéder à autre chose s'étaient soldées par une immobilité goguenarde de la cabine, accompagnée d'un irritant grincement de moteur en panne. Que ce soit par mesure automatique de sécurité ou à cause du tripatouillage des servomoteurs par un autre dingue traînant dans la clinique, le résultat demeurait le même : ils étaient tous les deux coincés dans les étages.

Gemini sentait la rage sourde grondant dans le corps immense qui le précédait. Une violence à peine maintenue sous contrôle, qui manquait d'exploser à tout instant. Il se faisait alors le plus discret possible. Après une ultime tentative pour dénicher un passage praticable, Ogre abandonna enfin, en serrant nerveusement la crosse de son arme. Sa voix avait perdu toute douceur :

— J'aurais jamais dû utiliser la phéroclef de cette

folle pour monter ici. On est piégés comme des rats, maintenant !

Gemini ne comprit pas de qui il parlait, mais il préféra plaisanter pour détourner la violence de l'homme :

— Ça me va, moi ! Sans ta visite, j'étais bon pour la poubelle…

Le goût désagréable du canon de N'Gome dans sa bouche et les gloussements d'Isidore le firent grimacer.

— Putain de malades, ces deux-là !

Ogre se contenta de grogner un acquiescement. Gemini désigna la phéroclef du menton :

— Tu as bien fouillé leurs affaires, hein ? Ils n'avaient pas d'autres clefs comme celle que tu as trouvée ?

Ogre cria, ulcéré :

— Bien sûr que non !

Gemini recula un peu contre le mur, inquiet :

— Peut-être que…

— Peut-être que quoi ?

Des paroles de son tortionnaire lui revenaient en mémoire. Il se laissa glisser lentement jusqu'au sol en murmurant :

— Ton collègue, là, N'Gome, il m'a parlé de ce qu'il venait de voir, des gens qu'on charcutait ou un truc comme ça, et que j'étais le prochain sur la liste.

Ogre plissa les yeux, attentif et menaçant :

— Et alors ?

— Et alors il avait l'air de parler de quelque chose qui était ici, tout près…

— On a tout visité ici, sauf…

Gemini hocha la tête :

— Ouais ! Sauf ce qu'il y a derrière les portes blindées. Si les ascenseurs étaient déjà bloqués, il est forcément passé par un autre chemin. Et ces saloperies de portes, c'est tout ce qu'on n'a pas réussi à ouvrir depuis qu'on tourne en rond ici.

Le géant s'accroupit en face de lui, réfléchit un instant, puis murmura :

— Ça pourrait être ça… Mais N'Gome n'avait rien sur lui pour les ouvrir.

Gemini ne voulait pas en démordre, il haussa les épaules :

— C'est pas lui qui a ouvert, peut-être… Ou alors, lui aussi s'est fait posséder… On s'en fout, l'important, c'est que c'est par là qu'il faut passer pour sortir !

Ogre se souvint du médecin paniqué qu'il avait croisé avant de sauver le garçon. C'était peut-être lui qui avait conduit N'Gome et Isidore au cinquième étage avant de s'enfuir par le même chemin.

— Retournons voir, j'ai une idée…

Ils se relevèrent et repartirent en direction des portes. Il ne leur fallut que quelques minutes pour refaire le parcours et s'arrêter devant elles. Elles étaient du même alliage jaune que l'ascenseur. Maintenant qu'ils les observaient mieux, il paraissait évident qu'elles constituaient la réponse à leur problème, ainsi plantées au bout d'un large couloir vide et nu. Un sas, ou une frontière vers une autre partie de l'étage, voilà ce qu'elles étaient. C'était évident, maintenant. Pourtant, Gemini ne voulait pas encore y croire. Il avait appris à se méfier des hypothèses qui ne débouchaient jamais sur rien et il était trop épuisé, trop usé, pour miser ici ce qu'il lui restait d'espoir déçu. Ogre s'approcha des parois lisses et froides, retira ses gants pour méticuleusement inspecter leur surface du bout des doigts.

— Je me demande si…

Le colosse ressortit de sa poche la phéroclef et l'agita devant les panneaux en laiton. Ils entendirent tous les deux un bourdonnement mécanique, puis plus rien. Gemini se rapprocha :

— Elle a réagi ! Elle a capté notre présence !

— Ouais, mais on n'a pas émis la bonne séquence.

Ogre observa la phéroclef plus attentivement, cherchant un moyen de modifier le codage, mais il n'y avait rien. À ce moment, un second cliquetis résonna et les portes s'ouvrirent lentement sous la poussée paisible de vérins pneumatiques. Derrière apparaissait un couloir identique, de même largeur et de même couleur, qui s'enfonçait dans la semi-obscurité des veilleuses du plafond. Il montra les dents à son assistant médusé :

— Contrôle et vérification ! Fallait lui laisser le temps de se prononcer, à cette garce !

— On y va, bordel, avant que ça se referme !

— Non !

Gemini s'arrêta net dans son mouvement :

— Hein ?

— J'entre d'abord, puis je reviens te chercher.

— Que dalle ! On reste ensemble !

— T'es pas en état…

— De la couille, oui ! Je reste !

Ogre comprit au regard paniqué du garçon qu'il préférait crever dans une embuscade que de se retrouver seul dans le labyrinthe morbide qu'ils venaient de quitter. Il murmura :

— O.K., mais tu restes derrière à distance et tu ne fais pas de bruit.

Gemini hocha la tête et ne dit plus un mot.

Ogre enfila ses gants, dégaina son Corbeau et huma avec insistance l'air du couloir. Puis il s'engagea dans le passage désert en longeant prudemment le mur gauche. Après avoir compté jusqu'à dix, Gemini lui emboîta le pas en protestant :

— Hey, pas si vite !

Les portes se refermèrent derrière eux.

*

La première chose que Gemini remarqua dans cette portion inexplorée ce fut la température, nettement plus fraîche que dans le reste de l'étage. Il ne fallut qu'une minute ou deux de progression attentive pour que leur respiration commençât à générer des volutes de buée blanchâtre dans le silence pesant. Pour ne plus sentir la morsure du métal glacé du sol, il se dépêcha de rechausser les sandales, qu'il avait retirées tant elles le faisaient souffrir. Ogre continuait à marcher devant lui, l'air prêt à tuer tout ce qui se présenterait face à eux.

Pour l'instant, ils n'avaient rien découvert de plus intéressant que des salles identiques, encombrées de matériel fait du même métal chromé que le sol : des tables massives montées sur vérins hydrauliques, des bras articulés d'appareillage médical, des outils chirurgicaux. Les paroles de N'Gome étaient revenues à l'esprit de Gemini, plus lourdes de sens : « Ce que tu ne sais pas, c'est qu'elle est seulement là pour s'assurer de ta santé jusqu'à ce qu'ils te prélèvent des morceaux. Comme chez le boucher… » À intervalles réguliers, des buses montées dans le plafond pulvérisaient un liquide clair et insipide dans l'intégralité des couloirs. À chaque ouverture et fermeture de porte, le système régissant cette partie de l'étage ordonnait une pulvérisation supplémentaire autour du chambranle ainsi manipulé. Très vite, les deux visiteurs se retrouvèrent trempés et gluants. Ceux qui travaillaient ici devaient porter des combinaisons ou des masques protecteurs : personne ne supporterait de bosser longtemps ainsi trempé jusqu'aux os.

Quelques salles plus loin, Ogre s'arrêta à un carrefour. Il se retourna vers Gemini, d'un geste de la main lui ordonna de s'immobiliser et disparut en tournant à gauche. Le garçon en profita pour se passer une main dans les cheveux et se débarrasser de la colle jaunâtre que devenait le liquide en séchant. Il devait avoir l'air d'un bonhomme de neige mutant, avec des excroissances aléatoires qui lui aurait poussé sur les épaules et dans le cou. Un instant, il fut tenté de glisser sa tête sous son pull, mais ce serait pire quand il devrait le renfiler convenablement, et puis ce ne serait guère prudent. Ogre ne revenait pas. Gemini sortit de sa poche la tablette de pilules analgésiques aux couleurs de Gaïa et s'en goba deux avant de replier délicatement l'emballage en carton protégeant les médicaments de l'humidité et de la lumière. Ogre ne revenait toujours pas. Il n'y tint plus et partit à sa poursuite.

Au-delà de ce qui semblait être le carrefour principal de cette zone sous haute asepsie, il n'y avait personne. Le colosse avait totalement disparu. Puis il entendit un gémissement étouffé en provenance d'un autre virage à droite de l'embranchement qu'avait pris ce dernier. Une angoisse atroce commença à lui broyer les tripes. Il fit un pas en direction du bruit, s'arrêta pour écouter encore, la respiration haletante. Plus rien… Il n'avait même pas d'arme pour se défendre. Une envie farouche de s'enfuir au plus vite manqua de lui faire perdre l'équilibre. Puis Ogre réapparut, livide, les yeux exorbités. Il n'avait pas de sang ni de blessure visible. Gemini se précipita vers lui. L'autre braqua son arme vers lui et aboya d'une voix méconnaissable :

— Stop !

— C'est moi !

L'homme eut un haut-le-cœur. Il porta sa main gantée à ses lèvres, ne put se contrôler et vomit un flot de bile en se cassant en deux vers le sol. Une terreur sans nom envahit le corps et l'esprit de Gemini. Il fit un autre pas tremblant vers l'homme, respirant de plus en plus vite pour lutter contre la nausée qui montait en lui maintenant.

— Qu'est-ce que c'est ?

La voix d'Ogre n'était qu'un grognement rauque entrecoupé de crachats de bile :

— N'approche pas ! Je vais tous vous tuer ! Tous ! Misérable race de cafards ! Nous sommes des cafards infects ! Comment osez-vous ?

Gemini cria sans s'en rendre compte :

— Qu'est-ce qu'il y a là-dedans ? Qu'est-ce que tu as vu ?

Ogre rendit une seconde fois. L'odeur aigre de la flaque étalée sur le sol métallisé déclencha un réflexe vomitif chez l'adolescent. Les yeux lui piquèrent. Il ferma les paupières pour mieux lutter. Dans l'obscurité flamboyante de ses yeux fermés, les paroles d'Ogre résonnèrent plus distinctement dans son esprit :

— Des gens. Des gens intubés, découpés… Cliniquement… Des morceaux en moins… Des…

Gemini n'avait plus la force de supporter la lumière des plafonds. Il murmura dans le noir pour lui et pour le monde :

— Alors c'était donc ça, misérable porc ? C'était ça, ton petit trafic ?

Craquement de la veste en cuir pendant qu'Ogre se relevait devant lui.

— De quoi tu parles ?

— Les cobayes, ils sont vivants ? Je dois les voir…

— Ne t'inflige pas ça, petit, je te jure, ne t'inflige pas ça.

Gemini planta son regard brillant dans celui du tueur fou :

— Ils viennent de mon île ! Je connais celui qui les a vendus à Gaïa.

Ogre ramena lentement le bec de son arme vers lui :

— Tu le connais ? Je veux le trouver !

Les yeux du Corbeau rougeoyèrent quand l'indicateur de charge monta en puissance. Gemini mit instinctivement ses mains devant son visage :

— Avant, je veux voir qui est là-dedans. Je veux voir si je reconnais quelqu'un ! Puis je te dirai son nom et où le trouver…

Les yeux rouges demeurèrent braqués sur lui. Puis le doigt quitta la détente et les diodes s'éteignirent. La voix du géant redevint normale.

— D'accord, je t'attends là. Quand tu auras fini, je

t'aiderai à les.. débrancher. Et puis nous irons punir le coupable.

Gemini baissa les bras. Il dépassa le milicien appuyé contre le mur, tourna lentement à l'angle pour voir ce qui se cachait au-delà.

Puis ses cris…

… montèrent vers les étoiles…

.. comme les hurlements d'un chien blessé.

Je suis le guide d'une nation d'enfants furieux

— Te revoir m'emplit de joie, Justine... Il y a si longtemps, n'est-ce pas ?

Elle ne pouvait pas répondre. Son esprit s'était recroquevillé contre la paroi de son crâne, le plus loin possible de l'horreur suspendue devant eux. Aucun son ne voulait sortir de sa bouche figée. À travers les nappes indolentes d'encens qui tournaient dans la pièce, le regard du monstre ne la quittait pas. L'autre continuait de parler pour deux :

— Tu ne dois pas avoir peur de cette misérable coquille usée. Je suis bien plus que ce que tu crois voir. En même temps, je suis toujours celui que tu as connu autrefois.

Le Roméo avait glissé lentement jusqu'au sol pour ne pas s'évanouir tout de suite. La jeune fille qui les avait conduits jusque devant cette misérable caricature de vie s'était accroupie près du garçon et lui épongeait le front avec un linge propre. Ses gestes étaient patients et attentionnés, elle avait posé son couteau sur le sol pour s'occuper entièrement de son patient mal en point. Un rire sifflant jaillit de la bouche mince du vieillard accroché au plafond par ses câbles et ses liens :

— Pas très résistant, ton ami… Est-il digne de t'accompagner ?

Justine tourna la tête pour ne pas avoir à reconnaître dans cette chose l'homme qui s'était appelé Khaleel. Sur le mur gauche, elle vit un étrange portrait, comme un dessin d'enfant gravé dans le bois verni de la cloison. Une effigie sèche et grimaçante. Elle se força à dévisager son interlocuteur.

— Que veux-tu dire ?

Autre salve de rire mauvais :

— Chacun de ceux qui sont entrés dans mon antre pour me contempler et entendre mon verbe a dû payer un prix élevé pour ce privilège. Jasmine ici présente est de ceux-là et toi aussi, d'une certaine façon. Lui…

La voix se fit méprisante :

— Lui, il n'a fait que te suivre. Ce n'est pas dénué d'intérêt, bien sûr, mais je me demande où il a puisé la chance ou le courage nécessaire pour arriver vivant jusqu'à moi. C'est une sorte de première…

— Khaleel, si c'est bien toi… Il faut que tu m'expliques… Tout ceci !

Les paupières fripées se fermèrent et ce fut un soulagement pour Justine. Le vieil homme répondit sans rouvrir les yeux :

— Les vents m'ont prévenu de ton arrivée, Justine… Et je dois admettre que ta venue m'a paru, hum… comment dire… suspecte !

Il rouvrit ses yeux, plongea son regard glacé dans celui de la femme pétrifiée :

— Toi ! Après toutes ces années, de retour à cet

instant crucial... Mais bien sûr, j'avais à prendre en compte le schéma global pour apprécier ta visite à sa juste valeur. Ce n'était pas Tei qui te ramenait ici dans ces circonstances, c'était des allégeances plus récentes... Karmax... Si j'avais pu me douter ! Quelle chance, n'est-ce pas ?

Il rit encore une fois. Mais Justine n'écoutait plus :

— Tei ?

— Hum ? Oui, mais nous y reviendrons plus tard ! Dans l'immédiat, j'ai besoin que tu me rendes un immense service, Justine.

Elle parvint à s'interdire de reculer. Près d'elle, le Roméo marmonnait des phrases sans signification pendant que la jeune femme continuait de le cajoler. Khaleel se fit implorant :

— Cette guerre doit cesser ! Zentech doit annuler ses préparatifs.

— La faction Orage ?

Les lèvres usées se tordirent en un simulacre de sourire carnassier :

— Non, eux ont fait des recrues de premier choix. Ils présentaient un... terrain favorable, vois-tu ? Hé, hé, hé... Non ! Je parle des manœuvres visant à éradiquer les nôtres. Ces antiquités n'ont jamais servi, mais nous savons tous qu'elles sont encore là, cachées quelque part, pas vrai ? Les vents me parlent, je *sais* ce qui se prépare.

Souvenirs vidéo de champignons atomiques sur le Japon. Justine frémit. Secoua la tête.

— Pas moi, Khaleel... Qu'est-ce qui se prépare ?

— Il est en nous désormais ! Chromozone ! Nous sommes son vecteur. Je suis son prophète !

Le rythme des percussions s'emballa dans la pièce.

Khaleel s'agita, tendit une main ouverte vers son interlocutrice sidérée.

— Je veux un accord de paix. Une coopération ! Je ne maintiendrai pas longtemps le *statu quo*… qu'ils ne me forcent pas à leur prouver que je ne peux être battu.

— Je ne comprends rien à ces conneries, explosa Justine. Chromozone est en vous ? Qu'est-ce que ça veut…

— Je veux parler à Peter Lerner ! Lui seul sera à même de comprendre ce qui est en jeu désormais. Sinon, nous dévorerons le monde et je m'en voudrais de ne pas nous laisser une chance de bon voisinage, avant. Justine, je veux que tu contactes ton mari pour moi !

*

Appeler Peter. Le mettre en contact avec sa majesté le trapéziste du futur, là, accroché devant elle. Justine ne parvenait pas à assembler les pièces du puzzle. Trop d'inconnues. Pour masquer son incompréhension, elle buvait d'un air profond et à petites gorgées le café noir et brûlant que la petite Jasmine leur avait apporté, sur un lourd plateau en cuivre garni de mazagrans finement décorés. S'il y avait un piège, elle ne voyait pas lequel. Khaleel avait accepté de la laisser réfléchir quelques minutes. Il avait fermé les yeux et chantonnait en dodelinant de la tête au son de la musique hypnotique crachée par les baffles. Collé contre elle, le Roméo avait déjà fini sa tasse et lançait à la dérobée des regards inquisiteurs vers le corps décharné suspendu au-dessus d'eux. Jasmine s'était assise au pied de son prophète et taillait les pointes de ses cheveux de la lame tranchante de son couteau. *On fait pas plus convivial et détendu, comme garden-party.*

Il fallait qu'elle sorte d'ici. Khaleel avait besoin d'elle, il n'aurait pas abattu autant de cartes sans une volonté réelle de la convaincre de la nécessité de son intervention. Mais des ogives nucléaires sur Marseille ? Avec le risque de les envoyer sans aucune possibilité de guidage fiable faute d'ordinateurs ? Il ne pourrait s'agir que de stocks privés, rachetés *via* les filières pourries de l'ex-Russie affamée. Ou bricolées avec des protocoles de guidage bâtards. Zentech était assez taré pour avoir trempé son nez dans des combines aussi merdiques. Mais si le Chromozone était d'une façon ou d'une autre responsable de ce qui s'était passé ici, peut-être était-ce la meilleure solution ! Même si ce n'était qu'une façon pour Zentech de se couvrir le cul, comme l'envoi de la faction Orage, pour maquiller un putain de gâchis. Ah çà, la ruse avait fait long feu ! Il n'y avait qu'à regarder l'état de la ville. Justine leva la tête vers leur hôte.

— Khaleel ?

Jasmine rangea son couteau et se redressa. Les yeux de son maître s'ouvrirent :

— Oui ?

— Pourquoi Peter ?

— Parce qu'il connaît bien le mal dont nous souffrons. Il comprendra ce que je veux lui proposer.

— Tu parles du Chromozone, c'est ça ?

Soupir épuisé, puis :

— *Na'am*… oui !

Justine secoua la tête. Elle refusait d'admettre un aussi énorme paquet de conneries :

— Comment un putain de virus informatique pourrait vous avoir infectés ? C'est… C'est…

— De la folie ? Oui, tu as raison… Mais les faits sont là ! Et nous sommes les victimes ! Toute cette ville.

Le Roméo s'agita pour la première fois et marmonna quelque chose à voix basse. Justine tourna la tête vers lui :

— Qu'est-ce que tu dis ?

Il répéta, en rougissant :

— Et si nous aussi, nous étions infectés ?

Elle leva la tête vers le vieil homme, la gorge serrée. Elle n'avait pas pensé à ça. Khaleel sourit misérablement :

— Je ne crois pas. Pas encore…

— Mais tu n'en es pas sûr, n'est-ce pas ?

— Je ne sais rien. Je *devine* les choses. Je les *entends*.

— Tu les entends… Putain de merde !

Furieuse, elle lança le mazagran vers le visage gravé dans le mur. Le grès explosa contre le bois verni en répandant du liquide brûlant partout.

— Je ne vais pas parier l'avenir de Karmax sur ces conneries, Khaleel !

Jasmine grogna en serrant le manche de son arme. Justine posa la main sur l'étui de son pistolet.

— Et la pute se calme tout de suite ou je lui fais un troisième œil ! Putain de barge !

L'intéressée bondit vers elle en criant. Surprise, Justine n'eut pas le temps de dégainer avant le choc ! Elles roulèrent toutes les deux sur le sol, bousculant le Roméo qui s'écarta maladroitement, incapable de les séparer. Khaleel exultait :

— Bravo ! Tu commences à comprendre. Il n'y a plus de menaces. Plus de mensonges ! Seulement la vérité de la lutte ! Tu veux vivre ? Bats-toi, Justine, ne fais pas semblant ! Il n'y a plus de place en ce monde pour la bêtise !

— Bâtard merdique ! cria-t-elle.

Malgré sa plus grande taille, elle ne parvenait pas à maîtriser la petite furie collée contre elle. Quand elle parvenait à lui saisir les poignets, l'autre la labourait de coups de genoux ou essayait de la mordre. La rage décuplait la force de l'adolescente. Plaquée contre Justine, elle dégageait une forte odeur de patchouli et de sueur mêlés. Khaleel continuait à crier dans la pièce saturée par les basses :

— Tue-la, Justine ! Tue-la si tu ne veux pas qu'elle te tue !

Puis une ombre descendit soudain vers le duo emmêlé, en même temps que résonnait un grand bruit sourd. Le corps de Jasmine devint soudain tout mou. Justine la repoussa sur le côté : elle ne bougea plus. Debout devant elles, le Roméo serrait encore le lourd plateau en cuivre avec lequel il venait d'assommer l'adolescente. Il tendit la main pour aider Justine à se relever.

— Merci...

Il haussa les épaules, jeta le plateau et se pencha vers sa victime pour s'assurer de son état. La cadence des infrasons diminua autour d'eux. Khaleel prit une profonde inspiration :

— Tu viens d'entrevoir le futur... Voilà ce qui vous menace tous désormais. Aucun compromis ! Nous vous vaincrons par la terreur avant même que nos doigts ne trouvent vos gorges fragiles. À moins que...

Justine rajusta sa robe, essuya le mince filet de sang qui lui coulait d'une morsure au bras :

— À moins que je n'appelle Peter... Ça va, j'ai compris. Et je gagne quoi en échange, moi ?

Sourire triste de l'homme au-dessus d'elle :

— Le choix, Justine... le choix que nous n'avons jamais eu : celui de ne pas devenir comme nous.

Elle ne répondit pas, mais Khaleel sentit qu'il l'avait ébranlée. Il tenta aussitôt de pousser l'avantage :

— Quelque chose de grandiose est né ici ! Un bouleversement irrépressible. Il y a quinze ans, un dangereux virus informatique a semé un trouble puissant, qui a certes modifié nos comportements mais laissé nos cœurs inchangés. Moi, je te parle d'une table rase, d'une refonte de notre nature. Et je ne serai pas mesquin au point de ne pas laisser à chacun le choix de l'accepter ou pas.

Jasmine gémit faiblement dans les bras du Roméo. Khaleel soupira avant de conclure :

— Mais pour ça, j'ai besoin d'alliés puissants et intègres. Capables de temporiser et de nous laisser nous expliquer... Nous sommes nés, nous méritons une chance de vivre.

Justine ricana. Elle pensa à Peter, enfermé dans ses sous-sols hermétiques loin là-bas dans le Nord. Peter et son prototype de système informatique inviolable. *Revois tes fiches, mon amour, le problème s'est déplacé vers l'utilisateur désormais*... Au moment où elle pensait cela, elle réalisa qu'elle avait admis la fable de Khaleel. Oh, bien sûr, il n'était pas question d'avaler cette connerie de mutation virale, mais il était évident que quelque chose d'énorme s'était produit à

Marseille. Et un seul nom reliait toutes les données du foutoir…

— Et Zentech ?

Khaleel prit une profonde inspiration, secoua la tête en agitant ses tuyaux :

— Ah, eux… Il reste encore trop de zones d'ombre, mais je sens leur volonté derrière toute cette affaire. Pour autant, ils appartiennent au passé. Le poids de leur faute était trop absolu, il leur a déjà dévoré le cœur.

— Je pourrais aussi te tuer maintenant, n'est-ce pas ?

Aucune hésitation dans la réponse :

— Oui, bien sûr. Tu pourrais être assez égoïste pour nous assurer ainsi à tous les deux une place de martyrs dans l'Histoire. Mais ce serait une pathétique erreur : quel tueur de prophète n'a jamais fait autre chose que renforcer la foi de ses fidèles ?

Justine ricana en désignant le corps décharné suspendu devant elle :

— Parce que tu es un prophète, Khaleel ?

— Je suis plus que ça, Justine. Je suis le guide d'une nation d'enfants furieux qui n'ont pas encore compris la raison de leur souffrance. Je suis l'unique lien entre leur monde et le tien. Romps-moi, et tu condamneras tous ceux que tu aimes.

— Tu es complètement taré !

— Certes, mais tu parles avec moi… Tu sais que j'ai raison. Tu es la seule à pouvoir témoigner auprès de ton époux de la situation présente. Tu as sa confiance ! J'ai besoin de toi, et chaque heure qui passe nous éloigne d'une solution paisible.

— Tu veux parler d'une attaque nucléaire ?

— Je veux parler de l'impossibilité d'enrayer le processus. À cette heure, j'offre l'unique chance que vous ayez de vous prémunir contre le fléau. Je parle de paix, Justine ! Refuseras-tu ma paix ?

Khaleel avait parlé d'une voix douce. Il tendit deux mains osseuses vers elle, vers le Roméo et vers Jasmine qui avait repris conscience. Justine regarda le couple assis près d'elle, enlacé et tellement jeune. Elle abandonna :

— D'accord. J'appellerai Berlin. Je ne comprends rien à tout ceci, mais je te fais confiance. Tu as toujours été un type réglo, Khaleel, pas vrai ?

En disant cela, elle se savait quémander encore la maigre garantie qu'elle ne se trompait pas. Comme une gosse qui sait ne pouvoir échapper à une correction mais veut s'assurer que son père ne la tapera pas trop fort. *Misérable pouffe, depuis le temps que tu crevais d'être prise au sérieux, te voilà dans le grand bain et tu chiales ta mère… Lamentable !*

Elle trouva le courage nécessaire pour s'approcher de Khaleel et saisir sa main. La peau du vieillard était gluante de transpiration mais étrangement ferme. Le geste troubla ce dernier, qui la dévisagea un instant sans parler. Dans le tourbillon indolent des épaisses volutes d'encens, ils restèrent ainsi immobiles. Un geste aussi simple pour sceller l'avenir de milliards d'individus, peut-être ? Elle reprit la parole sans relâcher sa prise :

— Je retournerai à mon hélicoptère dès que je me serai un peu reposée. Puis j'appellerai Peter *via* le phéro-émetteur de l'appareil. Tu as ma parole.

— Je te remercie, Justine… Et je te ferai aussi un cadeau de choix au regard des temps qui s'annoncent.

Elle eut un rire bref :

— Une thalassothérapie complète ?

Khaleel eut pour la première fois un sourire humain, empli de moquerie et de complicité mêlées, le sourire d'un ami heureux de faire une surprise plaisante. C'en était presque plus inquiétant.

— Mieux que ça : je t'indiquerai l'endroit où se trouve le seul homme qui puisse te soutenir vraiment dans les semaines et mois à venir. Tu ne vois pas de qui je pourrais parler ?

Malgré son refus farouche de s'y résoudre, Justine devina quelle pièce allait s'ajouter maintenant au puzzle pour en compléter l'élégance baroque.

— Tei ?

— Oui… Il était ici il n'y a pas si longtemps, mais il a fui à temps… Dommage que nous n'ayons pu nous revoir une dernière fois, lui et moi. Si tu le trouves, tu sauras lui passer mon bonjour, n'est-ce pas ?

— Et qu'est-ce qui pourrait bien te faire croire que j'aimerais revoir ce bâtard ?

Le sourire de Khaleel retrouva l'aspect figé d'un masque en carton.

— Mon intuition ?

Les pensées de Justine dérivèrent. Oh, comme il serait bon de ne pas affronter seule la tempête à venir ! Pouvoir de nouveau compter sur Teitomo, sa force et sa loyauté. Son regard s'arrêta sur le Roméo occupé à bercer sa jeune patiente. Il ne semblait plus du tout s'intéresser à elle. Justine eut la sensation d'observer un insecte fascinant et effrayant, et cela lui déplut fortement. Elle se méprisa pour ce qu'elle allait dire.

— Comment va-t-il ?

— Il a beaucoup changé, mais lui non plus ne t'a pas oubliée…

Un court instant de silence, ponctué par la rythmique cardiaque de la pièce, puis :

— Je savais que vous finiriez par vous retrouver tous les deux !

Justine se contenta de hocher la tête d'un air sombre. Quoi de plus logique, en effet, que de se faire offrir l'assistance du premier amour de sa vie, quand tout menace de disparaître ?

— Oh ! Et pendant que j'y pense, inutile que tu retournes à ton hélicoptère. Mes anciens propriétaires disposaient ici du dernier cri en matière de phérommunication à longue distance. Rien ne s'oppose à ce que tu émettes d'ici le message que je vais t'indiquer dans une ou deux minutes, n'est-ce pas ?

Elle acquiesça en silence. *Oui, qu'on en finisse vite ! Que quelqu'un d'autre prenne en charge le destin de l'humanité ou de quoi que ce soit d'approchant. Peter, je te laisse avec un problème à la mesure de ton génie.* À côté d'elle, le Roméo aidait la jeune Jasmine encore groggy à se relever. Il leva la tête vers Justine en ajustant sa tenue d'un air badin :

— J'ai raté quelque chose ? Qu'est-ce qui va se passer maintenant ?

Elle se retint tout juste de le gifler.

Les amateurs de symboles guerriers font rarement dans la bienfaisance

Méthodiquement, ils étouffaient chaque cobaye avec une couverture pliée et un oreiller plastifié. Une prière, peut-être, aurait pu rendre à la scène sa dignité, mais Gemini n'en connaissait aucune. Pas quelque chose de religieux, sans doute, mais au moins un signe respectueux en guise de salut envers ces êtres dont ils abrégeaient l'agonie. Gemini se forçait à caresser doucement le visage fermé de ses victimes. Des détails idiots lui sautaient au visage, l'angle droit entre un avant-bras et les tuyaux qui y avaient été plantés, les plissements réguliers de la peau sous un menton, la barbe clairsemée sur une joue brûlée par le soleil, la rigidité d'un sein blafard sous l'éclairage cru du plafond. Il aurait voulu pouvoir rapporter, témoigner de l'existence des mourants dans leur intégralité, mais seuls ces clichés stupides s'accumulaient dans sa mémoire saturée. Les corps exsangues des déportés cessèrent un à un d'alimenter le clignotement des diodes. Heureusement, aucun n'avait semblé prendre conscience de sa mort imminente. Ils s'étaient seulement… éteints. Puis Ogre le poussa en grognant pour pouvoir commencer à brûler les corps. Gemini refusa de bouger. Il contemplait les cadavres réduits à des amas de chair profanée, ramenés à la somme de leurs organes par une poignée de profiteurs. Ogre le saisit fermement par l'épaule et le propulsa vers la sortie. Le garçon se retrouva dans le couloir vide de l'aile interdite de la clinique. Imperturbables, les buses l'aspergèrent à son passage de leur dose soigneusement calculée de fluide stérilisant. Il ferma les yeux, incapable de tenir sur ses jambes. S'essuya le visage d'une main tremblante. Parce qu'une telle horreur avait pu être planifiée, la race humaine dans son ensemble était une offense. Le chuintement aigu du feu liquide monta dans le laboratoire quand le Corbeau commença son office. Un peu de la souffrance de ces hommes et de ces femmes serait peut-être absoute par ce geste purificateur.

Puis une effrayante explosion secoua tout le bâtiment. Toutes les lumières s'éteignirent, en même temps que se déclencha le hululement hystérique des sirènes.

Gemini se releva terrifié. Ce dingue d'Ogre avait touché par erreur une conduite de gaz ou des réserves de produits chimiques, il allait se retrouver seul dans cet endroit pourri ! Au moins, qu'il soit mort dans l'accident, et qu'il ne soit pas juste affreusement blessé... À la seule lueur des flammes qui continuaient de brûler dans le laboratoire, l'adolescent retourna jusqu'à l'encadrement de la porte, le souffle court, prêt à affronter la réalité du corps démantibulé du géant. Ogre surgit devant lui, les yeux injectés de sang, le colla contre le mur du couloir pour l'étrangler. La douleur dans son flanc se réveilla aussitôt. Ogre hurla par-dessus le cri des alarmes :

— Qu'est-ce que tu as fait ?

Le tueur n'avait pas l'air blessé. Gemini parvint à peine à répondre, sa trachée écrasée sous le gant de cuir :

— J'ai cru que c'était toi. C'est pas moi… C'est pas m…

L'autre le relâcha aussitôt, encore méfiant :

— Doit être un des derniers connards qui traîne dans la clinique qui a voulu frapper un grand coup. Faut pas rester ici, c'est peut-être pas fini…

Gemini serra sa gorge broyée, déglutit péniblement :

— Et comment on fait ? On est coincés ici, t'as oublié ?

Ogre leva son poing pour le frapper. Gemini vit monter la masse sombre des phalanges, qui allait le clouer au mur en un seul coup… mais qui ne vint pas ! Le bras toujours armé, Ogre bougea lentement la tête vers le carrefour d'où ils étaient venus.

— Quelqu'un vient…

Gemini lut ces mots sur ses lèvres plus qu'il ne les entendit au milieu des sirènes.

— Quoi ?

— Chut !

Tendant l'oreille, Gemini perçut à son tour un cliquetis régulier et lointain, à chaque fin d'aboiement des sirènes, comme des chaînes qu'on agiterait faiblement. Avec les flammes de la pièce voisine comme unique source d'éclairage, il était impossible de distinguer quoi que ce soit dans les ténèbres bruyantes du couloir. Ogre saisit Gemini par le col et le tira en arrière avec lui, au-delà du rectangle flamboyant de la porte du laboratoire dévasté. Il se laissa faire sans réagir, s'accroupit prestement quand les doigts appuyèrent impérieusement sur son épaule. Le son était si ténu qu'il n'était pas sûr de savoir s'il l'entendait encore ou si ce n'était qu'une simple rémanence produite par son cerveau saturé. Ogre avait disparu. Soudain, les sirènes se turent. Un silence assourdissant, qui s'éternisa, envahit le couloir... Puis le cliquetis reprit, tout proche. Et une silhouette commença à émerger de la nuit pour scruter la portion rougeoyante du couloir située devant le labo. Petite, trapue, noire et silencieuse. Inquiétante. Gorgée de promesses de souffrance et de douleur. Un sifflement traînant sortit d'entre ses lèvres. Les lueurs crépitantes des flammes dessinaient un masque mauvais sur le visage impassible de l'homme. Ses mains se rapprochèrent de son menton en agitant faiblement les doigts et ce mouvement gracile fit cliqueter les lames de rasoir posées sur chaque phalange. Avec une application d'araignée, l'inconnu se coula vers l'entrée du laboratoire, scruta le décor en soupirant. Puis bondit sans prévenir sur Gemini ! Son saut fut parfaitement calculé et exécuté, les doigts prêts à lacérer la cible stupéfaite. La crosse du Corbeau trouva son dos au dernier moment et le plaqua violemment contre le sol. L'homme couina et se retourna aussitôt malgré ses vertèbres endommagées, prêt à riposter et à tuer encore, mais la botte d'Ogre lui explosa la tempe avec un bruit mat. Gemini inspira profondément en se relevant avec l'aide du mur. Son agresseur était bien mort, son cou rompu lui donnait l'air d'une poupée brisée.

— Qu'est-ce... C'est quoi ça ? C'est pas un mec d'ici !

Ogre ne répondit pas. Il reprenait péniblement sa respiration et son front luisait de transpiration. Gemini comprit que le colosse avait eu très peur.

— C'est un de tes potes ?

— Non... C'est pire que tout... Et si lui est ici, il y en a d'autres.

La voix du tueur était blanche. Il se pencha précautionncuscment vers le cadavre pour le fouiller.

— On a eu de la chance de tuer celui-ci aussi facilement. Il t'avait repéré et pas moi... Ou bien il voulait me garder pour la suite... Je suis pas sûr de renouveler l'exploit.

Sur la poitrine du mort, Gemini aperçut le motif d'un couteau dessiné en blanc sur l'uniforme. Ça lui déplut fortement. Les amateurs de symboles guerriers font rarement dans la bienfaisance. Il avait déjà payé pour le savoir. Ogre continuait à s'activer sur le cadavre, encore mal remis de sa poussée d'adrénaline. Il marmonna en finissant de fouiller les poches de sa victime :

— Putain de faction Orage !

Gemini saisit le terme au vol mais ça ne lui inspira rien, sinon qu'un nom aussi tarte devait avoir des objectifs tout aussi débiles.

— C'est quoi, la faction machin, là ?

— Organisme de réponse aux attentats par la guerre extrême. Des assassins d'élite au service des sociétés formatives, pour qu'un autre Chromozone n'ait jamais lieu.

L'adolescent eut un rictus incrédule. C'était encore pire que ce qu'il supposait.

— Tueurs d'élite, hein ? Et ces connards font quoi par ici ?

— S'ils sont ici, ils ne laisseront personne ressortir vivant. C'est la seule chose qui compte à cette heure.

— L'explosion, c'était eux ?

Ogre agita la main dans l'air, montrant à son protégé un petit œuf métallique qu'il avait trouvé dans la vareuse du mort :

— Détonateurs thermiques. Ce fumier en a une dizaine sur lui. Ils sont ici pour tout faire sauter. Et ça aussi, c'est intéressant…

Ogre avait dénichée une poignée de petites plaques brillantes et l'agitait vers son comparse qui s'approcha.

— C'est quoi ?

— Un mini-plan du complexe. Avec des objectifs marqués.

Gemini s'approcha de la série de cartes plastifiées finement gravées et rehaussées de codes couleur. Le seul design de l'objet trahissait de gros moyens, et une organisation sans faille. Ogre continuait de décrypter sa trouvaille :

— Faut se barrer. Cette partie de la clinique fait partie de leurs objectifs, cerclés de rouge, là et là. C'est pour ça qu'il est arrivé aussi vite ici, lui.

— C'est une opération de nettoyage.

Ogre se retourna vers Gemini, planta son regard brillant dans celui du garçon :

— Pourquoi tu dis ça ?

— C'est évident ! Qui peut se payer ce genre de gars pour raser un putain de labo clandestin, sinon le proprio lui-même ?

Le colosse secoua la tête en silence.

— Fumiers de Zentech, murmura-t-il.

— Zentech ?

— Te parie ma prochaine nuit de sommeil dans un lit propre que Gaïa appartient à Zentech… Et que ces derniers nous jouent la grande lessive.

— Avec Orage dans le rôle des enzymes…

Ogre hocha de nouveau la tête avant de shooter pour le plaisir dans le visage inerte du mort à ses pieds. Les lèvres et le nez éclatèrent.

— Toute cette merde sent la black op à plein nez ! Feront pas de prisonniers. C'est foutu pour nous…

Gemini encaissa avec calme la sentence du géant. Qu'est-ce qu'ils pourraient y changer, effectivement ? Il désigna les détonateurs thermiques trouvés sur le cadavre.

— Tu me montres comment ça marche ? On sait jamais…

Ogre ricana :

— Le dernier carré, hein ? Fort Alamo en Bretagne, hé, hé !

Gemini haussa les épaules :

— Y a pas de mal à se garder quelques options…

— O.K., môme, on va tâcher d'améliorer un peu le score avant de finir la partie.

— C'est aussi désespéré que ça ?

Ogre grimaça un sourire sournois en désignant le cadavre du menton :

— Honnêtement, quand je l'ai vu, je pensais même pas marquer un seul point.

L'adolescent ramassa le premier détonateur en appréciant l'ironie de la situation :

— L'histoire de ma vie, mec, l'histoire de ma vie…

— Allez, on va quand même tenter de se dégoter une sortie honorable !

*

Ils ne purent aller bien loin avant de devoir rebrousser chemin. Même muni des plans stratégiques de la clinique, le duo ne pouvait espérer progresser longtemps vers les sorties sans se frotter aux autres tueurs de la section Orage en maraude. Ceux-ci erraient sans grande discipline dans le complexe privé de lumière, furetant, détruisant au jugé vitres, portes ou mobilier, quand ils ne se déchiraient pas entre eux avec des manières de reptiles réticents. Parfois des cadavres frais, preuve de leur passage récent, jalonnaient le parcours d'Ogre et de Gemini. Le plus effroyable, peut-être, étant que la vue de ces sinistres balises humaines ne constituait même plus une source d'émoi, mais une simple invitation à plus de prudence.

À l'évidence, les nouveaux venus avaient le même comportement violent et paranoïaque que les membres du personnel de Gaïa et les miliciens de la défunte Division. La même fureur dévastatrice, la même rage aveugle envers tout ce qui ne leur plaisait pas. Prudemment, Ogre dut se résoudre à remonter les étages en compagnie du gamin. Il était inutile d'espérer survivre à un second duel contre un de ces experts de la guérilla tactique, même en profitant de leur comportement de zombis. Le mieux était encore de chercher ailleurs, peut-être, avant de se résoudre à mourir. Gemini avait bien proposé de passer par un réseau d'égouts qu'il connaissait, situé en sous-sol, mais il était devenu de plus en plus évident au fur et à mesure de leur tentative de fuite qu'ils ne sauraient l'atteindre vivants.

Finalement, ils regagnèrent les salles familières de

l'aile interdite de la clinique. Celle-ci s'était avérée bien plus vaste qu'ils ne l'avaient supposé au départ. En se basant sur les plans volés, Ogre en avait conclu qu'ils pourraient s'y cacher plus longtemps qu'ailleurs, surtout si celui qui était censé y faire le ménage était mort : dans l'ambiance résolument psychotique, il se passerait bien un peu de temps avant que d'autres pensent à venir vérifier si le travail avait été bien fait là-haut. Et puis, avantage non négligeable, les buses stérilisantes des portes et plafonds fonctionnaient encore : elles constitueraient autant d'alarmes chuintantes si quelqu'un venait à s'approcher de leur retraite.

Nerveux ou apeurés, les deux survivants se tapirent au fond d'une modeste remise de matériel encore emballé et commencèrent en silence le pénible jeu du décompte des minutes de sursis. Pour détourner l'angoisse montante, Ogre se décida à parler le premier. Sa voix grave résonna comme une détonation dans les ténèbres de leur cachette :

— Je sais même pas comment tu t'appelles..

— Je te l'ai dit : Gemini.

Sourire invisible du policier :

— Ton vrai nom, je veux dire.

L'adolescent bougea faiblement, déjà sur la défensive :

— Et le tien, *Ogre* ?

Le colosse soupira en appuyant sa tête contre la cloison derrière lui.

— C'est marrant que tu dises ça... Je suppose que c'est Ogre mon vrai nom... L'autre...

Le cuir de son uniforme craqua quand il haussa les épaules avant de poursuivre :

— Mais si tu veux le savoir, c'est Teitomo... Teitomo Voght.

— ... Moi, c'est Patrick de Kermeur.

— T'es du coin, alors ?

— Ouais... Né blanc et breton quand il fallait pas !

Moment de silence. Le gosse avait craché ça comme un défi. Ogre crut entendre quelque chose bouger dans le couloir proche, tendit l'oreille, puis se détendit. La fatigue commençait à lui jouer de sérieux tours.

— Comment tu t'es retrouvé ici, Gemini ?

L'autre nota la politesse d'avoir utilisé son surnom pour l'interroger, mais il n'en éprouva pas moins de défiance quant à la question posée.

— Qu'est-ce que ça peut te foutre ?

— On va crever ici, mon gars. Tous les deux, sans personne, comme tous les autres miliciens, patients, et foutus médecins de cette clinique. Je suis la dernière personne à qui tu vas parler. T'as pas envie de m'expliquer quelque chose ?

Le ton d'Ogre avait été calme et posé, empli d'une tristesse paisible. Gemini sentit un nœud de douleur se répandre dans son corps depuis sa poitrine, puis se dissoudre lentement au rythme de sa respiration. Alors il commença à raconter sa vie.

— J'étais encore jeune quand ma famille a été déportée à *Enez Eussa*. L'île n'était pas encore aussi peuplée alors, et le ravitaillement était suffisant pour éviter les luttes d'influence. On faisait partie des nouveaux pauvres. Mes parents avaient fui la France lors du premier krach, emmenant liquidités et bijoux pour s'installer en Angleterre. On avait passé des mois tranquilles, là-bas, mais les choses avaient aussi fini par mal tourner à Londres et on n'avait plus assez d'argent pour payer un passeur vers l'Écosse. Alors ils avaient dû se rendre aux milices royalistes et retourner en Bretagne. À leur retour, toute la région était sous la coupe d'utopistes régionalistes d'ultra-gauche : à chacun selon ce qu'il apporte à la communauté, ce genre de conneries. Mon père et ma mère n'avaient jamais rien foutu de leurs mains, ils se sont retrouvés en bas de l'échelle. De toute façon, ça n'aurait rien changé. Les commissaires politiques ont vite durci le ton pour assurer la rentabilité de leur modèle social face aux actionnaires formatifs, et les premiers camps de redressement ont été établis pour disposer d'une main-d'œuvre gratuite.

Quand ça s'est encore aggravé et que les premières poches de résistance ont éclaté pour renverser les *Gwen ha Du*, on a été embarqués à bord de barges et abandonnés sur plusieurs îles proches de la côte. Officiellement, un tri y serait fait, et les plus méritants retrouveraient un poste dans le nouveau paradis du continent. Ma mère a longtemps soutenu que mon père en faisait partie, de cette résistance, mais je suis sûr que notre déportation a eu un autre motif, si toutefois il y en avait un. Ça alimentait la mythologie familiale, tu vois, un père héroïque, à défaut de bouffer vraiment. De toute façon, aucun déporté n'a eu le temps de voir la couleur de la rédemption : entre-temps, des cargos entiers de rastafaris en armes débarquaient sur le territoire des *Gwen ha Du* depuis l'Angleterre et instauraient leur royaume de Jah au pays des mouettes et du varech. Paraît que c'était les rescapés d'une armée d'invasion venue des Caraïbes pour renverser l'oppression et libérer leurs frères du joug britannique, après avoir chassé les Blancs sur leur île natale. Je sais pas si c'est vrai. En tout cas, pour des rescapés, ils étaient encore plus nombreux que les patrons locaux. Et pendant qu'on crevait la dalle au large sous le soleil, le pays changeait de main. Ça n'a rien changé pour nous, remarque : les rastas avaient seulement hérité d'un problème dont ils ne voulaient pas se préoccuper. On nous a officiellement fait savoir que les déportations cesseraient, et que nous pouvions nous considérer comme indépendants et libérés des communistes... Super ! Libres de se démerder sur un caillou brûlé par les vents.

Alors, ça a été terrible. Les plus pourris, les plus costauds et les plus vachards ont instauré leur loi sur *Enez Eussa* et on a commencé à vraiment souffrir. Mon père est mort, tabassé par des racketteurs. Mon frère aîné... mon frère est entré dans une de ces bandes et a commencé à vivre une existence de petit seigneur du marché noir. Ma mère, elle, n'a pas supporté cette déchéance. Elle a commencé à se camer et vivre à la colle avec le premier souteneur capable de lui assurer protection et dose gratuite. Moi, j'étais jeune, je me débrouillais comme je pouvais, j'avais quelques amis, on se protégeait les uns les autres. Grâce au milieu dont je venais, j'avais la chance d'avoir reçu très tôt une éducation solide. Oui, je parle bien de chance : le bien, le mal, tout ça, ça devait vouloir dire quelque chose. Mes potes me ressemblaient... Ensemble, on avait une idée à peu près nette des limites de ce qu'on accepterait de faire ou pas pour survivre. Et c'est comme ça qu'on a commencé à former une bande, la bande de la maison-tortue...

— La maison-tortue ?

— Notre repaire : une ruine qui avait été recouverte d'une coulure de béton pour la protéger, en forme de carapace ronde.

— Chouette !

— Mouais… On a tenu comme ça, en esquivant les coups trop durs et en se tenant éloignés des changements d'alliances au sommet du panier de crabes.

Gemini se racla la gorge, caressa son flanc douloureux et soupira en fermant les yeux :

— Et puis, la douche de merde a commencé…

— Au début, ça a commencé comme une blague… Mon frère avait toujours été un peu bizarre, le modèle qui parle aux arbres, tu vois le genre… Ma mère, mes tantes, elles adoraient nous raconter ce genre d'histoires quand on était petits. Sébastien dévorait les bouquins de légendes. Quelques mois avant notre déportation, quand les *Gwen ha Du* contrôlaient la région, mon père avait estimé utile de nous faire apprendre le breton, histoire de coller un peu plus à la ligne du parti… Mon frère a plongé ! Complètement ! C'est devenu obsessionnel… Ça donnait un sens à sa vie, de se découvrir des racines. Alors, quand le moment est venu, une fois qu'il avait fait son trou dans la hiérarchie des petits bâtards qui se disputaient le pouvoir sur *Enez Eussa*, il a commencé à rassembler quelques gros durs et il a fondé la bande des Keltiks !

Quand je pense que j'ai trouvé ça bien ! D'abord parce que j'avais enfin un allié parmi les seigneurs locaux et que j'espérais bénéficier de sa protection, ensuite parce que les Keltiks ont fait le ménage et liquidé les pires fumiers qui sévissaient sur l'île depuis trop longtemps. Sauf que ça s'est pas arrêté là… Féodalité de merde, culte du sang et pureté de la race, voilà ce qui rôdait sous son crâne pourri. Il a changé de nom, s'est nommé maître de l'île et a continué son programme : à bouffer pour les seigneurs, prière de la fermer pour les autres et distribution des miettes aux plus obéissants. Un truc tellement simpliste et efficace que les candidatures ont pas cessé. En quelques semaines, ces enculés contrôlaient l'île par la terreur. Et quand j'ai voulu en toucher deux mots à mon frère… il a fait un exemple en me faisant bouffer par ses chiens au milieu du village. J'ai failli crever. Après ça, plus personne n'a bronché. Et j'ai décidé que mon frère était mort !

Les Keltiks ont instauré un trafic juteux avec les rastas. Ils avaient le monopole sur toutes les importations en provenance du continent, qu'ils redistribuaient ensuite selon leur bon plaisir. En échange, les rastas pouvaient continuer à nous envoyer leurs indésirables : les Keltiks se chargeaient de faire le tri et de se débarrasser des inutiles. Une chouette prison à ciel ouvert.

— Et comment vous avez survécu, toi et tes potes ?

Gemini sourit pour lui-même, tapota du talon sur le sol impeccable de leur cachette :

— Quand la marée était favorable, on faisait des excursions la nuit jusqu'au continent pour dealer avec des rastas complaisants ou piquer dans les champs. On a fini par apprendre que Gaïa avait installé ici une clinique, avec l'autorisation des rastas qui palpaient gros sur ce coup-là. Ça n'a pas été trop difficile de tester la sécurité, puis d'organiser des raids discrets jusqu'ici pour piquer un peu de bouffe et de médicaments, de quoi tenir de semaine en semaine, sans se faire prendre par les Keltiks. Suffisait de pas être trop gourmands. Le Tore, enfin, Sébastien, nous tolérait tant qu'on ne lui faisait pas d'ombre.

— C'est vous qui avez tué le vigile, il y a quelques jours ?

Gemini hésita un instant… De toute façon, qu'est-ce que ça changerait de le reconnaître ? Il ouvrit les yeux pour scruter les ténèbres :

— C'était moi… On ne s'attendait pas à les trouver là. Il s'est passé quelque chose. Je sais pas exactement quoi… Mais les événements concordent. La sécurité de la clinique a été renforcée en même temps que les Keltiks sont devenus nettement plus agressifs chez nous. Le Tore a passé un accord avec la clinique pour fournir des corps aux laboratoires, sans doute en échange d'armes ou de matériel de pointe. C'est comme ça qu'il a décidé de financer sa révolution pourrie, et de réaliser ce qu'il a dans la tête depuis des années : reconquérir *son* royaume des mains des Conscrits de Jah. Avec mes potes, on a levé le lièvre un peu trop tôt et il nous a simplement balayés ! Je me suis retrouvé ici et, sans toi, j'aurais fini en pièces détachées comme les autres.

Gemini se tut. Il n'y avait rien d'autre à dire. Il avait avoué être le meurtrier de l'homme abattu devant la clinique et il s'en foutait. En y réfléchissant, peut-être même que ça lui avait fait du bien. Le reste, leur tentative avortée de sabotage des stocks de médicaments, ça, il n'était pas encore prêt à en parler au géant assis près de lui dans le noir. Il fouilla dans sa poche, la gorge serrée, trouva la petite boîte en carton et se goba deux analgésiques qu'il fit passer avec un peu de salive. Ses côtes recommençaient à lui faire mal. Il réalisa que ses yeux lui brûlaient et qu'il avait pleuré en parlant.

Près de lui, Ogre ouvrit lentement son sac et en sortit deux autres sandwiches. Il en tendit un au garçon puis déballa le sien rapidement, pour mordre dedans avec satisfaction. Gemini l'imita avidement. La fraîcheur et la saveur de la nourriture conditionnée constituaient un festin. Le colosse prit le temps d'avaler une première bouchée avant de parler à son tour.

— J'ai grandi en Provence, bien avant la libération du Chromozone. C'était une époque faste et pleine de promesses pour la région. L'Union des États méditerranéens avait été fondée récemment, son cœur administratif était à Marseille. Il y avait du travail et de la richesse pour ceux qui acceptaient de jouer la carte du développement local. Pourtant, il demeurait de sérieux problèmes. Mon père était ingénieur. Ses compétences le rendaient hautement désiré, mais il devait en faire la preuve constamment : il n'était pas de la bonne religion. Comme ton père, il a insisté pour que j'apprenne une autre langue pour aider à mon intégration. L'arabe, en l'occurrence. Mais j'étais têtu, mauvais élève, bagarreur. J'avais l'impression constante qu'on m'avait forcé à apprendre quelque chose sous peine de représailles.

L'Europe craignait l'hégémonie islamique qui lui rongeait le ventre, mais n'osait pas s'y opposer. Elle revivait sa terreur vieille d'un millénaire d'une conquête musulmane. Mais elle profitait en même temps des accords commerciaux signés avec les États méditerranéens en plein essor. Peut-être pour tenter de contrôler cette potentielle marée arabe, c'est à sa demande que Marseille avait été désignée comme la capitale de l'U.E.M., dans le cadre d'un partenariat bidon. Ça a plongé la région tout entière dans la schizophrénie. J'ai commencé à traîner dans des bandes de jeunes révoltés et irresponsables. On se considérait comme une génération sacrifiée, écartelée… dépossédée de sa liberté de choix. Incapables d'appréhender la complexité des structures qui nous gouvernaient, on rêvait de la démanteler pour recommencer autre chose. En tout cas, c'est ce que je voulais, moi.

— Tu te fous de moi, là ?

Ogre eut un petit rire sans joie :

— Non, je t'assure, on se serait bien entendus, y a quelques années…

— Peu à peu, ma colère sans cause ni raison s'était affinée. Je rencontrai d'autres personnes, mieux organisées… Fermement décidées à *changer* les choses plutôt qu'à s'en plaindre. Ils me proposaient une voie qui convenait à ma nature insatisfaite. J'avais coupé les ponts avec ma famille, j'avais de la volonté et du courage à revendre : je m'engageai dans la révolution avec conviction.

Je ne réalisais pas que nous n'étions que des imbéciles. Nous nous réchauffions avec des mots et des slogans pensés par d'autres. Le plus amusant, c'est que ces mêmes slogans allaient être repris plus tard par les sociétés formatives pour fédérer et vanter leurs modèles sociaux, vidés de leur sens. Mais à ce moment-là, je ne m'en rendais pas compte. J'avais soif d'action. Et j'étais amoureux fou d'une fille. Il est probable que, sans elle, mon engagement n'aurait pas pris une forme aussi radicale. Elle m'expliquait comment penser. Moi je lui promettais de toujours être là pour la soutenir dans son combat. Et sans le Chromozone, c'est sans doute ce qui serait arrivé…

Ogre se tut. Il avait fini son sandwich en discutant. Gemini regardait sa silhouette tassée contre le mur près de lui. Ça lui faisait bizarre d'imaginer ce type en révolutionnaire ou en terroriste. Un instant, il suspecta le sale mensonge destiné à l'amadouer. Mais à quoi ça aurait bien pu servir ? Il l'avait dit : ils ne tarderaient pas à mourir ici…

— T'avais quel âge quand c'est arrivé ?

— J'avais vingt-huit ans. Justine et moi, on vivait de petits boulots et on se dépensait pour le *mouvement*. Les tensions étaient énormes à l'époque à travers l'Europe, des dizaines de groupes comme le nôtre menaient des combats similaires. Nous étions de toutes les manifestations, de toutes les causes. Nous avions aménagé des caches d'armes. Nous sentions que notre heure approchait… Et puis le Chromozone a frappé et tout a été changé.

— Ça a causé un cataclysme. Et on se l'est mangé de plein fouet. En quelques heures, le virus s'était propagé à travers les réseaux télématiques, coupant les moyens de communication au fur et à mesure qu'il avançait. Putain, cette saloperie était si efficace que chaque fois que quelqu'un contactait une zone encore épargnée pour savoir si c'était pareil chez eux, ou juste pour les avertir, il accélérait le processus. Quand les hommes ont commencé à se douter de quelque chose, les machines, les ordinateurs, les réseaux de télécommunications ont pris le relais pour poursuivre la propagation. Au moment où les premières places boursières se taisaient, les responsables de ce chaos balançaient leur message révolutionnaire. Le truc leur a échappé si vite que, dans certaines régions, les communications sont tombées en rideau avant l'émission de leurs revendications. Nous, on regardait ça médusés, et on a commencé à croire que c'était enfin notre instant de gloire ! Tu parles !

On avait passé tellement de mois, d'années à espérer ce moment. On avait juste oublié qu'on ne serait pas les seuls. Quand il s'est avéré que plus rien ne protégeait plus personne, ça a tourné à la panique intégrale. Ceux qui avaient quelque chose à défendre ont monté des barricades, ceux qui n'avaient rien à perdre ont aiguisé leurs crocs. Que ce soit pour stocker ou pour le plaisir de casser, la moindre boutique a été pillée. Les flics ont été balayés. L'armée n'avait pas d'ordres. Tout ce que les États connaissaient de groupuscules politiques, terroristes amateurs, fondus de la fin du monde et survivalistes branchés a vu ces derniers sortir de leur tanière pour tenter de se tailler un empire éphémère. C'était la merde totale et intégrale. Pendant que tes parents rassemblaient leurs bijoux avant de filer en Angleterre, je me retrouvais dans la rue, flingue en main, à me demander si j'allais buter le prochain flic que je croiserais ou si j'allais l'aider à sortir une vieille de son entresol en feu.

Comme tu peux t'en douter, j'ai eu la chance de tomber sur un type extra, et j'ai choisi la seconde solution. Il s'appelait Khaleel, c'était un policier. Il appartenait à une milice islamiste qui regroupait tous les volontaires prêts à se battre pour maîtriser la casse. Pour la première fois depuis… Non, peut-être pour la première fois de ma vie, je me suis senti utile. Tu as déjà ressenti ça, cette sensation d'être utile ? Cette boule de chaleur dans le ventre qui te donnerait envie de chialer de joie au moment où on te dit merci ? Cette sensation d'être vivant, de servir à quelque chose dans l'univers ? Je suis devenu accro à cette came-là. À la fin de la première journée, on était intervenu un peu partout en ville, parfois sans avoir eu besoin de brandir les flingues, et on avait fait du bon boulot. Sans même m'en être rendu compte, j'avais changé de camp. Le soir, je n'osai pas rentrer dans notre piaule à Justine et à moi, ni affronter mes *camarades*. Khaleel me proposa de rester avec lui ; je passai la nuit à discuter et à participer à la fondation d'une milice citoyenne. Je parlais arabe. J'avais prouvé mon courage. Je fus accueilli comme un frère. Avant même de m'en être rendu compte, j'étais devenu flic.

Au matin, on a recommencé, arrêté les casseurs, protégé des immeubles, assuré la protection des médecins et infirmières qui étaient demeurés sur le terrain. Je n'avais pas de nouvelles de Justine, et je ne cherchais pas à en avoir. Je me sentais bien, et j'avais honte de me sentir bien. Au fil des jours, on a organisé la vie de notre quartier et évité le pire. Sans radio, sans téléphone, il était impossible de savoir ce qu'il se passait au-delà de notre périmètre. Paris était dans une autre galaxie. Les rumeurs les plus improbables circulaient, parfois malheureusement exactes.

Plusieurs bateaux de réfugiés qui tentaient d'atteindre l'Afrique ont été coulés au large par des bandes de pirates. Un gouvernement fasciste autoproclamé avait établi sa dictature à Toulon et avait pendu des centaines de victimes innocentes. Nous, on a attendu et on a tenu. Puis, peu à peu, la tempête s'est calmée. En quelques semaines, la paix est revenue. Le gouvernement a ressorti la tête de l'eau. Les premiers secours sont parvenus jusqu'à nous. En fait, les États européens ne s'en étaient pas si mal sortis que cela. Bien sûr, l'Union européenne n'avait pas survécu à la crise, mais ce n'était pas pire qu'aux États-Unis, qui se retrouvaient plongés dans une guerre civile et l'effondrement du système fédéral. À l'heure des bilans, Chromozone avait surtout engendré un morcellement des alliances et des communautés. Les fédérations, les confédérations, les unions, tout ce qui rassemblait des gens sur des principes autres que traditionnels fut morcelé. Le grand retour au repli sur soi et au protectionnisme était décrété. Il fallait panser les blessures. Finalement, c'était les pays dits « en voie de développement », nettement moins dépendants de la technologie de pointe, qui avaient le moins souffert des ravages du virus. Et c'était d'eux qu'allaient venir les modèles de structure sociale que copieraient les pays industrialisés fractionnés.

— Et ta nana ? Tu l'as jamais revue ?

— Si. Quelques jours après l'arrivée de secours officiels, je suis intervenu avec mon groupe pour déloger des casseurs qui avaient pris d'assaut une clinique de banlieue. En fait, ce n'était pas des pillards, mais mes ex-camarades qui entendaient réquisitionner, puis redistribuer les médicaments aux plus démunis.

J'ai réussi à convaincre les autres miliciens de les laisser repartir. Khaleel est resté avec moi pour essayer de discuter avec Justine et les autres, mais il n'y avait rien à expliquer.

Pour eux, j'étais un traître. Leur haine était si manifeste que j'ai perdu toute envie de me justifier. Même avec Justine, quelques phrases maladroites n'ont pas réussi à préserver le minimum. Chacun est reparti de son côté.

— Et après ça ?

— On s'est recroisés régulièrement pendant encore quelques semaines, au hasard des soirées et des alertes… Puis elle a disparu. Les choses évoluaient, les embryons des premières communautés viables apparaissaient. J'y ai fait mon trou. En tâchant toujours de préserver un peu de justice et d'humanité C'est pour ça que nous nous battions au début. J'ai trahi beaucoup de choses et de gens dans ma vie, mais pas ça ! Pas ça.

Gemini ricana.

— Et moi ? Et mes amis parqués comme du bétail ? On a quelle place dans ta vision de la justice ? Dans d'autres circonstances, tu m'aurais flingué si on s'était croisé de nuit dans ces putains de couloirs !

Ogre inspira lentement, grimaça un sourire :

— Je ne crois pas, non… Ce serait un peu long de t'expliquer pourquoi, mais je ne crois pas…

L'adolescent réfléchit un instant à tout ce qu'il avait entendu. C'était effrayant de réaliser qu'il y avait une vie derrière chaque individu. Une vie pleine et entière de souffrance et d'espoirs déçus, de motivations et de décisions pénibles ou plaisantes. Chaque comportement, même le plus abject, pouvait donc être sinon excusé du moins compris quand on disposait des bonnes justifications. Quelle valeur accorder alors aux convictions ? Il secoua la tête pour chasser ces questions pénibles.

— Et si on essayait de se tirer d'ici, tous les deux ? Hein ? Si on risquait le tout pour le tout au lieu de crever là dès qu'un de ces bâtards nous trouvera ?

Ogre demeura immobile dans l'obscurité :

— Tu réalises que nous n'avons aucune chance ?

— J'emmerde la chance ! Putain, si elle m'avait une seule fois rendu service, cette garce, je ne serais pas là à te raconter ma vie en attendant de mourir.

Le colosse se leva d'un coup, jeta par terre l'emballage froissé de son sandwich.

— Alors d'accord… Toi et moi, gamin ! On va sortir d'ici et on ira régler son compte à l'autre fumier, là, le Tore !

Gemini hocha la tête en silence, la gorge serrée. C'était pathétique. Le taré et son adjoint mal foutu, réunis pour sauver le monde ! *Qu'au moins je meure avant lui, c'est tout ce que je demande…* pensa-t-il.

Puis ils quittèrent la pièce pour marcher ensemble vers la mort.

Concrétion. Vectorisation

Contre tous les usages en vigueur, l'officier de sécurité frappa à la sauvette à la porte du bureau et entra sans attendre de réponse. Assis derrière son bureau, le responsable de la coordination des négoces partenariaux ne leva pas la tête de son travail malgré le haut facteur d'incongruité de cette intrusion. Désarçonné par ce calme dédaigneux, l'officier stoppa au milieu de la vaste mosaïque chamarrée qui constituait l'ensemble du sol de la large pièce. L'œuvre, issue de l'imagination d'un jeune artiste en vogue, représentait le célèbre *Astronome* de Vermeer, mais les traits du personnage avaient été délicatement altérés pour se rapprocher du visage de l'occupant de la pièce. Quand l'officier réalisa qu'il s'était arrêté au beau milieu dudit visage, il ne put s'empêcher de faire un petit pas de côté. Lorsqu'il fut certain que la gêne de l'homme était à son comble, Fabio leva un regard ennuyé vers lui et sourit :

— Oui ?

— Monsieur, nous avons un problème. Si vous voulez bien me suivre…

Fabio porta sa main fine et délicate jusqu'à son

front, qu'il massa lentement du bout du pouce et de l'index en comptant mentalement jusqu'à dix.

— Eh bien, allons voir ça.

— Merci, monsieur.

*

Seul face au grand écran plat posé sur le bureau de la pièce hermétique, Peter Lerner regarde tourner le Mandala. La chaleur maintenue dans l'espace confiné du laboratoire le fait énormément transpirer ; il sent le contact de sa chemise contre sa peau moite. Près de lui, le synthétiseur vocal répète en boucle le message confidentiel que lui ont transmis les services de communication de Karmax. Pour la millième fois, la voix flûtée de sa femme, retranscrite en sons par la machine de son invention, laisse la place aux vocalises hypnotiques de Khaleel : « [...] La barrière s'est rompue. La corruption a trouvé le chemin jusqu'à vos cœurs. Apprenons ensemble à maîtriser la bête [...] »

Seul face au grand écran plat posé sur le bureau de la pièce hermétique, Peter Lerner regarde tourner le Mandala. Immobile sur le tabouret pivotant en plastique gris, il pleure son enfant mort-né. Tout à l'heure, un membre de la sécurité est venu frapper contre la vitre pour l'avertir d'un incident grave incluant les émissaires de la Zentech, là-haut dans les étages. Il soupire. Par pitié, qu'on évite de le déranger pour l'informer de ce qu'il sait déjà. Peter Lerner regarde le Mandala. Devine l'intégrale vacuité de son œuvre. Dans le laboratoire désert, la voix de Justine est revenue, faussée par les sifflantes aiguës du synthétiseur. Il n'a jamais pris le temps de corriger ce défaut sur la machine. Aujourd'hui, cela lui semble une erreur impardonnable. « [...] Peter, ce qui se passe ici... Ces gens sont comme... possédés... Si tu peux faire quelque chose [...] »

Peter Lerner expire tristement. Il regarde tourner le Mandala inutile.

De l'autre côté de la vitre, d'autres personnages viennent prendre place maintenant. Il entend à peine leurs propos à travers le verre épais de la paroi translucide. L'un d'eux, celui qui appartient à la sécurité de Karmax, a bien tenté d'entrer dans le laboratoire, mais Peter a déjà verrouillé la pièce de l'intérieur. Maintenant, il faudra démonter entièrement le local, pièce par pièce, avec les outils les plus performants disponibles, pour espérer rentrer dans ce qui s'est transformé en bunker transparent. C'est lui qui a conçu cette salle de recherches, et ses semblables réparties à cet étage, en même temps qu'il a mis au point les caractéristiques de leur inviolabilité. Principe des charpentes japonaises, capables de plier longtemps sans rompre. Architecture zen.

Seul dans son cube hermétique, Peter Lerner regarde tourner le Mandala. Les sons flûtés du synthétiseur réitèrent leurs messages d'avertissement. Peter baisse les yeux vers la machine, dernier maillon d'une chaîne phéromonique émise depuis Marseille. Une chaîne *organique*, souillée depuis sa source, qui a innocemment propagé la contamination jusqu'à lui. Il devine la misérable conclusion de l'histoire. Concrétion. Vectorisation.

Peter Lerner soupire. Son crâne commence à le faire souffrir. Il se sent indécis. D'une pression du doigt, il monte la ventilation interne de la pièce au maximum, se force à inspirer profondément. Sous sa chemise collante, ses poumons gonflent jusqu'à faire craquer sa cage thoracique, avant de se vider complètement. Au bout de quelques secondes de cet exercice, l'apport d'oxygène lui procure un léger vertige satisfaisant.

Derrière la vitre, les silhouettes ont cessé leur vaine agitation. Sur l'écran de l'ordinateur, le Mandala palpite et tourne sur lui-même, reconfigurant sans cesse sa cohérence fractale pour dérouter le virus qui l'habite Peter Lerner fixe les formes hypnotiques. Peu à peu, une idée commence à se faire jour dans son esprit : « Oh, ne fais pas le malin, je saurai te déjouer encore une fois... » La tristesse de la perte a reflué. Son rêve de rendre à l'humanité sa maîtrise des machines n'est pas mort. Simplement, il devra appréhender le nouveau problème sous un angle différent. Concrétion. Vectorisation. « Je t'aurai encore une fois, dit-il, car il n'y a plus de place en ce monde pour la bêtise... »

Peter Lerner regarde tourner le Mandala et sourit. Suave, le Chromozone lui sourit en retour.

*

Les bras élégamment croisés sur sa veste en laine tissée, Fabio regardait le fondateur de Karmax assis de l'autre côté de la vitre. Près de lui, l'officier chargé de la sécurité avait cessé de s'acharner à ouvrir la porte et s'était tourné vers lui dans l'attente d'un ordre aisément exécutable. L'homme n'avait pas appris à dissimuler craintes ou gêne, il transpirait comme un bœuf et son visage avait pris une coloration rouge révélatrice jusqu'au bord du col serré de sa veste.

— Que va-t-on faire, monsieur ?

Fabio ne répondit pas. Dans le laboratoire, Peter Lerner semblait parfaitement calme et détendu. Il était hors de question de paraître moins que lui maître de ses émotions. De l'index et du pouce, le jeune cadre caressa le tissu moelleux de sa veste.

— Vous n'espérez tout de même pas pénétrer par la seule force de vos bras dans un local conçu pour éviter toute intrusion, si ?

— Il faut pourtant faire quelque chose ! Il ne bouge plus du tout... Nous devons intervenir, pour sa propre sécurité !

— Pour la sienne ? Ou la vôtre s'il devait s'avérer que vous n'avez pas couvert l'ensemble des hypothèses face à cette situation ?

L'officier ne répondit pas. Son cou vira au cramoisi. Fabio décroisa les bras, leva un index sentencieux sous son nez :

— Je veux une copie des dernières communications transmises à M. Lerner dans cette pièce. Et un silence absolu sur ce qui se passe ici jusqu'à nouvel ordre.

— Mais... Ces communications sont strictement confidentielles, monsieur...

— Taisez-vous ! Vous disposez forcément d'une copie de sauvegarde dans vos archives de la journée, j'exige qu'une retranscription de son contenu me soit fournie immédiatement. Et, oui, j'en prends l'entière responsabilité.

L'officier tiqua à cette violation flagrante de tous les protocoles mais ne réagit pas.

— Autre chose encore : que les émissaires de la Zentech soient mis au secret jusqu'à nouvel ordre.

— Vous n'avez pas l'autorité pour ce genre de…

Fabio l'interrompit de son ton froid habituel :

— La ferme ! Vous ne comprenez pas ce qui se passe ? Mme Lerner n'est plus ici. Son époux est momentanément tout aussi… absent pour des raisons encore inconnues. Je prends les choses en main et vous allez obéir ! C'est l'avenir de Karmax qui se joue maintenant ici !

L'homme hocha lentement la tête sans répondre et repartit vers les quartiers de sécurité situés plusieurs étages plus haut, là où il commanderait à un subalterne une copie des communications récemment reçues par Peter Lerner. Nul doute que ledit subalterne subirait un déluge de vexations propice à l'oubli de l'affront essuyé ici. Ainsi tournait le monde, il n'y avait pas de quoi s'en offusquer.

Fabio soupira. Sous sa chemise aux fibres subtilement parfumées, il sentait aussi la sueur aigre du stress et de la peur mêlés rouler de ses aisselles, mais lui avait pris la précaution de se doucher quelques minutes seulement avant le début de la crise. Pour tous, et jusqu'à la fin de cette pénible situation, il devrait rester l'imperturbable homme sur qui chacun devait pouvoir compter. Un cadre sans reproche prêt à prendre tous les risques pour le bien de Karmax. Un léger plissement amusé déforma subrepticement le masque impassible de Fabio. Il s'agissait effectivement de prendre tous les risques, en cet instant.

Lorsque les délicats équilibres des structures humaines menaçaient de basculer, tout devenait possible. Maintenant que le pouvoir était vacant à Berlin, il saurait bien forcer le destin. Et dire que cet abruti de garde était venu se confier à lui. C'était trop beau ! Il disposait maintenant de toutes les cartes. Il avait maintenu intacte sa réputation, gardé secret le contrat qui le liait avec Zentech, écarté cette garce de Justine... Et maintenant ça ! Peter qui basculait dans la folie douce. Il ne serait pas dur de convaincre les autres membres du conseil d'administration de définir un cadre de tutelle pour protéger les intérêts commerciaux et industriels de Karmax. De poser une chape de plomb sur les caprices de ce connard de génie ! Tout était parfait. Il devait juste continuer à faire taire l'épouvantable terreur qui lui vrillait le ventre depuis des jours et des jours, cette peur panique d'être découvert qui ne cessait de le torturer, jusque dans ses nuits solitaires.

Mais maintenant, le danger s'éloignait. L'argent des pots-de-vin versés par Zentech fructifiait tranquillement sur des comptes secrets tenus à jour par des officines turques installées à Hambourg. Les banquiers turcs savaient se montrer très discrets et *violemment* opposés à toute tentative d'enquête extérieure quand leur pourcentage atteignait une somme décente. Quant aux Zentech, ils ne pourraient avouer la vérité quant à la nature de leurs nouveaux protocoles phéromoniques sans tout perdre. Et qu'est-ce que quelques prélèvements de cellules humaines face aux millions économisés en éclipsant le budget de développement artificiel des mêmes cellules en laboratoire ? Clauses éthiques imbéciles !

Fabio regarda son patron toujours immobile dans le laboratoire hermétique. *Vae victis.* Malheur aux vaincus. Impassible, il frappa lentement contre la vitre épaisse qui les séparait. Peter ne réagit pas tout de suite mais il leva finalement les yeux vers l'origine de ce bruit. Reconnaissant son interlocuteur, le plus grand inventeur de son temps se leva lentement et tendit la main vers lui. Lentement, la main se changea en poing, pouce dressé. Sans quitter Fabio du regard, Peter imprima une rotation à son poignet, qui en fin de course lui fit désigner le sol de son pouce. Puis il saisit sans prévenir le tabouret sur lequel il était assis et le lança vers la vitre en hurlant quelque chose. Terrifié, le jeune responsable de la coordination recula d'un pas. La vitre vibra à peine sous le choc. Dans sa lancée, Peter se précipita aussi sur la paroi translucide et vint s'écraser contre elle. Comme s'il avait espéré passer au travers. Comme si son esprit avait décidé qu'elle n'existait pas. Une tache ruisselante de sang s'étala au point d'impact de son front. Le visage ensanglanté, le dément continuait de crier des sons qui ne franchissaient pas les limites de sa prison.

Fabio regretta que personne d'autre n'ait vu ça. Un peu perturbé quand même par ce geste incroyable, il recula encore un peu pendant que son employeur le dévisageait en ricanant. Puis il tourna les talons et remonta vers son bureau. Il lui restait encore trop de détails à régler pour consacrer plus de temps à cette portion de l'échiquier. Justine… Il fallait couper court à ses nuisances, surtout si elle apprenait l'état de son mari. Il était urgent qu'il se rende à son tour à Marseille et qu'il court-circuite définitivement cette insupportable conne. Contrairement à son habitude, Fabio s'autorisa un sourire franc. Ce voyage serait certainement la meilleure partie du programme des jours à venir. Et il comptait bien en savourer chaque minute.

L'angoisse sourde des impatiences historiques

Le Roméo boudait dans son coin. Il n'était pas sûr d'avoir tout compris à ce qui s'était dit, mais n'en avait pas perdu une miette pour autant. C'était son talent, de percevoir les infimes vaguelettes empathiques agitant ses contemporains, c'est pour cela qu'il avait été choisi. « Caméléon social » lui avaient dit les psychiatres de Zentech. Et ce qu'il percevait actuellement ne lui plaisait pas du tout.

Assise près de Khaleel, Justine sirotait un autre café servi par Jasmine. Plus une once de haine entre ces deux-là. Le vieil homme décharné avait refermé les yeux et chantonnait un air rythmé par les pulsations lentes transmises par les murs. Tout le monde attendait avec l'angoisse sourde des impatiences historiques. À ce jeu, le Roméo se savait être le plus fort. D'une patience de reptile. Près de Justine, le délicat appareil de communication aux couleurs de la Zentech cliquetait ses routines mécaniques dans le vide. Aucune réponse de Berlin. Ça commençait à être inquiétant, même en tenant compte du temps nécessaire aux phéromones codées pour atteindre l'Allemagne de balise en balise. Seul un accusé de réception standard avait été reçu par Khaleel.

En guise de sonde, le Roméo toussota discrète ment, renifla, tentant d'attirer l'attention de Justine. Celle-ci se contenta de lui accorder un regard sombre et glacé avant de retourner dans les méandres de ses pensées. Ce simple mouvement des paupières le plongea dans les affres de l'expectative. Son charme n'opérait plus. Le Roméo suspectait ce lieu et ce qui s'y passait d'en être la cause. S'il avait bien écouté ce que le vieux Khaleel avait expliqué, tout ici baignait dans une épaisse soupe biochimique impalpable. C'était certainement ce qui perturbait son pouvoir de séduction. Tout cela ne lui disait vraiment rien qui vaille.

Finalement, ce fut Justine qui rompit le silence :

— Khaleel... Je pense que je ferais mieux de retourner à mon hélico. Peut-être que le message est arrivé là-bas ? Et puis, de toute façon, je ne te suis plus utile ici...

L'intéressé ne rouvrit pas les yeux. La peau desséchée de son visage se tendit un peu autour des lèvres quand il prit la parole :

— Non ! La situation est trop enchevêtrée pour que tu me quittes déjà. Tu connais ton mari mieux que moi. Tu sauras lire entre les lignes de sa réponse quand elle arrivera. Tu sauras m'expliquer exactement ce que ses mots signifieront...

— Et si je souhaitais partir quand même ?

Les paupières du vieil homme s'ouvrirent brusquement sur ses yeux délavés par le temps et la tristesse.

— Je ne t'en empêcherais pas... Tu me vexerais, mais je ne t'en empêcherais pas. Souhaites-tu partir, Justine ?

Elle reposa son mazagran. Réfléchit un instant :

— Attendons encore un peu...

Khaleel referma les yeux en souriant. Roméo posa son menton contre ses genoux ramenés sur sa poitrine et ferma les yeux à son tour. Les battements du cœur du maître des lieux emplirent l'espace libre de ses pensées. Le jeune homme commença à se laisser bercer par la mélodie lancinante.

*

Ogre et Gemini couraient pour échapper à leurs poursuivants. Un médecin hystérique les avait attaqués par surprise au détour d'un couloir. Il s'était caché derrière un bureau métallique renversé, avait bondi de sa cachette l'arme au poing. Heureusement, le coup avait été dévié par le cuir épais du blouson d'Ogre et la lame n'avait pas mordu très profondément dans la chair. Un solide coup de crosse l'avait repoussé contre le mur et mis hors d'état de nuire. Mais le fumier avait eu le temps de crier. Maintenant, tout le monde devait être au courant de l'incident. Les renforts ne tarderaient plus.

Collé aux basques du géant, Gemini peinait à maintenir le rythme. La peur et l'épuisement lui sciaient les jambes. Il ne prenait même plus la peine de regarder devant lui, se contentait de suivre la masse sombre du policier dans les couloirs vides et obscurs. Son esprit lui hurlait de se ressaisir, de demeurer vigilant ! La sueur coulant de son front lui brûlait les yeux. Il clignait frénétiquement des paupières pour en chasser l'acidité mordante. Il imaginait les mâchoires grinçantes des tueurs de la faction Orage claquer derrière eux en remontant leur piste. Le cliquètement de leurs doigts tranchants. En oubliait d'économiser son souffle.

Un hululement retentit quelque part autour d'eux. Ogre grogna :

— Ils sont là !

Ces trois mots coulèrent une chape de béton dans la poitrine de Gemini.

— Putain…

Dans sa main, il serrait une des grenades ramassées plus tôt. Sa dernière protection. Sans cesser de courir, il balbutia une proposition :

— Je fais sauter le couloir ! On gagne du temps !

— Non ! Pas encore !

Sans s'arrêter, Ogre tira devant lui vers le plafond, enflammant le revêtement verdâtre qui se mit à dégager devant eux une odeur épouvantable de plastique fondu. On ne faisait pas mieux, comme signature ! Puis le colosse enfonça des portes battantes que Gemini n'avait même pas repérées sur leur gauche et l'entraîna fermement à sa suite par le bras. Il s'arrêta dans le nouveau couloir et se retourna :

— Bloque la porte !

— Comment ?

— Empêche-la de bouger… L'odeur du plastique brouillera notre piste. Avec un peu de chance, ils continueront tout droit.

— Ils ne sont quand même pas capables de…

Gemini vit le regard fou d'Ogre et se tut. C'était à vomir. Des putains de clébards enragés ! Sous l'épaule gauche de son protecteur, le cuir fendu laissait voir un magma de pulpe rose barbouillée de sang.

— Merde il t'a eu !

— C'est rien...

Gemini fouilla dans sa poche, lui tendit sa boîte.

— Prends-les !

— C'est rien, je te dis.

À bout de nerfs, l'adolescent s'essuya les sourcils du revers de la manche et colla les médicaments contre la poitrine du colosse.

— Prends-les, merde ! Je m'occupe de la porte.

L'autre obéit sans un mot, hocha la tête en grimaçant. La blessure devait le faire horriblement souffrir, mais ce foutu bâtard continuait de courir... C'était dingue ! Gemini tendit la main vers la porte qui battait encore faiblement, l'immobilisa du bout des doigts. Tendit l'oreille... Plus de bruit. Pas de cliquètement. Bien ! Ogre avait avalé les derniers cachets. Il froissa l'emballage entre ses doigts, fit signe à son compagnon de le suivre sans bruit. Ils reprirent leur progression erratique dans le complexe en friche pendant presque cinq minutes avant de tomber sur l'obstacle suivant.

Ogre était en tête quand il s'arrêta soudain au milieu du couloir. Gemini manqua de le heurter, mais parvint à l'éviter au dernier moment et à s'arrêter près de lui. En face d'eux, la silhouette tassée d'un homme était assise à moins de dix mètres dans le noir. Il semblait porter une blouse, ou une robe de chambre, c'était difficile de bien distinguer. Une odeur douceâtre particulièrement désagréable se dégageait de l'individu, une odeur que Gemini mit du temps à identifier tant c'était incongru de la déceler en ce lieu : une odeur d'excréments. Accroupi devant eux, ce taré était occupé à chier. Ce devait être un malade de la clinique qui avait survécu. Peut-être même un habitant de son île ? Gemini approcha lentement, aux aguets tout de même :

— Ça va, mec ?

L'autre gémit faiblement, mais ne sembla pas faire cas de leur approche. Ogre redressa le bec de son arme vers l'inconnu et ricana :

— Je connais pas grand monde capable de faire ça le pantalon relevé, gros malin ! Bien essayé…

Le jet de flamme enveloppa le tueur au moment où il se relevait en hurlant pour égorger Gemini. Ce dernier recula précipitamment et tomba par terre épouvanté. En brûlant, la blouse de médecin révéla l'uniforme de la faction Orage caché dessous. Le dément hurla encore quelques secondes en se recroquevillant sur le sol. L'odeur de chair et de tissus brûlés couvrit celle des fèces et de l'urine. Gemini se releva lentement, les jambes tremblantes. Même ainsi défiguré par le feu liquide, le sexe du cadavre ne faisait aucun doute.

— Merde, c'était une femme !

— Non, tu te goures…

Ogre poussa le cadavre grésillant du bout du pied, montra les griffes métalliques fixées sur les gants :

— C'était une putain de tueuse… Presque assez maligne pour te baiser en beauté, mon gars ! Pas mal, le coup de l'indisposition passagère. D'autres auraient pu baisser leur garde. Va falloir être plus prudent !

— Plus prudent…

Gemini ne put s'empêcher de jeter un œil à la masse de l'étron encore frais baignant dans une mare d'urine. Quel esprit tordu pouvait penser à une ruse aussi géniale et navrante ? C'était d'une efficacité redoutable. Et en même temps, ça éclairait la situation sous un jour implacable : chaque tueur présent dans la clinique roulait pour son propre compte. Gemini était certain que la femme aurait massacré avec une égale fureur tout individu passant à sa portée. Il frissonna. Il commençait à regretter la sécurité de leur cachette dans la réserve. Pourtant, ils n'avaient plus d'autre choix que de poursuivre.

Près de lui, Ogre gronda :

— Ils arrivent !

Gemini tourna précipitamment la tête vers les deux extrémités de leur couloir.

— Où ?

La main du colosse se tendit :

— Là…

Il pivota vers l'autre côté :

— Et là !

En tendant l'oreille, Gemini perçut à son tour le cliquetis des lames en approche. Les yeux du Corbeau crachèrent leur excitation dans le noir. La voix d'Ogre se fit rauque :

— On s'en paye une dernière tranche, gamin ?

Nerveusement, les doigts de Gemini trouvèrent les grenades glissées dans ses poches et les étreignirent passionnément.

— On va tâcher de faire vite…

*

Justine tenta de relire sans trembler la transcription textuelle des deux mots émis depuis Berlin.

« Nous arrivons. »

Ça ne voulait rien dire. Rien du tout.

Elle sentait sur elle le regard matois de Khaleel épiant ses réactions. Elle aurait voulu garder un visage impassible. Mais elle savait bien ne rien dissimuler de son incompréhension.

— Khaleel… Je ne suis pas sûre de comprendre…

— Comprendre quoi ?

— C'est trop court pour constituer une réponse sérieuse.

Elle agita le misérable petit ruban de papier à peine sec.

— Peter ne se déplacerait jamais jusqu'ici. Il déteste quitter Karmax. Et puis il ne se serait pas contenté de deux mots. Ce n'est pas lui qui a répondu.

Le temps d'une fraction de seconde, Justine crut percevoir un éclair amusé dans le regard du vieil homme, que ce dernier dissimula d'un hochement de tête radieux :

— Tu vois, que tu as bien fait de rester ici ! Ton analyse m'est précieuse.

Une pause, puis :

— Bien, bien… Préparons-nous à les accueillir convenablement. Mes protégés doivent apprendre à respecter les visiteurs. Le temps des combats s'estompe, place à la diplomatie.

Justine s'empourpra :

— Je dois retourner à Berlin.

Au moment où elle disait ça, elle se maudit d'être aussi lâche. *Ben voyons, rentre bien te lover aux pieds du bâtard qui t'a larguée ! Qu'ils crèvent tous, je me tire d'ici !*

Elle se releva prestement, ajusta ses vêtements froissés. Elle s'était redressée trop vite : sa tête lui tournait. Elle battit des paupières, fixa son attention sur ses mains. Le tremblement disparut.

— Oublie ce que je viens de dire… Je vais d'abord me rafraîchir. Je suppose que Jasmine peut me conduire jusqu'à des douches ou une salle de bains correcte ?

Khaleel sourit suavement. Jasmine quitta les pieds de son seigneur pour se mettre à la disposition de l'invitée. Les deux femmes quittèrent l'alcôve par l'unique sortie. Le silence se fit dans la pièce. Le vieux policier laissa s'égrener plusieurs minutes avant de s'adresser aux murs.

— Que penses-tu que nous devions faire d'elle ? Devons-nous la laisser partir ?

Le Roméo leva la tête. Depuis plus d'une heure, il était resté là, immobile, à attendre et espionner l'évolution de ce huis clos éprouvant. Il avait eu tout le temps de cogiter et de se préparer à ce qui allait se passer. Il était prêt. Sa voix était calme et son visage impassible quand il répondit :

— Je peux la tuer, si vous voulez.

— Et pourquoi la tuerais-tu ?

— Je peux être votre plus utile serviteur.

— Tu désires me servir ?

— J'ai été préparé à cela, mon maître. Je porte la marque de Zentech. Je suis conçu pour être compatible avec ce grand changement qui s'opère ici et ailleurs. Dois-je la tuer ?

— Imbécile ! Tu ne comprends pas qu'elle est une clef ? Cette femme est au croisement de la destinée de deux figures majeures de la partie en cours. Nous aurons besoin d'elle encore…

— Alors, qu'attendez-vous de moi ?

Khaleel plongea son regard de glace fondue dans celui du jeune homme assis à ses pieds.

— Crois-tu pouvoir me trahir aussi ? Crois-tu avoir une seule chance de m'échapper si tu te livres à moi ?

Le Roméo réfléchit un instant. Puis sourit suavement :

— Peut-être…

Sa franchise fit plisser les yeux du prophète :

— C'est pourtant vrai que tu es doué…

— Mettez-moi à l'épreuve, je ne vous décevrai pas.

Khaleel eut un petit geste de la main, qui fit s'agiter ses tuyaux et son harnais.

— Pas encore. Tu vas d'abord devoir apprendre la véritable soumission, enfant. Tu vas rester auprès de moi quand Justine repartira.

— Merci maître !

— Tais-toi, maintenant.

Satisfait d'avoir trouvé sa nouvelle niche, le Roméo se leva gracieusement pour arpenter consciencieusement son nouveau territoire. Finalement, il se pencha pour ramasser ce qu'il cherchait : une lourde barre de fer de section carrée, certainement abandonnée là par un autre des protégés de Khaleel. Muni de son casse-tête improvisé, il retourna s'asseoir près du vieil homme, les épaules droites et le torse bombé. L'esprit aussi serein qu'un ver ayant trouvé une nouvelle pomme, il ferma les yeux de contentement. Oh, cette pauvre Justine aurait une sacrée surprise en revenant ici tout à l'heure… Il avait hâte de voir la tête de la vieille garce tentant de se donner une contenance en découvrant ce rebondissement inattendu.

*

L'eau était presque trop froide, mais ça n'en était que plus agréable. Justine la laissait couler plus longtemps que nécessaire sur sa nuque et son dos raidis par la nervosité. La petite salle d'eau, entièrement recouverte de carrelage aux couleurs tendres, résonnait seulement du chuintement amical du jet glacé. Elle aurait pu rester là des heures. Derrière elle, de l'autre côté de l'arche garnie d'un rideau de perles multicolores, elle savait que Jasmine guettait l'instant de sa sortie. Elle n'était pas pressée d'y retourner. Sur le mur carrelé, les reflets de l'eau et de la lumière rasante filtrée par les perles colorées composaient des motifs changeants et réguliers, comme si un ballet chatoyant de planctons géants s'était produit rien que pour elle. Elle repensa à l'histoire de Khaleel, la mutation du Chromozone désormais capable d'infecter des humains. C'était abominable ! Pour éviter à son esprit de basculer dans un gouffre de terreur pure, elle dirigea prestement les aiguilles liquides vers son front, tentant de figer ses pensées dans un bloc de glace douloureux.

Il fallait qu'elle parte d'ici au plus vite. Retrouver Teitomo. Sa détestable assurance. Sa force implacable. Bénéficier d'un peu de sécurité si ce monde devait retomber encore une fois dans le chaos.

Justine tourna la molette ouvragée du robinet en cuivre. Quelques dernières gouttes d'eau tombèrent lentement en résonnant dans la salle de bains. Elle se sécha rapidement, les yeux mi-clos, apaisée par la quiétude de la pièce. Jasmine rompit le charme en traversant paisiblement le rideau de perles pour lui tendre des vêtements propres, certainement fabriqués par les tisserands des défunts Sicaires de l'Hégire. C'était un habit traditionnel, simple et confortable plus pratique que la coupe empesée et prestigieuse de sa tenue de dignitaire. Justine n'hésita pas un instant et se changea devant l'adolescente. Celle-ci l'aida à ajuster la large ceinture et la coiffa sans une parole.

— Merci, dit Justine en se retournant vers elle quand elle eut fini de parfumer la natte qui lui tombait désormais entre les épaules.

Elle se sentait presque métamorphosée. Jasmine ne répondit pas et lui indiqua la sortie. Justine fit mine de partir, puis se ravisa. Elle ramassa le paquet de ses vêtements, qu'elle avait posé au pied du carré de douche, et le cala sous son bras. Lentement, sa main droite vint trouver le pistolet toujours caché dans le tas. Non pas qu'elle comptât s'en servir, mais si elle ne devait plus compter que sur elle-même désormais, il était temps d'adopter l'attitude adéquate. Elle glissa ostensiblement l'arme à sa ceinture et hocha la tête :

— Allons-y.

Quand elles furent de retour dans le sous-sol abritant Khaleel, Justine ne put s'empêcher de marquer un arrêt. Un troisième homme avait rejoint Khaleel et le Roméo, à la silhouette sinistre et trop aisément reconnaissable : le tueur de la faction Orage à l'accent hispanique. Un court instant, elle suspecta l'embuscade et son exécution immédiate. Mais son regard mort la rassura quant à son avenir proche. S'il y avait une chose qu'elle avait saisie des membres de cette ménagerie, c'est qu'ils ne s'encombraient pas de manières quand il s'agissait d'obtenir ou de faire quelque chose. S'il avait reçu l'ordre de la tuer, il se serait certainement contenté de marcher vers elle pour l'éventrer dès son arrivée. Pourtant, malgré le silence des protagonistes, il semblait flotter comme un parfum de complot dans la pièce. Jasmine quitta l'alcôve sans prononcer un mot. Khaleel marmonnait encore tout seul, perdu dans ses pensées brumeuses. Quant au Roméo, son changement d'attitude était manifeste : désormais debout près du vieil homme, il avait tout perdu de sa veulerie effacée. Justine remarqua la longue barre sur laquelle il s'appuyait comme sur une canne. Comme d'habitude, il suintait l'envie de bien faire. Simplement, dans la nouvelle représentation en cours, il était exigé du figurant qu'il prît un air méchant. Quel pantin ! Justine ne put s'empêcher de sourire, ce qui provoqua un éclair de haine pure dans le regard du jeune homme, immédiatement camouflé par un docile battement de paupières. Elle ricana :

— Tu t'es trouvé un nouveau chien de garde, Khaleel ?

Le Roméo fit celui que rien ne pouvait atteindre. Le vieux policier releva le menton, tourna la tête vers le jeune homme avec un sourire pincé :

— Cet enfant brûle littéralement de rejoindre notre cause. Ses compétences seront exploitées au mieux, une fois que sa loyauté à notre égard aura été éprouvée.

— Je te souhaite bien du plaisir avec ce petit bâtard !

Khaleel secoua la tête avec force pour couper court à la conversation.

— Assez !

Puis il désigna du menton le tueur silencieux qui les avait rejoints :

— Il va te ramener là d'où tu viens. Ta tâche ici est achevée. Tu es libre.

Le soldat fit deux pas vers Justine pour imposer le départ. Elle ne bougea pas :

— Attendez ! Tu m'avais parlé de Tei...

— Il est parti vers le nord, mais tu dois te dépêcher de le trouver.

— Je ne comprends pas.

Les yeux du vieil homme s'emplirent de larmes délicates qui ne surent trouver leur chemin vers ses joues. Elles demeurèrent prisonnières de la lisière de ses paupières fatiguées :

— Zentech espère encore effacer toute trace de son crime. La faction Orage n'est pas intervenue seulement ici, elle a aussi reçu l'ordre de détruire ailleurs les sites compromettants. Teitomo et ses employeurs avaient été affectés à la protection d'un de ces sites. Ils ne survivront plus très longtemps.

Justine sentit ses genoux faiblir sous le poids de son corps. Elle n'en supporterait pas davantage. Elle refusait d'assumer un autre fardeau. Se préparer à revoir Tei et se faire annoncer dans la foulée qu'il risquait de mourir avant, c'était trop. Sur les joues de Khaleel, les larmes avaient trouvé un lent parcours le long des rides et des sillons, avant de gagner les lèvres desséchées. Le Roméo profita de l'absence de Jasmine pour s'approcher et essuyer lui-même la bouche du vieil homme. Khaleel renifla, s'ébroua dans le harnais solide qui le maintenait au-dessus du sol :

— Sauve-le, Justine ! Il a été le seul qui a su m'aimer vraiment durant toutes ces années. Sauve-le, pour l'instant… Je ne peux me résoudre à ne pas lui accorder ce répit. S'il te plaît.

— D'accord, murmura-t-elle, je vais essayer.

— Merci… Et j'aimerais aussi que tu emmènes avec toi une autre personne. Et je te promets que c'est là ma dernière requête.

Justine soupira :

— Dis toujours…

S'efforcer de préserver tout ce qui pourra l'être

Fièrement assis sur ses talons, le Tore observait avec ravissement ses chiens de guerre se partager les armes dont il venait de leur révéler l'existence. De quelques coups de hachette, ils avaient tôt fait d'éventrer les containers pour en arracher les fusils automatiques flambant neufs. Au moins, l'abruti de la clinique n'avait pas tenté de le berner, c'était toujours un souci en moins. Jusqu'au bout, il avait redouté une entourloupe et avait dû se retenir de vérifier personnellement le contenu des caisses avant la distribution. Mais il ne voulait pas priver ses fidèles guerriers du plaisir de fracasser eux-mêmes les serrures et les couvercles. Il savait trop bien ce qui les faisait hululer de joie : casser, briser, tordre, arracher, exprimer sans entrave leur violente exubérance. Maintenant, il était récompensé par leurs cris de rage béate, en même temps que par un sentiment de profond soulagement. Tout était décidément parfait.

Depuis la mise à mort publique de cet imbécile d'Erwann, les velléités d'opposition à sa loi avaient fondu comme neige au soleil. Ses informateurs le lui avaient confirmé : même les rescapés de la bande de la *ti-vaot* n'avaient osé tenir de propos désagréables à son endroit. Privés de leur chef, tous ces minables cafards étaient sagement rentrés dans le rang. Il avait même daigné leur rendre la petite peste sans y avoir touché. Le vainqueur devait savoir se montrer généreux. De fait, de nombreux îliens un peu malins ou opportunistes avaient saisi le sens du vent et rejoignaient le clan. Les combats des jours à venir auraient vite fait de séparer le grain de l'ivraie, pour ne laisser survivre que les plus vaillants. C'est dans la bataille que l'âme du guerrier véritable se révélerait. Les autres pourraient toujours servir de mobilier à titre posthume.

Le Tore avait des idées précises sur le sujet. Dans le domaine familial reconquis à l'envahisseur étranger, il ferait bâtir un palais digne de sa légende. Et depuis son trône, rehaussé des ossements pris sur les dépouilles de ses ennemis, il contemplerait la lente procession des fidèles venant lui rendre hommage et saluer son règne juste et bon. Son ciboire serait un crâne, dans lequel il saurait consommer sans modération le cidre et l'hydromel qui feraient la réputation de leur noble nation. Car il saurait couper court aux critiques le taxant de roi sanguinaire en établissant de fructueuses relations commerciales avec les communautés les plus lointaines. Le savoir-faire des anciens Celtes refleurirait sous sa juste autorité, et tous devraient reconnaître combien sa vision était emplie de sagesse. Qu'importaient les sacrifices nécessaires pour que se réalise cet avenir. Fugacement, l'image de son frère revint à l'esprit du Tore et ce souvenir lui broya le cœur. Ô comme il souffrait en silence, lui, le pauvre chien de guerre condamné à l'affligeante solitude des puissants, comme il lui en coûtait d'avoir dû ainsi forcer son cadet à entrer dans sa légende. Une bouffée d'autocompassion envahit sa poitrine musculeuse. Dans les années à venir, il faudrait qu'il dénichât un scribe capable d'entendre ses confessions et ses mémoires pour que tous sachent ce qu'il avait dû taire. Son exaltation… Non ! Sa *culpabilité* d'avoir dû se résoudre à torturer la chair de son frère. Oui, sa culpabilité. Hautement louable, l'attitude du conquérant qui admettait ne pas être infaillible. Et tant pis pour ce manquement à la tradition orale des anciens. D'autres devraient apprendre un jour ce qu'il avait enfoui au fond de son corps parfait pour mener à bien ses rêves de gloire.

Pendant qu'il se laissait ainsi bercer par le flot improbable de ses pensées, ses hommes avaient ouvert la dernière caisse et distribué les chargeurs et boîtes de munitions. Ça allait être un jour glorieux. Ils allaient faire du bon travail. Les ennemis du continent verraient bientôt leurs êtres aimés rouler dans la poussière et le sang. Ce serait beau et grandiose. Tout à ses rêveries sanguinaires, le Tore ne remarqua pas tout de suite le silence qui se faisait peu à peu autour de lui. Ses chiens de guerre se taisaient pour lancer des regards étonnés vers le ciel. Quand suffisamment de leurs museaux furent pointés vers les nuages, le chef des Keltiks sortit enfin de son hébétude extatique et tendit l'oreille. Un grondement mystérieux, semblable au tonnerre des jours d'orage, montait en puissance au-dessus d'eux.

Il fallut toute sa concentration à Sébastien de Kermeur pour aller puiser dans ses souvenirs d'enfance la source de ce bruit inquiétant. Un hélicoptère… Un hélicoptère était en approche. Il poussa un cri de rage et ordonna de se préparer au combat : ils étaient envahis !

*

À bord de l'appareil perdu dans la nuit, la nervosité était telle qu'elle aurait pu déclencher des arcs électriques sous la tension accumulée. Le pilote, crispé sur ses commandes, ne cessait de pousser des jurons qui, en d'autres occasions, auraient su la faire sourire. Mais en cet instant, Justine n'avait pas le cœur à plaisanter. La situation empirait de minute en minute. Puisque la technicienne avait refusé de rembarquer à bord de l'hélicoptère, le pilote avait dû se charger à la fois des manœuvres en vol et des opérations de phérommunication, ce qui n'était pas du tout à son goût. Malgré la fortune que lui avait offerte Justine en paiement — tous les bijoux de sa tenue de dignitaire y étaient passés —, il appréciait de moins en moins cette virée improvisée vers la Bretagne et il voulait que ça se sache :

— C'est de pire en pire ! Je ne reçois même plus les balises auto !

Le lourd casque vola vers la console de communication située derrière lui.

— Merde ! C'est quoi ce bordel ?

Justine ramassa le casque pendant que l'homme haussait les épaules de colère rentrée. Elle rangea les écouteurs à leur place réservée avant de répondre :

— C'est quelque chose de grave… De très grave…

Peut-être la fin de la plupart des choses que vous et moi avons connues.

— Comprends pas…

Elle posa sa joue contre la paroi vibrante de la cabine, à la recherche d'une illusoire fraîcheur.

— Moi non plus je ne comprends pas, murmura-t-elle. Et pourtant, nous devons continuer à avancer.

— Qu'est-ce que vous dites ?

— Rien… Je dis qu'il faut continuer jusqu'à notre objectif.

— Et on va chercher quoi là-bas ?

Elle réfléchit un instant.

— Un allié.

Momentanément apaisé par cette réponse rassurante, le pilote se tut et se concentra sur le vol. Les indications écrites fournies par Khaleel étaient sommaires… Une succession de chiffres et de lettres auxquels Justine ne comprenait rien. Mais elles semblaient suffire au pilote pour les emmener à destination. Près de Justine, prostrée au fond de la banquette, leur passagère ne prononçait pas une parole. Elle semblait éteinte. Vidée de sa substance. Jamais Justine n'avait vu un individu aussi dénué de volonté sans afficher les classiques signes physiques de la folie. Justine se demanda pourquoi Khaleel avait exigé qu'elle les accompagnât. Elle ne pouvait leur être d'aucune utilité. *Il serait peut-être temps de ne plus penser en termes d'utilité, désormais. Peut-être que notre devoir à tous sera de s'efforcer de préserver tout ce qui pourra l'être.* Sous leurs pieds, à plusieurs centaines de mètres plus bas, le pays, le continent, le monde peut-être déjà, subissait une mutation. Si Khaleel n'avait pas menti, le processus était inéluctable. La nature aimait la diversité. Les monopoles avaient causé la perte de l'humanité. Zentech avait failli. Et Karmax était tombé. Le reste suivrait.

Elle en avait eu la certitude juste avant le décollage, quand elle avait vu approcher du tarmac une nouvelle délégation portant les insignes distinctifs des émissaires de la maison mère. Elle venait juste de convaincre le pilote de partir pour une nouvelle destination qu'elle lui désignerait une fois là-haut. Quant à la technicienne en communication, elle avait craché sur la proposition de Justine : elle avait déjà troqué sa combinaison de vol contre une tenue débraillée et son visage portait les marques de plusieurs bagarres récentes. Elle aussi avait déjà basculé. C'est alors qu'ils étaient apparus sur la piste : une dizaine d'agents de sécurité de Karmax chargés de protéger leur unique dignitaire : Fabio. Au sourire éclatant. À l'aura d'irrépressible victoire. Elle avait compris alors que tout était perdu. Rien de bon, rien de digne, rien de juste ne saurait émerger d'une rencontre entre cette crevure infecte et le vieux Khaleel accroché à son plafond. Son unique et maigre satisfaction fut la réaction automatique d'agression du tueur de la faction Orage qui les avait ramenés ici et était maintenant chargé d'accueillir les nouveaux venus. Le soldat aux réflexes de violence avait manqué trancher net la main tendue de ce petit bâtard crapoteux. Pour le reste, elle ne voulait pas avoir affaire à lui. Elle avait donc offert tout ce qu'elle possédait sur elle de valeurs pour partir immédiatement. Et le pilote avait accepté sans trop comprendre.

Maintenant… Maintenant, elle avait peur. Affreusement peur. Dans cette bulle scellée filant au-dessus du monde dans l'obscurité, ils recevaient de quart d'heure en quart d'heure les indices du cataclysme qui allait en s'amplifiant. D'abord, ça avait été la lente disparition des protocoles standard de communication, qui avaient laissé place à un galimatias d'invectives, de menaces sourdes et de propos incohérents. Une bouillie venimeuse émise de tous les points cardinaux, faite de bribes de messages éparpillés et de cris de détresse. Puis les relais avaient commencé à faiblir, à ne plus diffuser que des codes binaires d'identification, avant de finalement ne plus proposer que des nappes de bruit blanc semées de minuscules bouillonnements aigus, au travers de l'interface phéromone-son de l'hélicoptère. Incrédule, le pilote s'était acharné plusieurs minutes à balayer les fréquences dans l'espoir de saisir une boucle sensée. Mais rien. Justine, elle, avait vu ce qui s'était passé à Marseille. Elle suspectait que les plus féroces avaient déjà détruit leur matériel de communication dans un de ces accès de rage qui semblait être leur mode de réaction privilégié. La panique et les émeutes avaient fait le reste. Ils étaient seuls, tous les trois, dans cette cabine étroite, à écouter l'agonie du monde qu'ils connaissaient. Qu'ils avaient contribué à bâtir. Dans la sénescence duquel elle avait une lourde part de responsabilité.

Ne restait plus, pour la conforter, que cette paroi tremblante contre sa tempe, pour secouer encore un peu plus ses pensées paralysées par la terreur. Encore une fois, comme toujours, il allait être question de survivre, et de tenter de le faire dignement. Justine soupira. Toute sa vie, finalement, pourrait se résumer à ça.

Le pilote se retourna vivement :

— Nous approchons.

À ces mots, la jeune femme confiée par Khaleel eut un soubresaut violent, comme si elle se débattait dans un cauchemar éveillé. Justine approcha sa main du pistolet qu'elle gardait à sa ceinture, au cas où. Pas question de risquer une crise d'hystérie en plein ciel. Mais, après cet unique tressaillement, la jeune femme demeura calme. Pour la première fois depuis leur rencontre, une trace d'attention scintillait au fond de ses yeux vides. Un filet de bave jaune franchit ses lèvres et vint souiller son menton quand elle ouvrit la bouche. Sa gorge émit un gargouillement gras, ses mâchoires s'agitèrent comme un poisson en manque d'eau, mais aucun son ne sortit.

— Qu'est-ce qui se passe, derrière ?

L'énervement du pilote était flagrant. Justine lui répondit sans quitter sa voisine des yeux :

— Rien, rien… Où sommes-nous exactement ?

— Près de la côte. D'après le code que vous m'avez donné, on cherche un hôpital ou un bâtiment médical. Il ne devrait pas être loin.

La femme avait renoncé à lutter. Elle s'affala sur la banquette et retrouva son apathie initiale. Justine écarta les doigts de la crosse de son arme. Réfléchit aux propos du pilote :

— Un hôpital ? Oui, ça pourrait être ça… Un site de recherche appartenant à Zentech, sans doute.

L'homme hocha la tête :

— Je connais bien les codes de Zentech. Repassez-moi les écouteurs… Si ce truc est dans le coin, je devrais repérer sa balise. En supposant qu'elle émette encore.

Justine obéit prestement. L'homme se mit à parler plus fort pour couvrir le bruit des mélopées crachées maintenant par son casque :

— Je vais avoir besoin de vous. Sélectionnez les fréquences devant vous, sur la console. Le gros cadran gradué au milieu, et variez d'un cran par période de trente secondes. Ça devrait faire l'affaire.

Presque intimidée, elle s'approcha de l'impressionnante machine et se mit à l'ouvrage en silence. Elle se rendit compte que sa terreur refluait depuis qu'elle pouvait se rendre utile. Elle prit une profonde inspiration et se concentra sur sa tâche. Peu à peu, elle parvint à réduire son univers aux lignes de cuivre gravées dans le pupitre en bois précieux et au temps qui la séparait encore du passage au cran suivant. Et elle ne pensa plus à autre chose.

*

L'odeur du sous-sol déplut immédiatement à Fabio. Guidé par l'adolescente nue qui l'avait accueilli devant les portes, il était enfin entré dans ce qui devait être la salle d'audience des débiles locaux. Malgré le maintien sous surveillance de ses gardes du corps, à l'étage au-dessus, Fabio ne doutait pas un instant qu'ils viendraient tous lui manger dans la main, ici. Il suffisait de voir dans quel état était le quartier. Une promesse d'aide à la reconstruction, un partenariat technologique ou deux, et on n'en parlerait plus. Le tout était de percevoir rapidement quelle attitude adopter pour mieux les berner. Il avait encore du mal à saisir les paradigmes régionaux, mais il n'avait pas abandonné son air détendu et réjoui pour autant.

Flatter le chaland, toujours flatter le chaland. Son unique agacement, à cet instant, était d'avoir raté de peu Justine. Il l'avait vue décoller pour on ne sait où. Son ex-tecnnicienne de communication, qui avait refusé cette désertion manifeste, le lui avait confirmé : Justine Lerner avait détourné un hélicoptère de Karmax pour une destination inconnue. C'était parfait ! Mais il aurait tout de même aimé la croiser quelques minutes… Quand il vit le vieil homme suspendu au plafond, qui l'observait en silence, Fabio se douta que la partie allait être plus rude que prévue. Il pencha la tête, écarta les mains pour provoquer la sympathie :

— Salutations !

La momie desséchée plissa les lèvres. Une langue grise darda subrepticement, avant un sourire figé :

— Vous n'êtes pas Peter Lerner.

— Non.

Air compatissant, puis la pose du premier atout :

— M. Lerner s'est momentanément retiré de sa fonction, suite à une situation personnelle délicate à régler. Je suis entièrement habilité à…

— C'est parfait !

L'autre l'avait coupé sèchement. Fabio ne se laissa pas décontenancer par une manœuvre aussi grossière et poursuivit :

— … négocier au nom de Karmax et de toutes ses sociétés vassales. Votre message m'a d'ailleurs…

— Stop.

— … été immédiatement transmis pour pallier toute vacance…

— *Stop !*

Cette fois, le vieillard avait hurlé. Un cri de bête

furieuse. Fabio se raidit, opta pour un air vexé mais prêt à s'amender. Les tuyaux qui jaillissaient du cou du pantin fripé s'agitèrent quand il secoua la tête avec colère :

— Rien de ce que tu peux me dire ne m'intéresse. Karmax a été balayée ! Peter Lerner était un danger et nous avons dû le détruire par sécurité. Je ne pleure pas moins son génie. Quant à toi, tu n'es rien. Et rien de ce que tu pourras me dire ne peut m'intéresser.

— Vous avez tort... Nous pourrions rétablir rapidement la splendeur du quartier, effacer les ruines et rendre leur confort à ses habitants. Je suis sûr que nous pourrions trouver un accord. Je suis venu jusqu'ici pour ça.

— Un accord ? comme celui qui te liait à Zentech ?

Fabio n'avait pas vu le coup venir. Il baissa lentement les mains en silence. Depuis l'ombre d'un coin de l'alcôve enfumée, une silhouette s'approchait. C'était ce petit bâtard d'émissaire bidon envoyé par la Zentech au synode. Qu'est-ce qu'il foutait là ? Il aurait dû rester auprès de Justine pour la contrôler. Cette misérable raclure avait dû raconter tout ce qu'il savait au vieux débris. Il était temps de ruser. Fabio sourit :

— Très bien. Parlons franchement. Que voulez-vous ?

La voix de l'homme prit un accent désagréable, froid et sifflant comme la glace :

— Tu as donné ton accord pour l'exploitation de cellules humaines. Pour fabriquer toutes vos machines, ça revenait tellement moins cher que des cultures artificielles, n'est-ce pas ? Et Zentech te reversait une partie des sommes colossales ainsi économisées. Des humains vivants, Fabio !

— Qu'est-ce que vous racontez ?

Le jeune sosie de Peter avançait toujours en silence pendant que son nouveau maître poursuivait ses accusations.

— Je sais tout ! Tout était codé dans des banques phéromoniques secrètes. Mais vous avez rendu les hommes perméables au virus. Le savoir et le mal nous rongent chaque heure un peu plus, désormais. Tu comprends ce que ça signifie, fossoyeur ?

Fabio ramena lentement sa main vers sa poche. Il y trouverait l'alarme qui ferait rapidement accourir ses gardes. Pour autant, il ne lâchait pas le regard perçant de l'autre qui continuait :

— Un virus militaire adaptatif, conçu pour la destruction et l'infiltration de tout espace accessible, a trouvé le trou dans la serrure de notre espèce... Tu as saisi, maintenant ?

Hypnotisé par les yeux et la voix du vieil homme, Fabio remarqua une seconde trop tard que le Roméo était passé derrière lui. La barre lui fracassa l'occiput au moment où il allait tourner la tête. La douleur fut fulgurante. Un éclair rouge envahit ses pensées. Du fond de son puits de souffrance, il s'entendit hurler pour chaque débris de son crâne brisé. Il ne pouvait plus bouger.

— Ne le tue pas tout de suite, dit Khaleel. Approche-le de moi.

— Oui.

On le traîna sur le sol.

— Aide-moi.

À travers le voile cramoisi tombé sur ses yeux,

Fabio tenta de distinguer autre chose que des formes tremblotantes au-dessus de lui. Il sentit quelque chose de chaud lui couler sur le visage, dans le cou et sous ses vêtements. Puis il mourut sans comprendre. Tremblant de rage, Khaleel laissa le Roméo égoutter son sexe flétri quand il eut fini d'uriner sur le cadavre.

— Tu montreras son corps à nos fidèles au-dehors. Puis vous jetterez son cadavre aux chiens.

— Oui.

— Jette-le aux chiens ! C'est important. Que ses restes pourrissent et soient digérés par ses semblables. S'il le faut, fais construire un chenil, et que tous le voient.

— Ce sera fait.

Épuisé, Khaleel ferma les yeux. La rage et l'accablement mêlés manquaient de l'étouffer. Il savait son geste misérable et inutile. Pour les générations à venir, pour ceux qui auraient la charge d'écrire l'Histoire, tout aurait été préférable à cette exécution maladroite dans un sous-sol. Mais au moins, on se souviendrait du corps livré aux bêtes. Saisi par ce détour inédit de sa réflexion, le vieil homme décida d'accorder quelques minutes à l'approfondissement de la question. Car, n'est-ce pas, s'il n'y avait plus de place en ce monde pour la bêtise, il convenait de veiller à ne pas reproduire des erreurs identiques.

*

— Je crois que je tiens un signal… Restez sur cette fréquence.

Justine se figea. Ses doigts rendus glissants par la chaleur et le contact avec les boutons de contrôle tremblaient. Elle tourna la tête vers le pilote aux aguets.

— Ce n'est pas un code Zentech. Mais ça ressemble carrément à celui de Gaïa. J'ai capté le même en arrivant au-dessus de Marseille… Oui, c'est un code Gaïa. Faible, mais bien là.

Justine s'approcha rapidement du siège du pilote, se pencha par-dessus son épaule pour distinguer quelque chose à travers l'épais coton encore gris de l'aurore qui pointait à l'horizon. Mais ils étaient trop haut pour apercevoir quoi que ce soit.

— C'est forcément ça ! Allez-y.

— Reculez ou passez devant avec moi, mais ne restez pas debout.

— Et les communications ?

— On s'en fout pour l'instant. Tant qu'on capte ça, on s'y accroche. On verra plus tard si ça ne donne rien.

Visiblement, le pilote était heureux qu'il se passe enfin quelque chose. Il retrouvait ses réflexes. Elle eut une pensée émue pour Peter qui avait veillé à lui fournir un auxiliaire aussi efficace. À l'arrière, leur passagère ne bougeait toujours pas. Justine enjamba le siège du passager et prit place dans le cockpit.

— Vous voyez quelque chose ?

L'homme manipula quelques diodes et boutons parmi les cadrans de son tableau de bord avant de répondre.

— C'est bon. Je l'ai et je la lâche pas. On approche du signal.

Devant le nez de l'hélicoptère, les premiers champs apparaissaient en contrebas, au travers des brouillards trompeurs de l'aube. Justine plissa les yeux pour percer le rideau blafard. Elle crut voir une masse plus sombre un peu vers la droite. Elle tendit le doigt :

— Là !

Le pilote ordonna à l'appareil de virer légèrement vers la cible désignée. Ils descendirent lentement vers le sol et les plantations qui entouraient le large complexe. Des lueurs baveuses vertes et rouges flamboyaient sur son fronton. Gaïa Health Care.

— On l'a trouvé !

— O.K. Je fais un premier passage pour repérer les alentours. Accrochez-vous.

L'hélico piquait du nez vers l'hôpital quand une énorme explosion arracha sa façade et une partie du toit !

— Putain de…

Le pilote prit un virage serré qui plaqua les occupants de la cabine sur la droite. Leur passagère se mit à hurler. Justine se dévissa le cou pour tenter d'apercevoir le complexe qui s'éloignait derrière eux en contrebas. Elle eut le temps de distinguer une colonne de fumée noire avant que le décor bascule à nouveau et disparaisse.

— Qu'est-ce qui s'est passé ?

Le pilote vérifiait l'état des instruments de son engin.

— J'ai cru qu'on nous tirait dessus, mais en fait, c'est chez eux que ça a sauté.

Justine pensa à Teitomo et aux paroles de Khaleel.

— Il faut y retourner.

— Pas question ! Je n'approche plus de cette saloperie. Et faites-la taire, putain !

Derrière eux, la femme hurlait toujours. Justine se leva et retourna s'asseoir près d'elle. Elle saisit les mains de la jeune métisse et l'attira contre elle. Celle-ci se calma presque aussitôt et se pencha pour se lover contre son ventre. Justine lui caressa les épaules tendrement en relevant la tête vers le pilote :

— Refaites un passage ! Vite ! On n'a pas fait tout ce chemin pour rien !

L'homme soupira mais obéit. D'une poussée sur les commandes, il ordonna à l'hélico de retourner vers l'hôpital. Quelques secondes plus tard, il poussa un cri bref :

— Y a du monde sur le toit.

Justine repoussa sa protégée, qui se laissa faire, et revint s'appuyer contre le dossier du siège passager. Ils approchaient à grande vitesse de l'angle démoli. Deux silhouettes s'extrayaient des gravats pour atteindre une zone intacte du toit. La première, plus petite, aidait l'autre à grimper. Le cœur de Justine lui tomba dans l'estomac.

— Stabilisez-vous !

— Pas question ! Trop dangereux.

Elle repoussa la femme, arma son pistolet et posa le canon contre la nuque du pilote.

— Posez-vous tout de suite !

Il ne répondit pas mais s'approcha lentement du sommet plat. Justine distingua les deux hommes qui tentaient de se protéger des rafales causées par les pales. Teitomo. C'était lui. Soutenu par un garçon qui l'aidait à avancer. Il avait l'air gravement blessé. L'hélicoptère se posa à une dizaine de mètres du duo hagard. Justine bondit vers la porte.

— Ne bougez pas de là, je les ramène ! hurla-t-elle au pilote furieux.

Elle débloqua la sécurité de la cabine et poussa le

battant qui coulissa le long de la carlingue. Elle fit signe aux deux fuyards d'approcher :

— Venez ! Venez vite !

Le gosse la dévisageait sans comprendre. Il tourna la tête, regarda derrière lui, saisit un objet dans sa poche et le lança vers le trou fumant. *Une grenade*, comprit Justine. Puis il aida le colosse à avancer jusqu'à l'hélicoptère. L'explosion fut étourdissante. Des flammes montèrent de la fosse percée dans le béton du toit. Les deux hommes atteignirent la cabine. Le plus jeune aida Teitomo à grimper en fixant Justine :

— C'était ma dernière. Ils arrivent !

Elle hocha la tête, incapable de parler. Teitomo semblait perdre beaucoup de sang. Il ne l'avait pas reconnue. Grognant, marmonnant, il s'allongea à l'arrière sur la banquette. Le gosse monta en dernier. Justine referma la porte.

— On se barre !

Le pilote jura :

— Putain de cinglés !

L'appareil décolla lourdement au moment où plusieurs silhouettes en combinaison noire jaillissaient par le trou sur le toit dévasté. Le bruit des turbines étouffa les cris de rage des nouveaux venus qui voyaient leurs proies leur échapper. L'hélico vira sur la gauche et monta vers les nuages. Justine rangea son pistolet à sa ceinture. Les yeux fermés, Teitomo gémissait sur la banquette. La métisse s'était penchée vers lui et caressait le visage en silence. Il ouvrit les yeux un instant, balbutia :

— Claire ? Tu n'es pas m…

Puis il frissonna. Un long tremblement le saisit, qui le fit frapper frénétiquement la coque de ses bottes. Il tourna la tête et vomit par terre. Justine eut un haut-le-cœur. Que se passait-il ici ? Comment pouvait-il connaître leur passagère ? Qu'est-ce que Khaleel avait manigancé en leur confiant cette femme ? Prostré contre la paroi, l'adolescent pleurait à chaudes larmes, le corps haché par ses sanglots nerveux. Le pilote tourna la tête vers eux :

— Il y a une valise médicale sous la banquette. Vous devriez y trouver de quoi le retaper un peu.

La main du colosse vint s'accrocher aux vêtements de son ami :

— Gem... Tu sais où je veux aller... Emmène-moi... Emmène-moi vite.

Puis il s'évanouit. Sans avoir reconnu Justine.

Celle-ci avait trouvé la trousse et fouillait parmi les flacons et médicaments divers. Elle leva la tête vers l'adolescent désemparé :

— Où vous deviez aller ?

Elle saisit une seringue et une ampoule de stimulant. Elle reconnut le produit. Avec ça dans les veines, il serait capable de courir le cent mètres les tripes à l'air. Le gosse s'essuya les yeux avant de répondre :

— C'est une longue histoire... Je devais l'amener sur une île.

— Une île ?

Elle releva une manche du blouson poissé de sang et de vomissures, chercha une veine sur ce bras qui l'avait autrefois étreinte et protégée.

— Oui, une île proche de la côte. Je le lui ai promis.

— Explique-moi...

Il eut un geste de défi :

— Qu'est-ce que ça peut vous foutre !

Justine vida la seringue, nettoya la trace de piqûre. Désigna le colosse du menton :

— Tu le connais depuis longtemps ? Nous avons grandi ensemble, lui et moi…

Il écarquilla les yeux.

— Vous êtes sa Justine, c'est ça ?

Elle hocha la tête, la gorge serrée.

— Oui…

Elle tendit la main pour caresser le front sale de Teitomo. Ses doigts rencontrèrent ceux de l'autre femme que Teitomo avait appelée par son prénom. Leurs regards se croisèrent. Toutes deux sourirent en même temps. Justine soupira :

— J'étais sa Justine.

La honte brûlante du survivant

Le pilote n'avait toujours pas digéré le coup du flingue. En temps normal, sans doute n'aurait-il pas obtempéré. Il aimait à croire qu'en toutes circonstances il demeurait l'unique patron à bord. Seulement voilà : ils n'étaient pas en temps normal. Avec le blessé, la demi-folle, les explosions et la poignée de sauvages qui avaient déboulé sur le toit de la clinique, leur virée avait pris un tour des plus inédits. Sans parler du reste… Pour l'instant, le pilote préférait se concentrer sur sa mission et ne pas trop réfléchir à tout ce qui se passait en bas. C'était trop irréel. Instinctivement, il ne se sentait plus en sécurité qu'en l'air, hors de portée de cette histoire de virus et de propagation mutante. Pourtant il était évident qu'ils devraient bientôt, très bientôt, se poser. Il secoua la tête. Derrière lui, dans la cabine, le calme était revenu. Chacun attendait que le type blessé reprît connaissance. Même la dingue qu'ils avaient embarquée à Marseille semblait avoir retrouvé un peu d'aplomb. Enfin, au moins, elle avait arrêté de crier ou de baver. Justine Lerner et le gosse l'écoutaient raconter son épouvantable histoire. Le pilote aurait préféré se concentrer sur sa navigation et ne plus s'intéresser à rien d'autre qu'à ses instruments de vol : il serait toujours temps de reprendre contact avec la réalité de l'époque. Mais la petite voix de la métisse avait quelque chose d'entêtant qui le forçait à écouter.

— ... Nous avons été séparés à la gare... Je crois que ça a été de ma faute... Enfin, je ne sais pas, mais, je crois que j'ai pas été assez rapide. Nous sommes arrivés par le métro, pour éviter les combats dans les rues. Mais les quais étaient déjà envahis. Tout le monde voulait partir. Enfin, ceux qui avaient compris qu'il fallait quitter la ville. Il n'y avait plus qu'un train.

Claire soupira. Dans la cabine, les autres imaginaient parfaitement la panique et les cris. Les coups pour se frayer un passage vers la survie.

— Quelques miliciens de la Division étaient là. Des coups de feu ont éclaté. Des gens sont morts. Ils voulaient garder le train pour eux et pas organiser l'évacuation. C'est à cet instant qu'on est arrivé, avec Teitomo. Il a foncé vers les wagons en me hurlant quelque chose. J'ai tenté de le suivre, mais je n'avais plus de courage. Plus de force. À quoi cela aurait-il servi de prendre ce train ? Des gens étaient morts ! Je refusais de payer ce prix. J'ai abandonné la course. Je l'ai laissé continuer sans moi. Avant qu'il s'en soit rendu compte, nous étions séparés par un flot d'autres désespérés. Des bras et des mains tendus, des têtes levées pour apercevoir toujours d'un peu plus près ce convoi prêt à partir. J'ai été poussée contre un pilier ou un mur. Je me suis laissée sombrer. Heureusement, j'avais eu la faiblesse de renoncer avant d'entrer dans le cœur de l'émeute. D'autres sont morts piétinés. Moi, j'ai glissé jusqu'au sol et j'ai perdu connaissance. Je suis tombée sur les rails déserts du quai voisin et plus personne ne s'est intéressé à moi.

Claire se tut un instant pour caresser le visage serré de Teitomo. Le policier gémit. Sa blessure avait été nettoyée, désinfectée, et le stimulant commençait à agir. Pourtant, le pathétique pansement prédécoupé, posé sur la plaie, faisait penser aux fillettes qui jouent au docteur et posent un unique sparadrap sur leur poupée pour la soigner d'un coup de tous ses maux. Claire releva la tête vers Justine :

— À mon réveil, j'ai voulu mourir. De toutes mes forces. Il y avait des dizaines de corps autour de moi. J'étais seule. J'avais du mal à fixer mon attention sur ces visages morts. J'ai souhaité mourir avec eux. Parce que je ne supportais pas l'idée de ce qui m'attendait désormais. J'étais abandonnée. Pour avoir survécu au massacre, je me dégoûtais. Mon imposture était totale : j'avais usé de toutes les lâchetés. J'ai éprouvé la honte brûlante du survivant.

Teitomo porta lentement la main vers sa poitrine pansée. Ses mots furent à peine audibles dans le bourdonnement des pales :

— Moi, je suis content que tu sois vivante…

Claire saisit ses doigts crispés et les serra en sanglotant. Émue, Justine sentit une boule de douleur prendre vie dans sa gorge. Le colosse battit des paupières, chercha à se repérer :

— Où sommes-nous ?

Justine ne sut quoi répondre. Aucune parole ne lui semblait capable de réduire le gouffre qui les séparait. On n'efface pas quatorze années de séparation d'un

« bonjour ». En même temps, elle savait que chaque seconde qui passerait avant qu'elle ne se présentât allait rendre la situation plus pénible Ce fut Gemini qui intervint en premier :

— On a quitté l'hôpital. Tout va bien. .

Teitomo sourit faiblement :

— Sûr… C'est la super-forme.

Elle se décida :

— Tu vas te reposer, maintenant. On va s'occuper de toi.

Il tourna la tête vers elle, intrigué par cette voix familière. Son regard s'assombrit quand il la reconnut. Justine crut qu'il allait subir une crise semblable à celle qu'avait déclenchée la présence de Claire. Elle hocha la tête amicalement :

— Salut, Tei.

— …

— Tout va bien, repose-toi.

Elle lui saisit la main. Il fixait Justine sans ciller, immobile, statufié. Aucun son ne parvenait à franchir ses lèvres, malgré l'effort perceptible de sa part pour dire quelque chose. Le pilote choisit cet instant pour lancer un avertissement :

— Île en vue. Je fais quoi ?

Teitomo se redressa péniblement, comme libére de sa paralysie par les paroles du pilote :

— Posez-vous !

Puis, s'adressant à son jeune compagnon :

— Indique-lui le meilleur endroit où se poser…

Gemini réfléchit à peine :

— La plage au sud-ouest.

C'était au tour de Justine de demeurer interdite. La situation lui avait échappé. Un sentiment mêlé de frustration et de soulagement lui faisait bourdonner les oreilles, voilait les sons autour d'elle. L'action reprenait le dessus. Et l'autre, là, faisait tout pour éviter de la voir :

— Bien. Une fois posé, tout le monde reste à l'intérieur. C'est à moi de régler ça.

Elle tenta d'intervenir en rougissant :

— Teitomo… Je voudrais te dire…

— Pas maintenant !

Il lui sourit, de son sourire minable des esquives faciles. Ce sourire qu'elle avait tant détesté après leur séparation. Il posa sa main sur son avant-bras, parla lentement :

— Tout à l'heure, nous parlerons. Pour l'instant, Ogre a une dette à honorer. Après je m'occuperai de la nôtre, d'accord ?

Elle acquiesça sans comprendre. Perçut le regard inquiet de Claire. Comprit que ses craintes étaient fondées : la lâcheté, la folie, partout présentes dans cette cabine. *Dis-lui quelque chose, maintenant ! N'importe quoi !* Teitomo se redressa en grimaçant, s'approcha du pilote :

— Faites un passage rapide avant de vous poser, que tout le monde sache que j'arrive.

Justine resta silencieuse. L'hélicoptère piqua du nez vers l'océan.

*

Quand le Tore et ses hommes arrivèrent sur la plage, la majorité des îliens s'étaient déjà rassemblés le long de la grève pour observer le lourd appareil qui s'était posé au ras des vagues. Mécontent, le Tore bouscula quelques épaules pour se frayer un passage jusqu'au sable gris. Il était impossible de voir quoi que ce soit à travers les vitres polarisées de la cabine. Il venait de dépasser le premier rang des badauds quand la porte latérale s'ouvrit soudain. Un Asiatique vêtu d'un uniforme noir ensanglanté la franchit lentement en se dépliant. Il était gigantesque. Il lança un regard vitreux sur la foule, pointa le chef des Keltiks du doigt :

— C'est toi le Tore ?

Sa question n'était qu'un grognement malade, malgré un sourire radieux :

— On ne t'a jamais appris qu'on trouve toujours plus fort que soi ?

Le Tore bomba fièrement le torse et clama d'une voix haineuse :

— Qui êtes-vous ? Que voulez-vous ?

L'homme ramena lentement ses mains devant lui en réprimant un frisson. Il serrait un objet étrange au profil aigu, une arme certainement, comme s'il s'agissait d'un cadeau précieux. Le Tore remercia mentalement les dieux de lui avoir procuré récemment des armes à feu. Tout agaçante et déplaisante qu'elle soit, cette affaire n'allait pas durer bien longtemps. Ses guerriers tireraient à son signal. Il marcha vers l'homme immobile. Contre toute attente, le colosse se pencha et posa son arme à ses pieds :

— Je suis Ogre. J'ai vu les corps de ceux que tu as vendus, grimaça-t-il, tu vas mourir pour ça.

Le Tore ne releva pas, fit encore deux pas avant qu'un murmure de surprise ne traversât l'assistance : Gemini venait de descendre à son tour de l'hélicoptère. Cette fois, le chef des Keltiks tiqua. Il sentit sa maîtrise des événements s'effilocher. Son frère avait l'air d'avoir traversé l'enfer. Il serrait un pistolet dans sa main tremblante. D'autres silhouettes bougèrent à l'intérieur de la carlingue, mais elles restèrent prudemment à l'abri. Le Tore craignit qu'il s'agisse de ceux qu'il avait livrés à la clinique. Sa joue droite fut agitée d'un tic nerveux. Ce n'était pas censé se passer comme ça. Derrière leur chef, les chiens de guerre commencèrent à reculer. Le destin se révélait au grand jour. Ils n'interviendraient pas dans cette rencontre que les dieux avaient visiblement contribué à façonner. Ils n'en avaient pas le droit. Tremblant, l'Asiatique parla à Gemini :

— Il est à moi...

Ce dernier parut réfléchir et accepter à contrecœur. Il hocha la tête et ne bougea pas. Le colosse avança lentement vers le Tore. Celui-ci cracha un rire vers le ciel, redressa le canon de son fusil et tira sans viser. La rafale déchira la poitrine de sa cible qui bascula lourdement dans le sable en râlant... avant de ricaner.

— Tu vas devoir trouver mieux, dit-il en se relevant.

Les Keltiks murmurèrent pour saluer le courage de l'inconnu. C'était un moment digne des sagas anciennes dont leur chef leur avait tant et tant parlé. C'était noble et beau. Le géant marcha lentement vers son adversaire stupéfait. Il bondit lourdement en criant et tomba sur lui avant qu'il n'ait le temps de réagir. Le Tore tenta de viser la tête mais une main ferme avait déjà saisi le canon. La deuxième rafale monta vers les nuages. L'arme lui fut arrachée des mains comme par magie. Pétrifié, le Tore vit les blessures couvrant le corps de son adversaire. Il aurait dû mourir ! C'était impossible ! C'était... Le canon du fusil trouva sa mâchoire et le chargeur se vida. Sa tête explosa en une gerbe de sang et de débris qui retombèrent sur le sable. Il était mort avant de toucher le sol. Sur la plage, les cris de joie recouvrirent les lamentations des guerriers privés de leur maître. Le vainqueur retomba sur le sable et bascula en arrière. Un hurlement retentit dans l'hélicoptère. Une jeune femme à la peau sombre en surgit, qui se précipita vers lui. Debout près de la carlingue, Gemini semblait s'être transformé en statue de sel. De la foule massée devant eux se détachèrent quelques silhouettes familières. Toute la bande de la maison-tortue marcha lentement, incrédule, vers son chef qu'elle croyait disparu.

Allongé sur le sable, le colosse respirait de plus en plus mal. Il appela Gemini en levant la main. L'adolescent s'approcha en tremblant, s'assit près de l'homme qui l'avait sauvé.

— Donne-le-moi. Je veux le garder avec moi. Le Corbeau...

L'arme posée sur la plage retrouva les mains sanglantes de son propriétaire. Il caressa une dernière fois son bec menaçant, ses flancs lourds et glacés. Puis, lentement, Ogre mourut. Éperdu, Gemini tourna la tête vers Justine qui s'approchait. Il pleurait :

— C'est fini.

Justine aida Claire à se relever. La pauvre tremblait de chagrin, mais au moins sanglotait-elle maintenant avec force. Toute apathie l'avait quittée.

— J'avais tant de choses à lui dire encore, murmura-t-elle. Il a essayé de me sauver.

— Je sais, répondit Justine. Il a toujours essayé de nous sauver tous.

Elle regarda l'océan, la foule silencieuse massée autour d'eux. Une fillette famélique s'était jetée en pleurant dans les bras de Gemini qui la serrait, les yeux fermés. Autour d'eux, de nombreux visages inconnus étaient baignés de larmes. Dans le ciel, le ballet des mouettes avait repris ses piaillements. Une bourrasque s'engouffra dans les cheveux de Justine, gorgée de l'odcur acide des vagues qui poussaient les algues mortes vers le rivage. *Et maintenant, où irons-nous ?* se dit-elle.

Venu du continent, le vent mauvais ne lui répondit rien.

Épilogue

Depuis la plage, l'étranger montait lentement vers les petites maisons rassemblées dos au continent. Même s'il n'avait encore vu personne, il savait que tous ses mouvements étaient observés depuis qu'il avait débarqué sur l'île. L'établissement de ce protocole de rencontre avait nécessité suffisamment de temps pour que personne ici n'ignore jusqu'à l'heure de sa venue. Au sommet du maigre relief dominant la grève l'attendait un adolescent au visage farouche, enveloppé dans une tenue usée de soldat. L'étranger s'arrêta. Son interlocuteur serrait entre ses mains un fusil négligemment pointé vers les deux gardes restés à bord de l'embarcation qui les avait menés ici. Le garçon cracha par terre :

— Stop.

Le visiteur perçut la haine sincère portée par ce simple mot. Son interlocuteur n'était pas du genre à dissimuler ce qui l'animait. Tant mieux, sa mission n'en serait que plus facile. Il sourit :

— J'espérais parler à Justine.

— Tu n'auras affaire qu'à moi.

— Vous êtes Gemini, n'est-ce pas ?

L'adolescent eut une grimace de défi. Il détestait visiblement que l'autre employât son prénom. Ce dernier en prit bonne note et continua :

— Faisons vite, alors. Où est-elle ?

— Suivez-moi.

Ils empruntèrent un maigre sentier parallèle a la plage, guère plus qu'une piste clairsemée entre les herbes rases. Gemini avait laissé l'étranger le dépasser. Même s'il savait que Simon et les autres gardaient dans leur ligne de mire les gardes restés près de l'embarcation, il ne pouvait s'empêcher de fréquemment tourner la tête vers la plage. Au bout de quelques centaines de mètres, le chemin s'arrêtait à un petit champ de sépultures, entourées d'un muret de pierre grise. Ils entrèrent dans le cimetière sans parler, marchèrent jusqu'à la tombe qui constituait le but de cette visite.

L'étranger se pencha vers le petit tas de cailloux censé recouvrir la dépouille de Teitomo Voght. Nulle inscription ni symbole. Seulement un petit bouquet de fleurs sauvages fraîchement cueillies. Gemini laissa l'homme poursuivre sa minutieuse inspection. Tourna la tête vers le hameau lointain, aux toits usés par les embruns et les tempêtes. Il renifla :

— Pourquoi tient-il tant à s'assurer de sa mort ?

L'homme se redressa lentement, se frotta les paumes pour en chasser les saletés, soupira :

— Mon maître est un homme seul. Il a parfois des caprices, que j'exauce à sa convenance.

Gemini cracha par terre.

— Il a tout fait pour le tuer, n'est-ce pas ? Les tentatives de meurtre à Marseille, la volonté dégueulasse de le mettre en contact avec Claire et Justine ensemble ? Nous avons eu le temps de réfléchir, depuis. Khaleel avait tout manigancé ! Pourquoi ?

Le visiteur sourit suavement, regarda autour de lui :

— Vous êtes bien installés, ici. Ça a dû vous coûter de vous priver de tout, non ?

Gemini retint l'envie de fracasser d'un coup de crosse le nez de son interlocuteur. Au contraire, il le dévisagea attentivement :

— C'est vrai qu'ils t'ont fait la tête de son mari ?

L'homme caressa sa joue avant de répondre.

— Vous espérez vraiment tenir longtemps ?

L'adolescent préféra ne pas répondre. Depuis le début il était opposé à cette rencontre. Mais ils avaient fait un accord. L'accès à la tombe contre la livraison du matériel et du carburant dont ceux d'*Enez Eussa* avaient désespérément besoin.

L'homme lui lança un regard éperdu de fanatisme emprunté :

— L'Histoire va vous dévorer. Nous sommes l'Avenir. Nous aussi nous nous organiserons.

— Je vais vous ramener à la plage.

L'autre retrouva son air diplomate.

— Et le Corbeau ?

La question, trop directe, alluma toutes les alarmes de Gemini. Confusément, il perçut qu'il y avait là une clef : c'était pour l'arme de Teitomo, pas pour sa dépouille, que Khaleel s'inquiétait. Voilà pourquoi leurs visiteurs avaient fait ce chemin, accepté cet accord saugrenu. Surtout ne pas oublier d'en parler aux autres, après leur départ. Il prit un air innocent, recula d'un pas en indiquant la sortie du cimetière de la main :

— Enterré avec lui. Allons-y, maintenant.

L'étranger eut un petit sourire satisfait. Puis il hocha légèrement la tête et tourna les talons.

Ils retournèrent sans un mot jusqu'à la grève. Le petit moteur du canot pétarada dans l'air sec du matin, seulement perturbé par le bercement mou des vagues. Gemini les regarda s'éloigner, debout sur le sable. Une envie furieuse d'abattre le Roméo lui nouait le ventre, les épaules, les doigts. Tant qu'il était encore à portée. Régler son compte à cette ordure. Le son d'une détonation ancienne et l'image d'un homme qui tombait sous ses yeux lui revinrent en mémoire. Ses mains relâchèrent le fusil en même temps qu'il faisait demi-tour vers le village. Il avait soif de café brûlant et de la chaleur des siens.

Car, ici plus qu'ailleurs, il n'y avait plus de place pour la bêtise.

DU MÊME AUTEUR

Aux Éditions La Volte

LA TRILOGIE CHROMOZONE :
  CHROMOZONE (Folio Science-Fiction nº 317)
  LES NOCTIVORES
  LA CITÉ NYMPHALE
LE DÉCHRONOLOGUE

Dans la même collection

185.	Robert Holdstock	*La forêt des mythagos*
186.	Robert Holdstock	*Lavondyss* (La forêt des mythagos, II)
187.	Christopher Priest	*Les Extrêmes*
188.	Thomas Day	*L'Instinct de l'équarrisseur*
189.	Maurice G. Dantec	*Villa Vortex*
190.	Franck M. Robinson	*Le Pouvoir*
191.	Robert Holdstock	*Le Passe-broussaille* (La forêt des mythagos, III)
192.	Robert Holdstock	*La Porte d'ivoire* (La forêt des mythagos, IV)
193.	Stanislas Lem	*La Cybériade*
194.	Paul J. Mc Auley	*Les conjurés de Florence*
195.	Roger Zelazny	*Toi l'immortel*
196.	Isaac Asimov	*Au prix du papyrus*
197.	Philip K. Dick	*Immunité*
198.	Stephen R. Donaldson	*Le miroir de ses rêves* (L'appel de Mordant, I)
199.	Robert Charles Wilson	*Les fils du vent*
200.	Greg Bear	*La musique du sang*
201.	Dan Simmons	*Le chant de Kali*
202.	Thierry Di Rollo	*La profondeur des tombes*
203.	Stephen R. Donaldson	*Un cavalier passe* (L'appel de Mordant, II)
204.	Thomas Burnett Swann	*La trilogie du Minotaure*
205.	Jack Vance	*Croisades*
206.	Thomas Day	*L'homme qui voulait tuer l'Empereur*
207.	Robert Heinlein	*L'homme qui vendit la lune* (Histoire du futur, I)
208.	Robert Heinlein	*Les vertes collines de la Terre* (Histoire du futur, II)

209. Robert Heinlein — *Révolte en 2100* (Histoire du futur, III)
210. Robert Heinlein — *Les enfants de Mathusalem* (Histoire du futur, IV)
211. Stephen R. Donaldson — *Le feu de ses passions* (L'appel de Mordant, III)
212. Roger Zelazny — *L'enfant de nulle part*
213. Philip K. Dick — *Un vaisseau fabuleux*
214. John Gregory Betancourt — *Ambre et Chaos*
215. Ugo Bellagamba — *La Cité du Soleil*
216. Walter Tevis — *L'oiseau d'Amérique*
217. Isaac Asimov — *Dangereuse Callisto*
218. Ray Bradbury — *L'homme illustré*
219. Douglas Adams — *Le Guide du voyageur galactique*
220. Philip K. Dick — *Dans le jardin*
221. Johan Héliot — *Faerie Hackers*
222. Ian R. MacLeod — *Les Îles du Soleil*
223. Robert Heinlein — *Marionnettes humaines*
224. Bernard Simonay — *Phénix* (La trilogie de Phénix, I)
225. Francis Berthelot — *Bibliothèque de l'Entre-Mondes*
226. Christopher Priest — *Futur intérieur*
227. Karl Schroeder — *Ventus*
228. Jack Vance — *La Planète Géante*
229. Jack Vance — *Les baladins de la Planète Géante*
230. Michael Bishop — *Visages volés*
231. James Blish — *Un cas de conscience*
232. Serge Brussolo — *L'homme aux yeux de napalm*
233. Arthur C. Clarke — *Les fontaines du Paradis*
234. John Gregory Betancourt — *La naissance d'Ambre*

235. Philippe Curval	*La forteresse de coton*
236. Bernard Simonay	*Graal*
237. Philip K. Dick	*Radio Libre Albemuth*
238. Poul Anderson	*La saga de Hrolf Kraki*
239. Norman Spinrad	*Rêve de fer*
240. Robert Charles Wilson	*Le vaisseau des Voyageurs*
241. Philip K. Dick	*SIVA* (La trilogie divine, I)
242. Bernard Simonay	*La malédiction de la Licorne*
243. Roger Zelazny	*Le maître des rêves*
244. Joe Haldeman	*En mémoire de mes péchés*
245. Kim Newman	*Hollywood Blues*
246. Neal Stephenson	*Zodiac*
247. Andrew Weiner	*Boulevard des disparus*
248. James Blish	*Semailles humaines*
249. Philip K. Dick	*L'invasion divine*
250. Robert Silverberg	*Né avec les morts*
251. Ray Bradbury	*De la poussière à la chair*
252. Robert Heinlein	*En route pour la gloire*
253. Thomas Burnett Swann	*La forêt d'Envers-Monde*
254. David Brin	*Élévation*
255. Philip K. Dick	*La transmigration de Timothy Archer* (La trilogie divine, III)
256. Georges Foveau	*Les Chroniques de l'Empire,* I *La Marche du Nord — Un Port au Sud*
257. Georges Foveau	*Les Chroniques de l'Empire,* II *Les Falaises de l'Ouest — Les Mines de l'Est*
258. Tom Piccirilli	*Un chœur d'enfants maudits*

259.	S. P. Somtow	*Vampire Junction*
260.	Christopher Priest	*Le prestige*
261.	Poppy Z. Brite	*Âmes perdues*
262.	Ray Bradbury	*La foire des ténèbres*
263.	Sean Russell	*Le Royaume Unique*
264.	Robert Silverberg	*En un autre pays*
265.	Robert Silverberg	*L'oreille interne*
266.	S. P. Somtow	*Valentine*
267.	John Wyndham	*Le jour des triffides*
268.	Philip José Farmer	*Les amants étrangers*
269.	Garry Kilworth	*La compagnie des fées*
270.	Johan Heliot	*La Lune n'est pas pour nous*
271.	Alain Damasio	*La Horde du Contrevent*
272.	Sean Russell	*L'île de la Bataille*
273.	S. P. Somtow	*Vanitas*
274.	Michael Moorcock	*Mother London*
275.	Jack Williamson	*La Légion de l'Espace* (Ceux de la légion, I)
276.	Barbara Hambly	*Les forces de la nuit* (Le cycle de Darwath, I)
277.	Christopher Priest	*Une femme sans histoires*
278.	Ugo Bellagamba et Thomas Day	*Le double corps du roi*
279.	Melvin Burgess	*Rouge sang*
280.	Fredric Brown	*Lune de miel en enfer*
281.	Robert Silverberg	*Un jeu cruel*
282.	Barbara Hambly	*Les murs des Ténèbres (Le cycle de Darwath, II)*
283.	Serge Brussolo	*La nuit du bombardier*
284.	Francis Berthelot	*Hadès Palace*
285.	Jack Williamson	*Les Cométaires* (Ceux de la légion, II)
286.	Roger Zelazny et Robert Sheckley	*Le concours du Millénaire*
287.	Barbara Hambly	*Les armées du jour* (Le cycle de Darwath, III)

288.	Sean Russell	*Les routes de l'ombre* (La guerre des cygnes, III)
289.	Stefan Wul	*Rayons pour Sidar*
290.	Brian Aldiss	*Croisière sans escale*
291.	Alexander Jablokov	*Sculpteurs de ciel*
292.	Jack Williamson	*Seul contre la Légion* (Ceux de la Légion, III)
293.	Robert Charles Wilson	*Les Chronolithes*
294.	Robert Heinlein	*Double étoile*
295.	Robert Silverberg	*L'homme programmé*
296.	Bernard Simonay	*La porte de bronze*
297.	Karl Schroeder	*Permanence*
298.	Jean-Pierre Andrevon	*Šukran*
299.	Robert Heinlein	*Sixième colonne*
300.	Steven Brust	*Jhereg*
301.	C.S. Lewis	*Au-delà de la planète silencieuse*
302.	Jack Vance	*Les langages de Pao*
303.	Robert Charles Wilson	*Ange mémoire*
304.	Steven Brust	*Yendi*
305.	David Brin	*Jusqu'au cœur du Soleil* (Le cycle de l'Élévation, I)
306.	James A. Hetley	*Le Royaume de l'été*
307.	Thierry Di Rollo	*Meddik*
308.	Cory Doctorow	*Dans la dèche au Royaume Enchanté*
309.	C. S. Lewis	*Perelandra*
310.	Christopher Priest	*La séparation*
311.	David Brin	*Marée stellaire*
312.	Ray Bradbury	*Les machines à bonheur*
313.	Jack Vance	*Emphyrio*
314.	C. S. Lewis	*Cette hideuse puissance*
315.	Frederik Pohl et C.M. Kornbluth	*Planète à gogos*

Composition IGS.
Impression Société Nouvelle Firmin-Didot
à Mesnil-sur-l'Estrée, le 2 septembre 2008.
Dépôt légal : septembre 2008.
Numéro d'imprimeur : 91313
ISBN 978-2-07-035772-7/Imprimé en France.

158768